Ludwig Tieck

Franz Sternbalds

Wanderungen

Eine altdeutsche Geschichte

Ludwig Tieck: Franz Sternbalds Wanderungen. Eine altdeutsche Geschichte

Erstdruck: Berlin (Unger) 1798. Hier in der Fassung von 1843.

Neuausgabe mit einer Biographie des Autors
Herausgegeben von Karl-Maria Guth
Berlin 2016

Der Text dieser Ausgabe folgt:
Ludwig Tieck: Werke in vier Bänden. Nach dem Text der »Schriften«
von 1828–1854, unter Berücksichtigung der Erstdrucke. Herausgegeben
von Marianne Thalmann, Band 1–4, München: Winkler, 1963.

Die Paginierung obiger Ausgabe wird hier als Marginalie zeilengenau
mitgeführt.

Umschlaggestaltung von Thomas Schultz-Overhage unter Verwendung
des Bildes: Caspar David Friedrich, Gebirgslandschaft mit Regenbogen,
1810

Gesetzt aus der Minion Pro, 11 pt

Verlag: Henricus - Edition Deutsche Klassik GmbH
Mörchinger Str. 33, 14169 Berlin, info@henricus-verlag.de
Druck: Libri Plureos GmbH, Friedensallee 273, 22763 Hamburg

Die Ausgaben der Sammlung Hofenberg basieren auf zuverlässigen
Textgrundlagen. Die Seitenkonkordanz zu anerkannten Studienausgaben
machen Hofenbergtexte auch in wissenschaftlichem Zusammenhang
zitierfähig.

ISBN 978-3-8430-9232-6

Bibliografische Information der Deutschen Nationalbibliothek

Die Deutsche Nationalbibliothek verzeichnet diese Publikation in der
Deutschen Nationalbibliografie; detaillierte bibliografische Daten sind
im Internet über www.dnb.de abrufbar.

Erstes Buch

Erstes Kapitel

»So sind wir denn endlich aus den Toren der Stadt«, sagte Sebastian, indem er stille stand und sich freier umsah.

»Endlich?« antwortete seufzend Franz Sternbald sein Freund. – »Endlich? Ach nur zu früh, allzu früh.«

Die beiden Menschen sahen sich bei diesen Worten lange an, und Sebastian legte seinem Freunde zärtlich die Hand an die Stirne und fühlte, daß sie heiß sei. – »Dich schmerzt der Kopf«, sagte er besorgt, und Franz antwortete: »Nein, das ist es nicht, aber daß wir uns nun bald trennen müssen.«

»Noch nicht!« rief Sebastian mit einem wehmütigen Erzürnen aus, »so weit sind wir noch lange nicht, ich will dich wenigstens eine Meile begleiten.«

Sie gaben sich die Hände und gingen stillschweigend auf einem schmalen Wege nebeneinander.

Jetzt schlug es in Nürnberg vier Uhr und sie zählten aufmerksam die Schläge, obgleich beide recht gut wußten, daß es keine andre Stunde sein konnte: indem warf das Morgenrot seine Flammen immer höher, und es gingen schon undeutliche Schatten neben ihnen, und die Gegend trat rundumher aus der ungewissen Dämmerung heraus; da glänzten die goldenen Knöpfe auf den Türmen des heiligen Sebald und Laurentius, und rötlich färbte sich der Duft, der ihnen aus den Kornfeldern entgegenstieg.

»Wie alles noch so still und feierlich ist«, sagte Franz, »und bald werden sich diese guten Stunden in Saus und Braus, in Getümmel und tausend Abwechselungen verlieren. Unser Meister schläft wohl noch und arbeitet an seinen Träumen, seine Gemälde stehn aber auf der Staffelei und warten schon auf ihn. Es tut mir doch leid, daß ich ihm den Petrus nicht habe können ausmalen helfen.«

»Gefällt er dir?« fragte Sebastian.

»Über die Maßen«, rief Franz aus, »es sollte mir fast bedünken, als könnte der gute Apostel, der es so ehrlich meinte, der mit seinem Degen so rasch bei der Hand war und nachher doch aus Lebensfurcht das

Verleugnen nicht lassen konnte, und sich von einem Hahn mußte eine Buß- und Gedächtnispredigt halten lassen; als wenn ein solcher beherzter und furchtsamer, starrer und gutmütiger Apostel nicht anders habe aussehen können, als ihn Meister Dürer so vor uns hingestellt hat. Wenn er dich zu dem Bilde läßt, lieber Sebastian, so wende ja allen deinen Fleiß darauf und denke nicht, daß es für ein schlechtes Gemälde gut genug sei. Willst du mir das versprechen?«

Er nahm ohne eine Antwort zu erwarten seines Freundes Hand und drückte sie stark, Sebastian sagte: »Deinen Johannes will ich recht aufheben und ihn behalten, wenn man mir auch viel Geld dafür böte.«

Mit diesen Reden waren sie an einen Fußsteig gekommen, der einen nähern Weg durch das Korn führte. Rote Lichter zitterten an den Spitzen der Halme und der Morgenwind rührte sich darin und machte Wellen. Die beiden jungen Maler unterhielten sich noch von ihren Werken und von ihren Planen für die Zukunft: Franz verließ jetzt Nürnberg, die herrliche Stadt, in der er seit zwölf Jahren gelebt hatte und in ihr zum Jüngling erwachsen war, aus diesem befreundeten Wohnort ging er heut, um in der Ferne seine Kenntnis zu erweitern und nach einer mühseligen Wanderschaft dann als ein Meister in der Kunst der Malerei zurückzukehren; Sebastian aber blieb noch bei dem wohlverdienten Albrecht Dürer, dessen Name im ganzen Lande ausgebreitet war. Jetzt ging die Sonne in aller Majestät hervor und Sebastian und Franz sahen abwechselnd nach den Türmen von Nürnberg zurück, deren Kuppeln und Fenster blendend im Schein der Sonne glänzten.

Die jungen Freunde fühlten stillschweigend den Druck des Abschieds, der ihrer wartete, sie sahen jedem kommenden Augenblick mit Furcht entgegen, sie wußten, daß sie sich trennen mußten und konnten es doch immer noch nicht glauben.

»Das Korn steht schön«, sagte Franz, um nur das ängstigende Schweigen zu unterbrechen, »wir werden eine schöne Ernte haben.«

»Diesmal«, antwortete Sebastian, »werden wir nicht miteinander das Erntefest besuchen, wie seither geschah; ich werde gar nicht hingehn, denn du fehlst mir und all das lustige Pfeifen- und Schalmeigetöne würde nur ein bittrer Vorwurf für mich sein, daß ich ohne dich käme.«

Dem jungen Franz standen bei diesen Worten die Tränen in den Augen, denn alle Szenen, die sie miteinander gesehn, alles, was sie in brüderlicher Gesellschaft erlebt hatten, ging schnell durch sein Gedächtnis; als nun Sebastian noch hinzusetzte: »Wirst du mich auch in der

Ferne noch immer lieb behalten?« konnte er sich nicht mehr fassen, sondern fiel dem Fragenden mit lautem Schluchzen um den Hals und ergoß sich in tausend Tränen, er zitterte, es war, als wenn ihm das Herz zerspringen wollte. Sebastian hielt ihn fest in seinen Armen, und mußte mit ihm weinen, ob er gleich älter und von einer härteren Konstitution war. »Komme wieder zu dir!« sagte er endlich zu seinem Freunde, »wir müssen uns fassen, wir sehn uns ja wohl wieder.«

Franz antwortete nicht, sondern trocknete seine Tränen ab, ohne sein Gesicht zu zeigen. Es liegt im Schmerze etwas, dessen sich der Mensch schämt, er mag seine Tränen auch vor seinem Busenfreunde, auch wenn sie diesem gehören, gern verbergen.

Sie erinnerten sich nun daran, wie sie schon oft von dieser Reise gesprochen hätten, wie sie ihnen also nichts weniger als unerwartet käme, wie sehr sie Franz gewünscht und sie immer als sein höchstes Glück angesehn habe. Sebastian konnte nicht begreifen, warum sie jetzt so traurig wären, da im Grunde nichts vorgefallen sei, als daß nun endlich der langgewünschte Augenblick wirklich herbeigekommen sei. Aber so ist das Glück des Menschen, er kann sich dessen nur freuen, wenn es aus der Ferne auf ihn zuwandelt; kömmt es ihm nahe und ergreift seine Hand, so schaudert er oft zusammen, als wenn er die Hand des Todes faßte.

»Soll ich dir die Wahrheit gestehn?« fuhr Franz fort; »du glaubst nicht, wie seltsam mir gestern abend zu Sinne war. Ich hatte meinen Gedanken so oft die Pracht Roms, den Glanz Italiens vorgemalt, ich konnte mich bei der Arbeit ganz darin verlieren, daß ich mir vorstellte, wie ich auf unbekannten Fußsteigen, durch schattige Wälder wanderte, und dann fremde Städte und niegesehene Menschen meinem Blicke begegneten; ach, die bunte, ewig wechselnde Welt mit ihren noch unbekannten Begebenheiten, die Künstler, die ich sehn würde, das hohe gelobte Land der Römer, wo einst die Helden wirklich und wahrhaftig gewandelt, deren Bilder mir schon Tränen entlockt hatten; sieh, alles dies zusammen hatte oft so meine Gedanken gefangengenommen, daß ich zuweilen nicht wußte, wo ich war, wenn ich wieder aufsah. ›Und das alles soll wirklich werden!‹ rief ich dann manchmal aus, ›es soll eine Zeit geben können, sie tritt schon näher und näher, in der du nicht mehr vor der alten, so wohlbekannten Staffelei sitzest, eine Zeit, wo du in alle die Herrlichkeit hineinleben darfst und immer mehr sehn, mehr erfahren, nie aufwachen, wie es dir jetzt wohl geschieht, wenn du so zuzeiten von Italien träumst; – ach, wo, wo bekömmst du Sinne, Gefühle genug her, um alles treu und wahr, lebendig und urkräftig aufzufassen?‹ – Und dann war es, als wenn sich Herz und Geist innerlich ausdehnten und wie mit Armen jene zukünftige Zeit erhaschen, an sich reißen wollten; und nun –«

»Und nun, Franz?«

»Kann ich es dir sagen?« antwortete jener – »kann ich es selber ergründen? Als wir gestern abend um den runden Tisch unsers Dürers saßen und er mir noch Lehren zur Reise gab, als die Hausfrau indes den Braten schnitt und sich nach dem Kuchen erkundigte, den sie zu meiner Abreise gebacken hatte, als du nicht essen konntest, und mich immer von der Seite betrachtetest; o Sebastian, es wollte mir ganz mein armes ehrliches Herz zerreißen. Die Hausfrau kam mir so gut vor, so oft sie auch mit mir gescholten, so oft sie auch unsern braven Meister betrübt hatte; hatte sie mir doch selbst meine Wäsche eingepackt, war sie doch gerührt, daß ich abreisen wollte. Nun war unsre Mahlzeit geendigt, und wir alle waren nicht fröhlich gewesen, sosehr wir es auch uns erst in vielen Worten vorgesetzt hatten. Jetzt nahm ich Abschied von Meister Albrecht, ich wollte so hart sein und konnte vor Tränen nicht reden; ach mir fiel es zu sehr ein, wie viel ich ihm zu danken hatte, was er ein vortrefflicher Mann ist, wie herrlich er malt, und ich so nichts gegen ihn bin und er doch in den letzten Wochen immer tat, als wenn ich seinesgleichen wäre; ich hatte das alles noch nie so zusammen empfunden, und nun warf es mich dafür auch gänzlich zu Boden. Ich ging fort und du gingst stillschweigend in deine Schlafkammer: nun war ich auf meiner Stube allein. ›Keinen Abend werd ich mehr hier hereintreten‹, sagte ich zu mir selber, indem ich das Licht auf den Boden stellte; ›für dich, Franz, ist nun dieses Bette zum letzten Male in Ordnung gelegt, du wirfst dich noch einmal hinein und siehst diese Kissen, denen du so oft deine Sorgen klagtest, auf denen du noch öfter so süß schlummertest, nie siehst du sie wieder.‹ – Sebastian, geht es allen Menschen so, oder bin ich nur ein solches Kind? Es war mir fast, als stünde mir das größte Unglück bevor, das dem Menschen begegnen könnte, ich nahm sogar die alte Lichtschere mit Zärtlichkeit, mit einem wehmütigen Gefühl in die Hand und putzte damit den langen Docht des Lichtes. Ich war überzeugt, daß ich vom guten Dürer nicht zärtlich genug Abschied genommen, ich machte mir heftige Vorwürfe darüber, daß ich ihm nicht alles gesagt hatte, wie ich von ihm denke, welch ein vortrefflicher Mann er in meinen Augen sei, daß er nun von mir so entfernt werde, ohne daß er wisse, welche kindliche Liebe, welche brennende Verehrung, welche Bewunderung ich mit mir nähme. Als ich so über die alten Giebel hinübersah, und über den engen dunkeln Hof, als ich dich nebenan gehn hörte und die schwarzen Wolken so unordentlich durch den Himmel zogen, ach! Sebastian! wie wenn ihr mich aus dem Hause würfet, als wenn ich nicht mehr euer Freund und Gesellschafter sein dürfte, als wenn ich allein als ein Unwürdiger verstoßen sei, verschmäht und verachtet – so regte es sich in meinem Busen. Ich hatte keine Ruhe, ich ging noch einmal vor Dürers Gemach und hörte ihn drinnen schlafen, o ich hätte ihn gern noch einmal umarmt, alles genügte mir nicht, ich hätte mögen dableiben, an kein Verreisen hätte müssen gedacht werden und ich wäre vergnügt gewesen. – Und noch jetzt! sieh, wie die fröhlichen Lichter des Morgens um uns spielen, und ich trage noch alle Empfindungen der dunkeln Nacht in mir. Warum müssen wir immer früheres Glück vergessen, um von neuem glücklich sein zu können? – Ach! laß uns hier einen Augenblick stille stehen, horch, wie schön die Gebüsche flüstern; wenn du mir gut bist, so singe mir hier noch einmal das alte Lied vom Reisen.«

Sebastian stand sogleich still und sang, ohne alle Vorbereitung, folgende Verse:

»Willt du dich zur Reis bequemen
Über Feld,
Berg und Tal,
Durch die Welt,
Fremde Städte allzumal,
Mußt Gesundheit mit dir nehmen.

Neue Freunde aufzufinden
Läßt die alten du dahinten,
Früh am Morgen bist du wach,
Mancher sieht dem Wandrer nach
Weint dahinten,
Kann die Freud nicht wiederfinden.

Eltern, Schwester, Bruder, Freund,
Auch vielleicht das Liebchen weint,

Laß sie weinen, traurig und froh
Wechselt das Leben bald so bald so,
Nimmer ohne Ach! und Oh!

705

Heimat bleibt dir treu und bieder,
Kehrst du nur als Treuer wieder,
Reisen und Scheiden
Bringt des Wiedersehens Freuden.«

Franz hatte sich ins hohe Gras gesetzt und sang die letzten Verse inbrünstig mit, er stand auf und sie kamen an die Stelle, wo Sebastian hatte umkehren wollen.

»Grüße noch einmal!« rief Franz aus, »alle, die mich kennen, und lebe du recht wohl.«

»Und du gehst nun?« fragte Sebastian; »muß ich denn nun ohne dich umkehren?«

Sie hielten sich beide fest umschlossen. »Ach nur eins noch!« rief Sebastian aus, »es quält mich gar zu sehr und ich kann dich nicht lassen.«

Franz wünschte den Abschied im Herzen vorüber, es war, als wenn sein Herz von diesen gegenwärtigen Minuten erdrückt würde, er sehnte sich nach der Einsamkeit, nach dem Walde, um dann von seinem Freunde entfernt seinen Schmerz ausweinen zu können. Aber Sebastian verlängerte die Augenblicke des Abschieds, weil er sich durch kein neues Leben, durch keine neue Gegend konnte trösten lassen, er kannte alles genau, wozu er zurückkehrte. »Willst du mir versprechen?« rief er aus.

»Alles! alles!«

»Ach Franz!« fuhr jener klagend fort, »ich lasse dich nun los und du bist nicht mehr mein, ich weiß nicht, was dir begegnet, ich kann dir nicht ins Gesicht sehen, und so setze ich deine Liebe, ja dich selbst auf ein ungewisses Spiel. Wirst du auch noch in der weiten Ferne an deinen einfältigen Freund Sebastian denken? Ach, wenn du nun unter klugen und vornehmen Leuten bist, wenn es nun schon lange her ist, daß wir hier Abschied genommen haben, willst du mich auch dann nie verachten?«

»O mein liebster Sebastian!« rief Franz schluchzend.

»Wirst du immer noch Nürnberg so lieben«, fuhr jener fort, »und deinen Meister, den wackern Albrecht? Wirst du dich nie klüger fühlen? O versprich mir, daß du derselbe Mensch bleiben willst, daß du dich nicht vom Glanz des Fremden willst verführen lassen, daß alles dir noch ebenso teuer ist, daß ich dich noch ebenso angehe.«

»O Sebastian«, sagte Franz, »mag die ganze Welt klug und überklug werden, ich will immer ein Kind bleiben.«

Sebastian sagte: »O wenn du einst mit fremden abgebettelten Sitten wiederkämst, alles besser wüßtest und dir das Herz nicht mehr so warm schlüge, wenn du dann mit kaltem Blute nach Dürers Grabstein hinsehn könntest und du höchstens über die Arbeit und Inschrift sprächest – o so möcht ich dich gar nicht wiedersehn, dich gar nicht für meinen Bruder erkennen.«

»Sebastian! bin ich denn so?« rief Franz heftig aus; »ich kenne ja dich, ich liebe ja dich und mein Vaterland, und die Stube worin unser Meister wohnt, und die Natur und Gott. Immer werd ich daran hangen, immer, immer! Sieh, hier, an diesem alten Eichenbaum versprech ich es dir, hier hast du meine Hand darauf.«

Sie umarmten sich und gingen stumm auseinander, nach einer Weile stand Franz still, dann lief er dem Sebastian nach und umarmte ihn wieder. »Ach, Bruder«, sagte er, »und wenn Dürer den *Ecce homo* fertig hat, so schreibe mir doch recht umständlich wie der geworden ist und glaube ja an die Göttlichkeit der Bibel, ich weiß, daß du manchmal übel davon dachtest.«

»Ich will es tun«, sagte Sebastian und sie trennten sich wieder, aber nun kehrte keiner um, oft wandten sie das Gesicht, ein Wald trat zwischen beide.

Zweites Kapitel

Als Sebastian nach der Stadt zurückkehrte und Franz sich nun allein sah, ließ er seinen Tränen ihren Lauf. »Lebe wohl, tausendmal wohl«, sagte er immer still vor sich hin, »wenn ich dich nur erst wiedersähe!«

Die Arbeiter auf den Feldern waren nun in Bewegung, alles war tätig und rührte sich; Bauern fuhren ihm vorüber, in den Dörfern war Getümmel, hochbeladene Wagen mit Heu wurden in die Scheuren gefahren, Knechte und Mägde sangen und schäkerten laut. »Wie viele Menschen sind mir heute schon begegnet«, dachte Franz bei sich, »und unter allen diesen weiß vielleicht kein einziger von dem großen Albrecht Dürer, der mit seinen Werken meinen ganzen Kopf einnimmt, den zu erreichen mein einziges Trachten ist! Sie wissen vielleicht kaum, daß es eine Malerei gibt und doch fühlen sie sich nicht unglücklich. Ich kann es nicht einsehn, wie man so fortleben könnte, so einsam und verlassen: und doch treibt jeder emsig sein Geschäft, und es ist gut, daß es so ist und so sein muß.«

Die Sonne war indes hoch gestiegen und brannte heiß herunter, die Schatten der Bäume wurden kurz, die Arbeiter gingen zum Mittagsessen nach ihren Häusern. Franz dachte daran, wie sich nun Sebastian dem Albrecht Dürer gegenüber zu Tische setze und wie man von ihm sprechen würde. Er beschloß, auch im nächsten Gehölze still zu liegen, und seinen mitgenommenen Vorrat zu genießen. Wie erquickend war der kühle Duft, der ihm aus den grünen Blättern entgegenwehte, als er in das Wäldchen eintrat! Alles war still, und nur das Rauschen der Bäume schallte und säuselte in abwechselnden Gängen über ihm weg durch die liebliche Einsamkeit, in dem Getöne und Murmeln eines Baches, der entfernt durch das Gehölz hinfloß. Franz setzte sich auf den weichen Rasen und zog seine Schreibtafel heraus, um den Tag seiner Auswanderung anzumerken, dann holte er frischen Atem, und ihm war leicht und wohl; er war jetzt über die Abwesenheit seines Freundes getröstet, er fand alles gut, so wie es war. Er breitete seine Tafel aus, und aß mit Wohlbehagen von seinem mitgenommenen Vorrate, er fühlte jetzt nur die schöne Gegenwart, die ihn umgab.

Indem kam ein Wandersmann die Straße gegangen und grüßte Franzen sehr freundlich, es war ein junger rotbackiger Bursche, er schien müde und Franz bat ihn daher, sich neben ihn niederzusetzen und mit ihm vorliebzunehmen. Der junge Reisende nahm sogleich diesen Vorschlag an, und beide verzehrten gutes Muts ihre Mittagsmahlzeit und tranken den Wein, den Franz aus Nürnberg mitgenommen hatte. Der Fremde erzählte hierauf unserm Freunde, daß er ein Schmiedegeselle sei und eben auf der Wanderschaft begriffen, er gehe nun, die hochberühmte Stadt Nürnberg in Augenschein zu nehmen und da etwas Rechtes für sein Handwerk bei den kunstreichen Meistern zu lernen. »Und was treibt Ihr für ein Gewerbe?« fragte er, indem er seine Erzählung geendigt hatte.

»Ich bin ein Maler«, sagte Franz, »und bin heute morgen aus Nürnberg ausgewandert.«

»Ein Maler?« rief jener aus, »einer von denen, die für die Kirchen und Klöster die Bilder verfertigen?«

»Recht«, antwortete Franz, »mein Meister hat deren schon genug ausgearbeitet.«

»Oh«, sagte der Schmied, »was ich mir schon oft gewünscht habe, einem solchen Mann bei seiner Arbeit zuzusehn! denn ich kann es mir gar nicht vorstellen. Ich habe immer geglaubt, daß die Gemälde in den Kirchen schon sehr alt wären, und daß jetzt gar keine Leute lebten, die dergleichen zu machen verstünden.«

»Gerade umgekehrt«, sagte Franz, »die Kunst ist jetzt höher gestiegen, als sie nur jemals war, ich darf Euch sagen, daß man jetzt so malt, wie es die frühern Meister nie vermocht haben, die Manier ist jetzt edler, die Zeichnung richtiger und die Ausarbeitung bei weitem fleißiger, so daß die jetzigen Bilder den wirklichen Menschen ungleich ähnlicher sehen, als die vormaligen.«

»Und könnt Ihr Euch denn davon ernähren?« fragte der Schmied.

»Ich hoffe es«, antwortete Franz, »daß mich die Kunst durch die Welt bringen wird.«

»Aber im Grunde nützt doch das zu nichts«, fuhr jener fort.

»Wie man es nimmt«, sagte Franz, und war innerlich über diese Rede böse. »Das menschliche Auge und Herz findet ein Wohlgefallen daran, die Bibel wird durch Gemälde verherrlichet, die Religion unterstützt, was will man von dieser edlen Kunst mehr verlangen?«

»Ich meine«, sagte der Gesell, ohne sehr darauf zu achten, »es könnte doch zur Not entbehrt werden, es würde doch kein Unglück daraus entstehen, kein Krieg, keine Teurung, kein Mißwachs, Handel und Wandel bliebe in gehöriger Ordnung; das alles ist nicht so mit dem Schmiedehandwerk der Fall, als worauf ich reise, und darum dünkt mich, müßt Ihr mit einiger Besorgnis so in die Welt hineingehn, denn Ihr seid immer doch ungewiß, ob Ihr Arbeit finden werdet.«

Franz wußte darauf nichts zu antworten und schwieg still, er hatte noch nie darüber nachgedacht, ob seine Beschäftigung den Menschen nützlich wäre, sondern sich nur seinem Triebe überlassen. Er wurde betrübt, daß nur irgend jemand an dem hohen Werte der Kunst zweifeln könne, und doch wußte er jetzt jenen nicht zu widerlegen. »Ist doch der heilige Apostel Lukas selbst ein Maler gewesen!« fuhr er endlich auf.

»Wirklich?« sagte der Schmied und verwunderte sich, »das hätt ich nicht gedacht, daß das Handwerk schon so alt wäre.«

»Möchtet Ihr denn nicht«, fuhr Franz mit einem hochroten Gesichte fort, »wenn Ihr einen Freund oder Vater hättet, den Ihr so recht von Herzen liebtet, und Ihr müßtet nun auf viele Jahre auf die Wanderschaft gehn, und könntet sie in der langen langen Zeit nicht sehen, möchtet Ihr denn da nicht ein Bild wenigstens haben, das Euch vor den Augen stände, und jede Miene, jedes Wort zurückriefe, das sie sonst gesprochen haben? Ist es denn nicht schön und herrlich, wenigstens so im gefärbten Schatten das zu besitzen, was wir für teuer achten?«

Der Schmied wurde nachdenkend und Franz öffnete schnell seinen Mantelsack und wickelte einige kleine Bilder aus, die er selbst vor seiner Abreise gemalt hatte. »Seht hieher«, fuhr er fort, »seht, vor einigen Stunden habe ich mich von meinem liebsten Freunde getrennt und hier trage ich seine Gestalt mit mir herum; der da ist mein teurer Lehrer, Albrecht Dürer genannt, gradeso sieht er aus, wenn er recht freundlich ist, hier habe ich ihn noch einmal, wie er in seiner Jugend gestaltet war.«

Der Schmied betrachtete die Gemälde sehr aufmerksam und bewunderte die Arbeit, daß die Köpfe so natürlich vor den Augen ständen, daß man beinahe glauben könnte, lebendige Menschen vor sich zu sehn. »Ist es denn nun nicht schön«, sprach der junge Maler weiter, »daß sich männiglich bemüht, die Kunst immer höher zu treiben und immer wahrer das natürliche Menschenangesicht darzustellen? War es denn nicht für die übrigen Apostel und für alle damaligen Christen herrlich und eine liebliche Erquickung, wenn Lukas ihnen den Erlöser, der nicht mehr unter ihnen wandelte, wenn er ihnen Maria und Magdalena und die übrigen Heiligen hinmalen konnte, daß sie sie glaubten mit Augen zu sehen und mit den Händen zu erfassen? Und ist es denn nicht auch in unserm Zeitalter überaus schön, für alle Freunde des großen Mannes, des kühnen Streiters, den wackern Doktor Luther trefflich zu konterfeien, und dadurch die Liebe der Menschen und ihre Bewunderung zu erhöhn? Und wenn wir alle längst tot sind, müssen es uns nicht Enkel und späte Urenkel Dank wissen, wenn sie dann die jetzigen Helden und großen Männer von uns gemalt antreffen? O wahrlich, sie werden dann Albrecht segnen und mich auch vielleicht loben, daß wir uns ihnen zum Besten diese Mühe gaben, und keiner wird dann die Frage aufwerfen: wozu kann diese Kunst nützen?«

»Wenn Ihr es so betrachtet«, sagte der Schmied, »so habt Ihr ganz recht, und wahrlich, das ist dann ganz etwas anders, als Eisen zu hämmern. Schon oft habe ich es mir auch gewünscht, so irgend etwas zu tun, das bliebe, und wobei die künftigen Menschen meiner gedenken könnten, so eine recht überaus künstliche Schmiedearbeit, aber ich weiß immer noch nicht, was es wohl sein könnte, und ich kann mich auch oft darin nicht finden, warum ich das gerade will, da keiner meiner Handwerksgenossen darauf gekommen ist. Bei Euch ist das auf die Art freilich etwas Leichtes, und Ihr habt dabei nicht einmal so saure Arbeit, wie unsereins. Doch warum, lieber Maler, sieht man nur immer Kreuze und Leidensgeschichten und Heiligen? Warum findet Ihr es denn nicht auch der Mühe wert, Menschen, wie wir sie in ihrem gewöhnlichen Wandel vor uns sehn, selbst mit ihren Possierlichkeiten und wunderlichen Gebärden abzuschildern? Aber freilich wird dergleichen wohl nicht gekauft; auch malt Ihr ja meistens für Kirchen und heilige Örter. Doch darin denkt Ihr gerade wie ich, ja, mein Freund, Tag und Nacht wollt ich arbeiten und mich keinen Schweiß verdrießen lassen, wenn ich etwas zustande bringen könnte, das länger dauerte wie ich, das der Mühe wert wäre, daß man sich meiner dabei erinnerte, und darum möcht ich gern etwas ganz Neues und Unerhörtes erfinden oder entdecken, und ich halte die für sehr glückliche Menschen, denen so etwas gelungen ist.«

Bei diesen Worten verlor sich der Zorn des Malers völlig, er ward dem Schmiedegesellen darüber sehr gewogen und erzählte ihm noch mancherlei von sich und Nürnberg; er erfuhr, daß der junge Schmied aus Flandern komme. »Wollt Ihr mir einen großen Gefallen tun?« fragte der Fremde.

»Gern«, sagte Franz.

»So schreibt mir einige Worte auf und gebt sie mir an Euren Meister und Euren jungen Freund mit, ich will sie dann besuchen und sie müssen mich bei ihrer Arbeit zusehen lassen, weil ich es mir gar nicht vorstellen kann, wie sich die Farben so künstlich übereinanderlegen: dann will ich auch nachsehen, ob Eure Bilder da ähnlich sind.«

»Das ist nicht nötig«, sagte Franz, »Ihr dürft nur so zu ihnen gehen, von mir erzählen und einen Gruß bringen, so sind sie gewiß so gut und lassen Euch einen ganzen Tag nach Herzenslust zuschauen. Sagt ihnen dann, daß wir viel von ihnen gesprochen haben, daß mir noch die Tränen in den Augen stehen.«

Sie schieden hierauf und ein jeder ging seine Straße. Indem es gegen Abend kam, fielen dem jungen Sternbald viele Gegenstände zu Gemälden ein, die er in seinen Gedanken ordnete und mit Liebe bei diesen Vorstellungen verweilte; je röter der Abend wurde, je schwermütiger wurden seine Träumereien, er fühlte sich wieder einsam in der weiten Welt, ohne Kraft, ohne Hülfe in sich selber. Die dunkelgewordenen Bäume, die Schatten die sich auf dem Felde ausstreckten, die rauchenden Dächer eines kleinen Dorfes und die Sterne, die nach und nach am Himmel hervortraten, alles rührte ihn innig, alles bewegte ihn zu einem wehmütigen Mitleiden mit sich selber.

Er kehrte in die kleine Schenke des Dorfes ein, begehrte ein Abendessen und eine Ruhestelle. Als er allein war und schon die Lampe ausgelöscht hatte, stellte er sich an das Fenster und sahe nach der Gegend hin, wo Nürnberg lag. »Dich sollt ich vergessen?« rief er aus, »dich sollt ich weniger lieben? O mein liebster Sebastian, was wäre dann aus meinem Herzen geworden? Wie glücklich fühl ich mich darin, daß ich ein Deutscher, daß ich dein und Albrechts Freund bin! ach! wenn ihr mich nur nicht verstoßt, weil ich euer unwert bin.«

Er legte sich nieder, verrichtete sein Abendgebet und schlief dann beruhigter ein.

Drittes Kapitel

Am Morgen weckte ihn das muntre Girren der Tauben vor seinem Fenster, die manchmal in seine Stube hineinsahen und mit den Flügeln schlugen, dann wieder wegflogen und bald wiederkamen, um mit dem Halse nickend vor ihm auf und nieder zu gehen. Durch einige Lindenbäume warf die Sonne schräge Strahlen in sein Gemach und Franz stand auf und kleidete sich hurtig an; er sah mit festen Augen durch den reinen blauen Himmel und alle seine Plane wurden lebendiger in ihm, sein Herz schlug höher, alle Gefühle seiner Brust erklangen geläuterter. Er hätte jetzt mit der Farbenpalette vor einer großen Tafel stehn mögen und er hätte dreist die kühnen Figuren hingezeichnet, die sich in seiner Brust bewegten. Der frische Morgen gibt dem Künstler Stärkung und in den Strahlen des Frührots regnet Begeisterung auf ihn herab: der

Abend löst und schmelzt seine Gefühle, er weckt Ahndungen und unerklärliche Wünsche in ihm auf, der Gerührte fühlt dann näher, daß jenseit
dieses Lebens ein andres kunstreicheres liege, und sein inwendiger Genius schlägt oft vor Sehnsucht mit den Flügeln, um sich frei zu machen
und hineinzuschwärmen in das Land, das hinter den goldnen Abendwolken liegt.

Franz sang ein Morgenlied und fühlte keine Müdigkeit vom gestrigen
Wege mehr, er setzte mit frischen Kräften seine Reise fort. Das rege
Geflügel sang aus allen Gebüschen, das betaute Gras duftete und alle
Blätter funkelten wie Kristall. Er ging mit schnellen Schritten über eine
schöne Wiese, und das Geschmetter der Lerchen zog über ihn hinweg,
ihm war fast noch nie so wohl gewesen.

»Das Reisen«, sagte er zu sich selber, »ist ein herrlicher Zustand,
diese Freiheit der Natur, diese Regsamkeit aller Kreaturen, der reine
weite Himmel und der Menschengeist, der alles dies zusammenfassen
und in *einen* Gedanken zusammenstellen kann: – o glücklich ist der,
der bald die enge Heimat verläßt, um wie der Vogel seinen Fittich zu
prüfen und sich auf unbekannten, schöneren Zweigen zu schaukeln.
Welche Welten entwickeln sich im Gemüte, wenn die freie Natur umher
mit kühner Sprache in uns hineinredet, wenn jeder ihrer Töne unser
Herz trifft und alle Empfindungen zugleich anrührt. Ja, ich glaube, daß
ich einst ein guter Maler sein werde, da mein ganzer Sinn sich so der
Kunst zuwendet, da ich keinen andern Wunsch habe, da ich gern alles
übrige in dieser Welt aufgeben mag. Ich will nicht so zaghaft sein, wie
Sebastian, ich will mir selber vertrauen.«

Am Mittage ruhte er in einem Dorfe *aus, das* eine sehr schöne Lage
hatte; hier traf er einen Bauer, der mit einem Wagen noch denselben
Tag vier Meilen nach seinem Wohnort zu fahren gedachte. Der alte
Mann erzählte unterwegs userm Freunde viel von seiner Haushaltung,
von seiner Frau und seinen Kindern. Er war schon siebenzig Jahr und
hatte im Laufe seines Lebens mancherlei erfahren, er wünschte jetzt
nichts so sehnlich, als vor seinem Tode nur noch die berühmte Stadt
Nürnberg sehn zu können, wohin er nie gekommen war. Franz ward
durch die Reden des alten Mannes sehr gerührt, es war ihm sonderbar,
daß er erst am gestrigen Morgen Nürnberg verlassen hatte, und dieser
alte Bauer davon sprach, als wenn es ein fremder wunderweit entlegener
Ort sei, so daß er die als Auserwählte betrachtete, denen es gelinge,
dorthin zu kommen.

Mit dem Untergange der Sonne kamen sie vor die Behausung des Bauers an; kleine Kinder sprangen ihnen entgegen, die Erwachsenen arbeiteten noch auf dem Felde, die alte Mutter erkundigte sich eifrig nach den Verwandten, die ihr Mann besucht hatte, sie wurde nicht müde zu fragen und er beantwortete alles überaus treuherzig. Dann ward das Abendessen zubereitet und alle im Hause waren sehr geschäftig. Franz bekam den bequemsten Stuhl um auszuruhen, ob er gleich nicht ermüdet war.

Das Abendrot glänzte noch im Grase vor der Tür und die Kinder spielten darin, wie niedergeregnetes Gold funkelte es durch die Scheiben, und lieblich rot waren die Angesichter der Knaben und Mädchen; knurrend setzte sich die Hauskatze neben Franz und schmeichelte sich vertraulich an ihn, und Franz fühlte sich so wohl und glücklich, in der kleinen beengten Stube so selig und frei, daß er sich kaum seiner vorigen trüben Stunden erinnern konnte, daß er glaubte, er könne in seinem Leben nie wieder betrübt werden. Als nun die Dämmerung einbrach, fingen vom Herde der Küche die Heimchen ihren friedlichen Gesang an, am Wasserbach sang aus Birken eine Nachtigall heraus, und noch nie hatte Franz das Glück einer stillen Häuslichkeit, einer beschränkten Ruhe sich so nahe empfunden.

Die großen Söhne kamen aus dem Felde zurück und alle nahmen fröhlich und gutes Muts die Abendmahlzeit ein, man sprach von der bevorstehenden Ernte, vom Zustande der Wiesen. Franz lernte nach und nach das Befinden und die Eigenschaften jedes Haustiers, aller Pferde und Ochsen kennen. Die Kinder waren gegen die Alten ehrerbietig, man fühlte es, wie der Geist einer schönen Eintracht sie alle beherrschte.

Als es finster geworden war, vermehrte ein eisgrauer Nachbar die Gesellschaft, um den sich besonders die Kinder drängten und verlangten, daß er ihnen wieder eine Geschichte erzählen solle; die Alten mischten sich auch darunter und baten, daß er ihnen wieder von heiligen Märtyrern vorsagen möchte, nichts Neues, sondern was er ihnen schon oft erzählt habe, je öfter sie es hörten, je lieber würde es ihnen. Der Nachbar war auch willig und trug die Geschichte der heiligen Genoveva vor, dann des heiligen Laurentius, und alle waren in tiefer Andacht verloren. Franz war überaus gerührt. Noch in derselben Nacht fing er einen Brief für seinen Freund Sebastian an, am Morgen nahm er herzlich von seinen Wirten Abschied, und kam am folgenden Tage in eine kleine Stadt, wo er den Brief an seinen Freund beschloß. Wir teilen unsern Lesern diesen Brief mit.

Liebster Bruder!

Ich bin erst seit so kurzer Zeit von Dir und doch dünkt es mir schon so lange zu sein. Ich habe Dir eigentlich nichts zu schreiben und kann es doch nicht unterlassen, denn Dein eignes Herz kann Dir alles sagen, was Du in meinem Briefe finden solltest, wie ich immer an Dich denke, wie unaufhörlich das Bild meines teuren Meisters und Lehrers vor mir steht. Ein Schmiedegeselle wird Euch besucht haben, den ich am ersten Tage traf, ich denke Ihr habt ihn freundlich aufgenommen um meinetwillen. Ich schreibe diesen Brief in der Nacht, beim Schein des Vollmonds, indem meine Seele überaus beruhigt ist; ich bin hier auf einem Dorfe bei einem Bauer, mit dem ich vier Meilen hiehergefahren bin. Alle im Hause schlafen, und ich fühle mich noch so munter, darum will ich noch einige Zeit wach bleiben. Lieber Sebastian, es ist um das Treiben und Leben der Menschen eine eigene Sache. Wie die meisten so gänzlich ihres Zwecks verfehlen, wie sie nur immer suchen und nie finden, und wie sie selbst das Gefundene nicht achten mögen, wenn sie ja so glücklich sind. Ich kann mich immer nicht darin finden, warum es nicht besser ist, warum sie nicht zu ihrem eigenen Glücke mit sich einiger werden. Wie lebt mein Bauer hier für sich und ist zufrieden, und ist wahrhaft glücklich. Er ist nicht bloß glücklich, weil er sich an diesen Zustand gewöhnt hat, weil er nichts Besseres kennt, weil er sich findet, sondern alles ist ihm recht, weil er innerlich von Herzen vergnügt ist, und weil ihm Unzufriedenheit mit sich etwas Fremdes ist. Nur Nürnberg wünscht er vor seinem Tode noch zu sehen und lebt doch so nahe dabei; wie mich das gerührt hat!

Wir sprechen immer von einer goldenen Zeit, und denken sie uns so weit weg, und malen sie uns mit so sonderbaren und buntgrellen Farben aus. O teurer Sebastian, oft dicht vor unsern Füßen liegt dieses wundervolle Land, nach dem wir jenseit des Ozeans und jenseit der Sündflut mit sehnsüchtigen Augen suchen. Es ist nur das, daß wir nicht redlich mit uns selber umgehen. Warum ängstigen wir uns in unsern Verhältnissen so ab, um nur das bißchen Brot zu haben, das wir darüber selber nicht einmal in Ruhe verzehren können? Warum treten wir denn nicht manchmal aus uns heraus und schütteln alles das ab, was uns quält und drückt, und holen darüber frischen Atem, und fühlen die himmlische Freiheit, die uns eigentlich angeboren ist? Dann müssen wir der Kriege und Schlachten, der Zänkereien und Verleumdungen auf einige Zeit vergessen, alles hinter uns lassen und die Augen davor zudrücken, daß es in dieser Welt so wild hergeht und sich alles toll und verworren durcheinanderschiebt, damit irgendeinmal der himmlische Friede eine Gelegenheit fände, sich auf uns herabzusenken und mit seinen süßen lieblichen Flügeln zu umarmen. Aber wir wollen uns gern immer mehr in dem Wirrwarr der gewöhnlichen Welthändel verstricken, wir ziehn selber einen Flor über den Spiegel, der aus den Wolken herunterhängt, und in welchem Gottheit und Natur uns ihre himmlischen Angesichter zeigen, damit wir nur die Eitelkeiten der Welt desto wichtiger finden dürfen. So kann der Menschengeist sich nicht aus dem Staube aufrichten und getrost zu den Sternen hinblicken und seine Verwandtschaft zu ihnen empfinden. Er kann die Kunst nicht lieben, da er das nicht liebt, was ihn von der Verworrenheit erlöst, denn mit diesem seligen Frieden ist die Kunst verwandt. Du glaubst nicht, wie gern ich jetzt etwas malen möchte, was so ganz den Zustand meiner Seele ausdrückte, und ihn auch bei andern wecken könnte. Ruhige fromme Herden, alte Hirten im Glanz der Abendsonne, und Engel die in der Ferne durch, Kornfelder gehn, um ihnen die Geburt des Herrn, des Erlösers, des Friedefürsten zu verkündigen. Kein wildes Erstarren, keine erschreckten durcheinandergeworfenen Figuren, sondern mit freudiger Sehnsucht müßten sie nach den Himmlischen hinschauen, die Kindlein müßten mit ihren zarten Händlein nach den goldnen Strahlen hindeuten, die von den Botschaftern ausströmten. Jeder Anschauer müßte sich in das Bild hineinwünschen und seine Prozesse und Plane, seine Weisheit und seine politischen Konnexionen auf ein Viertelstündchen vergessen, und ihm würde dann vielleicht so sein, wie mir jetzt ist, indem ich dieses schreibe und denke. Laß Dich manchmal, lieber Sebastian, von der guten freundlichen Natur anwehen, wenn es Dir in Deiner Brust zu enge wird, schau auf die Menschen je zuweilen hin, die im Strudel des Lebens am wenigsten bemerkt werden, und heiße die süße Frömmigkeit willkommen, die unter alten Eichen beim Schein der Abendsonne, wenn Heimchen zwitschern und Feldtauben girren, auf Dich niederkömmt. Nenne mich nicht zu weich und vielleicht phantastisch, wenn ich Dir dieses rate, ich weiß, daß Du in manchen Sachen anders denkst, und vernünftiger und eben darum auch härter bist.

715

Ein Nachbar besuchte uns noch nach dem Abendessen und erzählte in seiner einfältigen Art einige Legenden von Märtyrern. Der Künstler sollte nach meinem Urteil bei Bauern oder Kindern manchmal in die Schule gehn, um sich von seiner kalten Gelehrsamkeit oder zu großen Künstlichkeit zu erholen, damit sein Herz sich wieder einmal der Einfalt auftäte, die doch nur einzig und allein die wahre Kunst ist. Ich wenigstens habe aus diesen Erzählungen vieles gelernt; die Gegenstände, die der Maler daraus darstellen müßte, sind mir in einem ganz neuen Lichte erschienen. Ich weiß Kunstgemälde, wo der rührendste Gegenstand von unnützen schönen Figuren, von Gemäldegelehrsamkeit und trefflich ausgedachten Stellungen so eingebaut war, daß das Auge lernte, das Herz aber nichts dabei empfand, als worauf es doch vorzüglich abgesehn sein müßte. So aber wollen einige Meister größer werden als die Größe, sie wollen ihren Gegenstand nicht darstellen, sondern verschönern, und darüber verlieren sie sich in Nebendingen. Ich denke jetzt an alles das, was uns der vielgeliebte Albrecht so oft vorgesagt hat, und fühle wie er immer recht und wahr spricht. – Grüße ihn; ich muß hier aufhören, weil ich müde bin. Morgen komme ich nach einer Stadt, da will ich den Brief schließen und abschicken. – –

716

– Ich bin angekommen und habe Dir, Sebastian, nur noch wenige Worte zu sagen und auch diese dürften vielleicht überflüssig sein. Wenn nur das ewige Auf- und Abtreiben meiner Gedanken nicht wäre! Wenn die Ruhe doch, die mich manchmal wie im Vorbeifliegen küßt, bei mir einheimisch würde, dann könnt ich von Glück sagen, und es würde vielleicht mit der Zeit ein Künstler aus mir, den die Welt zu den angesehenen zählte, dessen Namen sie mit Achtung und Liebe spräche. Aber ich sehe es ein, noch mehr fühl ich es, das wird mir ewig nicht gegönnt sein. Ich kann nicht dafür, ich kann mich nicht im Zaume halten, und alle meine Entwürfe, Hoffnungen, mein Zutrauen zu mir geht vor neuen Empfindungen unter, und es wird leer und wüst in meiner Seele, wie in einer rauhen Landschaft, wo die Brücken von einem wilden Waldstrome zusammengerissen sind. Ich hatte auf dem Wege so vielen Mut, ich konnte mich ordentlich gegen die großen herrlichen Gestalten nicht schützen und mich ihrer nicht erwehren, die in meiner Phantasie aufstiegen, sie überschütteten mich mit ihrem Glanze, überdrängten mich mit ihrer Kraft und eroberten und beherrschten so sehr meinen Geist, daß ich mich freute und mir ein recht langes Leben wünschte, um der Welt, den Kunstfreunden, und Dir, geliebter Sebastian, so recht ausführlich hinzumalen, was mich innerlich mit unwiderstehlicher Gewalt beherrschte. Aber kaum habe ich nun die Stadt, diese Mauern, und die Emsigkeit der Menschen gesehen, so ist alles in meinem Gemüte wieder wie zugeschüttet, ich kann die Plätze meiner Freude nicht wiederfinden, keine Erscheinung steigt auf. Ich weiß nicht mehr, was ich bin; mein Sinn ist gänzlich verwirrt. Mein Zutrauen zu mir scheint mir Raserei, meine inwendigen Bilder sind mir abgeschmackt, sie werden mir so unmöglich, als wenn sie sich nie wirklich fügen würden, als wenn kein Auge Wohlgefallen daran finden könnte. Mein Brief verdrießt mich; mein Stolz ist beschämt. – Was ist es, Sebastian, warum kann ich nicht mit mir einig werden? Ich meine es doch so gut und ehrlich. – Lebe wohl und bleibe immer mein Freund und grüße unsern Meister Albrecht. ⁷¹⁷

Viertes Kapitel

Franz hatte in dieser Stadt einen Brief an einen Mann abzugeben, der der Vorsteher einer ansehnlichen Fabrik war. Er ging zu ihm und traf ihn gerade in Geschäften, so daß Herr Zeuner den Brief nur sehr flüchtig las und mit dem jungen Sternbald nur wenig sprechen konnte, ihn aber bat, zum Mittagsessen wiederzukommen.

Franz ging betrübt durch die Gassen der Stadt, und fühlte sich ganz fremd. Zeuner hatte für ihn etwas Zurückstoßendes und Kaltes, und er hatte gerade eine sehr freundliche Aufnahme erwartet, da er einen Brief von seinem ihm so teuern Lehrer überbrachte. Als es Zeit zum Mittagsessen schien, ging er nach Zeuners Hause zurück, das eins der größten in der Stadt war; mit Bangigkeit schritt er die großen Treppen hinauf und durch den prächtig verzierten Vorsaal: im ganzen Hause merkte man, daß man sich bei einem reichen Manne befinde. Er ward in einen Saal geführt, wo eine stattliche Versammlung von Herren und Damen, alle mit schönen Kleidern angetan, nur auf den Augenblick des Essens zu warten schienen. Nur wenige bemerkten ihn, und die zufälligerweise ein Gespräch mit ihm anfingen, brachen bald wieder ab, als sie hörten, daß er ein Maler sei. Jetzt trat der Herr des Hauses herein, und alle drängten sich mit höflichen und freundlichen Glückwünschen um ihn her; jeder ward freundlich von ihm bewillkommt, auch Franz im Vorbeigehn. Dieser hatte sich in eine Ecke des Fensters zurückgezogen, und sah mit Bangigkeit und schlagendem Herzen auf die Gasse hinunter, denn es war zum ersten Male, daß er sich in einer solchen großen Gesellschaft befand. Wie anders kam ihm hier die Welt vor, die er von anständigen, wohlgekleideten und unterrichteten Leuten über tausend nichtswürdige Gegenstände, nur nicht über die Malerei reden hörte, ob er gleich geglaubt hatte, daß sie jedem Menschen am Herzen liegen müsse, und daß man auf ihn, als einen vertrauten Freund Albrecht Dürers, besonders aufmerksam sein würde.

Man setzte sich zu Tische, er saß fast unten. Durch den Wein belebt ward das Gespräch der Gesellschaft bald munterer, die Frauen erzählten von ihrem Putze, die Männer von ihren mannigfaltigen Geschäften, der Hausherr ließ sich weitläuftig darüber aus, wie sehr er nun nach und nach seine Fabrik verbessert habe und wie der Gewinn also um so einträglicher sei. Was den guten Franz besonders ängstigte, war, daß von allen abwesenden reichen Leuten mit einer vorzüglichen Ehrfurcht gesprochen wurde; er fühlte, wie hier das Geld das einzige sei, was man achte und schätze: er konnte fast kein Wort mitsprechen. Auch die jungen Frauenzimmer waren ihm zuwider, da sie nicht so züchtig und still waren, wie er sie sich vorgestellt hatte, alle setzten ihn in Verlegenheit, er fühlte seine Armut, seinen Mangel an Umgang zum erstenmal in seinem Leben auf eine bittere Art. In der Angst trank er vielen Wein und ward dadurch und von den sich durchkreuzenden Gesprächen ungemein erhitzt. Er hörte endlich kaum mehr darauf hin, was gesprochen ward, die groteskesten Figuren beschäftigten seine Phantasie, und als die Tafel aufgehoben ward, stand er mechanisch mit auf, fast ohne es zu wissen.

Die Gesellschaft verfügte sich nun in einen angenehmen Garten, und Franz setzte sich etwas abseits auf eine Rasenbank nieder, es war ihm, als wenn die Gesträuche und Bäume umher ihn über die Menschen trösteten, die ihm so zuwider waren. Seine Brust ward freier, er wiederholte in Gedanken einige Lieder, die er in seiner Jugend gelernt hatte, und die ihm seit lange nicht eingefallen waren. Der Hausherr kam auf ihn zu, er stand auf und sie gingen sprechend in einem schattigen Gange auf und nieder.

»Ihr seid jetzt auf der Reise?« fragte ihn Zeuner.

»Ja«, antwortete Franz, »vorjetzt will ich nach Flandern und dann nach Italien.«

»Wie seid Ihr grade auf die Malerkunst geraten?«

»Das kann ich Euch selber nicht sagen, ich war plötzlich dabei, ohne zu wissen, wie es kam; einen Trieb, etwas zu bilden, fühlte ich immer in mir.«

»Ich meine es gut mit Euch«, sagte Zeuner, »Ihr seid jung und darum laßt Euch von mir raten. In meiner Jugend gab ich mich auch wohl zuweilen mit Zeichnen ab, als ich aber älter wurde, sah ich ein, daß mich das zu nichts führen könne. Ich legte mich daher eifrig auf ernsthafte Geschäfte und widmete ihnen alle meine Zeit, und seht, dadurch bin ich nun das geworden, was ich bin. Eine große Fabrik und viele Arbeiter stehn unter mir, zu deren Aufsicht, so wie zum Führen meiner Rechnungen ich immer treue Leute brauche. Wenn Ihr wollt, so könnt Ihr mit einem sehr guten Gehalte bei mir eintreten, weil mir grade mein erster Aufseher gestorben ist. Ihr habt ein sichres Brot und ein gutes Auskommen, Ihr könnt Euch hier verheiraten und sogleich antreffen, was Ihr in einer ungewissen zukünftigen Ferne sucht. – Wollt Ihr also Eure Reise einstellen und bei mir bleiben?«

Franz antwortete nicht.

»Ihr mögt vielleicht viel Geschick zur Kunst haben«, fuhr jener fort, »aber was habt Ihr mit alledem gewonnen? Wenn Ihr auch ein großer Meister werdet, so führt Ihr doch immer ein kümmerliches und höchst armseliges Leben. Ihr habt ja das Beispiel an Eurem Lehrer. Wer erkennt ihn, wer belohnt ihn? Mit allem seinem Fleiße muß er sich doch von einem Tage zum andern hinübergrämen, er hat keine frohe Stunde, er kann sich nie recht ergötzen, niemand achtet ihn, da er ohne Vermögen ist, statt daß er reich, angesehen und von Einfluß sein könnte, wenn er sich den bürgerlichen Geschäften gewidmet hätte.«

»Ich kann Euren Vorschlag durchaus nicht annehmen«, rief Franz aus.

»Und warum nicht? ist denn nicht alles wahr, was ich Euch gesagt habe?«

»Und wenn es auch wahr ist«, antwortete Franz, »so kann ich es doch so unmöglich glauben. Wenn Ihr das Zeichnen und Bilden sogleich habt unterlassen können, als Ihr es wolltet, so ist das gut für Euch, aber so habt Ihr auch unmöglich einen recht kräftigen Trieb dazu verspürt. Ich wüßte nicht, wie ich es anfinge, daß ich es unterließe, ich würde Eure Rechnungen und alles verderben, denn immer würden meine Gedanken darauf gerichtet bleiben, wie ich diese Stellung und jene Miene gut ausdrücken wollte, alle Eure Arbeiter würden mir nur ebenso viele

Modelle sein: Ihr wärt ein schlechter Künstler geworden, so wie ich zu allen ernsthaften Geschäften verdorben bin, denn ich achte sie zu wenig, ich habe keine Ehrfurcht vor dem Reichtum, ich könnte mich nimmer zu diesem kunstlosen Leben bequemen. Und was Ihr mir von meinem Albrecht Dürer sagt, gereicht den Menschen, nicht aber ihm zum Vorwurf. Er ist arm, aber doch in seiner Armut glückseliger als Ihr. Oder haltet Ihr es denn für so gar nichts, daß er sich hinstellen darf und sagen: nun will ich einen Christuskopf malen! und das Haupt des Erlösers mit seinen göttlichen Mienen in kurzem wirklich vor Euch steht und Euch ansieht, und Euch zur Andacht und Ehrfurcht zwingt, selbst wenn Ihr gar nicht dazu aufgelegt seid? Seht, ein solcher Mann ist der verachtete Dürer.«

Franz hatte nicht bemerkt, daß während seiner Rede sich das Gesicht seines Wirts zum Unwillen verzogen hatte; er nahm kurz Abschied und ging mit weinenden Augen nach seiner Herberge. Hier hatte er auf seinem Fenster das Bildnis Albrecht Dürers aufgestellt, und als er in die Stube trat, fiel er laut weinend und klagend davor nieder und schloß es in seine Arme, drückte es an die Brust und bedeckte es mit Küssen. »Ja, mein guter, lieber, ehrlicher Meister!« rief er aus, »nun lerne ich erst die Welt und ihre Gesinnungen kennen! Das ist das, was ich dir nicht glauben wollte, sooft du es mir auch sagtest. Ach wohl, wohl sind die Menschen undankbar gegen dich und deine Herrlichkeit und gegen die Freuden, die du ihnen zu genießen gibst. Freilich haben Sorgen und stete Arbeit diese Furchen in deine Stirn gezogen, ach! ich kenne diese Falten ja nur zu gut. Welcher unglückselige Geist hat mir diese Liebe und Verehrung zu dir eingeblasen, daß ich wie ein lächerliches Wunder unter den übrigen Menschen herumstehn muß, daß ich auf ihre Reden nichts zu antworten weiß, daß sie meine Fragen nicht verstehen? Aber ich will dir und meinem Triebe getreu bleiben; was tut's, wenn ich arm und verachtet bin, was weiter, wenn ich auch am Ende aus Mangel umkommen sollte! Du und Sebastian, ihr beide werdet mich wenigstens deshalb lieben!«

Er hatte noch einen Brief von Dürers Freund Pirkheimer an einen angesehenen Mann der Stadt abzugeben. Er war unentschlossen, ob er ihn selber hintragen sollte. Endlich nahm er sich vor, ihn eilig abzugeben und noch an diesem Abend die Stadt, die ihm so sehr zuwider war, zu verlassen.

Man wies ihn auf seine Fragen nach einem abgelegenen kleinen Hause, in welchem die größte Ruhe und Stille herrschte. Ein Diener führte ihn in ein schön verziertes Gemach, in welchem ein ehrwürdiger alter Mann saß; er war derselbe, an welchen der Brief gerichtet war. »Ich freue mich«, sagte der Greis, »wieder einmal Nachrichten von meinem lieben Freunde Pirkheimer zu erhalten; aber verzeiht, junger Mann, meine Augen sind so schwach, daß Ihr so gut sein müßt, mir selber das Schreiben vorzulesen.«

Franz schlug den Brief auseinander und las unter Herzklopfen, wie Pirkheimer ihn als einen edlen und sehr hoffnungsvollen jungen Maler rühmte, und ihn den besten Schüler Albrecht Dürers nannte. Bei diesen Worten konnte er kaum seine Tränen zurückdrängen.

»So seid Ihr ein Schüler des großen Mannes, meines teuren Albrechts?« rief der Alte wie entzückt aus, »o so seid mir von Herzen willkommen!« Er umarmte mit diesen Worten den jungen Mann, der nun seine schmerzliche Freude nicht mehr mäßigen konnte, laut schluchzte und ihm alles erzählte.

Der Greis tröstete ihn mit liebevollen und verständigen Worten und beide setzten sich freundlich und vertraut nahe zueinander. »O wie oft«, sagte der alte Mann, »habe ich mich an den überaus köstlichen Werken dieses wahrhaft einzigen Malers ergötzt, als meine Augen noch in ihrer Kraft waren! Wie oft hat nur er mich über alles Unglück dieser Erde getröstet! O wenn ich ihn doch einmal wiedersehn könnte!«

Franz vergaß, daß er noch vor Sonnenuntergang die Stadt hatte verlassen wollen; er blieb gern, als ihn der Alte zum Abendessen bat. Bis spät in die Nacht mußte er ihm von Albrechts Werken, von ihm erzählen, dann von Pirkheimer und von seinen eigenen Entwürfen. Franz ergötzte sich an diesem Gespräch und konnte nicht müde werden, dies und jenes zu fragen und zu erzählen, er freute sich, daß der Greis die Kunst so schätzte, daß er von seinem Lehrer mit gleicher Wärme sprach.

Sehr spät gingen sie auseinander und Franz fühlte sich so getröstet und so glücklich, daß er noch lange in seinem Zimmer auf und ab ging, den Mond betrachtete, und an großen Gemälden in Gedanken arbeitete.

Fünftes Kapitel

Wir treffen unsern jungen Freund vor einem Dorfe an der Tauber wieder an. Er hatte einen Umweg durch das blühende Frankenland gemacht, um einige Meilen von Mergentheim seine Eltern zu besuchen. Er war als ein Knabe von zwölf Jahren zufälligerweise nach Nürnberg gekommen und auf sein inständiges Bitten bei Meister Albrecht in die Lehre gebracht; wenige Bekannte und wohlhabende weitläuftige Verwandte ließen ihm einige Unterstützung zufließen, die er aber kaum bei seinem großmütigen Meister bedurfte. Es war schon lange gewesen, daß er von seinen Eltern, schlichten Bauersleuten, keine Nachricht bekommen hatte.

Es war noch am Morgen, als er vor dem Wäldchen stand, das sich vor dem Dorfe ausbreitete. Hier war sein Spielplatz gewesen, hier hatte er oft in der stillen Einsamkeit des Abends voll Nachdenken gewandelt, indem die Schatten dichter zusammenwuchsen und das Rot der sinkenden Sonne tief unten durch die Baumstämme äugelte, und mit zuckenden Strahlen um ihn spielte. Hier hatte sich zuerst sein Trieb zur Kunst entzündet, und er trat in den Wald mit einer Empfindung, wie man einen heiligen Tempel betritt. Er hatte vor allen einen Lieblingsbaum gehabt, von dem er sich oft kaum hatte trennen können; diesen suchte er jetzt eifrig mit zunehmender Rührung auf. Es war eine dicke Eiche mit vielen weit ausgebreiteten Zweigen, welche Kühlung und Schatten gaben. Er fand den Baum, er war in seiner alten Schönheit, und der Rasen am Fuße desselben noch ebenso weich und frisch als ehemals. Wie vieler Gefühle aus seiner Kindheit erinnerte er sich an dieser Stelle! wie er gewünscht hatte, oben in dem krausen Wipfel zu sitzen und von da in das weite Land hineinzuschauen, mit welcher Sehnsucht er den Vögeln nachgesehn hatte, die von Zweig zu Zweig sprangen und mit den dunkelgrünen Blättern scherzten, die nicht wie er nach einem Hause rückkehrten, sondern im ewig frohen Leben, von glänzenden Stunden angeschienen, die frische Luft einatmeten und Gesang zurückgaben, die das Abend- und Morgenrot sahen, die keine Schule hatten und keinen strengen Lehrer. Ihm fiel alles ein, was er vormals gedacht hatte, alle kindischen Begriffe und Empfindungen gingen an ihm vorüber, reichten ihm die kleinen Hände und hießen ihn so herzlich willkommen, daß er heftig im Innersten erschrak, daß er nun wieder unter dem alten Baume stehe und wieder dasselbe denke und empfinde, er noch derselbe

722

25

Mensch sei. Alle zwischenliegenden Jahre, und alles, was sie an ihm vermocht hatten, fiel in einem Augenblicke von ihm ab, und er stand wieder als Knabe da, die Zeit seiner Kindheit lag ihm so nahe, daß er alles übrige nur für einen vorüberfliegenden Traum halten wollte. Ein Wind rauschte herüber und ging durch die großen Äste des Baums, und alle Gefühle, die fernsten und dunkelsten Erinnerungen wurden mit herübergeweht, und wie Vorhänge fiel es immer mehr von seiner Seele zurück, und er sah nur sich und die liebe Vergangenheit. Alle frommen Empfindungen gegen seine Eltern, der Unterricht, den ihm seine ersten Bücher gaben, sein Spielzeug fiel ihm wieder bei und seine Zärtlichkeit gegen leblose Gestalten.

»Wer bin ich?« sagte er zu sich selber und schaute langsam um sich her. »Was ist es, daß die Vergangenheit so lebendig in meinem Innern aufsteigt? Wie konnte ich alles, wie konnte ich meine Eltern so lange, fast, wenn ich wahr sein soll, vergessen? Wäre es möglich, daß uns die Kunst gegen die besten und teuersten Gefühle verhärten könnte? Und doch kann es nur das sein, daß dieser Trieb mich zu sehr beschäftigte, sich mir vorbaute und die Aussicht des übrigen Lebens verdeckte.«

Er stand in Gedanken, und die Malerstube, und Albrecht, und seine Kopien kamen ihm wieder in die Gedanken, er setzte seinen Freund Sebastian sich gegenüber und hörte schnell wieder durch, was sie nur je miteinander gesprochen hatten; dann sah er wieder um sich, und die Natur selbst, der Himmel, der rauschende Wald und sein Lieblingsbaum schienen Atem und Leben zu seinen Gemälden herzugeben, Vergangenheit und Zukunft bekräftigten seinen Trieb, und alles was er gedacht und empfunden, war ihm nur deswegen wert, weil es ihn dieser Liebe zugeführt hatte. Er ging mit schnellen Schritten weiter und alle Bäume schienen ihm nachzurufen, aus jedem Busche traten Erscheinungen hervor und wollten ihn zurückhalten, er taumelte aus einer Erinnerung in die andere, und verlor sich in ein Labyrinth von seltsamen Empfindungen.

Er kam auf einen freien Platz im Walde, und plötzlich stand er still. Er wußte selbst nicht, warum er innehielt, er verweilte, um darüber nachzudenken. Ihm war, als habe er sich hier auf etwas zu besinnen, das ihm so lieb, so unaussprechlich teuer gewesen sei; jede Blume im Grase nickte so freundlich, als wenn sie ihm auf seine Erinnerungen helfen wollte. »Es ist hier, gewißlich hier!« sagte er zu sich selber und suchte emsig nach dem glänzenden Bilde, das wie von schwarzen Wolken

723

in seiner innersten Seele zurückgehalten wurde. Mit einem Male brachen ihm die Tränen aus den Augen, er hörte vom Felde herüber eine einsame Schalmei eines Schäfers, und nun wußte er alles. Als Knabe von sechs Jahren war er hier im Walde gegangen, auf diesem Platze hatte er Blumen gesucht, ein Wagen kam dahergefahren und hielt still, eine Frau stieg ab und hob ein Kind herunter, und beide gingen auf dem grünen Plane hin und her, dem kleinen Franz vorüber. Das Kind, ein liebliches blondes Mädchen, kam zu ihm und bat um seine Blumen, er schenkte sie ihr alle, ohne selbst seine Lieblinge zurückzubehalten, indes ein alter Diener auf einem Waldhorne blies, und Töne hervorbrachte, die dem jungen Franz damals äußerst wunderbar in das Ohr erklangen. So verging eine geraume Zeit, indem er das volle Antlitz des Kindes betrachtete, das ihn wie ein voller Mond anschaute und anlächelte: dann fuhren die Fremden wieder fort, und er erwachte wie aus einem Entzücken zu sich und den gewöhnlichen Empfindungen, den gewöhnlichen Spielen, dem gewöhnlichen Leben von einem Tage zum andern hinüber. Dazwischen klangen immer die holden Waldhornstöne in seine Existenz hinein und vor ihm stand glühend und blühend das holde Angesicht des Kindes, dem er seine Blumen geschenkt hatte, nach denen er im Schlummer oft die Hände ausstreckte, weil ihn dünkte, das Mädchen neige sich über ihn, sie ihm zurückzugeben. Er wußte und begriff nicht, warum ihm dieser Augenblick seines Lebens so wichtig und glänzend war, aber alles Liebe und Holde entlehnte er von dieser Kindergestalt, alles Schöne was er sah, trug er in des Mädchens Bild hinüber: wenn er von Engeln hörte, glaubte er einen zu kennen und sich von ihm gekannt, er war es überzeugt, daß die Feldblumen einst ein Erkennungszeichen zwischen ihnen beiden sein würden.

Als er so deutlich wieder an alles dieses dachte, als ihm einfiel, daß er es in so langer Zeit gänzlich vergessen hatte, setzte er sich in das grüne Gras nieder und weinte; er drückte sein heißes Gesicht an den Boden und küßte mit Zärtlichkeit die Blumen. Er hörte in der Trunkenheit wieder die Melodie eines Waldhorns, und konnte sich vor Wehmut, vor Schmerzen der Erinnerung und süßen ungewissen Hoffnungen nicht fassen. »Bin ich wahnsinnig, oder was ist es mit diesem törichten Herzen?« rief er aus. »Welche unsichtbare Hand fährt so zärtlich und grausam zugleich über alle Saiten in meinem Innern hinweg, und scheucht alle Träume und Wundergestalten, Seufzer und Tränen und verklungene Lieder aus ihrem fernen Hinterhalte hervor? O mein Geist, ich fühle es, strebt nach etwas Überirdischem, das keinem Menschen gegönnt ist. Mit magnetischer Gewalt zieht der unsichtbare Himmel mein Herz an sich und bewegt alle Ahndungen durcheinander, die längst ausgeweinten Freuden, die unmöglichen Wonnen, die Hoffnungen, die keine Erfüllungen zulassen. Und ich kann es keinem Menschen, keinem Bruder einmal klagen, wie mein Gemüt zugerichtet ist, denn keiner würde meine Worte verstehen. Daher aber gebricht mir die Kraft, die den übrigen Menschen verliehen ist, und die uns zum Leben notwendig bleibt, ich matte mich ab in mir selber und keiner hat dessen Gewinn, mein Mut verzehrt sich, ich wünsche was ich selbst nicht kenne. Wie Jakob seh ich im Traum die Himmelsleiter mit ihren Engeln, aber ich kann nicht selbst hinaufsteigen, um oben in das glänzende Paradies zu schauen, denn der Schlaf hat meine Glieder bezwungen, und was ich sehe und höre, ahnde und hoffe und lieben möchte, ist nur Traumgestalt in mir.«

Jetzt schlug die Glocke im Dorfe. Er stand auf und trocknete sich die Augen, indem er weiterging, und nun schon die Hütten und die kleine Kirche durch das grüne Laub schimmern sah. Er ging an einem Garten vorbei, über dessen Zaun ein Zweig voll schöner roter Kirschen hing. Er konnte es nicht unterlassen, einige abzubrechen und sie zu kosten, weil die Frucht dieses Baumes ihn in der Kindheit oft erfreut hatte; es waren dieselben Zweige, die sich ihm auch jetzt freundlich entgegen-streckten, aber die Frucht schmeckte ihm nicht wie damals. »In der Kindheit«, sagte er zu sich selber, »wird der Mensch von den blanken, glänzenden, und vielfarbigen Früchten und ihrem süßen lieblichen Ge-schmacke angelockt, das Leben liebzugewinnen, wie es die Schulmeister in den Schulen machen, die im Anbeginn mit Süßigkeiten dem Kinde Lust zum Lernen beibringen wollen; nachher verliert sich im Menschen dieses frohe Vorgefühl des Lebens, der Lehrer wird streng, die Arbeit fängt an, und die Lockung selbst verliert ihren Wohlgeschmack.«

Franz ging über den Kirchhof und las die Kreuze im Vorbeigehn schnell, aber an keinem stand der Name seines Vaters oder seiner Mutter geschrieben, und er fühlte sich zuversichtlicher. Die Mauer des Turms kam ihm nicht so hoch vor, alles war ihm beengter, das Haus seiner Eltern kannte er kaum wieder. Er zitterte, als er die Tür anfaßte, und doch war es ihm schon wieder wie gewöhnlich, diese Tür zu öffnen. In der Stube saß die Mutter mit verbundenem Kopf und weinte; als sie ihn erkannte, weinte sie noch heftiger; der Vater lag im Bette und war

725

krank. Er umarmte sie beide mit gepreßtem Herzen, er erzählte ihnen, sie ihm, sie sprachen durcheinander und fragten sich, und wußten doch nicht recht, was sie reden sollten. Der Vater war matt und bleich. Franz hatte ihn sich ganz anders vorgestellt, und darum war er nun so gerührt, und konnte sich gar nicht wieder zufriedengeben. Der alte Mann sprach viel vom Sterben, von der Hoffnung der Seligkeit, er fragte den jungen Franz, ob er auch Gott noch so treu anhange, wie er ihm immer gelehrt habe. Franz drückte ihm die Hand und sagte: »Haben wir in diesem irdischen Leben etwas anders zu suchen, als die Ewigkeit? Ihr liegt nun da an der Grenze, Ihr werdet nun bald in Eurer Andacht nicht mehr gestört werden, und ich will mir gewiß auch alle Mühe geben, mich von den Eitelkeiten zu entfernen.«

»Liebster Sohn«, sagte der Vater, »ich sehe mein Lehren ist an dir nicht verlorengegangen. Wir müssen arbeiten, sinnen und denken, weil wir einmal in dieses Leben, in dieses Joch eingespannt sind, aber darum müssen wir doch nie das Höhere aus den Augen verlieren. Sei redlich in deinem Gewerbe, damit es dich ernährt, aber laß nicht deine Nahrung, deine Bekleidung den letzten Gedanken deines Lebens sein; trachte auch nicht nach dem irdischen Ruhme, denn alles ist doch nur eitel, alles bleibt hinter uns, wenn der Tod uns fordert. Male, wenn es sein kann, die heiligen Geschichten recht oft, um auch in weltlichen Gemütern die Andacht zu erwecken.«

Franz aß wenig zu Mittage, der Alte schien sich gegen Abend zu erholen. Die Mutter war nun schon daran gewöhnt, daß Franz wieder da sei; sie machte sich seinetwegen viel zu tun, und vernachlässigte den Vater beinah. Franz war unzufrieden mit sich, er hätte dem Kranken gern alle glühende Liebe eines guten Sohnes gezeigt, auf seine letzten Stunden gern alles gehäuft, was ihn durch ein langes Leben hätte begleiten sollen, aber er fühlte sich so verworren und sein Herz so matt, daß er über sich selber erschrak. Er dachte an tausend Gegenstände die ihn zerstreuten, vorzüglich an Gemälde von Kranken, von trauernden Söhnen und wehklagenden Müttern, und darüber machte er sich dann die bittersten Vorwürfe.

Als sich die Sonne zum Untergange neigte, ging die Mutter hinaus, einige Gemüse aus ihrem kleinen Garten, der in einiger Entfernung lag, zur Abendmahlzeit zu holen. Der Alte ließ sich im Sessel von seinem Sohne vor die Haustüre tragen, um sich von den roten Abendstrahlen bescheinen zu lassen.

Es stand ein Regenbogen am Himmel, und im Westen regnete der Abend in goldnen Strömen nieder. Schafe weideten gegenüber und Birken säuselten, der Vater schien stärker zu sein. »Nun sterb ich gerne«, rief er aus, »da ich dich noch vor meinem Tode gesehen habe.«

Franz konnte nicht viel antworten, die Sonne sank tiefer und schien dem Alten feurig ins Gesicht, der sich wegwendete und seufzte: »Wie Gottes Auge blickt es mich noch zu guter Letzt an und straft mich Lügen; ach! wenn doch erst alles vorüber wäre!« Franz verstand diese Worte nicht, aber er glaubte zu bemerken, daß sein Vater von Gedanken beunruhigt würde. »Ach wenn man so mit hinuntersinken könnte!« rief der Alte aus, »mit hinunter mit der lieben Gottes-Sonne! O wie schön und herrlich ist die Erde, und jenseit muß es noch schöner sein; dafür ist uns Gottes Allmacht Bürge. Bleib immer fromm und gut, lieber Franz, und höre mir aufmerksam zu, was ich dir jetzt noch zu entdecken habe.«

Franz trat ihm näher, und der Alte sagte: »Du bist mein Sohn nicht, liebes Kind.« – Indem kam die Mutter zurück; man konnte sie aus der Ferne hören, weil sie mit lauter Stimme ein geistliches Lied sang, der Alte brach sehr schnell ab und sprach von gleichgültigen Dingen. »Morgen«, sagte er heimlich zu Franz, »morgen!«

Die Herden kamen vom Felde mit den Schnittern, alles war fröhlich, aber Franz war sehr in Gedanken versunken, er betrachtete die beiden Alten in einem ganz neuen Verhältnisse zu sich selber, er konnte kein Gespräch anfangen, die letzten Worte seines vermeintlichen Vaters schallten ihm noch immer in den Ohren, und er erwartete mit Ungeduld den Morgen.

Es ward finster, der Alte ward hineingetragen und legte sich schlafen; Franz aß mit der Mutter. Plötzlich hörten sie nicht mehr den Atemzug des Vaters, sie eilten hinzu und er war verschieden. Sie sahen sich stumm an, und nur Brigitte konnte weinen. »Ach! so ist er denn gestorben ohne von mir Abschied zu nehmen?« sagte sie seufzend; »ohne Priester und Einsegnung ist er entschlafen! – Ach! wer auf der weiten Erde wird nun noch mit mir sprechen, da sein Mund stumm geworden ist? Wem soll ich mein Leid klagen, wer wird mit mir davon reden, daß die Bäume blühen und ob wir die Früchte abnehmen sollen? – Oh! der gute alte Vater! Nun ist es also vorbei mit unserm Umgang, mit unsern Abendgesprächen, und ich kann gar nichts dazu tun, sondern ich muß mich nur so eben darin finden. Unser aller Ende sei ebenso sanft!«

Die Tränen machten sie stumm und Franz tröstete sie. Er sah in Gedanken betende Einsiedler, die verehrungswürdigen Märtyrer, und alle Leiden der armen Menschheit gingen in mannigfaltigen Bildern seinem Geiste vorüber.

Sechstes Kapitel

Die Leiche des Alten lag in der Kammer auf Stroh ausgebreitet, und Franz stand sinnend vor der Tür. Die Nachbarn traten herzu und trösteten ihn; Brigitte weinte von neuem, sooft darüber gesprochen wurde, sein Herz war zu, seine Augen waren wie vertrocknet, tausend neue Bilder zogen durch seine Sinne, er konnte sich selber nicht verstehn, er hätte gern mit jemand sprechen mögen, er wünschte Sebastian herbei, um ihm alles klagen zu können.

Am dritten Tage war das Begräbnis, und Brigitte weinte und klagte laut am Grabe, als sie den nun mit Erde zudeckten, den sie seit zwanzig Jahren so genau gekannt hatte, den sie fast einzig liebte. Sie wünschte auch bald zu sterben, um wieder in seiner Gesellschaft zu sein, um mit ihm die Gespräche fortzusetzen, die sie hier hatte abbrechen müssen. Franz schweifte im Felde umher, und betrachtete die Bäume, die sich in einem benachbarten Teiche spiegelten. Er hatte noch nie eine Landschaft mit diesem Vergnügen beschaut, es war ihm noch nie vergönnt gewesen, die mannigfaltigen Farben mit ihren Schattierungen, das Süße der Ruhe, die Wirkung des Baumschlages in der Natur zu entdecken, wie er es jetzt im klaren Wasser gewahr ward. Über alles ergötzte ihn aber die wunderbare Perspektive, die sich bildete, und der Himmel dazwischen mit seinen Wolkenbildern, das zarte Blau, das zwischen den krausen Figuren und dem zitternden Laube schwamm. Franz zog seine Schreibtafel hervor, und wollte anfangen, die Landschaft zu zeichnen; aber schon die wirkliche Natur erschien ihm trocken gegen die Abbildung im Wasser, noch weniger aber wollten ihm die Striche auf dem Papiere genügen, die durchaus nicht das nachbildeten, was er vor sich sah. Er war bisher noch nie darauf gekommen, eine Landschaft zu zeichnen, er hatte sie immer nur als eine notwendige Zugabe zu manchen historischen Bildern angesehn, aber noch nie empfunden, daß die leblose Natur etwas für sich Ganzes und Vollendetes ausmachen könne, und so der Darstellung würdig sei. Unbefriedigt ging er nach der Hütte seines Pflegevaters zurück.

Seine Mutter kam ihm entgegen, die sich in der ungewohnten Einsamkeit nicht zu lassen wußte. Sie setzten sich beide auf eine Bank, die vor dem Hause stand, und unterredeten sich von mancherlei Dingen. Franz ward durch jeden Gegenstand den er sah, durch jedes Wort das er hörte, niedergeschlagen, die weidenden Herden, die ziehenden Töne des Windes durch die Bäume, das frische Gras und die sanften Hügel weckten keine Poesie in seiner Seele auf. Er hatte Vater und Mutter verloren, seine Freunde verlassen, er kam sich so verwaist und verachtet vor, besonders hier auf dem Lande, wo er mit niemand über die Kunst sprechen konnte, daß ihn fast aller Mut zum Leben verließ. Seine Mutter nahm seine Hand und sagte: »Lieber Sohn, du willst jetzt in die weite Welt hineingehn, wenn ich dir raten soll, tu es nicht, denn es bringt dir doch keinen Gewinn. Die Fremde tut keinem Menschen gut, wo er zu Hause gehört, da blüht auch seine Wohlfahrt; fremde Menschen werden es nie ehrlich mit dir meinen, das Vaterland ist gut, und warum willst du so weit weg und Deutschland verlassen, und was soll ich indessen anfangen? Dein Malen ist auch ein unsicheres Brot, wie du mir schon selber gesagt hast, du wirst darüber alt und grau; deine Jugend vergeht, und mußt noch obenein wie ein Flüchtling aus deinem Lande wandern. Bleib hier bei mir, mein Sohn, sieh, die Felder sind alle im besten Zustande, die Gärten sind gut eingerichtet, wenn du dich des Hauswesens und des Ackerbaues annehmen willst, so ist uns beiden geholfen, und du führst doch ein sichres und ruhiges Leben, du weißt doch dann, wo du deinen Unterhalt hernimmst. Du kannst hier heiraten, es findet sich wohl eine Gelegenheit; du lernst dich bald ein, und die Arbeit des Vaters wird dann von dir fortgesetzt. Was sagst du zu dem allen, mein Sohn?«

Franz schwieg eine Weile still, nicht weil er den Vorschlag bei sich überlegte, sondern weil an diesem Tage alle Vorstellungen so schwer in seine Seele fielen, daß sie lange hafteten. Ihm lag Herr Zeuner von neuem in den Gedanken, er sah die ganze Gesellschaft noch einmal, und fühlte alle Beängstigungen wieder, die er dort erlitten hatte. »Es kann nicht sein, liebe Mutter«, sagte er endlich. »Seht, ich habe so lange auf die Gelegenheit zum Reisen gewartet, jetzt ist sie gekommen, und ich kann sie nicht wieder aus den Händen gehen lassen. Ich habe mir ängstlich und sorgsam all mein Geld, dessen ich habhaft werden konnte, dazu gesammelt; was würde Dürer sagen, wenn ich jetzt alles aufgäbe?«

729

Die Mutter wurde über diese Antwort sehr betrübt, sie sagte sehr weichherzig: »Was aber suchst du in der Welt, lieber Sohn? Was kann dich so heftig antreiben, ein ungewisses Glück zu erproben? Ist denn der Feldbau nicht auch etwas Schönes, und immer in Gottes freier Welt zu hantieren und stark und gesund zu sein? Mir zuliebe könntest du auch etwas tun, und wenn du noch so glücklich bist, kömmst du doch nicht weiter, als daß du dich satt essen kannst, und eine Frau ernährst und Kinder großziehst, die dich lieben und ehren. Alles dies zeitliche Wesen kannst du nun hier schon haben, hier hast du es gewiß, und deine Zukunft ist noch ungewiß. Ach lieber Franz, und es ist denn doch auch eine herzliche Freude, das Brot zu essen, das man selber gezogen hat, seinen eigenen Wein zu trinken, mit den Pferden und Kühen im Hause bekannt zu sein, in der Woche zu arbeiten und des Sonntags zu rasten. Aber dein Sinn steht dir nach der Ferne, du liebst deine Eltern nicht, du gehst in dein Unglück, und verlierst gewiß deine Zeit, vielleicht noch deine Gesundheit.«

»Es ist nicht das, liebe Mutter!« rief Franz aus, »und Ihr werdet mich auch gar nicht verstehn, wenn ich es Euch sage. Es ist mir gar nicht darum zu tun, Leinwand zu nehmen und die Farben mit mehr oder minder Geschicklichkeit aufzutragen, um damit meinen täglichen Unterhalt zu erwerben, denn seht, in manchen Stunden kömmt es mir sogar sündhaft vor, wenn ich es so beginnen wollte. Ich denke an meinen Erwerb niemals, wenn ich an die Kunst denke, ja ich kann mich selber hassen, wenn ich zuweilen darauf verfalle. Ihr seid so gut, Ihr seid so zärtlich gegen mich, aber noch weit mehr als Ihr mich liebt, liebe ich meine Hantierung. Nun ist es mir vergönnt, alle die Meister wirklich zu sehn, die ich bisher nur in der Ferne verehrt habe. Wenn ich dies erleben kann, und beständig neue Bilder sehn, und lernen, und die Meister hören; wenn ich durch ungekannte Gegenden mit frischem Herzen streifen kann, so mag ich keines ruhigen Lebens genießen. Tausend Stimmen rufen mir herzstärkend aus der Ferne zu, die ziehenden Vögel, die über meinem Haupte wegfliegen, scheinen mir Boten aus der Ferne, alle Wolken erinnern mich an meine Reise, jeder Gedanke, jeder Pulsschlag treibt mich vorwärts, wie könnt ich da wohl in meinen jungen Jahren ruhig hier sitzen und den Wachstum des Getreides abwarten, die Einzäunung des Gartens besorgen und Rüben pflanzen! Nein, laßt mir meinen Sinn, ich bitte Euch darum, und redet mir nicht weiter zu, denn Ihr quält mich nur damit.«

»Nun so magst du es haben«, sagte Brigitte in halbem Unwillen, »aber ich weiß, daß es dich noch einmal gereut, daß du dich wieder hieherwünschest, und dann ist's zu spät, daß du dann das hoch und teuer schätzest, was du jetzt schmähst und verachtest.«

»Ich habe Euch etwas zu fragen, liebe Mutter«, fuhr Franz fort. »Der Vater ist gestorben, ohne mir Rechenschaft davon zu geben; er sagte mir, ich sei sein Sohn nicht, und brach dann ab. Was wißt Ihr von meiner Herkunft?«

»Nichts weiter, lieber Franz«, sagte die Mutter, »und dein Vater hat mir darüber nie etwas anvertraut. Als ich ihn kennenlernte und heiratete, warst du schon bei ihm, und damals zwei Jahr alt; er sagte mir, daß du sein einziges Kind seist von seiner verstorbenen Frau. Ich verwundere mich, warum der Mann nun zu dir anders gesprochen hat.«

Franz blieb also über seine Herkunft in Ungewißheit; diese Gedanken beschäftigten ihn sehr, und er wurde in manchen Stunden darüber verdrüßlich und traurig. Das Erntefest war indes herangekommen, und alle Leute im Dorfe waren fröhlich; jedermann war nur darauf bedacht, sich zu vergnügen; die Kinder hüpften umher und konnten den Tag nicht erwarten. Franz hatte sich vorgenommen, diesen Tag in der Einsamkeit zuzubringen, sich nur mit seinen Gedanken zu beschäftigen und sich nicht um die Fröhlichkeit der übrigen Menschen zu bekümmern. Er war in der Woche, die er hier bei seinen Pflegeeltern zugebracht 731 hatte, überhaupt ganz in sich versunken, nichts konnte ihm rechte Freude machen, denn er selbst war hier anders, und alles ereignete sich so ganz anders, als er es vorher vermutet hatte. Am Tage vor dem Erntefest erhielt er einen Brief von seinem Sebastian, denn es war vorher ausgemacht, daß dieser ihm schreiben solle, während er sich hier auf dem Dorfe befinde. Wie wenn nach langen Winternächten und trüben Wochen der erste Frühlingstag über die starre Erde geht, so erheiterte sich Franzens Gemüt, als er diesen Brief in der Hand hielt; es war, als wenn ihn plötzlich sein Freund Sebastian selber anrühre, und ihm in die Arme fliege; er hatte seinen Mut wieder, er fühlte sich nicht mehr so verlassen, er erbrach das Siegel.

Wie erstaunte und freute er sich zu gleicher Zeit, als er drinnen noch ein anderes Schreiben von seinem Albrecht Dürer fand, welches er nie erwartet hatte. Er war ungewiß, welchen Brief er zuerst lesen sollte; doch schlug er Sebastians Brief auseinander, welcher folgendermaßen lautete:

Liebster Franz.

Wir gedenken Deiner in allen unsern Gesprächen, und so kurze Zeit Du auch entfernt bist, so dünkt es mich doch schon recht lange. Ich kann mich immer noch nicht in dem Hause ohne Dich schicken und fügen, alles ist mir zu leer und doch zu enge, ich kann nicht sagen, ob sich das wieder ändern wird. Als ich von Dir an jenem schönen und traurigen Morgen durch die Kornfelder zurückging, als ich alle die Stellen wieder betrat wo ich mit Dir gegangen war, und der Stadt mich nun immer mehr näherte; o Franz! ich kann es Dir nicht sagen, was da mein Herz empfand. Es war mir alles im Leben taub und ohne Reiz, und ich hätte vorher niemals geglaubt, daß ich Dich so liebhaben könnte. Wie wollte ich jetzt mit den Stunden geizen, die ich sonst unbesehn und ungenossen verschwendete, wenn ich nur mit Dir wieder sein könnte! Alles was ich in die Hände nehme erinnert mich an Dich, und meine Palette, meine Pinsel, alles macht mich wehmütig. Als ich wieder in die Stadt hineinkam, als ich die gewohnten Treppen unsers Hauses hinaufstieg, und da wieder alles liegen und stehn sah, wie ich es am frühen Morgen verlassen hatte, konnt ich mich der Tränen nicht enthalten, ob ich gleich sonst nie so weich gewesen bin. Halte mich nicht für härter oder vernünftiger, lieber Franz, wie Du es nennen magst, denn ich bin es nicht, wenn sich auch bei mir mein Gefühl anders äußert als bei Dir. Ich war den ganzen Tag verdrüßlich, ich maulte mit jedermann; was ich tat war mir nicht recht, ich wünschte Staffelei, und das Porträt, das ich vor mir hatte, weit von mir weg, denn mir gelang kein Zug, und ich spürte auch nicht die mindeste Lust zum Malen. Meister Dürer war selbst an diesem Tage ernster als gewöhnlich, alles war im Hause still, und wir fühlten es, daß mit Deiner Abreise eine andre Epoche unsers Lebens anfing.

Dein Schmied hat uns besucht; er ist ein lieber Bursche, wir haben viel über ihn gelacht, uns aber auch recht an ihm erfreut. Unermüdet hat er uns einen ganzen Tag lang zugesehn, er wunderte sich darüber, daß das Malen so langsam von der Stelle gehe. *Er* setzte sich nachher selber nieder und zeichnete ein paar Verzierungen nach, die ihm ziemlich gut gerieten; es gereut ihn jetzt, daß er das Schmiedehandwerk erlernt, und sich nicht lieber so wie wir auf die Malerei gelegt hat. Meister Dürer meint, daß viel aus ihm werden könnte, wenn er noch anfinge; und er selber ist halb und halb dazu entschlossen. Er hat Nürnberg schon wieder verlassen; von Dir hat er viel gesprochen und Dich recht gelobt.

Daß Du Dich von Deinen Empfindungen so regieren und zernichten lässest, tut mir sehr weh, Deine Überspannungen rauben Dir Kräfte und Entschluß, und wenn ich es Dir sagen darf, Du suchst sie gewissermaßen. Doch mußt Du darüber nicht zornig werden, jeder Mensch ist einmal anders eingerichtet als der andere. Aber strebe darnach, etwas härter zu sein, und Du wirst ein viel ruhigeres Leben führen, wenigstens ein Leben, in welchem Du weit mehr arbeiten kannst, als in dem Strom dieser wechselnden Empfindungen, die Dich notwendig stören und von allem abhalten müssen.

Lebe recht wohl, und schreibe mir ja recht fleißig, damit wir uns einander nicht fremde werden, wie es sonst gar zu leicht geschieht. Teile mir alles mit was Du denkst und fühlst, und sei überzeugt, daß in mir beständig ein mitempfindendes Herz schlägt, das jeden Ton des Deinigen beantwortet.

Ach! wie lange wird es währen, bis wir uns wiedersehn! Wie traurig wird mir jedesmal die Stunde vorkommen, in welcher ich mit Lebhaftigkeit an Dich denke, und die schreckliche leere Nichtigkeit der Trennung so recht im Innersten fühle. Es ist um unser menschliches Leben eine dürftige Sache, so wenig Glanz und so viele Schatten, so viele Erdfarben, die durchaus keinen Firnis vertragen wollen. Lebe wohl. Gott sei mit Dir. – 733

Der Brief des wackern Albert Dürer lautete also:

Mein lieber Schüler und Freund!

Es hat Gott gefallen, daß wir nun nicht mehr nebeneinander leben sollen, ob mich gleich kein Zwischenraum gänzlich von Dir wird trennen können. So wie die Abwechselungen des Lebens gehen, so ist es nun unter uns dahin gekommen, daß wir nur aneinander denken, aneinander schreiben können. Ich habe Dir alle meine Liebe, alle meine herzlichsten Wünsche mit auf den Weg gegeben, und der allmächtige Gott leite jeden Deiner Schritte. Bleib ihm und der Redlichkeit treu, und Du wirst mit Freuden dieses Leben überstehn können, in welchem uns mancherlei Leiden suchen irrezumachen. Es freut mich, daß Du der Kunst so fleißig gedenkst, und zwar Vertrauen, aber kein übermütiges zu Dir selber hast. Das Zagen, das Dich oft überfällt, kömmt einem in der Jugend wohl, und ist viel eher ein gutes als ein schlimmes Zeichen. Es ist immer etwas Wunderbares darinnen, daß wir Maler nicht so recht unter die übrigen

Menschen hineingehören, daß unser Treiben und unsre Geschäftigkeit die Welthändel und ihre Ereignisse so um gar nichts aus der Stelle rückt, wie es doch bei den übrigen Handwerken der Fall ist; das befällt uns sehr oft in der Einsamkeit oder unter kunstlosen Menschen, und dann möchte uns schier aller Mut verlassen. Ein einziges gutes Wort, das wir plötzlich hören, ist aber auch wieder imstande, alle schaffende und wirkende Kraft in uns zurückzuliefern, und Gottes Segen obendrein, so daß wir dann mit Großherzigkeit wieder an unsere Arbeit gehen mögen. Ach Lieber! die ganze menschliche Geschäftigkeit läuft im Grunde so auf gar nichts hinaus, daß wir nicht einmal sagen können: dieser Mensch ist unnütz, jener aber nützlich. Es ist die Erde zum Glück so eingerichtet, daß wir alle darauf Platz finden mögen, groß und klein, Vornehme und Geringe. Mir ist es in meinen jüngeren Jahren oft ebenso wie Dir ergangen, aber die guten Stunden kommen doch immer wieder. Wärst Du ohne Anlage und Talent, so würdest Du diese Leere in Deinem Herzen niemals empfinden.

Mein Weib läßt Dich grüßen. Bleib nur immer der Wahrheit treu, das ist die Hauptsache. Deine fromme Empfindung, so schön sie ist, kann Dich zu weit leiten, wenn Du Dich nicht von der Vernunft regieren lässest. Nicht eigentlich zu weit; denn man kann gewiß und wahrlich nicht zu fromm und andächtig sein, sondern ich meine nur, Du dürftest endlich etwas Falsches in Dein Herz aufnehmen, das Dich selber hinterginge, und so unvermerkt ein Mangel an wahrer Frömmigkeit entstehn. Doch sage ich dieses gar nicht, um Dich zu tadeln, sondern es geschieht nur, weil ich an manchen sonst guten Menschen dergleichen bemerkt habe, wenn sie an Gott und die Unsterblichkeit mit zu großer Rührung, und nicht mit froher Erhebung der Seele gedacht haben, mit weichherziger Zerknirschung und nicht mit erhabner Mutigkeit, so sind sie am Ende in einen Zustand von Weichlichkeit verfallen, in welchem sie die tröstende wahre Andacht verlassen hat, und sie sich und ihrem Kleinsinn überlassen blieben. Doch wie ich sage, es gilt nicht Dir, denn Du bist zu gut, zu herzlich, als daß Du je darin verfallen könntest, und weil Du große Gedanken hegst, und mit warmer brünstiger Seele die Bibel liesest und die heiligen Geschichten, so wirst Du auch gewißlich ein guter Maler werden, und ich werde noch einst stolz auf Dich sein.

Suche recht viel zu sehen, und betrachte alle Kunstsachen genau und wohl, dadurch wirst Du Dich endlich gewöhnen mit Sicherheit selbst zu arbeiten und zu erfinden, wenn Du an allen das Vortreffliche erkennst, und auch dasjenige, was einen Tadel zulassen dürfte. Dein Freund Sebastian ist ein ganz melancholischer Mensch geworden, seit Du von uns gereiset bist; ich denke, es soll sich wohl wieder geben, wenn erst einige Wochen verstrichen sind. Gehab Dich wohl, und denke unsrer fleißig. – –

Durch Franzens Geist ergoß sich Heiterkeit und Stärke, er fühlte wieder seinen Mut und seine Kraft. Albrechts Stimme berührte ihn wie die Hand einer stärkenden Gottheit, und er spürte in allen Adern seinen Gehalt und sein künftiges arbeitreiches Leben. Wie wenn man oft alte längst vergessene Bücher wieder aufschlägt, und in ihnen Belehrungen oder unerwarteten Trost im Leiden antrifft, so kamen vergangene Zeiten mit ihren Gedanken in seine Seele zurück, alte Entwürfe, die ihm von neuem gefielen. »Ja«, sagte er, indem er die Briefe zusammenfaltete, und sorgfältig in seine Schreibtafel legte, »es soll schon mit mir werden, weiß ich doch, daß mein Meister was von mir hält; warum will ich denn verzagen?«

Es war am folgenden Tage, an welchem das Erntefest gefeiert werden sollte. Franz hatte nun keinen Widerwillen mehr gegen das frohe aufgeregte Menschengetümmel, er suchte die Freude auf, und war darum auch bei dem Feste zugegen. Er erinnerte sich einiger guten Kupferstiche von Albrecht Dürer, auf denen tanzende Bauern dargestellt waren, und die ihm sonst überaus gefallen hatten; er suchte nun beim Klange der Flöten diese possierlichen Gestalten wieder, und fand sie auch wirklich; er hatte hier Gelegenheit, zu bemerken, welche Natur Albrecht auch in diese Zeichnungen zu legen gewußt hatte.

735

Der Tag des Festes war ein schöner warmer Tag, an dem alle Stürme und rauhen Winde von freundlichen Engeln zurückgehalten wurden. Die Töne der Flöten und Hörner gingen wie eine liebliche Schar ruhig und ungestört durch die sanfte Luft hin. Die Freude auf der Wiese war allgemein, hier sah man tanzende Paare, dort scherzte und neckte sich ein junger Bauer mit seiner Liebsten, dort schwatzten die Alten und erinnerten sich ihrer Jugend. Die Gebüsche standen still und waren frisch grün und überaus anmutig, in der Ferne lagen krause Hügel mit Obstbäumen bekränzt. »Wie«, sagte Franz zu sich, »sucht ihr Schüler und Meister immer nach Gemälden, und wißt niemals recht, wo ihr sie suchen müßt? Warum fällt es keinem ein, sich mit seiner Staffelei unter einen solchen unbefangenen Haufen niederzusetzen, und uns auch einmal diese Natur ganz wie sie ist darzustellen? Keine abgerissene Fragmente aus der alten Historie und Göttergeschichte, die so oft weder Schmerz noch Freude in uns erregen, keine kalte Figuren aus der Legende, die uns oft gar nicht ansprechen, weil der Maler die heiligen Männer nicht selber vor sich sah, und er ohne Begeisterung arbeitete. Diese Gestalten, wörtlich so und ohne Abänderung niedergeschrieben, damit wir lernen, welche Schöne, welche Erquickung in der einfachen Natürlichkeit verborgen liegt. Warum schweift ihr immer in der weiten Ferne, und in einer staubbedeckten unkenntlichen Vorzeit herum, uns zu ergötzen? Ist die Erde, wie sie jetzt ist, keiner Darstellung mehr wert, und könnt ihr die Vorwelt malen, wenn ihr gleich noch so sehr wollt? Und wenn ihr größere Geister nun auch hohe Ehrfurcht in unser Herz hineinbannt, wenn eure Werke uns mit ernster feierlicher Stimme anreden: warum sollen nicht auch einmal die Strahlen einer weltlichen Freude aus einem Gemälde herausbrechen? Warum soll ich in einer freien herzlichen Stunde nicht auch einmal Bäuerlein, und ihre Spiele und Ergötzungen lieben? Dort werden wir beim Anblick der Bilder älter und klüger, hier kindischer und fröhlicher.«

So stritt Franz mit sich selber, und unterhielt seinen Geist mit seiner Kunst, wenn er gleich nicht arbeitete. Es konnte ihm überhaupt nicht leicht etwas begegnen, wobei er nicht an Malereien gedacht hätte, denn es war schon frühe Gewohnheit, seine Beschäftigung in allem was er in der Natur oder unter Menschen sah und hörte, wiederzufinden. Alles gab ihm Antworten zurück, nirgend traf er eine Lücke, in der Einsamkeit sah ihm die Kunst zu, und in der Gesellschaft saß sie neben ihm, und er führte mit ihr stille Gespräche; darüber kam es aber auch, daß er so manches in der Welt gar nicht bemerkte, was weit einfältigern Gemütern ganz geläufig war, weshalb es auch geschah, daß ihn die beschränkten Leute leicht für unverständig oder albern hielten. Dafür bemerkte er aber manches, das jedem andern entging, und die Wahrheit und Feinheit seines Witzes setzte dann die Menschen oft in Erstaunen. So war Franz Sternbald um diese Zeit, ich weiß nicht ob ich sagen soll ein erwachsenes Kind, oder ein kindischer Erwachsener. O wohl dir, daß dir das Auge noch verhüllt ist über die Torheit und Armseligkeit der Menschen, daß du dir und deiner Liebe dich mit aller Unbefangenheit ergeben kannst! Seliges Leben, wenn der Mensch nur noch in sich lebt, und die übrigen umher nicht in sein Inneres einzudringen vermögen und ihn dadurch beherrschen. Es kommt bei den meisten eine Zeit, wo der Winter beständig in ihren Sommer hineinscheint, wo sie sich selbst vergessen, um es nur den andern Menschen recht zu machen, wo sie ihrem Geiste keine Opfer mehr bringen, sondern ihr eigenes Herz als Opfer auf den Altar der weltlichen Eitelkeiten niederlegen.

Als es Abend geworden war und der rote Schimmer bebend an den Gebüschen hing, war seine Empfindung sanfter und schöner geworden. Er wiederholte den Brief Dürers in seinen Gedanken, und zeichnete sich dabei die schönen Abendwolken in seinem Gedächtnisse ab. Er hatte sich im Garten in eine Laube zu einem frischen Bauermädchen gesetzt, das schon seit lange viel und lebhaft mit ihm gesprochen hatte. Jetzt lag das Abendrot auf ihren Wangen, er sah sie an, sie ihn, und er hätte sie gern geküßt, so schön kam sie ihm vor. Sie fragte ihn, wann er zu reisen gedächte, und es war das erstemal, daß er ungern von seiner Reise sprach. »Ist Italien weit von hier?« fragte die unwissende Gertrud.

»O ja«, sagte Franz, »manche Stadt, manches Dorf, mancher Berg liegt zwischen uns und Italien. Es wird noch lange währen, bis ich dort bin.«

»Und Ihr müßt dahin?« fragte Gertrud.

»Ich will und muß«, antwortete er; »ich denke dort viel zu lernen für meine Malerkunst. Manches alte Gebäude, manchen vortrefflichen Mann habe ich zu besuchen, manches zu tun und zu erfahren, ehe ich mich für einen Meister halten darf.«

737

»Aber Ihr kommt doch wieder?«

»Ich denke«, sagte Franz, »aber es kann lange währen, und dann ist hier vielleicht alles anders, dann bin ich hier längst vergessen, meine Freunde und Verwandten sind vielleicht gestorben, die Burschen und Mädchen, die eben so fröhlich singen, sind dann wohl alt und haben Kinder. Daß das Menschenleben so kurz ist, und daß in der Kürze dieses Lebens so viele und betrübte Verwandlungen mit uns vorgehn!«

Gertrud ward von ihren Eltern abgerufen und sie ging nach Hause, Franz blieb allein in der Laube. »Freilich«, sagte er zu sich, »ist es etwas Schönes, ruhig nur sich zu leben, und recht früh das stille Land aufzu-suchen, wo wir einheimisch sein wollen. Wem die Ruhe gegönnt ist, der tut wohl daran; mir ist es nicht so. Ich muß erst älter werden, denn jetzt weiß ich selber noch nicht was ich will.«

Siebentes Kapitel

Franz hatte sich gleich bei seiner Ausreise vorgenommen, seinem Geburtsorte ein Gemälde von sich zum Angedenken zu hinterlassen. Der Gedanke der Verkündigung der Geburt Christi lag ihm noch im Sinn, und er bildete ihn weiter aus und malte fleißig. Aber bei der Arbeit fehlte ihm diese Seelenruhe, die er damals in seinem Briefe geschildert hatte, alles hatte ihn betäubt und die bildende Kraft erlag oft den Umständen. Er fühlte es lebhaft wieder, wie es ganz etwas anders sei, in einer glücklichen Minute ein kühnes und edles Kunstwerk zu entwerfen, und es nachher mit unermüdeter Emsigkeit und dem nie ermattenden Reiz der Neuheit durchzuführen. Mitten in der Arbeit verzweifelte er oft an ihrer Vollendung, er wollte es schon unbeendigt stehen lassen, als ihm Dürers Brief zur rechten Zeit Kraft und Erquickung schenkte. Jetzt endigte er schneller, als er erwartet hatte.

Wir wollen hier dem Leser dieses Bild kürzlich beschreiben. Ein dunkles Abendrot dämmerte auf den fernen Bergen, denn die Sonne war schon seit lange untergegangen, in dem bleichroten Scheine lagen alte und junge Hirten mit ihren Herden, dazwischen Frauen und Mädchen; die Kinder spielten mit Lämmern. In der Ferne gingen zwei Engel durch das hohe Korn, und erleuchteten mit ihrem Glanze die Landschaft. Die Hirten sahen mit stiller Sehnsucht nach ihnen, die Kinder streckten die Hände nach den Engeln aus, das Angesicht des einen Mädchens stand völlig im rosenroten Schimmer, vom fernen Strahl der Himmlischen erleuchtet. Ein junger Hirt hatte sich umgewendet, und sah mit verschränkten Armen und tiefsinnigem Gesichte der untergegangenen Sonne nach, als wenn mit ihr die Freude der Welt, der Glanz des Tages, die anmutigen und erquickenden Strahlen verschwunden wären; ein alter Hirt faßte ihn beim Arm, um ihn umzudrehen und ihm die Freudigkeit zu zeigen, die von morgenwärts herschritt. Dadurch hatte Franz der untergegangenen Sonne gegenüber gleichsam eine neuaufgehende darstellen wollen, der alte Hirt sollte den jungen beruhigen und zu ihm sagen: »Selig sind die nunmehr sterben, denn sie werden in dem Herrn sterben!« Einen solchen zarten, trostreichen und frommen Sinn hatte Franz für den vernünftigen und fühlenden Beschauer in das Gemälde zu bringen gesucht.

Er hatte es nun vollendet, und stand lange nachdenkend und still vor seinem Werke. Er empfand eine wunderbare Beklemmung, die er an sich nicht gewohnt war, es ängstete ihn, von dem teuren Werke, an dem er mehrere Wochen mit so vieler Liebe gearbeitet hatte, Abschied zu nehmen. Das glänzende Bild der ersten Begeisterung war während der Arbeit aus seiner Seele gänzlich hinweggelöscht, und er fühlte darüber eine trübe Leere in seinem Innern, die er mit keinem neuen Entwurfe, mit keinem Bilde wieder ausfüllen konnte. »Ist es nicht genug«, sagte er zu sich selber, »daß wir von unsern lebenden Freunden scheiden müssen? Müssen auch noch jene befreundeten Lichter in unsrer Seele Abschied von uns nehmen? So gleicht unser Lebenslauf einem Spiele, in dem wir unaufhörlich verlieren, wo wir halb verrückt stets etwas Neues einsetzen, das uns kostbar ist, und niemals keinen Gewinn dafür austauschen. Es ist seltsam, daß unser Geist uns treibt, die innere Entzückung durch das Werk unsrer Hände zu offenbaren, und daß wir, wenn wir vollendet haben, in unserm Fleiß uns selbst nicht wiedererkennen.«

Das Malergeräte stand unordentlich um das Bild her, die Sonne schien glänzend auf den frisch aufgetragenen Firnis, er hörte das taktmäßige Klappen der Drescher in den Scheuren, in der Ferne das Vieh auf dem Anger brüllen, und die kleine Dorfglocke gab mit bescheidenen Schlägen die Zeit des Tages an; alle Tätigkeit, alle menschliche Arbeit kam ihm in diesen Augenblicken so seltsam vor, daß er lächelnd die Hütte verließ, und wieder seinem geliebten Walde zueilte, um sich von der innern Verwirrung zu erholen.

739

Im Walde legte er sich in das Gras nieder und sah über sich in den weiten Himmel, er überblickte seinen Lebenslauf und schämte sich, daß er noch so wenig getan habe. Er betrachtete jedes Werk eines Künstlers als ein Monument, das er den schönsten Stunden seiner Existenz gewidmet habe; um jedes wehen die himmlischen Geister, die dem bildenden Sinn die Entzückungen brachten, aus jeder Farbe, aus jedem Schatten sprechen sie hervor. »Ich bin nun schon dreiundzwanzig Jahr alt«, rief er aus, »und noch ist von mir nichts geschehn, das der Rede würdig wäre; ich fühle nur den Trieb in mir und meine Mutlosigkeit, der frische tätige Geist meines Lehrers ist mir nicht verliehen, mein Beginnen ist zaghaft, und alle meine Bildungen werden die Spur dieses zagenden Geistes tragen.«

Er kehrte zurück als es Abend war, und las seiner Pflegemutter einige fromme Gesänge aus einem alten Buche vor, das er in seiner Kindheit sehr geliebt hatte. Die frommen Gedanken und Ahndungen redeten ihn wieder an wie damals, er betrachtete sinnend den runden Tisch mit allen seinen Furchen und Narben, die ihm so wohlbekannt waren, er fand die Figuren wieder, die er manchmal am Abend heimlich mit seinem Messer eingeritzt hatte, und er mußte über die ersten Versuche seiner Zeichenkunst lächeln. »Mutter«, sagte er zu der alten Brigitte, »am künftigen Sonntage wird nun mein Gemälde in unsrer Kirche aufgestellt, da müßt Ihr den Gottesdienst nicht versäumen.« – »Gewiß nicht, mein Sohn«, antwortete die Alte, »das neue Bild wird mir zu einer sonderlichen Erbauung dienen; unser Altargemälde ist kaum mehr zu erkennen, das erweckt keine Rührung, wenn man es ansieht. Aber sage mir, was wird am Ende aus solchen alten Bildern?«

»Sie vergehn, liebe Mutter«, antwortete Franz seufzend, »wie alles übrige in der Welt. Es wird eine Zeit kommen, wo man keine Spur mehr von den jetzigen großen Meistern antrifft, wo die unerbittliche, unkünstliche Hand der Zeit alle Denkmale ausgelöscht hat.«

»Das ist aber schlimm«, sagte Brigitte, »daß alle diese mühselige Arbeit so vergeblich ist; so unterscheidet sich ja deine Kunst, wie du es nennst, von keinem andern Gewerbe auf der Erde. Der Mann, dessen Altarblatt nun abgenommen werden soll, hat sich gewiß auch recht gefreut, als seine Arbeit fertig war, er hat es auch gut damit gemeint; und doch ist das alles umsonst, denn nun wird das vergessen, und er hat vergeblich gearbeitet.«

»So geht es mit aller unsrer irdischen Tätigkeit«, antwortete Franz, »nichts als unsre Seele ist für die Unsterblichkeit geschaffen, unsre Gedanken an Gott sind das Höchste in uns, denn sie lernen sich schon in diesem Leben für die Ewigkeit ein, und folgen uns nach. Sie sind das schönste Kunstwerk, das wir hervorbringen können, und sie sind unvergänglich.«

Am Sonntage ging Franz mit einigen Arbeitsleuten früh in die Kirche. Das alte Bild wurde losgemacht; Franz wischte den Staub davon ab und betrachtete es mit vieler Rührung. Es stellte die Kreuzigung vor, und manche Figuren waren ganz verloschen, es war eins von denen Gemälden, die noch ohne Öl gearbeitet waren, die Köpfe zeigten sich hart, die Gewänder steif, und Zettel mit Sprüchen verbreiteten sich aus dem Munde der Personen. Sternbald bemühte sich sehr, den Namen des

Meisters zu entdecken, aber vergebens; er sorgte dann dafür, daß das Bild nicht weggeworfen wurde, sondern er verschloß es selbst in einen Schrank der Kirche, damit auch künftig ein Kunstfreund dies alte Überbleibsel wiederfinden könne.

Jetzt war sein Gemälde befestigt, die Glocke fing zum ersten Male an, durch das ruhige Dorf zu läuten, Bauern und Bäuerinnen waren in ihren Stuben, und besorgten emsig ihren festlichen Anzug. Man hörte keinen Arbeiter, ein schöner heitrer Tag glänzte über die Dächer, die alten Weiden standen ruhig am kleinen See, denn kein Wind rührte sich. Franz ging auf der Wiese, die hinter dem Kirchhofe lag, hin und her, er zog die ruhige heitre Luft in sich, und stillentzückende Gedanken regierten seinen Geist. Wenn er nach dem Walde sah, empfand er eine seltsame Beklemmung; in manchen Augenblicken glaubte er, daß dieser Tag sehr merkwürdig für ihn sein würde; dann verflog es aus seiner Seele wie eine ungewisse Ahndung, die zuweilen nächtlich um den Menschen wandelt, und beim Schein des Morgens schnell entflieht. Es war jetzt nicht mehr sein Gemälde, was ihn beschäftigte, sondern etwas Fremdes, das er selbst nicht kannte.

So ist die Seele des Künstlers oft von wunderlichen Träumereien befangen, denn jeder Gegenstand der Natur, jede bewegte Blume, jede ziehende Wolke ist ihm eine Erinnerung, oder ein Wink in die Zukunft. Heereszüge von Luftgestalten wandeln durch seinen Sinn hin und zurück, die bei den übrigen Menschen keinen Eingang antreffen: besonders ist der Geist des Dichters ein ewig bewegter Strom, dessen murmelnde Melodie in keinem Augenblicke schweigt, jeder Hauch rührt ihn an und läßt eine Spur zurück, jeder Lichtstrahl spiegelt sich ab, er bedarf der lästigen Materie am wenigsten, und hängt am meisten von sich selber ab, er darf in Mondschimmer und Abendröte seine Bilder kleiden, und aus unsichtbaren Harfen niegehörte Töne locken, auf denen Engel und zarte Geister herniedergleiten, und jeden Hörer als Bruder grüßen, ohne daß sich dieser oft aus dem himmlischen Gruße vernimmt und nach irdischen Geschäften greift, um nur wieder zu sich selber zu kommen. In jenen beklemmten Zuständen des Künstlers liegt oft der Wink auf eine neue nie betretene Bahn, wenn er mit seinem Geiste dem Liede folgt, das aus ungekannter Ferne herübertönt. Oft ist jene Ängstlichkeit ein Vorgefühl der unendlichen Mannigfaltigkeit der Kunst, wenn der Künstler glaubt, Leiden, Unglück oder Freuden zu ahnden.

Jetzt hatte die Glocke zum letzten Male geläutet, die Kirche war schon angefüllt, Sternbalds Mutter hatte ihren gewöhnlichen Platz eingenommen. Franz stellte sich in die Mitte der kleinen Kirche und das Orgelspiel und der Gesang hub an; die Kirchtür ihm gegenüber war offen, und das Gesäusel der Bäume tönte herein. Franz war in Andacht verloren, der Gesang zog wie mit Wogen durch die Kirche, die ernsten Töne der Orgel schwollen majestätisch herauf, und sprachen wie ein melodischer Sturmwind auf die Hörer herab; aller Augen waren während des Gesanges nach dem neuen Bilde gerichtet. Franz sah auch hin und erstaunte über die Schönheit und rührende Bedeutsamkeit seiner Figuren, sie waren nicht mehr die seinigen, sondern er empfand eine Ehrfurcht, einen andächtigen Schauer vor dem Gemälde. Es schien, als wenn sich unter den Orgeltönen die Farbengebilde bewegten und sprächen und mitsängen, als wenn die fernen Engel näher kämen, und jeden Zweifel, jede Bangigkeit mit ihren Strahlen aus dem Gemüte hinwegleuchteten, er empfand eine unaussprechliche Wonne in dem Gedanken ein Christ zu sein. Von dem Bilde glitt dann sein Blick nach dem grünen Kirchhofe vor der Türe hin, und es war ihm, als wenn Baum und Gesträuch außerhalb auch mit Frömmigkeit beteten, und unter der umarmenden Andacht ruhten. Aus den Gräbern schienen leise Stimmen der Abgeschiedenen herauszusingen, und mit Geistersprache den ernsten Orgeltönen nachzueilen; die Bäume jenseit des Kirchhofs standen betrübt und einsam da, und hoben ihre Zweige wie gefaltete Hände empor, und freundlich legten sich durch die Fenster die Sonnenstrahlen weit in die Kirche hinein. Die unförmlichen steinernen Bilder an der Mauer waren nicht mehr stumm, die fliegenden Kinder, mit denen die Orgel verziert war, schienen in lieber Unschuld auf ihrer Leier zu spielen, um den Herrn, den Schöpfer der Welt zu loben.

742

Sternbalds Gemüt ward mit unaussprechlicher Seligkeit angefüllt, er empfand zum ersten Male den harmonischen Einklang aller seiner Kräfte und Gefühle, ihn ergriff und beschirmte der Geist, der die Welt regiert und in Ordnung hält, er gestand es sich deutlich, wie die Andacht der höchste und reinste Kunstgenuß sei, dessen unsre menschliche Seele nur in ihren schönsten und erhabensten Stunden fähig ist. Die ganze Welt, die mannigfaltigsten Begebenheiten, Unglück und Glück, das Niedre und Hohe, alles schien ihm in diesen Augenblicken zusammenzufließen, und sich selbst nach einem kunstmäßigen Ebenmaße zu ordnen. Tränen flossen ihm aus den Augen, und er war mit sich, mit der Welt, mit allem zufrieden.

Schon in Nürnberg war es oft für ihn eine Erquickung gewesen, sich aus dem Getümmel des Marktes und des verworrenen geräuschvollen Lebens in eine stille Kirche zu retten: da hatte er oft gestanden, die Pfeiler und das erhabene Gewölbe betrachtet, und das Gewühl vergessen, er hatte es immer empfunden, wie diese heilige Einsamkeit auf jedes Gemüt gut wirken müsse, aber noch nie hatte er diese reine, erhabne Entzückung genossen.

Die Orgel schwieg, und man vernahm aus der Ferne über die Wiese her das Schnauben von Pferden und einen schnellrollenden Wagen. Franz hob seine Augen auf; in demselben Augenblick eilte das Fuhrwerk der Kirche vorüber, ein Rad fuhr ab, der Wagen stürzte, und zwei junge Mädchen und ein alter Mann waren im Begriff zu fallen, als Franz schon hinzugeeilt war und den Wagen hielt, indem der Fuhrmann die Pferde hemmte. Die Schönste und, wie es schien, die Herrin der übrigen, lag in seinen Armen, ihr Kopf ruhte an seinem Gesicht, geringelte blonde Haare, die durch den plötzlichen Sturz sich unter einer reichen Goldhaube losgemacht hatten, waren wie ein glänzendes Netz um beide gespreitet, aus dem grünen Atlasmantel wogte nahe an ihm ein blendend weißer Busen in heftiger Bewegung des Erschreckens. Endlich erhob sie das durchdringlich blaue Auge und dankte ihm lächelnd. Alle stiegen ab, und Franz war geschäftig, die Fremden zu bedienen, indessen der Fuhrmann seinen Wagen wieder einrichtete. Die schöne Fremde betrachtete unsern Freund aufmerksam, er schien mehr erschrocken als sie, er bat sie mir gerührtem Ton, sich zu erholen. Er wußte nicht, was er sagen sollte; die blauen Augen des Mädchens begegneten ihm und er errötete, der alte Mann sprach mit der Dienerin. Die Fremde lehnte sich auf seinen Arm, wie ermüdet, und so traten sie in die Kirche ein; sie ließ sich auf ein Knie nieder und bekreuzte sich, nach dem Altar gewendet, sehr andächtig, was der Gemeine auffiel, dann erhob sie sich und sagte: »Welch ein herrliches, rührendes Altarbild!« – »Ja wohl«, sagte Franz, außer sich vor Entzücken, und sie fuhr fort: »Gewiß von Dürer, oder einem seiner Schüler, herrliche Werke haben die Deutschen hervorgebracht.« Franz verstummte und zitterte. Indes war der Wagen wieder instand gesetzt, sie schritten wieder aus der Kirche, und Franz ängstete sich, daß sie nun wieder abreisen würde; noch gingen sie unter den duftenden Bäumen auf und ab, und der Gesang scholl ihnen aus der

Kirche entgegen. Nun stiegen die Fremden wieder auf, der junge Maler fühlte sein Herz heftig schlagen, die holde Gestalt dankte ihm noch einmal, und nun flog der Wagen fort. Er sah ihnen nach, so weit er konnte; jetzt nahten sie einem fernen Gebüsche, der Wagen verschwand, er war wie betäubt.

Als er wieder zu sich erwachte, sah er im Grase, wo er gestanden hatte, eine kleine zierliche Brieftasche liegen. Er nahm sie schnell auf und entfernte sich damit; es war kein Zweifel, daß sie der Fremden gehören müsse. Es war unmöglich, dem Wagen nachzueilen, er hatte auch nicht gefragt, wohin sie sich wenden wolle, und ebensowenig wußte er den Namen der Reisenden. Alles dies beunruhigte ihn erst jetzt, als er die Brieftasche in seinen Händen hielt. Er mußte sie behalten, und wie teuer war sie ihm! Er wagte es nicht, sie zu eröffnen, sondern eilte mit ihr seinem geliebten Walde zu; hier setzte er sich auf dem Platze nieder, der ihm so heilig war, hier machte er sie mit zitternden Händen auf, und das erste, was ihm in die Augen fiel, war ein Gebinde wilder vertrockneter Blumen. Er blickte um sich her, er besann sich, ob es ein Traum sein könne, er konnte sich nicht zurückhalten, er küßte die Blumen und weinte heftig: innerlich ertönte der Gesang des Waldhorns, den er in der Kindheit gehört hatte.

Auf einem Blättchen stand geschrieben: »Diese Blümchen erhielt ich von dem schönsten und freundlichsten Knaben, als ich sechs Jahr alt, meine erste Reise über Mergentheim machte.«

»So bist du es gewesen, mein Genius, mein schützender Engel!« rief er aus. »Du bist mir wieder vorüber gegangen, und ich kann mich nicht finden, ich kann mich nicht zufriedengeben. Auf diesem Platze hier sind diese Blumen gewachsen, schon vierzehn Sommer sind indessen über die Erde gegangen, und auf diesem Platze halte ich nach so langer Zeit das teure Geschenk wieder in meinen Händen. Du warst es, Botin des Himmels, für die ich mein erstes Bild aufgestellt habe, dein Auge mußte es erleuchten, deinen Wohlgefallen hat es erregt, und du hast dein Knie in frommer Herzensdemut davor geneigt. O wann werd ich dich wiedersehen? Kann es Zufall sein, daß du mir wieder begegnet bist?«

Es gibt Stunden, in denen das Leben einen gewaltsamen, schnellen Anlauf nimmt, wo die Blüten plötzlich aufbrechen und alles sich in und um den Menschen verändert. Dieser Tag war für Sternbald ein solcher; er konnte sich gar nicht wieder erholen, er wünschte nichts und dürstete doch nach den wunderbarsten Begebenheiten, er sah über seine Zukunft wie über ein glänzendes Blumenfeld hin, und doch genügte ihm keine Freude, er war unzufrieden mit allem, was da kommen konnte, und doch fühlte er sich so überselig.

Außerdem enthielt das Taschenbuch nichts, woraus er den Namen oder den Aufenthalt der wunderbaren Fremden, mit der er doch so vertraut zu sein wähnte, hätte erfahren können. Auf der einen Seite stand:

»zu Antwerpen ein schönes Bild von Lukas von Leyden gesehn.«

und dicht darunter:

»ebendaselbst, ein unbeschreibliches schönes Kruzifix vom großen Albert Dürer.«

Er küßte das Blatt zu wiederholten Malen, er konnte heut seine Empfindungen durchaus nicht bemeistern. Es war ihm zu seltsam und zu erfreulich, daß die Engelsgestalt, die er so fernab im Traume seiner Kindheit gesehen hatte, seinen Dürer verehrte, den er so genau kannte, dessen Freund er war, daß sie ihn durch ihr Lob seines ersten Gemäldes zum Künstler geweiht hatte. Sein Schicksal schien ein wunderbarer Einklang von Gesängen, er konnte nicht genug darüber sinnen, ja er konnte an diesem Tage vor Entzücken nicht müde werden.

Achtes Kapitel

Franz hatte seinem Sebastian diese Begebenheiten geschrieben, die ihm so merkwürdig waren; es war nun die Zeit verflossen, die er seinem Aufenthalte in seinem Geburtsorte gewidmet hatte, und er besuchte nur noch einmal die Plätze, die ihm in seiner Kindheit so bekannt geworden waren: dann nahm er Abschied von seiner Mutter.

Er war wieder auf dem Wege, und nach einiger Zeit schrieb er seinem Freunde noch einen zweiten Brief:

Liebster Bruder!

Manchmal frage ich mich selbst mit der größten Ungewißheit, was aus mir werden soll. Bin ich nicht plötzlich ohne mein Zutun in ein recht seltsames Labyrinth verwickelt? Meine Eltern sind mir genommen und ich weiß nicht, wem ich angehöre, meine Freunde habe ich verlassen, jenen glänzenden Engel habe ich nur wie ein vorbeifliegendes Schimmerbild wahrgenommen. Warum treten mir diese Verwickelungen in den Weg, und warum darf ich nicht wie die übrigen Menschen einen ganz einfachen Lebenswandel fortsetzen? –

Ich glaube manchmal, und schäme mich dieses Gedankens, daß mir meine Kunst zu meinem Glücke nicht genügen dürfte, auch wenn ich endlich weiter und auf eine höhere Stufe gekommen sein sollte. Ich sage nur Dir dieses im Vertrauen, mein liebster Sebastian, denn jeder andere würde mir antworten: »Nun, warum legst Du nicht Palette und Pinsel weg, und suchst durch gewöhnliche Tätigkeit den Menschen nützlich zu werden und dein Brot zu erwerben?« Es kann sein, daß ich besser täte, aber alle dergleichen Gedanken fallen mir jetzt sehr zur Last. Es ist etwas Trübseliges darin, daß das ganze große menschliche Leben mit allen seinen unendlich scheinenden Verwickelungen durch den allerarmseligsten Mechanismus umgetrieben wird; die kümmerliche Sorge für morgen setzt sie alle in Bewegung, und die meisten dünken sich noch was Rechts, wenn sie dieser Beweggrund in recht heftige Tätigkeit ängstigt.

Ich weiß nicht, wie Du diese Äußerungen ansehen wirst, ich fühle es selbst, wie notwendig der Fleiß dem Menschen ist, ebenso, wie man ihn mit Recht edel nennen kann. Aber wenn alle Menschen Künstler wären, oder Kunst verständen, wenn sie das reine Gemüt nicht beflecken und im Gewühl des Lebens zerquälen dürften, so wären doch gewiß alle um vieles glücklicher. Dann hätten sie die Freiheit und die Ruhe, die wahrhaftig die größte Seligkeit sind. Wie beglückt müßte sich dann der Künstler fühlen, der die reinsten Empfindungen dieser Wesen darzustellen unternähme! Dann würde es erst möglich sein, das Erhabene zu wagen, dann würde jener falsche Enthusiasmus, der sich an Kleinigkeiten und Spielwerk schließt, erst eine Bahn finden, auf der er eine herrliche Erscheinung wandeln dürfte. Aber alle Menschen sind so gemartert, so von Mühseligkeiten, Neid, Eigennutz, Planen, Sorgen verfolgt, daß sie gar nicht das Herz haben, die Kunst und Poesie, den Himmel und die Natur als etwas Göttliches anzusehen. In ihre Brust kömmt selbst die Andacht nur mit Erdensorgen vermischt, und indem sie glauben klüger und besser zu werden, vertauschen sie nur eine Jämmerlichkeit mit der andern.

Du siehst, ich führe noch immer meine alten Klagen, und ich habe vielleicht sehr unrecht. Ich sehe wohl alles anders an, wenn ich älter werde, aber ich wünsche es nicht. Ach Sebastian, ich habe manchmal eine unaussprechliche Furcht vor mir selber; ich empfinde meine Beschränktheit, und doch kann ich es nicht wünschen, diese Gefühle zu verlieren, die so mit meiner Seele verwebt scheinen, daß sie vielleicht mein eigentliches Selbst ausmachen. Wenn ich daran denke, daß ich mich ändern könnte, so ist mir ebenso als wenn Du sterben solltest. –

Wenn ich nur wenigstens mehr Stolz und Festigkeit hätte! Denn ich muß doch vorwärts, und kann nicht immer ein weichherziges Kind bleiben, wenn ich auch wollte. Ich glaube fast, daß der Geist am leichtesten untersinkt und verlorengeht, der sich zu blöde und bescheiden betrachtet: man muß mit kaltem Vertrauen zum Altar der Göttin treten, und dreist eine von ihren Gaben fordern, sonst drängt sich der Unwürdige vor, und trägt über den Besseren den Sieg davon. Ich möchte manchmal darüber lachen, daß ich alles in der Welt so ernsthaft betrachte, daß ich so viel sinne, wenn es doch nicht anders sein kann, und mit Schwingen der Seele das zu ereilen trachte, wonach andere nur die Hand ausstrecken. Denn wohin führt mich meine Liebe, meine Verehrung der Künstler und ihrer Werke? Viele große Meister haben sich gewiß recht kaltblütig vor die Staffelei gesetzt, so wie auch gewöhnlich unser Albrecht arbeitet, und dann dem Werke seinen Lauf gelassen, überzeugt, daß es so werden müsse, wie es ihnen gut dünkt.

Meine Wanderung bringt oft sonderbare Stimmungen in mir hervor. Jetzt bin ich in einem Dorfe und sehe den Nebel auf den fernen Bergen liegen, matte Schimmer bewegen sich im Dunste und Wald und Berg tritt aus dem Schleier oft plötzlich hervor. Ich sehe Wanderer zu Fuß und zu Pferde ihre Straße forteilen, und ferne Türme und Städte sind das Ziel, wonach sie in mannigfaltiger Richtung streben. Ich befinde mich mit unter diesem Haufen, und die übrigen wissen nichts von mir, sie gehn mir vorüber und ich kenne sie nicht, jeder unsichtbare Geist wird von einem andern Interesse beherrscht, und jeder beneidet und bemitleidet auf Geratewohl den andern. Ich denke mir alle die mannigfaltigen Wege, durch Wälder, über Berge, an Strömen vorüber: wie jeder Reisende sich umsieht und in des andern Heimat sich in der Fremde fühlt, wie jeder umherschaut und nach dem Bruder seiner Seele sucht, und so wenige ihn finden, und immer wieder durch Wälder und Städte, bergüber, an Strömen vorbei, weiterreisen, und ihn immer nicht finden.

Viele suchen schon gar nicht mehr, und diese sind die Unglücklichsten, denn sie haben die Kunst zu leben verlernt, da das Leben nur darin besteht, immer wieder zu hoffen, immer zu suchen; der Augenblick, wenn wir dies aufgeben, sollte der Augenblick unsers Todes sein. So ist es auch vielleicht, und jene wahrhaft Elenden müssen dann an der Zeit hinsterben, und wissen und empfinden nicht, woran sie das Leben verlieren.

Ich will daher immer suchen und erwarten, ich will meine Entzückung und Verehrung der Herrlichkeit in meinem Busen aufbewahren, weil dieser schöne Wahnsinn das schönste Leben ist. Der Vernünftige wird mich immer als einen Berauschten betrachten, und mancher wird mir vielleicht furchtsam oder auch verachtend aus dem Wege gehen. – Welche Gegend ihr Blick wohl jetzt durchwandert! Ich schaue nach Osten und Westen, um sie zu entdecken, und ängstige mich ab, daß sie vielleicht in meiner Nähe ist, ohne daß ich es erfahren kann. Nur einmal sehn, nur einmal sprechen möcht ich sie noch, ich kann mein Verlangen darnach nicht mit Worten ausdrücken, und doch wüßt ich nicht was ich ihr sagen sollte, wenn ich sie plötzlich wiederfände. Ich kann es nicht sagen, was meine Empfindung ist, und ich weiß nicht, ob Du nicht Deinen Freund belächelst. Aber Du bist zu gut, um über mich zu spotten; auch bin ich zu ehrlich gegen Dich.

Wenn ich an die reizenden Züge denke, an diese heilige Unschuld ihrer Augen, diese zarten Wangen – wenigstens möcht ich ein Gemälde, ein treues, einfaches der jetzigen Gestalt besitzen. Tod und Trennung sind es nicht allein, die wir zu bejammern haben; sollte man nicht jeden dieser süßen Züge, jede dieser sanften Linien beweinen, die die Zeit nach und nach vertilgt? Der ungeschickte Künstler, der durch beständiges Nachmalen sein Bild verdirbt, das er erst so schön ausgearbeitet hatte. Ich sehe sie vielleicht nach vielen, vielen Jahren wieder, vielleicht auch nie. Es gibt ein Lied eines alten Sängers, ich schreibe Dir es auf:

Wohlauf und geh in den vielgrünen Wald,
Da steht der rote frische Morgen,
Entlade dich der bangen Sorgen,
Und sing ein Lied, das fröhlich durch die Zweige schallt!
Es blitzt und funkelt Sonnenschein
Wohl in das grüne Gebüsch hinein,
Und munter zwitschern die Vögelein. –

– Ach nein! ich gehe nimmer zum vielgrünen Wald,
Das Lied der süßen Nachtigall schallt,
Und Tränen,
Und Sehnen
Bewegen die bange, die strebende Brust,
Im Walde, im Walde wohnt mir keine Lust,
Denn Sonnenschein,
Und hüpfende Vögelein,
Sind mir Marter und Pein!

Einst fand ich den Frühling im grünenden Tal,
Da blühten und dufteten Rosen zumal,
Durch Waldesgrüne
Erschiene
Im Eichenforst wild
Ein süßes Gebild:
Da blitzte Sonnenschein,
Es sangen Vögelein
Und riefen die Geliebte mein.

Sie ging mit Frühling Hand in Hand,
Die Weste küßten ihr Gewand,
Zu Füßen
Die süßen
Viol und Primeln hingekniet
Indem sie still vorüberzieht,
Da gingen ihr die Töne nach,
Da wurden alle Stimmen wach,
Da girrte Nachtigall noch zärtlicher ihr Ach!

Mich traf ihr wundersüßer Blick:
Woher? Wohin du goldnes Glück?
Die Schöne,
Die Töne,
Die rauschenden Bäume,
Wie goldene Träume!
Ist dies noch der Eichengrund?

Grüßt mich dieser rote Mund?
Bin ich tot, bin ich gesund?

Da schwanden mir die alten Sorgen,
Und neue kehrten bei mir ein,
Ich traf die Maid an jedem Morgen
Und schöner grünte stets der Hain:
Lieb', wie süße Deine Küsse!
Glänzend schönste Zier,
Wohne stets bei mir,
Im vielgrünen Walde hier! –

Ich ging hinaus im Morgenlicht,
Da kam die süße Liebe nicht;
Vom Baume hernieder
Schrie Rabe seine heisern Lieder:
Da weint und klagt ich laut,
Doch nimmer kam die Braut –
Und Morgenschein,
Und Vögelein
Nur Angst und Pein!

Ich suchte sie auf und ab, über Berge, tälerwärts,
Ich sah manche fremde Ströme fließen,
Aber ach! mein liebend banges Herz
Nimmer fand's die Gegenwart der Süßen:
Einsam blieb der Wald,
Da kam der Winter kalt;
Vöglein,
Sonnenschein
Flohen aus dem Walde mein. –

Ach! schon viele Sommer stiegen nieder,
Oftmals kam der Zug der Vögel wieder,
Oft hat sich der Wald in Grün gekleidet,
Niemals kam zurück die süße Maid.
Zeit! Zeit!
Warum trägst du so grausamen Neid?

Ach! sie kommt vielleicht auf fremden Wegen
Ungekannter Weis mir bald entgegen,
Aber Jugend ist von mir gewichen,
Ihre schönen Wangen sind erblichen,
Kömmt sie auch hinab zum Eichengrund
Kenn ich sie nicht mehr am roten Mund:
O Leide!
Fremd sind wir uns beide!
Keiner kennt den andern
Im Wandern!

Wer Jüngling ist der wandle munter
Den Wald hinunter,
Wohl mag's, daß ihm Treulieb entgegenziehet,
Dann blühet
Aus allen Knospen Frühling auf ihn ein: –
Doch niemals treff ich die verlorne Jugend mein,
Drum ist mir Sonnenschein,
Die Nachtigall im Hain
Nur Qual und Pein!

Ach! Vielleicht ist für mich auch einst der vielgrüne Wald so abgestorben!

Oft möcht ich alles in Gedichten niederschreiben, und ich fühle es jetzt, wie die Dichter entstanden sind. Du vermagst das Wesen, was Dein innerstes Herz bewegt nicht anders auszusprechen.

Ich habe endlich einen neuen Kupferstich von unserm Albert gesehn, den er seit meiner Abwesenheit gemacht hat. Du wirst ihn kennen, es ist der lesende Einsiedler. Wie ich da wieder unter euch war! Denn ich kannte die Stube, den Tisch und die runden Scheiben gleich wieder, die Dürer auf diesem Bilde von seiner eignen Wohnung abgeschrieben hat. Wie oft habe ich die runden Scheiben betrachtet, die der Sonnenschein an der Täfelung oder an der Decke zeichnete; der teure Hieronymus sitzt an Dürers Tisch. Es ist schön, daß unser Meister in seiner frommen Vorliebe für das, was ihn so nahe umgibt, der Nachwelt ein Konterfei von seinem Zimmer gegeben hat, wo alles so bedeutend ist, und jeder Zug Andacht und Einsamkeit ausdrückt.

Ich gehe auf meinem Wege oft in die kleinen Kapellen hinein, und verweile mich dabei, die Gemälde und Zeichnungen zu betrachten. Ob es meine Unerfahrenheit, oder meine Vorliebe für das Altertum macht, ich sehe selten ein ganz schlechtes Bild; ehe ich die Fehler entdecke, sehe ich immer die Vorzüge an jedem. Ich habe gemeiniglich bei jungen Künstlern die entgegengesetzte Gemütsart gefunden, und sie wissen sich immer recht viel mit ihrem Tadel. Ich habe oft eine fromme Ehrfurcht vor unsern treuherzigen Vorfahren, die zuweilen recht schöne und erhabene Gedanken mit so wenigen Umständen ausgedrückt haben.

Ich will meinen Brief schließen. Möge der Himmel Dich und meinen teuern Albert gesund erhalten! Dieser Brief dürfte seinem ernsten Sinne schwerlich gefallen. Laß mich bald Nachrichten von Dir und von allen Bekannten hören.

751

In die Ferne geht die Liebe
Ungekannt durch Nacht und Schatten;
Ach! wozu daß ich hier bliebe
Auf den vaterländschen Matten?

Wie mit süßen Flötenstimmen
Rufen alle goldnen Sterne:
»Weit muß manche Woge schwimmen,
Deine Lieb ist in der Ferne,

Jenes Bild vor dem du knietest,
Dich ihm ganz zu eigen gabst,
Ihm mit allen Sinnen glühtest,
An dem Schatten dich erlabst –

Was dein Geist als Zukunft dachte,
Dein Entzücken Kunst genannt,
Was als Morgenrot dir lachte,
Oft sich wieder abgewandt,

Sie nur ist es! Dein Verzagen
Hat sie fort von dir gescheucht,
Willst du es nur männlich wagen,
Wird das Ziel noch einst erreicht,

Alle Ketten sind gesprungen
Und befreit ist dann dein Geist,
Jeder Knechtschaft kühn entschwungen
Fühlst du dich nicht mehr verwaist,

752

Rückwärts flieht das zage Bangen,
Muse reicht dir dann die Hand,
Und führt sicher dein Verlangen
In der Götter Himmelsland!« – –

Ja, wer darf mit Kunst und Liebe
Von den Sterblichen sich messen?
In dem schönvermählten Triebe
Wird der Himmel selbst besessen!

Diese ungeschickten Zeilen habe ich gestern in einem angenehmen
Walde gedichtet; meine ganze Seele war darauf hingewandt, und ich
bin nicht errötet, sie Dir, Sebastian, niederzuschreiben: denn warum
sollte ich Dir einen Gedanken meiner Seele verheimlichen? – Lebe wohl.
–

753

Zweites Buch

Erstes Kapitel

Franz Sternbald war über Aschaffenburg und dem alten Mainz den schönen Rhein hinunter nach den Niederlanden gereiset. Allenthalben hatte er die Denkmale deutscher und niederländischer Kunst aufgesucht und mit Teilnahme und Bewunderung betrachtet. Vor allen war er erstaunt über die alten Werke des Johann van Eyck, der schon vor langer Zeit die Kunst in Öl zu malen erfunden und verbreitet hatte, dann zogen ihn die gleichzeitigen Meister an, wie die Werke des Lukas von Leyden, Engelbrecht und Johann von Mabuse. Er fühlte in allen die Verwandtschaft zu Dürers Kunstweise, obgleich sich ihm viele Betrachtungen über die Art aufdrängten, wie jeder Künstler den Gegenstand, den menschlichen Körper oder die Natur betrachtete.

Es war gegen Mittag, als er auf dem freien Felde unter einem mächtigen Baume saß, und die große Stadt Leiden betrachtete die vor ihm lag. Er war an diesem Tage schon sehr früh ausgewandert, um sie noch zeitig zu erreichen; jetzt ruhte er aus, die Sonne des Spätherbstes schien warm, er betrachtete das Bild der Stadt nachsinnend, die sich mit ihren Türmen vor ihm verbreitete.

Er hielt seine Schreibtafel in der Hand, und neben ihm im Grase lag die fremde gefundene. Er hatte den Umriß eines Kopfes entworfen, den er eben wieder ausstrich, weil er keine Ähnlichkeit hervorbringen konnte; es sollte das Gesicht der Fremden vorstellen, welche wachend und träumend seine Phantasie beschäftigte. Er rief sich jeden Umstand, jedes Wort, das sie gesprochen hatte, in die Gedanken zurück, er sah alle die lieblichen Mienen, den süßlächelnden Mund, die unaussprechliche Anmut jeder Bewegung, alles zog wieder durch sein Gedächtnis, und er fühlte sich darüber so entfremdet, so entfernt von ihr, so auf ewig geschieden, daß ihm der helle Tag, das funkelnde Gras, die klaren Wasser trübselig und melancholisch wurden, ihm blühten und dufteten nur die wenigen verwelkten Blumen, die er mit süßer Zärtlichkeit betrachtete; dann lehnte er sich an den Stamm des Baums, der mit seinen Zweigen und Blättern über ihm lispelte, als wenn er ihm Trost zusprechen möchte, als wenn er ihm dunkle Prophezeiungen von der Zukunft sagen wollte. Franz hörte aufmerksam hin, als wenn er die Töne verstände; denn die Natur scheint uns mit ihren Klängen zwar in einer fremden Sprache anzureden, aber wir ahnden doch die Bedeutsamkeit ihrer Worte, und merken gern auf ihre wunderbaren Akzente.

Er hörte auf zu zeichnen, da ihm keiner seiner Striche Ausdruck und Würde genug hatte, er betrachtete wieder die Türme der Stadt, auf deren Schieferdächern die Sonne hell glänzte. »So werde ich jetzt deine Straßen betreten«, sagte er zu sich selber, »so werde ich den berühmten Lukas sehn dürfen, von dem mir Albrecht Dürer mit so vieler Liebe gesprochen hat, der schon als Kind ein Künstler war, dessen Namen man schon in seinem sechszehnten Jahre kannte. Ich werde ihn sprechen hören und von ihm lernen, ich werde seine neuesten Werke sehn, ich werde ihm sagen können, wie ich ihn bewundre!«

Bald über das Bildnis der Fremden, bald über Gemälde sinnend, indes in der feierlichen Stille des Mittags die Bäume nur zuweilen rauschten, überraschte ihn in der Ermüdung der heutigen starken Tagereise ein süßer Schlummer. Ein ferner Bach murmelte ihm mit einförmig wiederkehrendem Plätschern ein Schlaflied. Er hörte alles noch leise in seinen Schlummer hinein, und ihm dünkte, als wenn er über eine Wiese ginge, auf welcher fremde Blumen standen, die er bis dahin noch niemals gesehn hatte. Unter den Blumen waren auch die Feldblumen gewachsen, die er bei sich trug, aber sie waren nun wieder frisch geworden, und verdunkelten an Farbe und Glanz alle übrigen. Franz betrachtete sie mit Gram, so schön sie auch waren, er wollte sie wieder pflücken, als er am Ende der Wiese, in einer Laube sitzend, seinen Lehrer Albert Dürer wahrnahm, der nach ihm hinsah und ihm zu winken schien. Er ging schnell hinzu, und als er näher kam, bemerkte er deutlich, daß Albrecht emsig an einem Gemälde arbeitete: es war der Kopf der Fremden, das Gesicht war zum Sprechen ähnlich. Franz wußte nicht, was er dem Meister sagen sollte, seine Augen waren auf das Gemälde hingeheftet, und es war ihm, als wenn es über seine Verlegenheit und Aufmerksamkeit mit süßer Schalkheit zu lächeln anfinge. Indem er noch darüber sann, war er in einem dunkeln Walde und alles übrige verschwunden; liebliche Stimmen riefen seinen Namen, aber er konnte sich aus dem Gebüsche nicht herausfinden, der Wald ward immer grüner und dunkler, doch Sebastians Stimme und der Ton der Fremden wurden immer deutlicher, sie riefen ihn ängstlich, als wenn irgendeine Gefahr ihm bevorstände. Da überfiel ihn Grauen, und die dichten Bäume und Gebüsche umher erschienen ihm entsetzlich, er zagte weiterzugehn, er wünschte, das helle freie Feld wieder anzutreffen. Plötzlich war es Mondschein. Wie vom holden Schimmer erregt, klang von allen silbernen Wipfeln ein süßes Getöne nieder; da war alle Furcht verschwunden: der Wald brannte sanft im schönsten Glanze, und Nachtigallen wurden wach und flogen dicht an ihm vorüber, dann sangen sie mit süßer Kehle, und blieben immer im Takte mit der Musik des Mondscheins. Franz fühlte sein Herz geöffnet, als er in einer Klause im Felsen einen Waldbruder wahrnahm, der andächtig die Augen zum Himmel aufhob und die Hände faltete. Franz trat näher: »Hörst du nicht die liebliche Orgel der Natur spielen?« sagte der Einsiedel, »bete, so wie ich.« Franz war von dem Anblicke hingerissen, aber er sah nun Tafel und Palette vor sich und malte unbemerkt den Eremiten, seine Andacht, den Wald mit seinem Mondschimmer, ja es gelang ihm sogar, und er konnte nicht begreifen wie, die Töne der Nachtigall in sein Gemälde hineinzubringen. Er hatte noch nie eine solche Freude empfunden, und er nahm sich vor, wenn das Bild fertig sei, sogleich damit zu Dürer zurückzureisen, damit dieser es sehn und beurteilen möge. Aber im Augenblicke verließ ihn die Lust, weiterzumalen, die Farben erloschen unter seinen Fingern, ein Frost überfiel ihn, und er wünschte den Wald zu verlassen.

Franz erwachte mit einer unangenehmen Empfindung; es war einer der letzten warmen Tage im Herbst gewesen, jetzt ging die Sonne in dunkelroten Wolken hinter der Stadt unter, und ein kalter Herbstwind strich über die Wiese. Er schüttelte sich in fieberhafter Stimmung, und sah mit einer gewissen Bangigkeit zum Himmel auf, denn ungeheure, kupferrote Wolken, von Violett und dunklem Blau durchzogen, glänzten hinter der untergegangenen Sonne. Im blutigen Widerschein wollte ihm die Stadt selbst, die im Mittagsglanze so anlockend vor ihm lag, wie eine furchtbare klippenvolle Einöde bedünken. Er schritt vorwärts und hatte das Gefühl, als ob ein großes Unglück seiner wartete. Plötzlich stand er mit einem lauten Ausruf erschreckend still. Er vermißte die fremde Brieftasche und erinnerte sich deutlich, daß er sie im Grase zurückgelassen haben müsse. Zitternd eilte er zurück. Konnte er sie auch wiederentdecken? Mochte nicht ein fremder Wanderer, ein Arbeiter auf dem Felde den glänzenden Fund indessen schon aufgerafft haben? Er kam dem großen Baume näher, vor Anstrengung zu sehen war er geblendet, wie ein wilder Zauberwald erschien ihm das demütige Gras, das neidisch seinen Schatz verborgen hielt. Da leuchtete ihm die goldne Einfassung wie mit Lächeln entgegen, er bückte sich und kniete nieder, und drückte das liebe Büchelchen an Mund, Herz und Augen. War es ihm doch, als hätte er die holdselige unbekannte Gestalt selbst wieder getroffen, der Wunderglaube seiner Liebe hielt dieses Wiederfinden für eine glückliche Vorbedeutung, daß auch die schöne Besitzerin ihm nicht auf immer verborgen bleiben werde.

Er ging nach der Stadt. Das Gedränge am Tore war groß, denn jedermann eilte nun aus den Feldern und von den benachbarten Dörfern zur Stadt zurück, er beobachtete die mannigfaltigen Gesichter: der Mond stand am hellen Himmel, und schien auf die Dächer der Kirchen und auf die freien Plätze; endlich kehrte er in eine Herberge ein.

Franz fühlte sich müde und ging bald zur Ruhe, aber er konnte lange nicht einschlafen. Die Scheibe des Mondes stand seinem Kammerfenster gerade gegenüber, er betrachtete ihn mit sehnsüchtigen Augen, er suchte auf dem glänzenden Runde und in den Flecken Berge und Wälder, wunderbare Schlösser und zauberische Gärten voll fremder Blumen und duftender Bäume; er glaubte Seen mit glänzenden Schwänen und ziehenden Schiffen wahrzunehmen, einen Kahn, der ihn und die Geliebte trug, und umher reizende Meerweiber, die auf krummen Muscheln Lieder bliesen und Wasserblumen in die Barke hineinreichten. »Ach! dort! dort!« rief er aus, »ist vielleicht die Heimat aller Sehnsucht, aller Wünsche: darum fällt auch wohl so süße Schwermut, so sanftes Entzücken auf uns herab, wenn das stille Licht voll und golden den Himmel heraufschwebt, und seinen silbernen Glanz auf uns herniedergießt. Ja, er erwartet uns, er bereitet uns unser Glück, und darum sein wehmütiges Herunterblicken, daß wir noch in dieser Dämmerung der Erde verharren müssen.«

Er verschloß sein Auge, um zu träumen; da erschien ihm die Fremde mit allen ihren Reizen, sie winkte ihm, und vor ihm lag ein schöner dunkler Lindengang, welcher blühte und den süßesten Duft verbreitete. Sie ging hinein, er folgte ihr schüchtern, er gab ihr die Blumen zurück, und erzählte ihr wer er sei. Da umfing sie ihn mit ihren zarten Armen, da kam der Mond mit seinem Glanze näher, und schien ihnen beiden hell ins Angesicht, sie gestanden sich ihre Liebe, sie waren unaussprechlich glücklich. – Diesen Traum setzte Franz fort, die frühsten Erinnerungen aus seinen Kinderjahren kamen zurück, alle schönen Empfindungen, die er einst gekannt hatte, zogen wieder an ihm vorüber und begrüßten ihn. So ist der Schlaf oft ein Ausruhen in einer schöneren Welt; wenn

757

die Seele sich von diesem Schauplatz hinwegwendet, so eilt sie nach jenem unbekannten magischen, auf welchem liebliche Lichter spielen und kein Leiden erscheinen darf: dann dehnt der Geist seine großen Flügel auseinander, und fühlt seine himmlische Freiheit, die Unbegrenztheit, die ihn nirgend beengt und quält. Beim Erwachen sehn wir oft zu voreilig mit Verachtung auf dieses schönere Dasein hin, weil wir unsre Träume nicht in unser Tagesleben hineinweben können, weil sie nicht da fortfahren, wo unsre Menschentätigkeit am Abend aufhörte, sondern ihre eigne Bahn wandelten.

Zweites Kapitel

Am Morgen erkundigte sich Franz nach der Wohnung des berühmten Lukas von Leyden. Man bezeichnete ihm die Straße und das Haus, und er ging mit hochschlagendem Herzen hin. Er ward in eine ansehnliche Wohnung geführt, eine Magd sagte ihm, daß der Herr sich schon in seiner Malerstube befinde und arbeite. Franz bat, daß man ihn hineinführen möchte. Die Tür öffnete sich, und Franz sah einen kleinen, freundlichen, ziemlich jungen Mann vor einem Gemälde sitzen, an dem er fleißig arbeitete, um ihn her standen und hingen vielerlei Schildereien, einige Farbenkasten, Zeichnungen und Anatomien, aber alles in der besten Ordnung. Der Maler stand auf und ging Franzen entgegen, der Schüler war jetzt mit seinen Augen dem Gesicht des berühmten Meisters gegenüber, und vermochte in der ersten Verwirrung kein Wort hervorzubringen. Endlich faßte er sich, nannte seinen Namen und den Namen seines Lehrers. Lukas hieß ihn von Herzen willkommen, und beide setzten sich nun in der Werkstatt nieder, und Franz erzählte ganz kurz seine Reise, und sprach von einigen merkwürdigen Gemälden, die er unterwegs angetroffen hatte. Er beschaute während dem Sprechen aufmerksam das Bild, an welchem Lukas eben arbeitete; es war eine Heilige Familie, er traf darinnen vieles von einigen Dürerschen Arbeiten an, denselben Fleiß, dieselbe Genauigkeit im Ausmalen, nur schien ihm an Lukas' Bildern Dürers strenge Zeichnung zu fehlen, ihm dünkte, als wären die Umrisse weniger dreist und sicher gezogen; dagegen hatte Lukas etwas Liebliches und Anmutiges in den Wendungen seiner Gestalten, ja auch in seiner Färbung, das dem Dürer mangelte. Dem Geiste nach, glaubte er, müßten diese beiden großen Künstler sehr nahe verwandt sein, er sah hier dieselbe Einfalt in der Zusammensetzung, dieselbe Verschmähung unnützer Nebenwerke, die rührende und echt deutsche Behandlung der Gesichter und Leidenschaften, dasselbe Streben nach Wahrheit.

Lukas war in seinem Gespräche ein muntrer, fröhlicher Mann, seine Augen waren sehr lebhaft, und seine schnell veränderlichen Mienen begleiteten und erklärten jedes seiner Worte. Franz konnte ihn noch immer nicht genug betrachten, denn in seiner Einbildung hatte er ihn sich ganz anders gedacht, er hatte einen großen, starken, ernsthaften Mann erwartet, und nun sah er eine kleine, sehr behende, aber fast kränkliche Figur vor sich, und die Gebärden und Reden des Meisters trugen alle das Gepräge eines lustigen freien Gemütes.

»Es freut mich ungemein, Euch kennenzulernen«, rief Lukas mit seiner Lebhaftigkeit aus, »aber vor allen Dingen wünschte ich einmal Euren Meister zu sehen, ich wüßte nichts Erfreulicheres, das mir begegnen könnte, als wenn er so, wie Ihr heut tatet, in meine Werkstatt hereinträte; ich bin auf keinen andern Menschen in der Welt so neugierig, als auf ihn, denn ich halte ihn für den größten Künstler, den die Zeiten hervorgebracht haben. Er ist wohl sehr fleißig?«

»Er arbeitet fast immer«, antwortete Franz, »und er kennt auch kein größeres Vergnügen als seine Arbeit. Seine Emsigkeit geht so weit, daß er dadurch sogar manchmal seiner Gesundheit Schaden tut.«

»Ich will es gern glauben«, antwortete Lukas, »es zeugen seine Kupferstiche von einer fast unbegreiflichen Sorgfalt, und doch hat er deren schon so viele ausgehn lassen! Man kann nichts Sauberers sehn, als seine Arbeit, und doch leidet unter diesem Fleiße die Wahrheit und der Ausdruck seiner Darstellungen niemals, so daß seine Emsigkeit nicht bloß zufällige Zier, sondern Wesen und Sache selbst ist. Und dann begreife ich kaum die mannigfaltigen Arten seiner Arbeiten, von den kleinsten und feinsten Gemälden bis zu den lebensgroßen Bildern, dann seine Kupferarbeiten, seine saubern Figuren, die er auf Holz in erhabener Arbeit geschnitten, und die so leicht, so zierlich sind, daß man trotz ihrer Vollendung die Arbeit ganz daran vergißt, und gar nicht an die vielen mühseligen Stunden denkt, die der Künstler darüber zugebracht haben muß. Wahrlich, Albert ist ein äußerst wunderbarer Mann, und ich halte den Schüler für sehr glücklich, dem es vergönnt ist, unter seinen Augen seine erste Laufbahn zu eröffnen.«

759

Franz war immer gerührt, wenn von seinem Lehrer die Rede war; aber dies Lob, diese Verehrung seines Meisters aus dem Munde eines andern großen Künstlers setzte sein Herz in die gewaltsamste Bewegung. Er drückte Lukas' Hand und sagte mit Tränen: »Glaubt mir, Meister, ich habe mich vom ersten Tage glücklich geschätzt, da ich Dürers Haus betrat.«

»Es ist eine seltsame Sache mit dem Fleiße«, fuhr Lukas fort, »so treibt es auch mich Tag und Nacht zur Arbeit, so daß mich manchmal jede Stunde, ja jede Minute gereut, die ich nicht in dieser Stube zubringen darf. Von Jugend auf ist es so mit mir gewesen, und ich habe auch nie an Spielen, Erzählungen, oder dergleichen zeitvertreibenden Dingen Gefallen gefunden. Ein neues Bild liegt mir manchmal so sehr im Sinne, daß ich davor nicht schlafen kann. Ich weiß mir auch keine größere Freude, als wenn ich nun endlich ein Gemälde, an dem ich lange arbeitete, zustande gebracht habe; wenn nun alles fertig ist, was mir bis dahin nur in den Gedanken ruhte: wenn man nun zugleich mit jedem Bilde merkt, wie die Hand geübter und dreister wird, wie nach und nach alles das von selbst sich einstellt, was man anfangs mit Mühe erringen und erkämpfen mußte, seht, das ist eine Lust, die andre Menschen vielleicht nur an Kindern, die wohlgeraten, oder gar an gelungenen Eroberungen genießen können. O mein lieber Sternbald, ich könnte manchmal stundenlang davon schwatzen, wie ich nach und nach ein Maler geworden bin, und wie ich noch hoffe, mit jedem Tage weiterzukommen.«

»Ihr seid ein sehr glücklicher Mann«, antwortete Franz. »Wohl dem Künstler, der sich seines Wertes bewußt ist, der mit Zuversicht an sein Werk gehn darf, und es schon gewohnt ist, daß ihm die Elemente gehorchen. Ach, mein lieber Meister, ich kann es Euch nicht sagen, Ihr könnt es vielleicht kaum fassen, welchen Drang ich zu unsrer edlen Kunst empfinde, wie es meinen Geist unaufhörlich antreibt, wie alles in der Welt, die seltsamsten und fremdesten Gegenstände sogar, nur von der Malerei zu mir sprechen; aber je höher meine Begeisterung steigt, je tiefer sinkt auch mein Mut, wenn ich irgendeinmal an die Ausführung gehn will. Es ist nicht, daß ich die Übung und den wiederholten Fleiß scheue, daß es ein Stolz in mir wäre, gleich das Vortreffichste hervorzubringen, das keinen Tadel mehr zulassen dürfte, sondern 760 es ist eine Angst, eine Scheu, ja ich möchte es wohl eine Anbetung nennen, beides der Kunst, wie des Gegenstandes, den ich darzustellen unternehme.«

»Ihr erlaubt mir wohl«, sagte Lukas, »indem wir sprechen, an meinem Bilde weiterzumalen.« Und wirklich zog er auch die Staffelei herbei, und vermischte auf der Palette die Farben, die er auftragen wollte. – »Wenn ich Euch mit meinem Geschwätze nur nicht störe«, sagte Franz, »denn diese Arbeit da ist äußerst kunstreich.« – »Gar nicht«, sagte Lukas, »tut mir den Gefallen und fahrt fort.«

»Wenn ich mir also«, sagte Franz, »eine der Taten unsers Erlösers in ihrer ganzen Herrlichkeit denke, wenn ich die Apostel, die Verehrungswürdigen, die ihn umgaben, vor mir sehe, wenn ich mir die göttliche Milde vorstelle, mit der er lehrte und sprach; wenn ich mir einen der heiligen Männer aus der ersten christlichen Kirche denke, die mit so kühnem Mute das Leben und seine Freuden verachteten, und alles hingaben, was den übrigen Menschen so viele Sehnsucht, so manche Wünsche ablockt, um nur das innerste Bekenntnis ihres Herzens, das Bewußtsein der großen Wahrheit sich zu behaupten und andern mitzuteilen; – wenn ich diese erhabenen Gestalten in ihrer himmlischen Glorie vor mir sehe, und nun noch bedenke, daß es einzelnen Auserwählten gegönnt ist, daß sich ihnen das volle Gefühl, daß sich ihnen jene Helden und der Sohn Gottes in eigentümlichern Gestalten und Farben als den übrigen Menschen offenbaren, und daß sie durch das Werk ihrer Hände schwächeren Geistern diese Offenbarungen wieder mitteilen dürfen: wenn ich mich dazu meiner Entzückungen vor herrlichen Gemälden erinnere, seht, so entschwindet mir meist aller Mut, so wage ich es nicht, mich jenen auserwählten Geistern zuzurechnen, und statt zu arbeiten, statt fleißig zu sein, verliere ich mich in ein leeres untätiges Staunen.«

»Ihr seid brav«, sagte Meister Lukas, ohne von seinem Bilde aufzusehn, »aber das wird sich fügen, daß Ihr auch Mut bekommt.«

»Schon mein Lehrer«, fuhr Franz fort, »hat mich deshalb getadelt, aber ich habe mir niemals helfen können, ich bin von Kindheit auf so gewesen. Doch solange ich in Nürnberg lebte, in der Gegenwart des teuren Albrecht, bei meinem Freunde, und von alle dem bekannten Geräte umgeben, konnte ich mich doch immer noch etwas aufrecht erhalten. Ich lernte mich aus Gewohnheit ein, den Pinsel zu führen, ich fühlte, wie ich nach und nach weiterkam, weil es immer derselbe Ort war, den ich wieder betrat, weil dieselben Menschen mich aufmunterten, und weil ich nun auf einer gebahnten Straße geradeaus ging, ohne mich weiter rechts oder links umzusehn. Freilich durfte ich keine neue Erzäh-

761

lung hören, keinen neuen verständigen Mann kennenlernen, ohne etwas irre zu werden; doch fand ich mich bald wieder zurecht. Aber seit meiner Abreise aus Nürnberg hat sich alles das geändert. Meine innerlichen Bilder vermehren sich bei jedem Schritte, jeder Baum, jede Landschaft, jeder Wandersmann, Aufgang der Sonne und Untergang, die Kirchen die ich besuche, jeder Gesang den ich höre, alles wirkt mit quälender und schöner Geschäftigkeit in meinem Busen, und bald möcht ich Begebenheiten in Landschaften, bald heilige Geschichten, bald einzelne Gestalten darstellen; die Farben genügen mir nun nicht, die Abwechselung ist mir nicht mannigfaltig genug, ich fühle das Edle in den Werken anderer Meister, aber mein Gemüt ist nunmehr so verwirrt, daß ich mich durchaus nicht unterstehen darf, selber an die Arbeit zu gehn.«

Lukas hielt eine Weile mit Malen inne und betrachtete Sternbald sehr aufmerksam, der sich durch Reden erhitzt hatte, dann sagte er: »Lieber Freund, ich glaube, daß Ihr so auf einem ganz unrechten Wege seid. Ich kann mir Eure Verfassung wohl so ziemlich vorstellen, aber ich bin niemals in solcher Gemütsstimmung gewesen. Von der frühsten Jugend habe ich einen heftigen Trieb in mir empfunden, zu bilden und ein Künstler zu sein; aber von je an lag mir die Nachahmung klar im Sinne, daß ich nie zweifelhaft war oder zögerte, was aus einer Zeichnung werden sollte. Schon während der Arbeit kam mir dann ein andrer Entwurf ganz deutlich in die Vorstellung, den ich ebenso schnell und ebenso unverzagt als den vorigen ausführte, und so sind meine zahlreichen Werke entstanden, ob ich gleich noch nicht alt bin. Euer Zagen, Eure zu große Verehrung des Gegenstandes ist, will mich dünken, etwas Unkünstlerisches; denn wenn man ein Maler sein will, so muß man doch malen, man muß beginnen und endigen. Eure Entzückungen könnt Ihr ja doch nicht auf die Tafel tragen. Nach dem, was Ihr mir gesagt habt, müßt Ihr viele Anlagen zu einem Poeten haben, nur muß ein Dichter auch mit Ruhe arbeiten. Ein Reisender hat mir kürzlich etwas Ähnliches von dem großen Meister Leonard von Vinci erzählt, dieser, obgleich ihm alle die geheimsten Tiefen und Hülfsmittel der Kunst zu Gebote standen, war auch oft unentschlossen und zaghaft, grübelte, verwarf und studierte von neuem: und ist es nicht zu beklagen, daß er, ohngeachtet seiner Meisterschaft, ohngeachtet seines langen Lebens, nur so wenige Werke zustande gebracht hat? Das wenige, was ich von ihm gesehn habe, hat mir den Wunsch abgelockt, daß er doch immer möchte gemalt haben. – Erlaubt mir, daß ich Euch noch etwas sage: Ich habe mich von jeher über die Künstler gewundert, die Wallfahrten nach Italien, wie nach einem gelobten Lande der Kunst anstellen, aber nach dem, was Ihr mir von Eurem Gemüt erzählt habt, muß ich mich billig über Euch noch mehr verwundern. Warum wollt Ihr Eure Zeit also verderben? Mit Eurer Reizbarkeit wird Euch jeder neue Gegenstand, den Ihr erblickt, zerstreuen, die größere Mannigfaltigkeit wird Eure Kräfte noch mehr niederschlagen, sie werden alle verschiedene Richtungen suchen, und alle diese Richtungen werden für Euch nicht genügend sein. Nicht, als ob ich die großen Künstler Italiens nicht schätzte und liebte, aber man mag sagen was man will, so hat doch jedes Land seine eigne Kunst, und es ist gut, daß es sie hat. Ein Meister tritt dann in die Fußstapfen des andern, und verbessert was bei ihm etwa noch mangelhaft war; was dem ersten schwer war, wird dem zweiten und dritten leicht, und so wird die vaterländische Kunst endlich zur höchsten Vortrefflichkeit hingeführt. Wir sind einmal keine Italiener und ein Italiener wird nimmermehr deutsch empfinden. Darum soll man jedem Bilde gleich auf den ersten Blick ansehn können, wo es gewachsen ist; man wird nur etwas, wenn man es ganz und nichts halb wird, und so haben die echten italischen Meister auch gedacht. Wenn ich Euch also raten soll, so stellt lieber Eure Reise nach Italien ganz ein und bleibt im Vaterlande, denn was wollt Ihr dort? Meint Ihr, Ihr werdet die italischen Bilder mit einem andern als einem deutschen Auge sehen können? so wie auch kein Italiener die Kraft und Vortrefflichkeit Eures Albert Dürer jemals erkennen wird; es sind widerstrebende Naturen, die sich niemals in denselben Mittelpunkt vereinigen können. Wenn Ihr hingeht, so wird jedes neue Gemälde, jede neue Manier eine neue Lust in Euch erwecken, Ihr werdet in ewiger Abwechselung vielleicht arbeiten, aber Euch niemals üben, Ihr werdet kein Italiener werden und könnt doch kein Deutscher bleiben, Ihr werdet zwischen beiden streben, und die Mutlosigkeit und Verzagtheit wird Euch am Ende nur noch viel stärker als jetzt ergreifen. Ihr findet meinen Ausspruch vielleicht hart, aber Ihr seid mir wert, und darum wünsche ich Euer Bestes. Glaubt mir, jeder Künstler wird, was er werden kann, wenn er ruhig sich seinem eigenen Geiste überläßt, und dabei unermüdet fleißig ist. Seht nur Euren Albert Dürer an; ist er denn nicht ohne Italien geworden, was er ist? denn sein kurzer Aufenthalt in Venedig kann nicht in Rechnung gebracht werden: und denkt Ihr denn mehr zu leisten als er? Auch unsre besten Meister in den

763

Niederlanden haben Italien nicht gesehn, sondern einheimische Natur und Kunst hat sie großgezogen; manche mittelmäßige, die dort gewesen sind, haben eine fremde Manier nachahmen wollen, die ihnen nimmermehr gelingt, und als etwas Erzwungenes herauskömmt, das ihnen nicht steht, und sich in unsrer Gegend nicht ausnimmt. Mein lieber Sternbald, wir sind gewiß nicht für die Bildsäulen, die man jetzt entdeckt hat und immer mehr entdeckt, und aus denen viele, die sich klug dünken, was Sonderliches machen wollen, diese Antiken verstehen wir nicht mehr, unser Fach ist die wahre nordische Natur; je mehr wir diese erreichen, je wahrer und lieblicher wir diese ausdrücken, je mehr sind wir Künstler. Und das Ziel, wornach wir streben, ist gewiß ebenso groß als der poetische Zweck, den sich die andern vorgestellt haben.«

Franz war noch in seinem Leben nicht so niedergeschlagen gewesen. Er glaubte es zu empfinden, wie er noch keine Verdienste habe: diese Verehrung der Kunst, diese Begier, Italien mit seinen Werken zu sehn, hatte er immer für sein einziges Verdienst gehalten, und nun vernichtete ein verehrungswürdiger Meister ihm auch dieses gänzlich. Zum ersten Male erschien ihm sein ganzes Beginnen töricht und unnütz. »Ihr mögt recht haben, Meister!« rief er aus, »ich bin nun auch beinahe davon überzeugt, daß ich zum Künstler verdorben bin; je mehr ich Eure Vortrefflichkeit fühle, um so stärker empfinde ich auch meinen Unwert, ich führe ein verlorenes Leben in mir, das sich an keine vernünftige Tätigkeit hinaufranken wird, ein unglückseliger Trieb ist mir eingehaucht, der nur dazu dient, mir alle Freuden zu verbittern, und mir aus den köstlichsten Gerichten dieses Lebens etwas Albernes und Nüchternes zuzubereiten.«

»Es ist nicht so gemeint«, sagte Lukas mit einem Lächeln, das seinem freundlichen Gesichte sehr gut stand; »ich merke, daß alles bei Euch aus einem zu heftigen Charakter entspringt, und freilich, in so etwas kann sich der Mensch nicht ändern, wenn er es auch noch so sehr wollte. Gebt Euch zufrieden, meine Worte sind immer nur die Worte eines einzelnen Mannes, und ich kann mich ebenso leicht irren als jeder andre.«

»Ihr seid nicht wie jeder andre«, sagte Franz mit der größten Lebhaftigkeit, »das fühl ich zu lebendig in meinem Herzen, Ihr solltet es nur einmal hören, mit welcher Verehrung mein Meister von Euch spricht; Ihr solltet es nur wissen können, wie vortrefflich Ihr mir vorkommt, welch Gewicht bei mir jedes Eurer Worte hat. Wie viele Künstler dürfen sich denn mit Euch messen? Wer auf solche Stimmen nicht hörte, verdiente gar nicht, Euch so gegenüberzusitzen, mit Euch zu sprechen, und diese Freundschaft und Güte zu erfahren.«

»Ihr seid jung«, sagte Lukas, »und Euer Wesen ist mir ungemein lieb, es gibt wenige solcher Menschen, die meisten betrachten die Kunst nur als ein Spielwerk, und uns als große Kinder, die albern genug bleiben, um sich mit derlei Possen zu beschäftigen. – Aber laßt uns auf etwas anderes kommen, ich bin jetzt überdies müde zu malen. Ich habe einen Kupferstich von Eurem Albert erhalten, der mir bisher noch unbekannt war. Es ist der heilige Hubertus, der auf der Jagd einem Hirsche mit einem Kruzifixe zwischen dem Geweih begegnet, und sich bei diesem Anblicke bekehrt und seine Lebensweise ändert. Seht hierher, es ist für mich ein merkwürdiges Blatt, nicht bloß der schönen Ausführung, sondern vorzüglich der Gedanken halber, die für mich darin liegen. Die Gegend ist Wald, und Dürer hat einen hohen Standpunkt angenommen, weshalb ihn nur ein Unverständiger tadeln könnte, denn wenn auch ein dichter Wald, wo wir nur wenige große Bäume wahrnähmen, etwas natürlicher beim ersten Anblicke in die Augen fallen dürfte, so könnte doch das nimmermehr das Gefühl der völligen Einsamkeit so ausdrücken und darstellen, wie es hier geschieht, wo das Auge weit und breit alles übersieht, einzelne Hügel und lichte Waldgegenden, und oben in der Ferne die sonderbare Burg, mit ihrer auffallenden Bauart. Es ist, als wenn die tote Natur hier das ganze menschliche Leben überschaute. Ich glaube auch, daß manche Leute, die mehr guten Willen vernünftig zu sein als Verstand haben, den gewählten Gegenstand selbst als etwas Albernes tadeln dürften: ein Rittersmann, der vor einer unvernünftigen Bestie kniet. Aber das ist es gerade, was mir so sehr daran gefällt. Es ist etwas so Unschuldiges, Frommes und Liebliches darin, wie der Jagdmann hier kniet, und das Hirschlein mit seiner kindischen Physiognomie so unbefangen dreinsieht, im Kontrast mit der heiligen Ehrfurcht des Mannes; dies erweckt ganz eigene Gedanken von Gottes Barmherzigkeit, von dem grausamen Vergnügen der Jagd, und dergleichen mehr. Nun beobachtet einmal die Art, wie der Ritter niederkniet; es ist die wahrste, frommste und rührendste: mancher hätte hier wohl seine Zierlichkeit gezeigt, wie er Beine und Arme verschiedentlich zu stellen wüßte, so daß er durch Annehmlichkeit der Figur sich gleichsam vor jedem entschuldigt hätte, daß er ein so törichtes Bild zu seinem Gegenstande gemacht. Denn manche zierliche Maler sind mir so vorgekommen, daß

765

sie nicht sowohl verschiedentliche Bilder ausführen, als vielmehr nur die Gegenstände brauchen, um immer wieder ihre Verschränkungen und Niedlichkeiten zu zeigen; diese putzen sich mit der edlen Malerkunst, statt daß sie ihr freies Spiel und eine eigene Bahn gönnen sollten. So ist es nicht mit diesem Hubertus beschaffen. Seine zusammengelegten Beine, auf denen er so ganz natürlich hinkniet, seine gleichförmig aufgehobenen Hände sind das Wahrste, was man sehen kann; aber sie haben nicht die spielende Anmut, die manche der heutigen Welt über alles schätzen.«

Lukas ward durch den Besuch von einigen Freunden unterbrochen, mit denen er und Franz sich zu Tische setzten. Man lachte und erzählte viel, von der Malerei ward nur wenig gesprochen.

Drittes Kapitel

Franz hielt sich längere Zeit in Leiden auf, als er sich vorgenommen hatte, denn Meister Lukas hatte ihm einige Konterfeie zu malen übergeben, die Franz zu dessen Zufriedenheit beendigte. Beide hatten sich oft von der Kunst unterhalten, Franz liebte den Niederländer ungemein, aber doch konnte er in keiner Stunde das Vertrauen zu ihm fassen, das er zu seinem Lehrer hatte, er fühlte sich in seiner Gegenwart gedemütigt, seine freiesten Gedanken waren gefesselt, selbst Lukas' fröhliche Laune konnte ihn ängstigen, weil sie von der Art, wie er sich zu freuen pflegte, so gänzlich verschieden war. Er kämpfte oft mit der Verehrung, die er vor dem niederländischen Meister empfand, denn er schien ihm in manchen Augenblicken nur ein Handwerker zu sein; wenn er dann wieder den hurtigen erfinderischen Geist betrachtete, den nie rastenden Eifer, die Liebe zu allem Vortrefflichen, so schämte er sich dieses Gedankens.

Er hatte eine Reisegesellschaft gefunden, mit welcher er um ein Billiges nach Antwerpen kommen konnte, der folgende Tag war zur Abreise bestimmt, er ging jetzt zu Meister Lukas, um ihm zu danken und Abschied von ihm zu nehmen, und wie erstaunte er, als er die Tür der Malerstube öffnete, und seinen Lehrer, seinen über alles geliebten Dürer neben dem niederländischen Maler sitzen sah! Erst schien es ihm nur ein Blendwerk seiner Augen zu sein, aber Dürer stand auf und schloß ihn herzlich in seine Arme. Die drei Maler waren überaus fröhlich, sich

766

zu sehn, Fragen und Antworten durchkreuzten sich, besonders hinderte
der lebhafte Lukas auf alle Weise, daß das Gespräch nicht zu einer stillen
Ruhe kam, denn er fing immer wieder von neuem an sich zu verwundern
und zu freuen. Er rieb die Hände und lief mit großer Geschäftigkeit hin
und wider; bald zeigte er dem Albert ein Bild, bald hatte er wieder eine
Frage, worauf er die Antwort wissen wollte. Franz bemerkte, wie gegen
diese lebhafte Unruhe die Gelassenheit Alberts und seine stille Art sich
zu freuen, schön kontrastierte. Auch wenn sie nebeneinander standen,
ergötzte sich Franz an der gänzlichen Verschiedenheit der beiden
Künstler, die sich doch in ihren Werken so oft zu berühren schienen.
Dürer war groß und schlank, lieblich und majestätisch fielen seine
lockige Haare um seine Schläfe und Schultern, sein Gesicht war ehrwür-
dig und doch freundlich, seine Mienen veränderten den Ausdruck nur
langsam, und seine schönen braunen Augen sahen feurig aber sanft
unter seiner edlen Stirn hervor. Franz bemerkte deutlich, wie die Umrisse von Alberts Gesichte denen auffallend glichen, mit denen man oft
den Erlöser der Welt zu malen pflegt. Lukas erschien neben Albert noch
kleiner, als er wirklich war, sein Gesicht veränderte sich in jedem Augenblicke, seine Augen waren mehr lebhaft als ausdrucksvoll, sein hell-
braunes Haar lag schlicht und kurz um seinen Kopf.

Albert erzählte, wie er sich schon seit lange unpaß gefühlt und die
weite Reise nach den Niederlanden nicht gescheut habe, um seine Gesundheit wiederherzustellen, vorzüglich hätten ihn seine Freunde, am
meisten Pirkheimer, dazu gedrängt, weil sie alle, vielleicht übertrieben,
um ihn besorgt gewesen: von Sebastian gab er unserm Franz einen Brief,
der selber zwar nicht gefährlich aber doch so krank sei, daß er die Reise
nicht habe unternehmen können, weil er sonst in dessen Begleitung
würde gekommen sein. »Euch, Meister Lukas«, so beschloß er, »zu sehen,
war der vornehmste Bewegungsgrund meiner Reise, denn das habe ich
mir schon lange gewünscht, ich weiß auch noch nicht, ob ich einen
andern Maler besuche, wenn der Wohnort mir aus dem Wege liegt,
denn soviel ich sie kenne, ist mir nach dem berühmten Meister Lukas
keiner merkwürdig.«

Lukas dankte ihm, und sprang wieder durch die Stube, voller Freude,
den großen Maler Dürer bei sich zu haben. Dann zeigte er ihm einige
seiner neuesten Bilder und Albert lobte sie sehr verständig. Dieser hatte
einige neue Kupferstiche bei sich, die er dem Niederländer schenkte,
und Lukas suchte zur Vergeltung auch ein Blatt hervor, das er dem Al-

767

brecht in die Hände gab. »Seht«, sagte er, »dieses Blatt wird von einigen für meinen besten Kupferstich erklärt, es hat sich schon auch selten gemacht, es ist nämlich die Familie des Till Eulenspiegel, er als Knabe, die Eltern mit ihm, reitend und gehend: ich habe das Werk mit besonderem Fleiße und Genauigkeit zu arbeiten gesucht. Es wollen einige jetzt, die sich mit der Gelehrsamkeit befassen, das Buch von seinen Schwänken verachten, und es als den Sitten und der Zucht zuwider verdammen; vielleicht möchte einiges darin besser mangeln können, aber ich muß gestehen, daß es mich im ganzen immer sehr ergötzt hat. Die Schalkheit des Knechtes ist so eigen, viele seiner Streiche geben zu so manchen kuriosen Gedanken Veranlassung, daß ich mich ordentlich dazu angetrieben fühlte, seine erste Jugend in Kupfer zu bringen.«

»Ihr habt es auch wacker ausgerichtet«, sagte Albert Dürer lachend, »und ich danke Euch höchlich für Euer Geschenk.«

»Es verstehn wohl wenige Menschen«, fuhr Lukas fort, »sich an Tills Narrenstreichen so zu freuen, wie ich, weil sie es sogar mit dem Lachen ernsthaft nehmen; andern gefällt sein Buch wohl, aber es kommt ihnen als etwas Unedles vor, dies Bekenntnis abzulegen; andern fehlt es wieder an Übung, das Possierliche zu verstehn und zu fassen, weil man sich vielleicht ebenso daran gewöhnen muß, wie es nötig ist, viele Gemälde zu sehn, ehe man über eins ein richtiges Urteil fällen kann.«

»Ihr mögt sehr recht haben, Meister«, antwortete Dürer, »die meisten Leute sind wahrlich mit dem Ernsthaften und Lächerlichen gleich fremd. Sie glauben immer, das Verständnis von beiden müsse ihnen von selbst, ohne ihr weiteres Zutun kommen. Sie überlassen sich daher mit Roheit dem Augenblicke und ihrem dermaligen Gefühl, und so tadeln und loben sie ohne Einsicht. Ja sie gehen mit der Malerkunst so um, daß sie davon kosten, wie man wohl ein Gemüse oder eine Suppe zu kosten pflegt, ob die Magd zu viel oder zu wenig Salz darangetan habe, und dann sprechen sie das Urteil, ohne um die Kenntnisse, die dazu gehören, besorgt zu sein. Ich muß immer noch lachen, sooft ich daran denke, daß es mir doch auch einmal auf ähnliche Weise erging. Ohne etwas davon zu verstehen, und ohne die Anlagen von der Natur zu haben, fiel ich einmal darauf, ein Poet zu sein. Ich dachte in meinem einfältigen Sinne, Verse müsse ja wohl jedermann machen können, und ich wunderte mich über mich selber, daß ich nicht schon früher auf die Dichtkunst verfallen sei. Ich machte also ein zierlich großes Kupferblatt, und stach mühsam rundherum meine Verse mit Buchstaben ein: sie sollten ein moralisches

Gedicht vorstellen, und ich unterstund mich, der ganzen Welt darin gute Lehren zu geben. Wie nun aber alles fertig war, siehe da, so war es erbärmlich geraten. Was ich da für Leiden von dem gelehrten Pirkheimer habe ausstehen müssen, der mir lange nicht meine Verwegenheit vergessen konnte! Er sagte immer zu mir: ›Schuster, bleib bei deinen Leisten! Albert, wenn du den Pinsel in der Hand hast, so kömmst du mir als ein verständiger Mann vor, aber mit der Feder gebärdest du dich als ein Tor.‹« –

»Ihr müßt Euch doch einige Zeit in Leiden aufhalten«, sagte Lukas, »denn ich möchte gar zu gern recht viel mit Euch sprechen, und über so viele Dinge Euer Urteil vernehmen, denn ich wüßte keinen Menschen auf der Welt, mit dem ich mich lieber unterredete, als mit Euch.«

»Ich bleibe gewiß wenigstens einige Tage«, antwortete Dürer; »seit Franz von mir fortgezogen ist, habe ich mir diese Reise vorgesetzt, und alles Geld, was ich erübrigen konnte, dazu aufgespart.«

Unter diesen Gesprächen war die Mittagsstunde herangekommen; eine junge hübsche Frau, die Gattin des Niederländers, trat herein, sie erinnerte ihren Mann mit freundlichem Gesichte, daß es Zeit sei zu essen, er möchte mit seinen Gästen in die Speisestube treten. Man setzte sich zu Tisch. Lukas hatte einen Freund aus der Stadt und dessen Frau eingeladen. Der kleine behende Mann schien nun bei Tische erst recht an seinem Platze zu sein; er wußte so gutmütig zum Essen und Trinken zu nötigen, daß keiner seine Einladung auszuschlagen imstande war; dabei erwies er sich überaus artig gegen die Frauen. Dürer war viel ernster und unbeholfener, die schöne junge Frau des Lukas setzte ihn eher in Verlegenheit, als daß sie ihn unterhalten hätte, seine Sitten waren ernst und deutsch, und wenn sich ihm nicht ein Scherz von selber darbot, so hielt er es für eine unnütze Mühe ihn aufzusuchen. Franz war in einer heiligen Stimmung, es war ihm nicht möglich, seine Augen von seinem geliebten Lehrer abzuwenden, da es ihm beständig im Sinne lag, daß er morgen früh abreisen müsse.

»Ihr müßt mir erlauben«, rief Lukas fröhlich aus, »Meister Albrecht, (verzeiht mir, daß ich so vertraut tue, Euch bei Eurem Taufnamen zu nennen) daß ich Euer Konterfei abnehme, ehe Ihr von hier reiset, denn es liegt mir gar zu viel daran es zu besitzen, und ich will mir alle Mühe geben, es recht treu und fleißig zu malen.«

»Und ich will Euch malen«, sagte Albrecht, »mir ist gewiß Euer Gesicht ebenso lieb, damit ich es mit mir nach Nürnberg nehmen kann.«

769

»Wißt Ihr, wie wir es einrichten können?« antwortete Lukas: »Ihr malt Euer eigenes Bildnis und ich das meinige, und wir tauschen sie nachher gegeneinander aus, so besitzt noch jeder etwas von des andern Arbeit.«

»Es mag sein«, sagte Dürer, »ich weiß mit meinem Kopfe ziemlich Bescheid, denn ich habe ihn schon etlichemal gemalt und gestochen, und man hat die Kopei immer ähnlich gefunden. Worüber ich mich aber billig wundern muß«, fuhr er fort, »ist, daß Ihr, Meister Lukas, noch so jung seid, und daß Ihr doch schon so viele Kunstsachen in die Welt habt ausgehen lassen, und mit Recht einen so großen Namen habt; denn noch scheint Ihr keine dreißig Jahr alt zu sein.«

Lukas sagte: »Ich bin auch noch nicht dreißig Jahr alt, sondern kaum neunundzwanzig. Es ist wahr, ich habe fleißig gemalt, und fast ebensoviel in Kupfer gestochen als Ihr; aber, mein lieber Albrecht, ich habe auch schon sehr früh angefangen; Ihr wißt es vielleicht nicht, daß ich schon im neunten Jahre ein Kupferstecher war.«

»Im neunten Jahre?« rief Franz Sternbald voll Verwunderung aus; »ich glaubte immer, im sechzehnten hättet Ihr Euer erstes Werk begonnen, und das hat schon immer mein Erstaunen erregt.«

»Ich zeichnete schon Bilder und allerhand natürliche Sachen nach«, erzählte Lukas weiter, »als ich kaum sprechen konnte. Die Sprache und der Ausdruck durch die Reißkohle schien mir natürlicher als die wirkliche. Ich war unglaublich fleißig, und interessierte mich für gar nichts anders in der Welt, denn die übrigen Wissenschaften, so wie die Sprachen und dergleichen, waren mir völlig gleichgültig, ja es war mir verhaßt, meine Zeit mit solchem Unterrichte zuzubringen. Wenn ich auch nicht zeichnete, so gab ich genau auf alle die Dinge acht, die mir vor die Augen kamen, um sie nachher nachahmen zu können. Die größte Freude machte es mir, wenn meine Eltern oder andere Menschen die Personen wiedererkannten, die ich kopiert hatte. Kein Spiel machte mir Vergnügen, andre Knaben waren mir zur Last und ich verachtete sie und ging ihnen aus dem Wege, weil mir ihr Beginnen zu kindisch vorkam; sie verspotteten mich auch deshalb, und nannten mich den kleinen alten Mann. Ich erkundigte mich, wie die Kupferstiche entständen, und einige eben nicht geschickte Leute machten mich mit der Kunst bekannt, soviel sie selbst begriffen hatten. So machte ich im neunten Jahre mein erstes Bild, das ich öffentlich herausgab, und das vielen Leuten nicht mißfiel; bald darauf taten mich meine Eltern auf mein inständiges Bitten zum Meister Engelbrecht in die Lehre, ich fuhr fort zu arbeiten, und im sechzehnten Jahre war ich schon einigermaßen bekannt, so daß meine Werke gesucht wurden.«

»Ihr seid ein wahres Wunderkind gewesen, Meister Lukas«, sagte Albert Dürer, »und auf die Art muß man freilich nicht erstaunen, wenn die Welt so viele Arbeiten von Euch gesehn hat.«

»Wenn ich jetzt vielleicht etwas bin«, sagte Lukas sehr lebhaft, »so habe ich es nur Euch zu verdanken. Ihr wart mein Vorbild, Ihr gabt mir immer neues Feuer, wenn ich manchmal den Mut verlieren wollte, denn ich glaube, es gibt auch beim eifrigsten Künstler Stunden, in denen er durchaus nichts hervorbringen mag, wo er sich in sich selber ausruht, und ihm die Arbeit mit den Händen ordentlich widersteht; dann hörte ich wieder von Euch, ich sah eins Eurer Kupferblätter, und der Fleiß kam mir mit frischer Anmut zurück. Ich muß es gestehen, daß ich Euch meine meisten Erfindungen zu danken habe, denn ich weiß nicht wie es zugeht: einzelne Figuren oder Sachen stehen mir immer sehr klar vor den Augen, aber das Zusammenfügen, der wahre historische Zusammenhang, der ein Bild erst fertig macht, will sich nie deutlich vor den Sinn hinstellen, bis ich dann ein andres Blatt in die Hand nehme; da fällt es mir dann ein, daß ich das auch darstellen, und hie und da wohl noch verbessern könnte; aus dem Bilde, das ich vor mir sehe, entwickelt sich ein neues in meiner Seele, das mir dann nicht eher Ruhe läßt, als bis ich es fertig gemacht habe. Am liebsten habe ich Eure Bilder nachgemacht, Albrecht; weil sie alle einen ganz eigenen Sinn haben, den ich in andern nicht antreffe. Ihr habt mich am meisten auf Gedanken geführt, und Ihr werdet es wissen, daß ich viele Bilder, die Ihr ausgearbeitet habt, auch darzustellen versucht habe. Manchmal habe ich die Eitelkeit gehabt, (Ihr verzeiht mir meinen freimütigen Stolz, auch seid Ihr selbst ein grader, guter Mann) Eure Vorstellung zu verbessern und dem Auge angenehmer zu machen.«

»Ich weiß es recht wohl«, sagte Albert mit der gutmütigsten Freundlichkeit, »und ich versichere Euch, ich habe viel von Euch gelernt. Wie Ihr mit Eurem Körper behende und gewandter seid, so seid Ihr es auch mit dem Pinsel und Grabstichel. Ihr wißt eine gewisse Anmut mir Wendungen und Stellungen der Körper in Eure Bilder zu bringen, die mir oft fehlt, so daß meine Zeichnungen gegen die Eurigen hart und rauh aussehen; aber Ihr erlaubt mir auch zu sagen, daß es mir geschienen hat, als wärt Ihr ein paarmal unnötigerweise von der wahren Einfalt des

Gegenstandes abgewichen. So gedenke ich an ein paar Kupferstiche, wo vorne Leute mit großen Mänteln stehn, die dem Zuschauer den Rücken zuwenden, da sie uns wohl natürlicher das Angesicht hätten zukehren dürfen. Hier habt Ihr nach meinem einfältigen Urteil nur etwas Neues anbringen und durch die großen Mantelfiguren die Kontrastierung mit den übrigen Personen im Bilde verstärken wollen; aber es kömmt doch etwas gezwungen heraus.«

»Ihr habt recht, Albert«, sagte Lukas, »ich sehe, Ihr seid ein schlauer Kopf, der mir meine Münzen wiederzugeben weiß. Ich habe mich öfter darauf ertappt, daß ich ein Bild verdorben habe, wenn ich es habe besser machen wollen, als ich es auf Euren Platten gesehn hatte. Denn man verliert gar zu leicht den ersten Gedanken aus den Augen, der doch sehr oft der allerwahrste und beste ist; nun putzt man am Bilde herum und über lang oder kurz wird es ein Ding, das einen mit fremden Augen ansieht, und sich auf dem Papiere oder der Tafel selber nicht zu finden weiß. Da seid Ihr glücklicher und besser daran, daß Euch die Erfindung immer zu Gebote steht; denn so ist es Euch fast unmöglich, in einen solchen Fehler zu fallen. – Wie macht Ihr es aber, Albrecht, daß Ihr so viele Gedanken, so viele Erfindungen in Eurem Kopfe habt?«

»Ihr irrt Euch an mir«, sagte Albrecht, »wenn Ihr mich für so erfindungsreich haltet. Nur wenige meiner Bilder sind aus dem bloßen Vorsatz entstanden, sondern es war immer eine zufällige Gelegenheit, die sie veranlaßte. Wenn ich irgendein Gemälde lobe, oder eine der heiligen Geschichten wieder erzählen höre, so regt sich's plötzlich in mir, daß ich ein ganz neues Gelüst empfinde, gerade das und nichts anderes darzustellen. Das eigentliche Erfinden ist gewiß sehr selten, es ist eine eigene und wunderbare Gabe, etwas bis dahin Unerhörtes hervorzubringen. Was uns erfunden scheint, ist gewöhnlich nur aus älteren schon vorhandenen Dingen zusammengesetzt, und dadurch wird es gewissermaßen neu; ja der eigentliche erste Erfinder setzt seine Geschichte oder sein Gemälde doch auch nur zusammen, indem er teils seine Erfahrungen, teils was ihm dabei eingefallen, oder was er sich erinnert, gelesen, oder gehört hat, in *eins* faßt.«

»Ihr habt sehr recht«, sagte Lukas, »etwas im eigentlichsten Verstande aus der Luft zu greifen, wäre gewiß das Seltsamste, das dem Menschen begegnen könnte. Es wäre eine ganz neue Art von Verrückung, denn selbst der Wahnsinnige erfindet seine Fieberträume nicht. Die Natur ist also die einzige Erfinderin, sie leiht allen Künsten von ihrem großen

Schatze; wir ahmen immer nur die Natur nach, unsre Begeisterung, unser Ersinnen, unser Trachten nach dem Neuen und Vortrefflichen ist nur wie das Achtgeben eines Säuglings, der keine Bewegung seiner Mutter aus den Augen läßt. – Wißt Ihr aber wohl, Albrecht, welchen Schluß man aus dieser Bemerkung ziehen könnte? Daß es also in den Sachen selbst, die der Poet oder Maler, oder irgendein Künstler darstellen wollte, durchaus nichts Unnatürliches geben könne, denn indem ich als Mensch auf den allertollsten Gedanken verfalle, ist er doch an sich natürlich und der Darstellung und Mitteilung fähig. Von dem Felde des wahrhaft Unnatürlichen sind wir durch eine hohe Mauer geschieden, über die kein Blick von uns dringen kann. Wo wir also in irgendeinem Kunstwerk Unnatürlichkeiten, Albernheit, oder Unsinn wahrzunehmen glauben, die unsre gesunde Vernunft und unser Gefühl empören, da müßte dies immer nur daher rühren, daß die Sachen auf eine ungehörige und unvernünftige Art zusammengesetzt wären, daß Teile daruntergemengt sind, die nicht hineingehören, und die übrigen so verbunden, wie es nicht sein sollte. So müßte also ein höherer Geist, als derjenige war, der es fehlerhaft gemacht hatte, aus allem Möglichen etwas Vortreffliches und Würdiges hervorbilden können.«

Dürer nickte mit dem Kopfe Beifall, und wollte eben das Gespräch fortsetzen, als Lukas' Frau ausrief: »Aber, liebe Leute, hört endlich mit euren gelehrten Gesprächen auf, von denen wir Weiber hier kein Wort verstehn. Wir sitzen hier so ernsthaft wie in der Kirche, verspart alle eure Wissenschaften bis das Mittagsessen vorüber ist.« – Sie schenkte hierauf einem jeden ein großes Glas Wein ein, und erkundigte sich bei Dürer, was er auf der Reise Neues gesehn und gehört habe. Albrecht erzählte, und Franz Sternbald saß in tiefen Gedanken. In den letzten Worten des Lukas schien ihm der Schlüssel, die Auflösung zu allen seinen Zweifeln zu liegen, nur konnte er den Gedanken nicht deutlich fassen; er hatte von seinem Lehrmeister noch nie eine ähnliche Äußerung über die Kunst gehört, es schien ihm sogar, als wenn Dürer auf diesen Gedanken nicht so viel gebe, als er wert sei, daß er die Folgen nicht alle bemerke, die in ihm lägen. Er konnte auf das jetzige Gespräch nicht achtgeben, vorzüglich da die Niederländerin anfing, sich nach allen Nürnbergischen Trachten der verschiedenen Stände zu erkundigen, und ihre Bemerkungen darüber zu machen.

Plötzlich sprang Lukas mit seiner Behendigkeit vom Tische auf, fiel seiner Frau um den Hals und rief aus: »Mein liebstes Kind, du mußt es mir jetzt doch schon vergönnen, daß ich mit Meister Albrecht wieder etwas über die Malerei anfange, denn mir ist da eine Frage eingefallen. Es wäre ja Sünde, wenn ich den Mann hier in meinem Hause hätte, und nicht alles vom Herzen lossprechen sollte.«

»Meinetwegen magst du es halten, wie du willst«, antwortete sie; »aber was werden deine Gäste dazu sagen?«

»Darüber seid ohne Sorgen«, sagte die fremde schöne Frau, »können wir beide doch miteinander sprechen, denn mein Mann ist heut bloß des berühmten Deutschen wegen hergekommen, da er eigentlich dringende Geschäfte hat, und er ist auch einer von denen, die nie von Kunst und Büchern genug können reden hören, er bekümmert sich nie, was in der Welt vorfällt, außer es müßte sich etwa wieder mit Martin Luther etwas zugetragen haben.«

»Daß wir den Mann vergessen konnten!« rief Dürer aus, indem er sein volles Glas in die Höhe hob: »Er soll leben! Noch lange soll der große Doktor Martin Luther leben! Der Kirche, und uns allen zu Heil und Frommen!«

Der Fremde stieß gerührt und mit leuchtenden Blicken an, auch Lukas, welcher lächelte. »Es ist zwar eine ketzerische Gesundheit«, sagte er, »aber Euch zu Gefallen will ich sie doch trinken. Ich fürchte nur, die Welt wird viele Trübsale zu überstehen haben, ehe die neue Lehre durchdringen kann.«

Albrecht antwortete: »Wann wir im Schweiß unsers Angesichts unser Brot essen müssen, so verlohnt es ja wohl die Wahrheit, daß wir Qual und Trübsal ihretwegen aushalten.«

»Nun, das sind alles Meinungen«, antwortete Lukas, »die eigentlich vor den Theologen und Doktor gehören, ich verstehe davon nichts. – Ich wollte vorher, Meister Albrecht, eine andre Frage an Euch tun. – Es hat mir immer sehr an Euren Bildern gefallen, daß Ihr manchmal die neuern Trachten auch in alten Geschichten abkopiert, oder daß Ihr Euch ganz neue wunderliche Kleidungen ersinnt. Ich habe es ebenfalls nachgeahmt, weil es mir sehr artlich dünkte.«

Albrecht antwortete: »Ich habe dergleichen immer mit überlegtem Vorsatze getan, weil mir dieser Weg kürzer und besser schien, als die antikischen Trachten eines jeden Landes und eines jeden Zeitalters zu studieren. Ich will ja den, der meine Bilder ansieht, nicht mit längst vergessenen Kleidungsstücken bekannt machen, sondern er soll die dargestellte Geschichte empfinden. Ich rücke also die biblische oder heidnische Geschichte manchmal meinen Zuschauern dadurch recht dicht vor die Augen, daß ich die Figuren in den Gewändern auftreten lasse, in denen sie sich selber wahrnehmen. Dadurch verliert ein Gegenstand das Fremde, besonders da unsre Tracht, wenn man sie gehörig auswählt, auch malerisch ist. Und denken wir denn wohl an die alte Kleidungsart, wenn wir eine Geschichte lesen, die uns rührt und entzückt? Würden wir es nicht gerne sehen, wenn Christus unter uns wandelte, ganz wie wir selber sind? Man darf also die Menschen nur nicht an das sogenannte Kostüm erinnern, so vergessen sie es gerne. Die Darstellung der fremden Gewänder wird überdies in unsern Gemälden leicht tot und fremd, denn der Künstler mag sich gebärden wie er will, die Tracht setzt ihn in Verlegenheit, er sieht niemand so gehen, er ist nicht in der Übung, diese Falten und Massen zu werfen, sein Auge kann nicht mitarbeiten, die Imagination muß alles tun, die sich dabei doch nicht sonderlich interessiert. Ein Modell, auf dem man die Gewänder ausspannt, wird nimmermehr das tun, was dem Künstler die Wirklichkeit leistet. Außerdem scheint es mir gut, wie ich auch immer gesucht habe, die Tracht der Menschen physiognomisch zu brauchen, so daß sie den Ausdruck und die Bedeutung der Figuren erhöht. Daher mache ich oft aus meiner Einbildung Gewand und Kleidung, die vielleicht niemals getragen sind. Ich muß gestehen, ich setze gern einem wilden bösen Kerl eine Mütze von seltsamer Figur aufs Haupt, und gebe ihm sonst im Äußern noch ein Abzeichen; denn unser höchster Zweck ist ja doch, daß die Figuren mit Hand und Fuß und dem ganzen Körper sprechen sollen.«

»Ich bin darin völlig Eurer Meinung«, sagte Lukas, »Ihr werdet gefunden haben, daß ich diese Sitte auch von Euch angenommen habe; nur habt Ihr wohl mehr als ich darüber nachgedacht. Auch in manchen Sachen, die ich von Raffael Sanzius gesehn habe, habe ich etwas Ähnliches bemerkt.«

»Wozu«, rief Albrecht aus, »die gelehrte Umständlichkeit, das genaue Studium jener alten vergessenen Tracht, die doch immer nur Nebensache bleiben kann und muß? Wahrlich, ich habe einen zu großen Respekt vor der Malerei selbst, um auf derlei Erkundigungen großen Fleiß und viel Zeit zu verwenden, vollends, da wir es doch nie recht akkurat erreichen mögen.«

775

»Trinkt, trinkt«, sagte Lukas, indem er die leeren Gläser wieder füllte, »und sagt mir dann, wie es kömmt, daß Ihr Euch mit so gar mancherlei

Dingen abgebt, von denen man glauben sollte, daß manche Eures hohen Sinnes unwürdig sind. Warum wendet Ihr so viele Mühseligkeit an, Geschichten fein und zierlich in Holz zu schneiden, und dergleichen?«

»Ich weiß es selbst nicht recht, wie's zugeht«, antwortete ihm Albrecht. »Seht, Freund Lukas, der Mensch ist ein wunderliches Wesen; wenn ich darüber zuweilen gedacht habe, so ist mir immer zu Sinne gewesen, als wenn der wunderbarliche Menschengeist aus dem Menschen herausstrebte, und sich auf tausend mannigfaltigen Wegen offenbaren wollte. Da sucht er nun herum, und trifft beim Dichter nur die Sprache, beim Spielmann eine Anzahl Instrumente mit ihren Saiten, und beim Künstler die fünf Finger und Farben an. Er probiert nun wie es gelingt, wenn er mit diesen unbeholfenen Werkzeugen zu hantieren anfängt, und keinmal ist es ihm recht, und doch hat er immer nichts Besseres. Mir hat der Himmel ein gelassenes Blut geschenkt, und darum werde ich niemals ungeduldig. Ich fange immer wieder etwas Neues an, und kehre immer wieder zum Alten zurück. Wenn ich etwas Großes male, so befällt mich gewöhnlich nachher das Gelüst, etwas recht Kleines und Zierliches in Holz zu schnitzeln, und ich kann nachher tagelang sitzen, um die kleine Arbeit aus der Stelle zu fördern. Ebenso geht es mir mit meinen Kupferstichen. Je mehr Mühe ich darauf verwende, je lieber sind sie mir. Dann suche ich wieder freier und schneller zu arbeiten, und so wechsele ich in allerhand Manieren ab, und jede bleibt mir etwas Neues. Die Liebe zum Fleiß und zur Mühseligkeit scheint mir überdies etwas zu sein, was uns Deutschen angeboren ist; es ist gleichsam unser Element, in dem wir uns immer wohlbefinden. Alle Kunstwerke, die Nürnberg aufzuweisen hat, tragen die Spuren an sich, daß sie der Meister mit sonderbarer Liebe zu Ende führte, daß er keinen Nebenzweig vernachlässigte und gering schätzte; und ich mag dasselbe wohl von dem übrigen Deutschlande und auch von den Niederlanden sagen.«

»Aber warum«, fragte Lukas, »habt Ihr nun Eurem Schüler Sternbald da nicht abgeraten, nach Italien zu gehn, da er doch gewiß bei Euch seine Kunst so hoch bringen kann, als es ihm nur möglich ist?«

Franz war begierig, was Dürer antworten würde. Dieser sagte: »Eben weil ich an dem zweifle, was Ihr da behauptet, Meister Lukas. Ich weiß es wohl, daß ich in meiner Wissenschaft nicht der Letzte bin; aber es würde töricht sein, wenn ich dafürhalten wollte, daß ich alles geleistet und entdeckt hätte, was man in der Kunst vollbringen kann. Glaubt Ihr nicht, daß es den künftigen Zeiten möglich sein wird, Sachen darzustel-

776

len, und Geschichten und Empfindungen auszudrücken, auf eine Art, von der wir jetzt nicht einmal eine Vorstellung haben?«

Lukas schüttelte zweifelhaft mit dem Kopfe.

»Ich bin sogar davon überzeugt«, fuhr Albrecht fort, »denn jeder Mensch leistet doch nur das, was er vermag; ebenso ist es auch mit dem ganzen Zeitalter. Erinnert Euch nur dessen, was wir vorher über die Erfindung gesprochen haben. Dem alten Wohlgemuth würde das Ketzerei geschienen haben, was ich jetzt male, so würde Euer Lehrer Engelbrecht schwerlich wohl auf die Erfindungen und Manieren verfallen sein, die Euch so geläufig sind. Warum sollen unsre Schüler uns nun nicht wieder übertreffen?«

»Was hätten wir aber dann mit unsrer Arbeit gewonnen?« rief Lukas aus.

»Daß sie ihre Zeit ausfüllt«, sagte Dürer gelassen, »und daß wir sie gemacht haben. Weiter wird es niemals einer bringen. Jedes gute Bild steht da an seinem eigenen Platze, und kann eigentlich nicht entbehrt werden, wenn auch viele andre in andern Rücksichten besser sind, wenn sie auch Sachen ausdrücken, die man auf jenem Bilde nicht antrifft. Ja oft geht man rückwärts, indem man vorschreitet, vor einiger Zeit sah ich ein altes Bild Wohlgemuths wieder, und eine solche Lieblichkeit und zarte Rührung glänzten mich daraus an, wie ich mir nie getraue, hervorzubringen, weil meine Weise wohl stärker und härter ist.«

»Ja, ja«, sagte Lukas still vor sich hin, »da mag was dran sein, hat doch einer sogar einmal behauptet, meine Bilder dürften sich mit denen des alten Johann von Eyck nicht messen. Wer weiß, welche sonderbare Werke und kunterbunte Meinungen nach uns in der Welt entstehen!«

»Ich habe mich immer darin gefunden«, fuhr Dürer fort, »daß vielleicht mancher zukünftige Maler von meinen Gemälden verächtlich sprechen mag, daß man meinen Fleiß, und auch wohl mein Gutes daran verkennt. Viele machen es schon jetzt mit denen Meistern nicht besser, die vor uns gewesen sind, sie sprechen von ihren Fehlern, die jedem in die Augen fallen, und sehn ihr Gutes nicht; ja es ist ihnen unmöglich, das Gute daran zu sehn. Aber auch dieses Lästern rührt bloß vom bessern Zustande unsrer Kunst her, und darum müssen wir uns darüber nicht erzürnen. Und deshalb sehe ich es gerne, daß mein lieber Franz Italien besucht, und alle seine denkwürdige Kunstsachen recht genau betrachtet, eben weil ich viel Anlage zur Malerei bei ihm bemerkt habe. Aus wem ein guter Maler werden soll, der wird es gewiß, er mag in

Deutschland bleiben oder nicht. Aber ich glaube, daß es Kunstgeister gibt, denen der Anblick des Mannigfaltigen ungemein zustatten kömmt, in denen selbst neue Bildungen entstehn, wenn sie das Neue sehen, die eben dadurch vielleicht ganz neue Wege auffinden, die wir noch nicht betreten haben, und es ist möglich, daß Sternbald zu diesen gehört. Laßt ihn also immer reisen, denn so viel älter ich bin, wirkt doch jede Veränderung, jede Neuheit noch immer auf mich. Glaubt nur, daß ich selbst auf dieser Reise zu Euch viel für meine Kunst gelernt habe. Wenn Franz auch eine Zeitlang in Verwirrung lebt, und durch sein Lernen in der eigentlichen Arbeit gestört wird, (und ich glaube wohl, daß sein sanftes Gemüt dem ausgesetzt ist) so wird er doch gewiß dergleichen überstehn, und nachher aus diesem Zeitpunkte einen desto größern Nutzen ziehn.« – Dürer erzählte, daß er über das Dorf gereiset sei, in welchem Sternbalds Pflegemutter wohnte, er hatte das neue Altarblatt betrachtet, und lobte, bis auf einige Verzeichnungen, alles, vorzüglich den Gedanken der doppelten Beleuchtung, der ihm selber neu und unerwartet gewesen, er erinnerte sich die fromme Rührung, die aus der stillen Lieblichkeit des Bildes hervorgehe. »Wahrlich«, so beschloß er, »mein lieber Franz, du hast schon jetzt übertroffen, was ich von dir erwarten konnte, und ich freue mich inniglich, daß ich einen solchen Schüler gezogen habe.«

So große Worte waren über den armen Franz noch niemals ausgesprochen, darum wurde er schamrot; aber innerlich war er so erfreut, so überglücklich, daß sich gleichsam alle geistigen Kräfte in ihm auf einmal bewegten und nach Tätigkeit riefen. Er empfand die Fülle in seinem Busen, und ward von den mannigfaltigsten Gedanken übermeistert.

Lukas, nachdem er eine Weile geschwiegen hatte, brach eine neue Weinflasche an, und ging selber mit lustigen Gebärden um den Tisch, um allen einzuschenken. Fröhlich rief er aus: »Laßt uns munter sein, solange dies irdische Leben dauert, wir wissen ja so nicht, wie lange es währt!«

Albrecht trank und lachte. »Ihr habt ein leichtes Gemüt, Meister«, sagte er scherzend, »Euch wird der Gram niemals etwas anhaben können.«

»Wahrlich nicht!« sagte Lukas, »solange ich meine Gesundheit und mein Leben fühle, will ich guter Dinge sein, mag es hernach werden wie es will. Mein Weib, Essen und Trinken und meine Arbeit, seht, das sind die Dinge, die mich beständig vergnügen werden, und nach etwas Höherem strebe ich gar nicht.«

»Doch«, sagte Meister Albrecht ernsthaft, »die geläuterte wahre Religion, der Glaube an Gott und Seligkeit.«

»Davon spreche ich bei Tische niemals«, sagte Lukas. – »Aber so seid Ihr ein größerer Ketzer als ich.« – »Mag sein«, rief Lukas, »aber laßt die Dinge fahren, von denen wir ohnehin so wenig wissen können. Oft mag ich gern arbeiten, wenn ich so recht fröhlich gewesen bin. Wenn der Wein noch in den Adern und im Kopfe lebendig ist, so gelingt der Hand oft ein kühner Zug, eine wilde Gebärde weit besser, als in der nüchternen Überlegung. Ihr erlaubt mir wohl, daß ich nach Tische eine kleine Zeichnung entwerfe, die ich schon seit lange habe ausarbeiten wollen; nämlich den Saul, wie er seinen Spieß nach David wirft. Mich dünkt, ich sehe den wilden Menschen jetzt ganz deutlich vor mir, den erschrocken David, die Umstehenden und alles.«

»Wenn Ihr wollt«, sagte Dürer, »so mögt Ihr jetzt gleich an die Arbeit gehn, da Ihr den kühnen Entschluß einmal gefaßt habt. Mir vergönnt im Gegenteil einen kleinen Schlaf, denn ich bin noch müde von der Reise.«

Jetzt ward der Tisch aufgehoben. – Lukas führte den Albrecht zu einem Ruhebette; die beiden Frauen gingen in ein anderes Zimmer, um sich nun ungestört allerhand zu erzählen, der fremde Gast eilte in die Stadt an sein Geschäft, und Lukas begab sich nach seiner Werkstätte.

Viertes Kapitel

Franz wünschte einsam zu sein, und stieg mit Sebastians Briefe nach einem kleinen Garten hinab, der sich hinter dem Hause des Meister Lukas ausbreitete. Hier standen alle Sträuche und Gewächse in der besten Ordnung; einige hatte der Herbst schon entblättert, andre waren noch frisch grün, als wären sie eben aufgebrochen: die Gänge waren reinlich gehalten, die letzten Herbstblumen standen im schönsten Flor. Franzens Gemüt war völlig erheitert, er fühlte eine holdselige Gegenwart um sich scherzen, und die Zukunft sah ihn mit freundlichen Gebärden an. Er öffnete den Brief und las:

Trauter Bruder.

Wie weh tut es mir, daß ich unsern Dürer nicht habe begleiten können, um Dich in den Niederlanden vielleicht noch anzutreffen. Meine

Krankheit ist nicht gefährlich, aber doch hält sie mich von dieser Reise ab. Meine Sehnsucht nach Dir wird auf meinem einsamen Lager in jeder Stunde lebendiger; ich weiß nicht, ob Du an mich mit denselben Empfindungen denkst. Wann die Blumen des Frühlings wiederkommen, bist Du vielleicht noch weiter von mir entfernt, und dabei weiß ich nicht einmal zuverlässig, ob ich Dich auch jemals wiedersehe. Wie mühevoll und wie leer ist unser menschliches Leben! ich lese jetzt Deine Briefe zu wiederholten Malen, und mich dünkt, als wenn ich sie nun besser verstünde; wenigstens bin ich jetzt noch mehr als sonst Deiner Meinung. Ich kann nicht malen, und darum lese ich auch wohl jetzt in Büchern fleißiger als ich sonst tat, und ich lerne manches Neue, und manches, das ich schon wußte, erscheint mir wiederum neu. Übel ist es, daß es dem Menschen oft so schwer ankömmt, selbst das Einfältigste recht ordentlich zu verstehn, wie es gemeint sein mochte, denn seine jedesmalige Lebensart, seine augenblicklichen Gedanken hindern ihn daran; wo er diese nicht wiederfindet, da dünkt ihm nichts recht zu sein. Ich möchte Dich jetzt mündlich sprechen, um recht viel von Dir zu hören, um Dir recht viel zu sagen; denn je länger Du fort bist, je mehr empfinde ich Deine Abwesenheit, und daß ich mit niemand, selbst mit Dürer nicht das reden kann, was ich Dir gern sagen würde.

Die Helden des römischen Altertums wandeln jetzt mit ihrer Größe durch mein Gemüt; sowie ich genese, will ich den Versuch anstellen, aus ihren Geschichten etwas zu malen. Ich kann es Dir nicht beschreiben, wie sich seit einiger Zeit das Heldenalter so lebendig vor mir regt; bis dahin sah ich die Geschichte als eine Sache an, die nur unsre Neugier angehe, aber es ist mir daraus eine große und neue Welt im Gemüt und Herzen aufgequollen. Vorzüglich gern möchte ich aus Cäsars Geschichte etwas bilden; man nennt diesen Mann so oft, und nie mit der Ehrfurcht, die er verdient. Wenn er auf dem Nachen ausruft: »Du trägst den Cäsar und sein Glück!« oder sinnend am Rubikon steht, und nun noch einmal kurz sein Vorhaben erwägt, wenn er dann fortschreitet, und die bedeutenden Worte sagt: »*Der Würfel ist geworfen!*« so bewegt sich mein ganzes Herz vor Entzücken, alle meine Gedanken versammeln sich um den einen großen Mann, und ich möchte ihn auf alle Weise verherrlichen. Am liebsten sehe ich ihn vor mir, wenn er durch die kleine Stadt in den Alpen zieht, sein Gesellschafter ihn fragt: ob denn hier auch wohl Neid und Verfolgung und Plane zu Hause wären, und er mit seiner höchsten Größe die tiefsinnigen Worte ausspricht: »Glaube mir, ich möchte lieber hier der *Erste,* als in Rom der *Zweite* sein.«

Dies ist nicht bloßer Ehrgeiz, oder wenn man es so nennen will, so ist es das Erhabenste, wozu sich ein Mensch emporschwingen kann. Denn freilich, war Rom, das damals die ganze Welt beherrschte, im Grunde etwas anders, als jene kleine unbedeutende Stadt? Der höchste Ruhm, die größte Verehrung des Helden, auch wenn ihm der ganze Erdkreis huldigt, was ist es denn nun mehr? Wird er niemals wieder vergessen? Ist vor ihm nicht etwas Ähnliches dagewesen? Es ist eine große Seele in Cäsars Worten, die hier so kühn das anscheinend Höchste mit dem scheinbar Niedrigsten zusammenstellt. Es ist ein solcher Ehrgeiz, der diesen Ehrgeiz wieder als etwas Gemeines und Verächtliches empfindet, der sein Leben, das er führt, nicht höher anschlägt, als das des unbedeutenden Bürgers, der das ganze Leben gleichsam nur so mitmacht, weil es eine hergebrachte Gewohnheit ist, und der nun in der Fülle seiner Herrlichkeit, wie als Zugabe, als einen angeworfenen Zierat, seinen Ruhm, seine glorwürdigen Taten, sein erhabenes Streben hineinlegt. Wo die Wünsche der übrigen Menschen über ihre eigne Kühnheit erstaunen, da sieht er noch Alltäglichkeit und Beschränktheit; wo andre sich vor Wonne und Entzücken nicht mehr fassen können, ist er kaltblütig, und nimmt mit zurückhaltender Verachtung an, was sich ihm aufdrängt.

Mir fallen diese Gedanken bei, weil viele jetzt von den wahrhaft gro-ßen Männern mit engherziger Kleinmütigkeit sprechen, weil diese es sich einkommen lassen, Riesen und Kolosse auf einer Goldwaage abzu-wägen. Eben diese können es auch nicht begreifen, warum ein Sylla in seinem höchsten Glanze das Regiment plötzlich niederlegt, und wieder Privatmann wird, und so stirbt. Sie können es sich nicht vorstellen, daß der menschliche Geist, der hohe nämlich, sich endlich an allen Freuden dieser Welt ersättige, und nichts mehr suche, nichts mehr wünsche. Ih-nen genügt schon das bloße Dasein, und jeder Wunsch zerspaltet sich in tausend kleine; sie würden ohne Stolz, in schlechter Eitelkeit Jahrhun-derte durchleben, und immer weiterträumen, und keinen Lebenslauf hinter sich lassen.

Jetzt ist es mir sehr deutlich, warum Cato und Brutus gerne starben; ihr Geist hatte den Glanz verlöschen sehn, der sie an dieses Leben fes-selte. – Ich lese viel, wozu Du mich sonst oft ermahntest, in der Heiligen Schrift, und je mehr ich darin lese, je teurer wird mir alles darin. Unbeschreiblich hat mich der Prediger Salomo erquickt, der alle diese Gedanken meiner Seele so einfältig und so erhaben ausdrückt, der die Eitelkeit des ganzen menschlichen Treibens durchschaut hat; der alles erlebt hat, und in allem das Vergängliche, das Nichtige entdeckt, daß nichts unserem Herzen genüget, und daß alles Streben nach Ruhm, nach Größe und Weisheit Eitelkeit sei; der immer wieder damit schließt: »Darum sage ich, daß nichts besser sei, denn daß ein Mensch fröhlich sei in seiner Arbeit, denn das ist sein Teil.«

»Was hat der Mensch von aller seiner Mühe, die er hat unter der Sonnen? Ein Geschlecht vergehet, das andre kömmt, die Erde aber bleibt ewiglich. Die Sonne gehet auf und gehet unter, und läuft an ihren Ort, daß sie daselbst wieder aufgehe. Der Wind gehet gegen Mittag, und kömmt herum zu Mitternacht, und wiederum an den Ort da er anfing. Alle Wasser laufen ins Meer, noch wird das Meer nicht völler; an den Ort wo sie herfließen, fließen sie wieder hin. Es ist alles Tun so voll Mühe, daß niemand ausreden kann. Das Auge siehet sich nimmer satt, und das Ohr höret sich nimmer satt. Was ist's das geschehen ist? Eben das hernach geschehen wird. Was ist's, das man getan hat? Eben das man hernach wieder tun wird, und geschieht nichts Neues unter der Sonnen.« –

Und nachher sagt er: »Ist's nun nicht besser dem Menschen, essen und trinken, und seine Seele guter Dinge sein in seiner Arbeit?«

»Wie es dem Guten gehet, so geht's auch dem Sünder. Das ist ein böses Ding, unter allem, das unter der Sonnen geschieht, daß es einem geht wie dem andern, daher auch das Herz des Menschen voll Arges wird, und Torheit in ihrem Herzen, dieweil sie leben, darnach müssen sie sterben. – Denn die Lebendigen wissen, daß sie sterben werden, aber die Toten wissen nichts, sie verdienen auch nichts mehr, denn ihr Gedächtnis ist vergessen; daß man sie nicht mehr liebet, noch hasset, noch neidet, und haben kein Teil mehr auf der Welt, in allem was unter der Sonnen geschieht. So gehe hin, und iß dein Brot mit Freuden, trink deinen Wein mit gutem Mut, denn dein Werk gefällt Gott. Laß deine Kleider immer weiß sein, und deinem Haupte Salbe nicht mangeln. Brauche des Lebens mit deinem Weibe das du liebhast, solange du das eitel Leben hast, das dir Gott unter der Sonnen gegeben hat, solange dein eitel Leben währet, denn das ist dein Teil im Leben, und in deiner Arbeit, die du tust unter der Sonnen. Alles was dir vorhanden kommt zu tun, das tue frisch, denn in dem Tode, da du hinfährst, ist weder Werk, Kunst, Vernunft noch Weisheit.« –

Liebster Franz, höher bringt es der Mensch gewiß niemals, dies ist die Weisheit.

Ich habe einen Nürnberger Hans Sachs kennengelernt, einen wackern Mann, er hat sich auf die Kunst der Meistersänger gelegt, dabei ist er ein großer Freund der Reformation, er ist Bürger und Schuhmacher allhier. Doch muß nach meinem Dafürhalten die Dichtkunst anders aussehn, als sie in seinen Versen erscheint. Wo find ich einmal in deutscher oder fremder Zunge, was meine lechzende durstige Brust so recht durch und durch erquickt und sättigt?

Lebe wohl, und gib mir bald Nachrichten von Dir; Deine Briefe können mir niemals zu weitläuftig sein. –

Sebastian.

Dieser Brief versetzte den jungen Maler in ein tiefes Nachsinnen: er wollte seinem Gemüte nicht recht eindringen, und er fühlte fast etwas Fremdes in der Schreibart, das sich seinem Geiste widersetzte. Es quälte ihn, daß alles Neue mit einem zu gewaltsamen Eindrucke auf seine Seele fiel, und ihr dadurch die freie Bewegung raubte. So lag ihm auch wieder die Gesinnung und das Betragen des Meister Lukas in den Gedanken, manches in Sebastians Briefe schien ihm damit übereinzustimmen, und in solchen Augenblicken des Gefühls kam er sich oft in der Welt ganz einsam vor: er mochte sich es mit Gedanken nicht deutlich sagen, aber von Lukas' Fröhlichkeit und Sebastians Weisheit und Trost wandte sich sein Herz weg, weil sie dessen Sehnsucht als Verzweiflung erschienen.

Wunderlich seltsam ist das Leben der Jugend, die sich selbst nicht kennt. Sie verlangt, daß die ganze übrige Welt, wie ein einziges Instrument, mit ihren Empfindungen eines jeden Tages zusammenstimmen soll, sie mißt sich mit der fremdartigsten Natur, und ist nur zu oft unzufrieden, weil sie allenthalben Disharmonie zu hören glaubt. Sich selbst genug, sucht sie doch außenwärts einen freundlichen Widerhall, der antworten soll, und ängstigt sich, wenn er ausbleibt.

Er ging nach einiger Zeit in das Haus zurück. Dürer war schon wieder munter, und beide suchten den Meister Lukas in seiner Malerstube auf. Er saß bei seiner Zeichnung. Franz verwunderte sich sehr über den kunstreichen Mann, der in so kurzer Zeit so viel hatte arbeiten können:

783

die Zeichnung war beinah fertig und mit großem Feuer entworfen. Dürer betrachtete sie und sagte: »Ihr scheint recht zu haben, Meister Lukas, daß sich nach einem guten Trunke besser arbeiten läßt, ob ich es gleich noch nie versucht habe; denn mir steigt der Wein in den Kopf und verdunkelt mir den Gedanken.«

»Man muß sich nur nicht stören lassen«, sagte Lukas, »wenn einem auch anfangs etwas wunderlich dabei wird, sondern dreist fortfahren, so findet man sich bald in die Arbeit hinein, und alsdann gerät sie gewißlich besser.«

Die drei Künstler blieben mit den Frauen auch am Abend zusammen, und setzten ihre Gespräche fort. Franz war gedrückt von dem Gedanken, daß er morgen abreisen müsse: so wie er unvermuteterweise seinen Dürer gefunden hatte, sollte er ihn jetzt ebenso plötzlich zum zweiten Male verlassen: er sprach daher wenig mit, auch aus dem Grunde, weil er zu bescheiden war.

Es war spät, der Mond war eben aufgegangen als man sich trennte. Franz nahm von Lukas Abschied, dann begleitete er seinen Lehrer nach seiner Herberge. Dürer kehrte vor dem Hause wieder um, sie durchstrichen einige Straßen und kamen dann auf einen Spaziergang der Stadt.

Der Mond schien schräge durch die Bäume, die beinah schon ganz entblättert waren; sie standen still, und Franz fiel seinem Meister mit Tränen an die Brust. »Was ist dir?« fragte Dürer, indem er ihn in seine Arme schloß. »O liebster, liebster Albrecht«, schluchzte Franz, »ich kann mich nicht darüber zufriedengeben, ich kann es nicht aussprechen, wie sehr ich Euch verehre und liebe. Ich hab es mir immer gewünscht, Euch noch einmal zu sehn, um es Euch zu sagen, aber nun habe ich doch keine Gewalt dazu. O liebster Meister, glaubt es mir nur auf mein Wort, glaubt es meinen Tränen.«

Franz war indem zurückgetreten, und Dürer gab ihm die Hand und sagte: »Ich glaube es dir.«

»Ach!« rief Franz aus, »was seid Ihr doch für ein ganz andrer Mann, als die übrigen Menschen! Das fühle ich immer mehr, ich werde keinen Euresgleichen wieder antreffen. An Euch hängt mein ganzes Herz, und wie ich Euch vertraue, werde ich keinem wieder vertrauen.«

Dürer lehnte sich nachdenkend an den Stamm eines Baumes, sein Gesicht war ganz beschattet. »Franz«, sagte er langsam, »du machst, daß mir deine Abwesenheit immer trauriger sein wird, denn auch ich werde niemals solchen Schüler, solchen Freund wieder antreffen. Denn du bist mein Freund; der einzige, der mich aus recht voller Seele liebt, der einzige, den ich ganz so wieder lieben kann.«

»Sagt das nicht, Albrecht«, rief Franz, »ich vergehe vor Euch.«

Dürer fuhr fort: »Es ist nur die Wahrheit, mein Sohn, denn als solchen liebe ich dich. Meinst du, deine getreue Anhänglichkeit von deiner Kindheit auf habe mein Herz nicht gerührt? O du weißt nicht, wie mir an jenem Abend in Nürnberg war, und wie mir jetzt wieder ist: wie ich damals den Abschied von dir abkürzte, und es jetzt gern wieder täte; aber ich kann nicht.«

Er umarmte ihn freiwillig, und Franz fühlte, daß sein teurer Lehrer weinte. Sein Herz wollte brechen. »Die übrigen Menschen«, sagte Dürer, »lieben mich nicht wie du; es ist zu viel Irdisches in ihren Gedanken. Ich stelle mich oft wohl äußerlich hart, und tue wie die übrigen; aber mein Herz weiß nichts davon. Pirkheimer ist ein Patrizier, ein reicher Mann, er ist brav, aber er schätzt mich nur der Kunst wegen, und weil ich fleißig und aufgeräumt bin. Mein Weib kennt mich wenig, und weil ich ihr im stillen nachgebe, so meint sie, sie mache mir alles recht. Sebastian ist gut, aber sein Herz ist dem meinigen nicht so verwandt als das deine. Von den übrigen laß mich gar schweigen. Ja wahrlich, du bist mir der Einzige auf der Erde.«

Franz sagte begeistert: »O was könnte mir für ein größeres Glück begegnen, als daß Ihr die Liebe erkennt, die ich so inniglich zu Euch trage.«

»Sei immer wacker«, sagte Dürer, »und laß dein frommes Herz allerwege so bleiben, als es jetzt ist. Komm dann nach Deutschland und Nürnberg zurück, wenn es dir gut däucht; ich wüßte mir keine größere Freude, als künftig immer mit dir zu leben.«

»Ich bin eine verlassene Waise, ohne Eltern, ohne Angehörigen«, sagte Franz, »Ihr seid mir alles.«

»Ich wünsche«, sagte Albrecht, »daß du mich wiederfindest, aber ich glaube es nicht; es ist etwas in meiner Seele, was mir sagt, daß ich es nicht lange mehr treiben werde. Ich bin in manchen Stunden so ernsthaft und so betrübt, daß ich zu sterben wünsche, wenn ich nachher auch oft wieder scherze und lustig scheine. Ich weiß auch recht gut, daß ich zu fleißig bin, und mir dadurch Schaden tue, daß ich die Kraft der Seele abstumpfe, und es gewiß büßen muß; aber es ist nicht zu ändern. Ich brauche dir, liebster Franz, wohl die Ursache nicht zu sagen. Meine Frau ist zu weltlich gesinnt, sie quält sich ewig mit Sorgen für die

Zukunft und mich mit; sie glaubt, daß ich niemals genug arbeiten kann, um nur Geld zu sammeln, und ich arbeite, um in Ruhe zu sein, oft mit unlustiger Seele; aber die Lust stellt sich während der Arbeit ein. Meine Frau empfindet nicht die Wahrheit der himmlischen Worte, die Christus ausgesprochen hat: ›Sorget nicht für euer Leben, was ihr essen und trinken werdet, auch nicht für euren Leib, was ihr anziehen werdet. Ist nicht das Leben mehr denn die Speise? Und der Leib mehr denn die Kleidung? So denn Gott das Gras auf dem Felde kleidet, das doch heute stehet, und morgen in den Ofen geworfen wird, sollte er das nicht vielmehr euch tun? O ihr Kleingläubigen! Darum sollt ihr nicht sorgen und sagen: ›Was werden wir essen? Was werden wir trinken? Womit werden wir uns kleiden?‹ – Nun lebe wohl, mein liebster Freund; ich will zurück, und du sollst mich nicht begleiten, denn an einer Stelle müssen wir uns ja doch trennen.«

Franz hielt noch immer seine Hand. »Ich sollte Euch nicht wiedersehn?« sagte er, »warum sollte ich dann wohl nach Deutschland zurückkommen? Nein, Ihr müßt leben, noch lange, lange, Euch, mir und dem Vaterlande!«

»Wie wir uns heut trennen müssen«, sagte Dürer, »so muß ich doch irgendeinmal sterben, es sei wenn es sei. Je früher, je weniger Lebensmühe; je später, je mehr Sorgen. Aber komm bald zurück, wenn du kannst.«

Er segnete hierauf seinen jungen Freund, und betete inbrünstig zum Himmel. Franz sprach in Gedanken seine Worte nach, und war in einer frommen Entzückung; dann umarmten sich beide, und Dürer ging wie ein großer Schatten von ihm weg. Franz sah ihm nach, und der Mondschimmer und die Bäume dämmerten ungewiß um ihn. Plötzlich stand der Schatten still, und bewegte sich wieder rückwärts. Dürer stand neben Franz, nahm seine Hand und sagte: »Und wenn du mir künftig schreibst, so nenne mich in deinen Briefen du und deinen Freund, denn du bist mein Schüler nicht mehr.« – Mit diesen Worten ging er nun wirklich fort, und Franz verlor ihn gänzlich aus den Augen. Die Nacht war kalt, die Wächter der Stadt zogen vorüber und sangen, die Glocken schlugen feierlich. Franz irrte noch eine Zeitlang umher, dann begab er sich nach seiner Herberge, aber er konnte nicht schlafen.

Fünftes Kapitel

Der Morgen kam. Franz hatte eine Gesellschaft gefunden, die auf dem Kanal mit einem Schiffe nach Rotterdam fahren wollte, dort wollten sie dann ein größeres nehmen, um vollends nach Antwerpen zu kommen.

Es war helles Wetter, als sie in das Boot stiegen; die Gesellschaft schien bei guter Laune. Franz betrachtete sie nach der Reihe, und keiner darunter fiel ihm besonders auf, außer ein junger Mensch, der einige zwanzig Jahr alt zu sein schien, und ungemein schön von Gesicht und sehr anmutig in seinen Gebärden war. Franz fühlte sich immer mehr zu den jüngern als zu den ältern Leuten hingezogen; er sprach mit den letztern ungern, weil er nur selten in ihre Empfindungen einstimmen konnte. Bei alten Leuten empfand er seine Beschränkung noch quälender, und er merkte es immer, daß er ihnen zu lebhaft, zu jugendlich war, daß er sich gemeiniglich an Dingen entzückte, die jenen immer fremd geblieben, und daß sie doch zuweilen mit einem gewissen Mitleiden, mit einer hoffärtigen Duldung auf ihn hinabblickten, als wenn er endlich allen diesen Gefühlen und Stürmen vorüberschiffen würde, um in ihr ruhiges kaltes Land festen Fuß zu fassen. Vollends demütigte es ihn oft, wenn sie dieselben Gegenstände liebten, die er verehrte; Lob und Tadel, Anpreisung und Nachsicht aber mit so scheinbarer Gerechtigkeit austeilten, daß von ihrer Liebe fast nichts übrigblieb. Er dagegen war gewohnt aus vollem Herzen zu zahlen, seine Liebe nicht zu messen und einzuschränken, sondern es zu dulden, daß sie sich in vollen Strömen durch das Land der Kunst, sein Land der Verheißung ergoß; je mehr er liebte, je wohler ward ihm. – Er konnte sein Auge von dem Jünglinge nicht zurückziehn, die lustigen hellen braunen Augen und das gelockte Haar, eine freie Stirn, und dazu eine bunte, fremdartige Tracht machten ihn zum Gegenstand seiner Neugier.

Das Schiff fuhr fort, und man sah links weit in das ebene Land hinein. Die Gesellschaft schien nachdenkend, oder vielleicht müde, weil sie alle früh aufgestanden waren; nur der Jüngling schaute unbefangen mit seinen großen Augen umher. Ein ältlicher Mann zog ein Buch hervor und fing an zu lesen; doch es währte nicht lange, so schlummerte er. Die übrigen schienen ein Gespräch zu wünschen.

»Der Herr Vansen schläft«, sagte der eine zu seinem Nachbar, »das Lesen ist ihm nicht bekommen.«

»Er schläft nicht so, Nachbar Peters, daß er Euch nicht hören sollte«, sagte Vansen, indem er sich ermunterte. »Ihr solltet nur etwas erzählen, oder ein lustiges Lied singen.«

»Ich bin heiser«, sagte jener, »Ihr wißt es selber; auch hab ich eigentlich seit Jahr und Tag das Singen schon aufgegeben.«

Der fremde Jüngling sagte: »Ich will mich wohl anbieten, ein Lied zu singen, wenn ich nur wüßte, daß die Herren es mit der Poesie nicht so genau nehmen wollen.«

Sie versicherten ihn alle, daß es nicht geschehn würde, und jener sprach weiter: »Es ist auch nur, daß man sich das bißchen Freude verbittert; alle Lieder, die ich gern singe, müssen sich hübsch geradezu, und ohne Umschweife ausdrücken. Ich will also mit eurer Erlaubnis anfangen.

Über Reisen kein Vergnügen,
Wenn Gesundheit mit uns geht:
Hinter uns die Städte liegen,
Berg und Waldung vor mir steht.
Jenseit, jenseit, ist der Himmel heiter,
Treibt mich rege Sehnsucht weiter.

Schau dich um, und laß die trüben Blicke,
Sieh, da liegt die große weite Welt,
In der Stadt blieb alles Graun zurücke,
Das den Sinn gefangenhält.
Endlich wieder Himmel, grüne Flur,
Groß und lieblich die Natur.

Auch ein Mädchen muß dich nimmer quälen,
Kömmst ja doch zu Menschen wieder hin,
Nirgend wird es dir an Liebe fehlen,
Ist dir Lieben ein Gewinn:
Darum laß die trüben Blicke,
Allenthalben blüht dein Glücke.

Immer munter, Freunde, munter,
Denn mein Mädchen wartet schon;
Treibt den Fluß nur rasch hinunter,

Denn mich dünkt, mich lockt ihr Ton.
Günstig sind uns alle Winde,
Stürme schweigen, Lüfte säuseln linde.

Siehst du die Sonne nicht
Glänzen im Bach?
Wo du bist, spielt das Licht
Freundlich dir nach.

Durch den Wald Funkelschein,
Sieht in den Quell;
Kuckt in die Flut hinein,
Lacht drum so hell.

So auch der Liebe Licht
Wandelt mit dir,
Löschet wohl nimmer nicht.
Ist dorten bald hier.

Liebst du die Morgenpracht,
Wenn nach der schwarzen Nacht
Auf diamantner Bahn
Die Sonne ihren Weg begann?

Wenn alle Vögel jubeln laut,
Begrüßen fröhlich des Tages Braut,
Wenn Wolken sich zu Füßen schmiegen,
In Brand und goldnem Feuer fliegen?

Auch wenn die Sonne nun den Wagen lenkt,
Und hinter ihr das Morgenrot erbleicht,
Lust, Heiterkeit durch alle Welt hin fleugt,
Bis sich zum Meer die Göttin senkt.

Und dann funkeln neue Schimmer
Über See und über Land,
Erd und Himmel im Geflimmer
Sich zu *einem* Glanz verband.

Prächtig mit Rubinen und Saphiren,
Siehst du dann den Abendhimmel prangen,
Goldenes Geschmeide um ihn hangen,
Edelsteine Hals und Nacken zieren,
Und in holder Glut die schönen Wangen.
Drängt sich nicht mit stillem Licht der Chor
Aller Sterne, ihn zu sehen, vor?
Jubeln nicht die Lerchen ihre Lieder,
Tönt nicht Fels und Meer Gesänge wider? –

Also wenn die erste Liebe dir entschwunden,
Mußt du weibisch nicht verzagen,
Sondern dreist dein Glücke wagen,
Bald hast du die zweite aufgefunden,
Und kannst du im Rausche dann noch klagen:
›Nie empfand ich was ich vor empfunden?‹

Nie vergißt der Frühling wiederzukommen,
Wenn Störche ziehn, wenn Schwalben auf der Wiese sind.
Kaum ist dem Winter die Herrschaft genommen,
So erwacht und lächelt das goldene Kind.

Dann sucht er sein Spielzeug wieder zusammen,
Das der alte Winter verlegt und verstört,
Er putzt den Wald mit grünen Flammen,
Der Nachtigall er die Lieder lehrt.

Er rührt den Obstbaum mit rötlicher Hand,
Er klettert hinauf die Aprikosen-Wand,
Wie Schnee die Blüte rot unter die Blätter dringt,
Er schüttelt froh das Köpfchen, daß ihm die Arbeit gelingt.

Dann geht er und schläft im waldigen Grund,
Und haucht den Atem aus, den süßen,
Um seinen zarten roten Mund
Im Grase Viol' und Erdbeer sprießen:
Wie rötlich und bläulich lacht
Das Tal, wann er erwacht!

In den verschloßnen Garten
Steigt er übers Gitter in Eil,
Mag auf den Schlüssel nicht warten,
Ihm ist keine Wand zu steil.

Er räumt den Schnee aus dem Wege,
Er schneidet das Buchsbaumgehege,
Und friert auch am Abend nicht,
Er schaufelt und arbeitet im Mondenlicht.

Dann ruft er: ›Wo säumen die Spielkameraden
Daß sie so lange in der Erde bleiben?
Ich habe sie alle eingeladen,
Mit ihnen die fröhliche Zeit zu vertreiben.‹

Die Lilie kommt und reicht die weißen Finger,
Die Tulpe steht mit dickem Kopfputz da,
Die Rose tritt bescheiden nah,
Aurikelchen und alle Blumen, vornehm und geringer.

Der bunte Teppich ist nun gestickt,
Die Liebe tritt aus Jasminlauben hervor.
Da danken die Menschen, da jauchzet der Vögel ganzes Chor,
Denn alle fühlen sich beglückt.

Dann küßt der Frühling die zarten Blumenwangen,
Und scheidet und spricht: ›Ich muß nun gehn.‹
Da sterben sie alle am süßen Verlangen,
Daß sie mit welken Häuptern stehn.

Der Frühling spricht: ›Vollendet ist mein Tun,
Ich habe schon die Schwalben herbestellt.
Sie tragen mich in eine andre Welt,
Ich will in Indiens duftenden Gefilden ruhn.

Ich bin zu klein, das Obst zu pflücken,
Den Stock der schweren Traube zu entkleiden,

Mit der Sense das goldene Korn zu schneiden,
Dazu will ich den Herbst euch schicken.

Ich liebe das Spielen, bin nur ein Kind,
Und nicht zur ernsten Arbeit gesinnt.
Doch seid ihr satt der Winterleiden,
Komm ich zurück zu andern Freuden,
Die Blumen, die Vögel nehm ich mit mir,
Wenn ihr erntet und keltert, was sollen sie hier?
Ade! Ade! ist die Liebe nur da,
So bleibt euch der Frühling ewiglich nah!‹«

»Ihr habt das Lied sehr schön gesungen«, sagte Vansen, »aber es ist wahr, daß man es mit dem Texte nicht so genau nehmen muß, denn das letzte hängt gar nicht mit dem ersten zusammen.«

»Ihr habt sehr recht«, sagte der Fremde, »indessen Ihr kennt das Sprichwort: Ein Schelm gibt's besser, als er es hat.«

»Ich habe einen guten und schönen Zusammenhang darin gefunden«, sagte Franz. »Der Hauptgedanke ist der fröhliche Anblick der Welt, das Lied will uns von trüben Gedanken und Melancholie abziehen, und so kömmt es von einer Vorstellung auf die andre. Zwar ist nicht der Zusammenhang einer Rede darin, aber es wandelt gerade so fort, wie sich unsre Gedanken in einer schönen heitern Stunde bilden.«

»Ihr seid wohl selber ein Poet?« rief der Fremde aus.

Franz errötete und sagte, daß er ein Maler sei, der vor jetzt nach Antwerpen, und dann nach Italien zu gehen gesonnen sei.

»Ein Maler?« schrie Vansen auf, indem er Sternbald genau betrachtete. »O so gebt mir Eure Hand! dann müssen wir näher miteinander bekannt werden!«

Franz war in Verlegenheit, er wußte nichts zu erwidern; der Niederländer fuhr fort: »Vor allen Künsten in der Welt ergötzt mich immer die Kunst der Malerei am meisten, und ich begreife nicht, wie viele Menschen so kalt dagegen sein können. Denn was ist Poesie und Musik, die so flüchtig vorüberrauschen, und uns kaum anrühren? Jetzt vernehme ich die Töne, und dann sind sie vergessen – sie waren und waren auch nicht; Klänge, Worte, von denen ich niemals recht weiß, was sie mir sollen; sie sind nur Spielwerk, das ein jeder anders handhabt. Dagegen verstehn es die edlen Malerkünstler, mir Sachen und Personen unmittelbar vor die Augen zu stellen, mit ihren freundlichen Farben, mit aller Wirklichkeit und Lebendigkeit, so daß das Auge, der klügste und edelste Sinn des Menschen, gleich ohne Verzögern alles auffaßt und versteht. Je öfter ich die Figuren wiedersehe, je bekannter sind sie mir, ja ich kann sagen, daß sie meine Freunde werden, daß sie für mich ebensogut leben und da sind, als die übrigen Menschen. Darum liebe ich die Maler so ungemein, denn sie sind gleichsam Schöpfer, und können schaffen und darstellen, was ihnen gelüstet.«

Von diesem Augenblicke bemühte sich Vansen sehr um Sternbald; dieser nannte ihm seinen Namen, und ward von jenem dringend gebeten, ihn in Antwerpen in seinem Hause zu besuchen und etwas für ihn zu malen. Auf der fortgesetzten Reise geriet Franz mit dem unbekannten 792 Jünglinge in ein näheres Gespräch, und erfuhr von ihm, daß er sich Rudolph Florestan nenne, daß er aus Italien sei, jetzt England besucht habe, und nach seiner Heimat zurückzukehren denke. Die Jünglinge beschlossen, die Reise in Gesellschaft zu machen, denn sie fühlten beide einen Zug der Freundschaft zueinander, der sie schnell vereinigte. »Wir wollen recht vergnügt mitsammen sein«, sagte Rudolph; »ich bin schon mehr als einmal in Deutschland gewesen, und habe lange unter Euren Landsleuten gelebt, ich bin selbst ein halber Deutscher und liebe Eure Nation.«

Franz war erfreut, diese Bekanntschaft gemacht zu haben. Er äußerte seine Verwunderung, daß Rudolph in so früher Jugend schon von der Welt so viel gesehn habe. »Das muß Euch nicht erstaunen«, sagte jener, »mein unruhiger Geist treibt mich immer umher, und wenn ich eine Weile still in meiner Heimat gesessen habe, muß ich wieder reisen, wenn ich nicht krank werden will. Wenn ich auf der Reise bin, geschieht es mir wohl, daß ich mich nach meinem Hause sehne, und mir vornehme, nie wieder in der Ferne herumzustreifen; indessen dauern dergleichen Vorsätze niemals lange, ich darf nur von fremden Ländern hören oder lesen, gleich ist die alte Lust in mir wieder aufgewacht. So bin ich auch schon Spanien durchstreift, ich habe Valencia und das wundersame Granada gesehn, mit seinem herrlichen Schlosse, den fremden, seltsamen Sitten und Trachten, ich habe die Luft der elysischen Gefilde von Malaga eingeatmet, und kenne den Manserrate mit seinen Klöstern und grünbewachsenen Klippen.«

Ein großer Teil der Gesellschaft kam jetzt darauf, man solle, um die Zeit der Fahrt zu verkürzen, Geschichten oder Märchen erzählen. Alle trauten dem Rudolph zu, daß er am besten imstande sei, ihr Begehren zu erfüllen; sie ersuchten ihn daher alle und auch Franz vereinigte sich mit ihren Bitten. »Ich will es gern tun«, antwortete Rudolph, »allein es geht mir mit meiner Geschichte, wie mit meinem Liede, sie wird keinem recht gefallen.« Alle behaupteten, daß er sie gewiß unterhalten werde, er solle nur getrost anfangen. Rudolph sagte: »Ich liebe keine Geschichte, und mag sie gar nicht erzählen, in der nicht von Liebe die Rede ist. Die alten Herren aber kümmern sich um dergleichen Neuigkeiten nicht viel.«

»O doch«, sagte Vansen; »nur finde ich es in vielen Geschichten der Art unnatürlich, wie die ganze Erzählung vorgetragen wird; gewöhnlich macht man doch zu viel Aufhebens davon, und das ist, was mir mißfällt. Wenn es aber alles so recht natürlich und wahr fortgeht, so kann ich mich sehr daran ergötzen.«

»Das ist es gerade«, rief Rudolph aus, »was ich sagte! Die meisten Menschen wollen alles gar zu natürlich haben, und wissen doch eigentlich nicht, was sie sich darunter vorstellen; sie fühlen den Hang zum Seltsamen und Wunderbaren, aber doch soll das alles wieder alltäglich werden: sie wollen wohl von Liebe und Entzücken reden hören, aber alles soll sich in den Schranken der Billigkeit halten. Doch, ich will nur meine Geschichte anfangen, weil ich sonst selber die Schuld trage, wenn ihr zu viel erwartet. – –

Die Sonne ging eben auf, als ein junger Edelmann, den ich Ferdinand nennen will, auf dem freien Felde spazierte. Er war damit beschäftigt, die Pracht des Morgens zu beschauen, wie sich nach und nach das Morgenrot und das lichte Gold des Himmels immer brennender zusammendrängten und immer höher leuchteten. Er verließ gewöhnlich an jedem Morgen sein Schloß, auf dem er unverheiratet und einsam lebte, seine Eltern waren vor einiger Zeit gestorben. Dann setzte er sich gewöhnlich in dem benachbarten Wäldchen nieder, und las einen der italienischen Dichter, die er sehr liebte.

Jetzt war die Sonne heraufgestiegen, und er wollte sich eben nach dem einsamen Waldplatze begeben, als er aus der Ferne einen Reuter heransprengen sah. Auf dem Hute und Kleide des Reitenden glänzten Gold und Edelgesteine im Schein des Morgens, und als er näher kam, glaubte Ferdinand einen vornehmen Ritter vor sich zu sehn. Der Fremde ritt eiligst vorüber und verschwand im Walde; kein Diener folgte ihm.

Ferdinand wunderte sich noch über diese Eile, als er zu seinen Füßen im Grase etwas Glänzendes wahrnahm. Er ging hinzu und hob das Bildnis einer Dame auf, das mit kostbaren Diamanten eingefaßt war. Er ging damit nach dem Walde, indem er es aufmerksam betrachtete; er setzte sich an der gewohnten Stelle nieder, und vergaß sein Buch herauszuziehen, so sehr war er mit dem Bilde beschäftigt.«

»Wie ich gesagt habe«, fiel Vansen ein, »die Malerei hat eine wunderbare Kraft über uns: das Bild wird gewiß trefflich gemalt gewesen sein. Aber sagt mir doch: was war dieser Edelmann für ein Landsmann?«

»Je nun, ich denke«, antwortete Rudolph, »er wird wohl ein Deutscher gewesen sein, und jetzt erinnere ich mich deutlich, er war aus Franken.«

»Nun so seid so gut, und fahrt fort.«

»Er kam nach Hause und aß nicht. Leopold, sein vertrautester Freund, besuchte ihn, aber er sprach nur wenig mit diesem. ›Warum bist du so in Gedanken?‹ fragte Leopold. ›Mir ist nicht wohl‹, antwortete jener, und mit dieser Antwort mußte der Freund zufrieden sein.

So verstrichen einige Wochen und Ferdinand ward mit seinen Worten immer sparsamer. Sein Freund wurde besorgt, denn er bemerkte, daß Ferdinand alle Gesellschaften vermied, daß er fast beständig im Walde oder auf der Wiese lebte, daß er jedem Gespräche aus dem Wege ging. An einem Abende hörte Leopold folgendes Lied singen. Ihr habt wohl nichts dagegen, daß ich es gleich selbst absinge, es nimmt sich dadurch besser aus.

Soll ich harren? Soll mein Herz
Endlich brechen?
Soll ich niemals von dem Schmerz
Meines Busens sprechen?

Warum Zittern? Warum Zagen?
Träges Weilen?
Auf, dein höchstes Glück zu wagen!
Flügle deine Eile!

Suchen werd ich: werd ich finden?
Nach der Ferne
Treibt das Herz; durch blühnde Linden
Lächeln dir die Sterne.

Leopold hörte aufmerksam dem rätselhaften Liede zu; dann ging er in den Wald hinein, und traf seinen Freund in Tränen. Er ward bei diesem Anblick erschüttert und redete ihn so an: ›Liebster, warum willst du mich so bekümmern, daß du mir kein Wort von deinem Leiden anvertraust? Ich sehe es täglich, wie dein Leben sich aufzehrt, und unwissend muß ich mit dir leiden, ohne daß ich raten und trösten könnte. Warum nennst du mich deinen Freund? Ich bin es nicht, wenn du mich nicht deines Vertrauens würdig achtest. Jetzt gilt es, daß ich deine Liebe zu mir auf die Probe stelle, und was fürchtest du, dich mir zu entdecken? Wenn du unglücklich bist, wo findest du sichern Trost, als im Busen eines Freundes? Bist du dich einer Schuld bewußt, wer verzeiht dir williger, als die Liebe?‹

Ferdinand sah ihn eine Weile an, dann sagte er: ›Keines von beiden, mein lieber Freund, ist bei mir der Fall; sondern eine wunderseltsame Sache belastet mein Herz so gewaltsam, die ich dir noch nicht habe anvertrauen wollen, weil ich mich vor dir schäme. Ich fürchte deine Vernunft, ich fürchte, daß du mir das sagst, was ich mir selber täglich und stündlich sage; ich fürchte, daß du zwar deinen Freund, aber nicht seine unbegreifliche Torheit liebst. Doch will ich dir alles gestehen, und nun erfahren, welchen Rat, welchen Trost du mir geben kannst. Sieh dieses Gemälde, das ich vor einigen Wochen fand, und das seitdem meinen Sinn so gänzlich umgewandelt hat. Mit ihm habe ich mein höchstes Glück, ja mich selber gefunden, denn ich lebte vorher ohne Seele, ich kannte mich und die Seligkeit der Welt nicht, denn ich wurde ohne alles Glück in der Welt fertig. Seitdem ist mir, als wenn ein unbekanntes Wesen mir aus den Morgenwolken die Hand gereicht, und mich mit süßer Stimme bei meinem Namen genannt hätte. Aber zugleich habe ich in diesem Bilde meinen größten Feind gefunden, der mir keine Minute Ruhe läßt, der mich auf jeden Schritt verfolgt, der mir alle übrigen Freuden dieser Erde als etwas Armseliges und Verächtliches darstellt. Ich darf mein Auge nicht davon hinwegwenden, so befällt mich eine marternde Sehnsucht, und wenn ich nun daraufblicke, und diesen süßen Mund, und diese schönen Augen antreffe, so ergreift eine schreckliche Beklemmung mein Herz, so daß ich in unnützen Kämpfen, in Streben und Wünschen vergehe, und mein Leben sich verzehrt, wie du richtig gesagt hast. Aber es muß sich nun endigen; mit dem kommenden Morgen will ich mich aufmachen und das Land durchziehen, um diejenige wirklich aufzufinden, von der ich bis jetzt nur den Schatten besitze.

Sie muß irgendwo sein, sie muß meine Liebe kennenlernen, und ich sterbe dann entweder in öder Einsamkeit, oder sie erwidert diese Liebe.‹

Leopold stand lange staunend und betrachtete seinen Freund, endlich rief er aus: ›Unglücklicher! Wohin hast du dich verirrt? An diesen Schmerzen hat sich vielleicht bisher noch keiner der Sterblichen verblutet. Was soll ich dir sagen? Wie soll ich dir raten? Der Wahnsinn hat sich deiner schon bemeistert und alle Hülfe kömmt zu spät. Wenn nun das Original dieses Bildes auf der ganzen Erde nicht zu finden ist! und wie leicht kann es bloß die Imagination eines Malers sein, die dieses zierliche Köpfchen hervorgebracht hat! Oder sie kann auch gelebt haben, und ist nun schon gestorben, oder sie ist die Gattin eines andern, und Mutter vieler Kinder und Enkel, so daß du sie, vom Alter entstellt, nicht einmal kennst, wenn du sie auch wirklich finden solltest. Glaubst du, daß sich dir zu Gefallen das Wunder des Pygmalion erneuern werde? Ist es nicht ebenso gut, als wenn du die Helena von Griechenland, oder die ägyptische Kleopatra lieben wolltest? Bedenke dein Wohl, und laß dich nicht von einer Leidenschaft unterjochen, die offenbar aberwitzig ist. Deine Empfindung ist so widersinnig, daß hier oder nirgend deine Vernunft auftreten und dich aus dem Labyrinthe erretten muß, und mich wundert nur, wie du sie schon so hast unterdrücken können, daß es so weit mit dir gekommen ist.‹«

»Nun, der Mann hat doch wahrlich völlig recht«, rief Vansen aus, »und ich bin neugierig, was der verliebte Schwärmer wohl darauf wird antworten können.«

»Gewiß gar nichts«, sagte Herr Peters, »er wird einsehen, wie gut es sein Freund mit ihm meint, und das wunderliche Abenteuer fahrenlassen.«

»Einiges getraute ich mir wohl zu sagen«, versetzte Sternbald, »wenn ich nicht die Geschichte zu unterbrechen fürchtete.«

Rudolph sah ihn lächelnd an, und fuhr fort: »Ferdinand schwieg eine Weile still, dann sagte er: ›Liebster Freund, deine Worte können mich auf keine Weise beruhigen, und wenn du mich und mein Herz kenntest, so würdest du auch darauf gar nicht ausgehen wollen. Ich gebe dir recht, du hast vollkommen vernünftig gesprochen; allein was ist mir damit geholfen? Ich kann dir nichts antworten, ich fühle nur, daß ich elend bin, wenn ich nicht gehe und jenes Bild aufsuche, das meine Seele ganz regiert. Denn könnte ich vernünftig sein, so würde ich gewiß nicht einen Traum lieben; könnt ich auf deinen Rat hören, so würde ich mich nicht in der Nacht schlaflos auf meinem Lager wälzen. Denn wenn ich nun auch wirklich die Helena, oder die ägyptische Kleopatra liebte, mit dieser heißen brennenden Liebe des Herzens, wenn ich nun auch ginge, und sie in der weiten Welt aufsuchte, so wie ich jetzt ein Bild suche, daß vielleicht nirgendwo ist: was könnte mir auch dann all dein Reden nützen? Doch nein, sie lebt, mein Herz sagt es mir, daß sie für mich lebt, und daß sie mich mit stiller Ahndung erwartet. Und wenn ich sie nun gefunden habe, wenn die Sterne günstig auf mein Tun herunter-scheinen, wenn ich sie in meinen Armen zurückbringe, dann wirst du mein Glück preisen, und mein jetziges Beginnen nicht mehr unvernünftig schelten. So hängt es also bloß von Glück und Zufall ab, ob ich vernünf-tig oder unvernünftig handle, ob die Menschen mich schelten oder loben; wie kann also dein Rat gut sein? Wie könnte ich vernünftig handeln, wenn ich ihm folgte? Wer nie wagt, kann nie gewinnen, wer nie den ersten Schritt tut, kann keine Reise vollbringen, wer das Glück nicht auf die Probe stellt, kann nicht erfahren, ob es ihm günstig ist. Ich will also getrost diesen Weg einschlagen, und sehn, wohin er mich führt. Ich komme entweder vergnügt, oder nicht zurück. – Hast du nie die wunderbare Geschichte von Gottfried Rudell gehört?‹

›Nein‹, sagte Leopold verwirrt. ›So will ich sie dir erzählen‹, sprach der Liebende, ›denn sie bestätigt mein Gefühl, das dir so einzig und widersinnig erscheint.‹«

»Halt!« rief Vansen, »die Sache neigt sich zum Verwirrten, daß hier eine neue Erzählung in die vorige eingeflochten wird.«

»Und was schadet es«, sagte Florestan, »wenn es Euch nur unterhält und die Zeit vergeht?«

»Es steht nur zu besorgen«, sagte Peters bedächtlich, »daß es uns nicht unterhalten werde, denn man wird gar leicht konfuse, und da die Sache an sich selbst schon nicht sehr interessiert, so wird diese Episode das Übel nur ärger machen.«

»Was kann ich denn aber dafür«, erwiderte Rudolph, »daß der ver-liebte Schwärmer seinem Freunde damals diese Historie wirklich erzählt hat? Ich muß doch der Wahrheit getreu bleiben.«

»Nun so erzählt wie Ihr wollt«, sagte Vansen, »tragt die neue Geschich-te vor, aber nur unter der Bedingung, daß in dieser Historie sich nicht wieder eine neue entspinnt, denn das könnte sonst bis ins Unendliche fortgesetzt werden.«

»Also denn«, nahm Florestan wieder das Wort, »fing der schwärmende Ferdinand seinem vernünftigen Freunde Leopold mit diesen Worten die Geschichte des Gottfried Rudell zu erzählen an: ›Dieser Rudell, mein teurer Freund, war einer von den Dichtern in der Provence, in jener schönen Zeit, als die Welt durch Lieder und süße Sprache, die Menschen durch Sehnsucht, die Länder durch Ritterschaft und der Orient mit Europa durch die heiligen Kriege verbunden waren. Dieser Sänger Gottfried, aus adelichem Geschlecht, machte sich durch seine lieblichen Weisen so berühmt, daß ihm Herren und Grafen gewogen waren und ein großer Fürst sich um seine Freundschaft bewarb, und ihn niemals von seiner Seite lassen wollte. Da fügte es sich, daß Pilger, die aus dem Heiligen Lande zurückkehrten, ihm unter den Wundern der fremden Länder auch die Gräfin von Tripolis nannten, und ihm ihre hohe Tugend, ihre Schönheit und ihren Reiz beschrieben. Er sah andre Reisende, die aus der Gegend zurückwanderten, und wieder fragte er, und wieder rühmten sie entzückt die überirdische Schönheit des Frauenbildes. Seine Imagination ward von diesen Schilderungen so ergriffen, daß er begeistert das Lob der Dame in die Töne seiner Laute sang. Ein Freund sagte einmal scherzend, indem er seinen Gesang bewunderte: ›Du bist entzückt, Dichter, kannst du denn so über Meere hinüber vielleicht lieben, ohne den Gegenstand deiner Leidenschaft zu kennen, oder je mit irdischen Augen gesehn zu haben?‹ – ›Wie, wenn sie mir nun selbst im Gemüte, in meinem Innern wohnt, besitze ich sie dann nicht näher, als jeder andre Sterbliche?‹ antwortete der Sänger mit einer andern Scherzrede: ›glaubt mir, Freunde‹, fuhr er fort, ›von ähnlichen seltsamen Erscheinungen könnte ich euch Wunder erzählen.‹«

Vansen räusperte sich, Sternbald nickte dem Erzähler lächelnd zu, der, ohne sich stören zu lassen, so fortfuhr: »Nur zu bald wurde ernste Wahrheit aus diesen Reden. Eine unbegreifliche Sehnsucht nach dem fernen niegesehnen Wesen faßte und durchströmte die Brust des Dichters; wie alle Quellen zu den Strömen, wie alle Ströme zum Meere unaufhaltsam fluten, so zogen alle Kräfte seiner Seele nur ihr, der Einzigen, Ungekannten zu. Er konnte nicht mehr zurückbleiben, er mußte die weite Reise unternehmen. Seine Freunde baten, der Fürst, sein Beschützer, beschwur ihn, aber umsonst; wollten sie ihn nicht sterben sehn, so müssen sie ihn gewähren lassen. Er stieg zu Schiffe. Die Winde waren ihm zu langsam, mit den Liedern seiner Sehnsucht wollte er die Segel füllen, und den Lauf des Fahrzeuges mit Gedankenschnelle beflügeln. Unendlich schöne Lieder sang er von ihr, er verglich und pries ihre Schönheit gegen alles was Himmel und Erde, Meer und Luft Reizendes und Liebliches umfängt. Aber sein Herz brach; er sank schwerkrank darnieder, als die Schiffer vom Mast schon fern, ganz fern das ersehnte Ufer wie eine Nebelwolke erspähten. Er raffte sich auf, er spannte sein Auge an, seine Seele flog schon an das Gestade. Das Schiff lief in den Hafen ein, das fremde Volk strömte herzu, um Nachrichten aus der Christenheit zu erfahren. Auch die Prinzessin wandelte in der Nähe der Kühlung der Palmen. Sie hörte von dem Sterbenden, sie stieg zum Schiff hernieder. Da saß er, an die Schultern eines Freundes gelehnt und sahe nun den Glanz der Augen, die Schönheit der Wangen, die Frische der Lippe, die Fülle des Busens, die er so oft in seinen Liedern gepriesen hatte. ›O wie beglückt bin ich!‹ rief er aus, ›daß doch mein brechendes Auge noch wahrhaft sieht, was ich ahndete, und daß die Wahrheit meine Ahndung übertrifft. Ja, so wird es mit aller Schönheit sein, wenn sie sich einst schleierlos unserm entkörperten Auge zeigt.‹ Der weinende Freund sagte ihr, wer sich anbetend zu ihren Füßen niedergeworfen hatte, sie kannte seinen Namen und manche seiner geflügelten Töne waren schon über das Meer zu ihrem Ohre gekommen; sie beugte sich nieder und hob ihn auf, er lag in ihren Armen, das süßeste Lächeln schwebte im Andenken seiner Wonne auf seinem bleichen Antlitz, denn er war schon verschieden. ›So liebt mich niemand mehr, so liebt auf Erden niemand‹, seufzte die Fürstin, küßte zum ersten- und letztenmal den stummen, sonst so gesangreichen Mund, und nahm den Nonnenschleier.‹ –

›Glaubst du denn eine Silbe von diesem alten Märchen?‹ fuhr Leopold auf. ›Dergleichen ist nicht möglich und gegen alle Natur, es ist nur Dichtung und Lüge eines Müßiggängers.‹«

»Der trifft den Nagel auf den Kopf«, sagte Vansen, »dergleichen hat sich nie wirklich begeben.«

»Es ist unbegreiflich«, merkte Peters an, »wie der menschliche Geist nur auf dergleichen Torheiten verfallen kann: noch seltsamer aber, daß sich ein andrer Aberwitziger mit solchem Wahnsinn trösten will.«

»Und ist es denn nicht dasselbe«, sagte Sternbald nicht ohne Rührung, »diese Geschichte mag wahr oder ersonnen sein? Wer erfand sie denn wohl? Niemand als die Liebe selbst, und diese ist ja doch wundervoller, als alle Dichtungen und Lieder sie darstellen können?«

»Wenn Ihr in der Malerei«, sagte Vansen, »ebensosehr für das Unnatürliche eingenommen seid, wo dann Farben und Figuren hernehmen, junger Freund?«

»Nach dieser Erzählung«, so fing Florestan von neuem an, »nahm Ferdinand seinen Freund herzlich in die Arme. ›Laß mich gehen‹, sagte er, ›sei nicht traurig, denn du siehst mich gewiß wieder, ich bleibe gewiß nicht aus. Vielleicht ändert sich auch unterwegs mein Gemüt, wenn ich die mannigfaltige Welt mit ihren wechselnden Gestalten erblicke; wie sich dieses Gefühl wunderbarlich meines Herzens bemeistert hat, so kann es mich ja auch plötzlich wieder loslassen.‹

Sie gingen nach Hause, und am folgenden Morgen trat Ferdinand wirklich seine seltsame Wanderschaft an. Leopold sah ihm mit Tränen nach, denn er hielt die Leidenschaft seines Freundes für Wahnsinn, er hätte ihn gern begleitet, aber jener wollte durchaus nur allein das Ziel seiner Pilgerfahrt suchen.

Er wußte natürlich nicht, wohin er seinen Weg richten sollte, er ging daher auf der ersten Straße fort, auf welche er traf. Seine Seele war unaufhörlich mit dem geliebten Bilde angefüllt, in der reizendsten Gestalt sah er es vor sich hinschweben und folgte ihm wie unwillkürlich nach. In den Wäldern saß er oft still und dichtete ein Lied auf seine wunderbare Leidenschaft; dann hörte er dem Gesange der Nachtigallen zu, und vertiefte und verlor sich so sehr in sich selber, daß er die Nacht im Walde bleiben mußte.

Zuweilen erwachte er wie aus einem tiefen Schlafe, und überdachte dann seinen Vorsatz mit kälterem Blute, alles, was er wollte und wünschte, kam ihm dann wie eine Traumgestalt vor; er bestrebte sich oft, sich des Zustandes seiner Seele zu erinnern, ehe er das Bildnis im Grase gefunden hatte, aber es war ihm unmöglich. So wandelte er fort, und verirrte sich endlich von der Straße, indem er in einen dicken Wald geriet, der gar kein Ende zu haben schien.

Er ging weiter und traf immer noch keinen Ausweg, das Gehölz ward immer dichter, Vögel schrien und lärmten mit seltsamen Tönen durch die stille Einsamkeit. Jetzt dachte er an seinen Freund, ihm schien selber sein Unternehmen wahnsinnig, und er nahm sich vor, am folgenden Tage nach seinem Schlosse zurückzukehren. Es wurde Nacht, und wie wenn eine Verblendung, eine Krankheit, eine träumende Betäubung plötzlich von ihm genommen sei, so verschwand seine Leidenschaft, es war wie ein Erwachen aus einem schweren Traume. Er wanderte durch die Nacht weiter, denn der Mond warf seinen Schimmer durch die Zweige, er sah schon seinen Freund vergnügt und versöhnt vor sich stehn, er dachte sich sein künftiges ruhiges Leben. Unter diesen Betrachtungen brach der Morgen an, die Sonne senkte ihre frühen Strahlen durch das grüne Gebüsch, und neuer Mut und neue Heiterkeit ward in ihm wach. Er betrachtete das Gemälde wieder, und wußte nicht, was er tun sollte. Alle seine Entschlüsse fingen an zu wanken, jedes andre Leben erschien ihm leer und nüchtern, er wünschte und dachte nur sie. Denn aus der Farbe, aus dem Schmuck blühte wie ein voller knospenschwerer Frühling die Sehnsucht wieder auf ihn zu und umfing ihn mit duftenden blumenden Zweigen. Da war keine Rettung, er mußte sie wieder glauben, sie von neuem wünschen und suchen. ›Wohin soll ich mich wenden?‹ rief er aus. ›O Morgenrot! zeige mir den Weg! ruft mir, ihr Lerchen, und zieht auf meiner Bahn voran, damit ich wissen möge, wohin ich den irren Fuß setzen soll.

Meine Seele schwankt in Leid und Freude, kein Entschluß kann Wurzel fassen, ich weiß nicht, was ich bin, ich weiß nicht, was ich suche.‹

Indem er so mit sich selber sprach, trat er aus dem Walde, und eine schöne Ebene mit angenehmen Hügeln lag vor ihm. In der Ferne standen Kruzifixe und kleine Kapellen im Glanz der Morgensonne. Der Trieb weiterzuwandern, und den Inhalt seiner Gedanken aufzusuchen, ergriff den Jüngling mit neuer Gewalt. Da sah er in der Entfernung eine Gestalt sich auf der Wiese bewegen, und als er weiterging, unterschied er, daß es eine Pilgerin sei. Die Gegenwart eines Menschen zog ihn nach der langen Einsamkeit an, er verdoppelte seine Schritte. Jetzt war er näher gekommen, als die Pilgerin vor einem Kruzifix am Wege niederkniete, die Hände in die Höhe hob, und andächtig betete. Indem kam ein Reuter vom nächsten Hügel heruntergesprengt; als er näher kam, sah Ferdinand, daß es derselbe sei, der ihm an jenem Morgen vorüberflog, als er sein geliebtes Bildnis fand. Der Reuter stieg schnell ab und näherte sich der Betenden; als er sie mit einem genauen Blicke geprüft, ergriff er sie mit einer ungestümen Bewegung. Sie streckte die Hände aus und rief um Hülfe. Zwei Diener kamen mit ihren Pferden, und wollten sich auf Befehl ihres Herrn der Pilgerin bemächtigen. Ferdinands Herz ward bewegt, er zog den Degen und stürzte auf die Räuber ein, die sich zur Wehre setzten. Nach einem kurzen Gefechte verwundete er den Ritter; dieser sank nieder, und die Diener nahmen sich erschreckt seiner an. Da er in Ohnmacht lag, so trugen sie ihn zu seinem Pferde, um im nächsten Orte Hülfe zu suchen. Die Pilgerin hatte die Zeit des Kampfes benutzt, und war indessen feldeinwärts geflohen, Ferdinand erblickte sie in einer ziemlichen Entfernung. Er eilte ihr nach und sagte: ›Ihr seid gerettet, Pilgerin, Ihr mögt nun ungehindert Eures Weges fortziehen, die Räuber haben sich entfernt.‹ Sie konnte vor Angst noch nicht antworten, sie dankte ihm mit einem scheuen Blicke. Er glaubte sie zu kennen, doch konnte er sich nicht erinnern, sie sonst schon gesehn zu haben. ›Ich bin Euch meinen herzlichsten Dank schuldig‹, sagte sie endlich, ›ich wollte nach einem wundertätigen Bilde der Muttergottes wallfahrten, als jener Räuber mich überfiel.‹

›Ich will Euch begleiten‹, sagte Ferdinand, ›bis Ihr völlig in Sicherheit seid; aber fürchtet nichts, er ist schwer verwundet, vielleicht tot. Doch kehrt zur Straße zurück, denn auf diesem Wege gehn wir nur in der Irre.‹

802

Indem kam ein Gewitter heraufgezogen, und ein Hagelschauer fiel nieder. Die beiden Wanderer retteten sich vor dem Platzregen in einer kleinen Kapelle, die dicht vor einem Walde stand. Die Pilgerin war ängstlich, indem die Donnerschläge in den Bergen widerhallten, und Ferdinand suchte sie zu beruhigen; die Furcht drückte sie an seine Brust, seine Wange trank ihren Atem. Endlich hörte das Gewitter auf, und ein lieblicher Regenbogen stand am Himmel, der Wald war frisch und grün und alle Blätter funkelten von Tropfen, die Schwüle des Tages war vorüber, die ganze Natur durchwehte ein kühler Lufthauch, alle Bäume, alle Blumen waren fröhlich. Sie standen beide und sahen in die erfrischte Welt hinaus, die Pilgerin lehnte sich an Ferdinands Schulter. Da war es ihm, als wenn sich ihm alle Sinne auftäten, als wenn auch aus seinem Gemüte die drückende Schwüle fortzöge, denn er erkannte nun das liebliche Gesicht, das ihm vertraulich so nahe war; es war das Original jenes Gemäldes, das er mit so heftiger Sehnsucht gesucht hatte. So freut sich der Durstende, wenn er lange schmachtend in der heißen Wüste umherirrte, und nun den Quell in seiner Nähe rieseln hört; so der verirrte Wandersmann, der nun endlich am späten Abend die Glocken der Herden vernimmt, das abendliche Getöse des nahen Dorfes, und dem nun vor allen Menschen ein alter Herzensfreund zuerst entgegentritt.

Ferdinand zog das Gemälde hervor, die Pilgerin erkannte es. Sie erzählte, daß derselbe junge Ritter, von dem Ferdinand sie heute befreite, und der in ihrer Nachbarschaft lebe, sie habe malen lassen; sie sei elternlos und von armen Leuten auferzogen, aber sie habe sich entschließen müssen, von dort der Liebe des Ritters zu entfliehen, weil seine Leidenschaft, sein Lobpreisen ihrer Schönheit nur ihren tiefsten Unwillen erweckte. ›Drum hab ich‹, so beschloß sie, ›nach dem heiligen wundertätigen Marienbilde eine Wallfahrt tun wollen, und bin dabei unter Euren Schutz geraten, den ich Euch nie genug danken kann.‹

Ferdinand konnte erst vor Entzücken nicht sprechen, er traute seiner eigenen Überzeugung nicht, daß er den gesuchten Schatz wirklich erbeutet habe; er erzählte der Fremden, die sich Leonore nannte, wie er das Bildnis gefunden und wie es ihn bewegt habe, wie er endlich den Entschluß gefaßt, sie in weiter Welt aufzusuchen, um zu sterben, oder sein Gemüt zu beruhigen. Sie hörte ihm geduldig und mit Lächeln zu, und als er geendigt hatte, nahm sie seine Hand und sagte: ›Wahrlich, Ritter, ich bin Euch mein Leben schuldig, und noch gegen niemand habe ich die Freundschaft empfunden, die ich zu Euch trage. Aber kommt, und laßt uns irgendeine Herberge suchen, denn der Abend bricht herein.‹

Die untergehende Sonne färbte die Wolken schon mit Gold und Purpur, der Weg führte sie durch den Wald, in welchem ein kühler Abendwind sich in den nassen Blättern bewegte. Ferdinand führte die Pilgerin und drückte ihre Hand an sein klopfendes Herz; sie war stumm. Die Nacht näherte sich mehr und mehr, und noch trafen sie kein Dorf und keine Hütte; der Jungfrau ward bange, der Wald wurde dichter, und einzelne Sterne traten schon aus dem blauen Himmel hervor. Da hörten sie plötzlich von abseits her ein geistliches Lied ertönen, sie gingen dem Schalle nach, und sahen in einiger Entfernung die Klause eines Einsiedels vor sich, ein kleines Licht brannte in der Zelle, und er kniete vor einem Kreuze, indem er mit lauter Stimme sang. Sie hörten eine Weile dem Liede zu, die Nacht war hereingebrochen, die ganze übrige Welt war still; dann gingen sie Hand in Hand näher. Als sie vor der Zelle standen, fragte Ferdinand das Mädchen leise: ›Liebst du mich?‹ Sie schlug die Augen nieder und drückte ihm die Hand; er wagte es und heftete einen Kuß auf ihren schönen Mund, sie widersetzte sich nicht. Zitternd traten sie zum Eremiten hinein, und baten um ein Nachtlager als verirrte Wanderer. Der alte Einsiedel hieß sie willkommen und ließ sie niedersitzen; dann trug er ihnen ein kleines Mahl von Milch und Früchten auf, an dem sie sich erquickten. Ferdinand war sich vor Glückseligkeit kaum seiner selbst bewußt, er fühlte sich wie in einer neuen Welt, alles, was vor heute geschehen war, gehörte gleichsam nicht in seinen Lebenslauf; von diesem entzückenden Kusse, der ihm alle

Sinnen geraubt hatte, begann ihm ein neues Gestirn, eine neue Sonne emporzuleuchten, alles vorige Licht war nur Dämmerung und Finsternis gewesen. Der Einsiedel wies Leonoren ein Lager an, und Ferdinand mußte sich gegenüber in eine kleine leere Hütte begeben.

Er konnte in der Nacht nicht schlafen, seine glückliche Zukunft trat vor sein Lager und erhielt seine Augen wach, er ward nicht müde hinunterzusehn und in dem glücklichen Reiche seiner Liebe auf und ab zu wandeln. Leonorens Stimme schien ihm beständig widerzutönen, er glaubte sie nahe und streckte die Arme nach ihr aus, er rief sie laut und weinte, indem er sich allein sah. Als der Mondschimmer erblaßte, und die Morgenröte nach und nach am Himmel heraufspielte, da verließ er die Hütte, setzte sich unter einen Baum und träumte von seinem Glücke.

Da sah er plötzlich den Ritter wieder aus dem Dickicht kommen, den er gestern auf dem Felde verwundet hatte; zwei Diener folgten ihm. Eben sollte der Zweikampf von neuem beginnen, als der Eremit aus seiner Klause trat. Dieser hörte den Verwundeten *Bertram* nennen, und erkundigte sich nach dem Orte seines Aufenthaltes und nach seinen Verwandten. Der Fremde nannte beides und der Einsiedel fiel ihm weinend um den Hals, indem er ihn seinen Sohn nannte. Er war es wirklich; als der Vater sich aus der Welt zurückzog, übergab er diesen Sohn seinem Bruder, der nach einiger Zeit von den Unruhen des Krieges vertrieben seinen Wohnort änderte, und so den Sohn dem Einsiedler näher brachte, als er es ahnden konnte. ›Wenn ich jetzt nur noch Nachrichten von meiner Tochter überkäme‹, rief der Einsiedler aus, ›so wäre ich unaussprechlich glücklich!‹ Leonore trat aus der Tür, weil sie das Geräusch vernommen hatte. Ferdinand ging auf sie zu, und Bertram stürzte sogleich herbei, als er die Pilgerin gewahr ward. Der Einsiedler betrachtete sie aufmerksam; ›woher, schönes Kind‹, fragte er zagend, ›habt Ihr diesen kunstreich gefaßten Stein, der Euer Ohr schmückt?‹ Leonore sagte: ›Meine Pflegeeltern haben mir schon früh dies Geschmeide eingehängt, und mich beschworen, es wie einen Talisman zu bewahren, indem es das Andenken von einem höchst würdigen Manne sei.‹

›Du bist meine Tochter!‹ sagte der alte Eremit, ›ich übergab dich jenen Leuten, als ich von meinem Wohnsitze durch der Feinde siegreiches Heer vertrieben wurde. O wie glücklich macht mich dieser Tag!‹«

»Was kann das für ein Krieg gewesen sein?« rief Vansen aus.

»O irgendeiner«, antwortete Rudolph hastig. »Ihr müßt die Sachen nie so genau nehmen, es ist mir in der Geschichte um einen Krieg zu tun, und da müßt Ihr gar nicht fragen: Wie? Wo? Wann geschahe das? Denn solche Erzählungen sind immer nur aus der Luft gegriffen, und man muß sich für die Geschichte aber, für nichts anders außer ihr interessieren.«

»Erlaubt«, sagte Franz bescheiden, »daß ich Euch widerspreche, denn ich bin hierin ganz andrer Meinung. Wenn mir eine Erzählung, sei sie auch nur ein Märchen, Zeit und Ort bestimmt, so macht sie dadurch alles um so lebendiger, die ganze Erde wird dadurch mit befreundeten Geistern bevölkert, und wenn ich nachher den Boden betrete, von dem mir eine liebe Fabel sagte, so ist er dadurch gleichsam eingeweiht, jeder Stein, jeder Baum hat dann eine poetische Bedeutung für mich. Ebenso ist es mit der Zeit. Höre ich von einer Begebenheit, werden Namen aus der Geschichte genannt, so fallen mir zugleich jene poetischen Schatten dabei ins Gedächtnis, und machen mir den ganzen Zeitraum lieber.«

»Nun das kann alles gut sein«, sagte Rudolph, »das andre ist aber auch nicht minder gut und vernünftig, daß man sich weder um Zeit noch Ort bekümmert. So mag es also wohl der Hussitenkrieg gewesen sein, der alle diese Verwirrungen in unsrer Familie angerichtet hat.

Der Schluß der Geschichte findet sich von selbst. Alle waren voller Freude, Leonore und Ferdinand fühlten sich durch gegenseitige Liebe glücklich, und der Eremit blieb im Walde, sosehr ihm auch alle zuredeten, zur Welt zurückzukehren.

Es vermehrte noch eine Person die Gesellschaft, und niemand anders als *Leopold,* der ausgereiset war, seinen Freund aufzusuchen. Ferdinand erzählte ihm sein Glück und stellte ihm Leonoren als seine Braut vor. Leopold freute sich mit ihm und sagte: ›Aber, liebster Freund, danke dem Himmel, denn du hast bei weitem mehr Glück als Verstand gehabt.‹ – ›Das begegnet jedem Sterblichen‹, erwiderte Ferdinand, ›und wie elend müßte der Mensch sein, wenn es irgendeinmal einen solchen geben sollte, der mehr Verstand als Glück hätte?‹«

Hier schwieg Rudolph. Einige von den Herren waren während der Erzählung eingeschlafen; Franz war sehr nachdenkend geworden. Fast alles, was er hörte und sah, bezog er auf sich, und so traf er in dieser Erzählung auch seine eigene Geschichte an. Sonderbar war es, daß ihn der Schluß beruhigte, daß er dem Glücke vertraute, daß es ihn seine Geliebte und seine Eltern würde finden lassen.

Franz und Rudolph wurden im Verfolg der Reise vertrauter, sie beschlossen miteinander nach Italien zu gehn. Rudolph war immer vergnügt, sein Mut verließ ihn nie, und das war für Franz in vielen Stunden sehr erquicklich, der fast beständig ein Mißtrauen gegen sich selber hatte. Es fügte sich, daß einige Meilen vor Antwerpen das Schiff eine Zeitlang stilliegen mußte, ein Boot ward ausgesetzt, und Franz und Rudolph nahmen sich vor, den kleinen Rest der Reise zu Lande zu machen.

Es war ein schöner Tag. Die Sonne breitete sich hell über die Ebene aus, Rudolph war willens, nach einem Dorfe zu gehn, um ein Mädchen dort zu besuchen, das er vor sechs Monaten hatte kennen lernen. »Du mußt nicht glauben, Franz«, sagte er, »daß ich meiner Geliebten in Italien wahrhaft untreu bin, oder daß ich sie vergesse, denn das ist unmöglich, aber ich lernte diese Niederländerin auf eine wunderliche Weise kennen, wir wurden so schnell miteinander bekannt, daß mir das Andenken jener Stunden immer teuer sein wird.«

»Dein frohes Gemüt ist eine glückliche Gabe des Himmels«, antwortete Franz, »dir bleibt alles neu, keine Freude veraltet dir, und du bist mit der ganzen Welt zufrieden.«

»Warum sollte man es nicht sein?« rief Rudolph aus; »ist denn die Welt nicht schön, so wie sie ist? Mir ist das ernsthafte Klagen zuwider, weil die wenigsten Menschen wissen, was sie wollen, oder was sie wünschen. Sie sind blind und wollen sehen, sie sehn, und sie wollen blind sein.«

»Bist du aber nie traurig oder verdrießlich?«

»O ja, warum das nicht? Es kehren bei jedem Menschen Stunden ein, in denen er nicht weiß, was er mit sich selber anfangen soll, wo er herumgreift, und nach allen seinen Talenten, oder Kenntnissen, oder Narrheiten sucht, um sich zu trösten, und nichts will ihm helfen. Oft ist unser eigenes närrisches Herz die Quelle dieser Übel. Aber bei mir dauert ein solcher Zustand nie lange. So könnt ich mich grämen, wenn ich an Bianca denke, sie kann krank sein, sie kann sterben, sie kann mich vergessen, und dann mache ich mir Vorwürfe darüber, daß ich mich zu dieser Reise drängte, die auch jeder andre hätte unternehmen können. Doch, was hilft alles Sorgen?«

Sie hatten sich unter einen Baum niedergesetzt, jetzt stand Rudolph auf. »Lebe wohl«, sagte er schnell, »es ist zu kalt zum Sitzen; ich muß noch weit gehn, das Mädchen wird auf mich warten, ich sprach sie, als ich nach England hinüberging. In Antwerpen sehn wir uns wieder.«

Er eilte schnell davon und Franz setzte seinen Weg nach der Stadt fort, da aber die Tage schon kurz waren, mußte er in einem Dorfe vor Antwerpen übernachten.

Sechstes Kapitel

Die große Handelstätigkeit in Antwerpen war für Franz ein ganz neues Schauspiel. Es kam ihm wunderbar vor, wie sich hier die Menschen untereinander verliefen, wie sie ein bewegtes Meer darstellten, und jeglicher nur seinen Vorteil vor Augen hatte. Hier fiel ihm kein Kunstgedanke ein, ja wenn er die Menge der großen Schiffe sah, die Betriebsamkeit Geld zu gewinnen, die Spannungen aller Gemüter auf den Handel, die Versammlungen auf der Börse, so kam es ihm als etwas Unmögliches vor, daß irgendein Mensch aus diesem verwirrten Haufen sich der stillen Kunst ergeben könne. Er hörte nichts anders, als welche Schiffe gekommen und abgegangen waren, so wie die Namen der vornehmsten Kaufleute, die jedem Knaben geläufig waren, es entging ihm nicht, wie selbst auf den Spaziergängen die Handelsleute ihre kaufmännischen Gespräche und Spekulationen fortsetzten, und er ward von diesem neuen Anblicke des Lebens zu sehr betrübt, als daß er ihn hätte niederschlagen können.

Vansen lebte hier als Kaufmann vom zweiten oder dritten Range, der nicht sehr bedeutende Geschäfte machte, und daher nicht zu den bekannteren gehörte, der sich aber durch Aufmerksamkeit und gute Haushaltung ein ansehnliches Vermögen erworben hatte. Sternbald suchte ihn nach einigen Tagen auf, und das Haus seines neuen Freundes war ihm wie ein Schutzort, wie ein stilles Asyl gegen das tobende Gewühl der Stadt. Vansen wohnte in einer entlegenen Gegend, ein kleiner Garten war hinter seinem Hause; er sprach nur selten von seinen kaufmännischen Geschäften, und hatte nicht die Eitelkeit, andern, die nichts davon begriffen, seine Spekulationen mitzuteilen: er liebte es im Gegenteil, sich von der Kunst zu unterhalten, und er suchte eine Ehre darin, für einen Kenner zu gelten. Sternbalds kindliches Gemüt schloß sich nach kurzer Zeit diesem Manne an, er hielt ihn in seiner Unbefangenheit für mehr, als er wirklich war; denn Vansens Liebe zur Malerei war nichts als ein blinder Trieb, der sich zufälligerweise auf diese Kunst geworfen hatte. Er hatte angefangen, Gemälde zu kaufen, und nachdem er sich einige Kenntnisse erworben hatte, war es nur Eitelkeit und Sucht zu sammeln und aufzuhäufen, daß er es nicht müde ward, sich um Gemälde und ihre Meister zu bekümmern. So treiben viele Menschen irgendeine Wissenschaft oder Beschäftigung, und der wahre Künstler irrt sehr, wenn er unter diesen die verwandten Geister und die Verehrer der Kunst sucht.

Vansen hatte nur eine einzige Tochter, die er ungemein liebte. Sie galt in der Nachbarschaft für schön, und wirklich war ihr üppiger Wuchs, ihr heitres, strahlendes Gesicht in seiner kindlichen Rundung, und ihre klare weiße und rote Farbe neben den sprechenden Augen reizend zu nennen. Der Kaufmann bat unsern jungen Maler, sich mit dem Bildnis seiner Tochter zu versuchen, und Franz machte sich hurtig an die Arbeit. Seine Phantasie war nicht gespannt, er forderte nicht zu viel von sich, und das Bild rückte schnell fort und gelang ihm ungemein. Auch gefiel ihm das Antlitz und der volle blendende Busen um so mehr, je länger er daran malte.

Er bemerkte, daß das Mädchen fast immer traurig war; er suchte sie zu erheitern und ließ oft, wenn er malte, auf einem Instrumente lustige Lieder spielen, aber es hatte gewöhnlich die verkehrte Wirkung, sie wurde noch trübseliger, oder weinte gar: vor dem Vater suchte sie ihre Melancholie geflissentlich zu verbergen. Franz war zu gut, um sich in das Vertrauen eines Leidenden einzudrängen, er kannte auch die Künste nicht, oder verschmähte sie, sich zum Teilnehmer eines Geheimnisses zu machen, daher war er in ihrer Gegenwart nur in Verlegenheit.

In Vansens Hause versammelten sich oft viele Menschen, und zwar von den verschiedensten Charakteren, von denen der Wirt manche Redensart lernte, mit welchen er nachher wieder gegen andere glänzte. Franz hörte diesen Gesprächen mit großer Aufmerksamkeit zu, denn bis dahin hatte er noch nie so verschiedene Meinungen gehört, wie er hier, oft schnell hintereinander, vernahm. Vorzüglich zog ihn ein alter Mann an, dem er besonders gern zuhörte, weil jedes seiner Worte das Gepräge eines eigenen festen Sinnes trug. An einem Abend fing der Wirt, wie er oft tat, an, über die Kunst zu reden, und den herrlichen Genuß zu preisen, den er vor guten Gemälden empfände. Alle stimmten ihm bei, nur der Alte schwieg still, und als man ihn endlich um seine Meinung fragte, sagte er:

»Ich mag ungern so sprechen, wie ich darüber denke, weil niemand meiner Meinung sein wird; aber es tut mir immer innerlich wehe, ja ich spüre ein gewisses Mitleiden gegen die Menschen, wenn ich sie mit einer so ernsthaften Verehrung von der sogenannten Kunst reden höre. Was ist es denn alles weiter, als eine unnütze Spielerei, wo nicht gar ein schädlicher Zeitverderb? Wenn ich bedenke, was die Menschen in einer versammelten Gesellschaft sein könnten, wie sie durch die Vereinigung stark und unüberwindlich sein müßten, wie jeder dem Ganzen dienen sollte, und nichts da sein, nichts ausgeübt werden dürfte, was nicht den allgemeinen Nutzen beförderte: und ich betrachte dann die menschliche Gesellschaft, wie sie wirklich ist, so möchte ich fast sagen, es scheint, daß die Vereinigung nicht entstanden ist, um allgemein besser zu werden, sondern um sich gegenseitig zu verschlimmern. Da ist keine Aufmunterung zur Tugend, keine Abhärtung zum Kriege, keine Liebe des Vaterlands und der Religion, ja es ist keine Religion und kein Vaterland da, sondern jeder glaubt sich selbst der nächste zu sein, und häuft, ohne auf den gemeinen Nutzen zu sehn, die Güter auf erlaubte und unerlaubte Art zusammen, und vertändelt übrigens seine Zeit mit der ersten besten Torheit. Die Kunst vorzüglich scheint ordentlich dazu erfunden, die bessern Kräfte im Menschen zu erlahmen, und nach und nach abzutöten. Ihre gaukelnde Nachäffung, diese armselige Nachahmung der Wirklichkeit, worauf doch alles hinausläuft, zieht den Menschen von allen ernsten Betrachtungen ab, und verleitet ihn, seine angeborne Würde zu vergessen. Wenn unser innerer Geist uns zur Tugend antreibt, so lehren uns die mannigfaltigen Künstler sie verspotten; wenn die Erhabenheit mich in ihrer göttlichen Sprache anredet, so unterlassen es die Reimer oder Poeten nicht, sie mit Nichtswürdigkeiten zu überschreien. Und daß ich namentlich von der gepriesenen Malerei rede. – Ich habe den Maler, der mir Figuren, oder Bäume und Tiere auf Flächen hinzeichnet, nie höher angeschlagen, als den Menschen, der mit seinem Munde Vögel- und Tiergeschrei nachzuahmen versteht. Es ist eine Künstelei, die keinem frommt, und die dabei doch die Wirklichkeit nicht erreicht. Jeder Maler erlernt von seinem Meister eine gewisse Fertigkeit, einige Handgriffe, die er immer wieder anbringt, und wir sind dann gutmütige Kinder genug, uns vor sein Machwerk hinzustellen, und uns darüber zu verwundern. Wie da von Genuß der Kunst die Rede sein kann, oder von Schönheit, begreife ich nicht, da diese Menschen die Begeisterung nicht kennen, da ihre Schöpfungen nicht aus schönen Stunden hervorgehn, sondern sie sich des Gewinstes wegen niedersetzen und Farben über Farben streichen, bis sie nach und nach ihre Figuren zusammengebettelt haben, und nun den Lohn an Geld dafür empfangen. Wie sollen diese knechtischen Arbeiter auf edle Seelen wirken können, da sie es selber nicht einmal wollen? Sie dienen höchstens der Sinnlichkeit, und trachten vielleicht, elende Begierden zu erwecken, oder uns ein Lächeln über ihre verzerrten Gestalten abzuzwingen, damit sie doch irgendwas hervorbringen. Ich meine also, daß man auf jeden Fall seine Zeit besser anwenden könne, als wenn man sich mit der Kunst beschäftiget.«

Franz konnte sich im Unwillen nicht länger halten, sondern rief aus: »Ihr habt nur von unwürdigen Menschen gesprochen, die keine Künstler sind, die die Göttlichkeit ihres Berufs selber nicht kennen, und weil Ihr Euer Auge nur auf diese wendet, so wagt Ihr es, alle übrigen zu verkennen. O Albert Dürer! wie könnte ich es dulden, daß man so von deinem schönsten Lebenslaufe sprechen darf? Ihr habt entweder noch keine guten Bilder gesehn, oder die Augen sind Euch für ihre Göttlichkeit verschlossen geblieben, daß Ihr Euch erkühnt, sie so zu lästern. Es mag gut sein, wenn in einem Staate alles zu *einem* Zwecke dient, es mag in gewissen Zeiträumen nötig sein, für das Wohl der Bürger, für die Unabhängigkeit, daß sie nur ihr Vaterland, nur die Waffen, die bürgerliche Freiheit, und nichts weiter lieben; aber Ihr bedenkt nicht, daß in solchen Staaten jedes eigene Gemüt zugrunde geht, um nur das allgemeine Bild des Ganzen aufrecht zu erhalten. Die Güter, um derentwillen dem Menschen die Freiheit teuer sein muß, die Regung aller seiner Kräfte, die Entwickelung aller Schätze seines Geistes, diese kostbarsten Kleinodien müssen wieder aufgeopfert werden, um nur jene Freiheit zu bewahren. Über die Mittel geht der Zweck verloren, nach welchem jene Mittel streben sollten. Ist es nicht die herrlichste Erscheinung, den Menschengeist kühn in tausend Richtungen, in tausend mannigfaltigen Strömen, wie die Röhren eines künstlichen Springbrunnens, der Sonne entgegenspielen zu sehn? Eben daß nicht alle Geister ein und dasselbe wollen ist erfreulich. Darum laßt der unschuldigen kindischen Kunst ihren Gang, denn sie ist es doch, in der sich am reinsten, am lieblichsten, und auf die unbefangenste Weise die Hoheit der Menschenseele offenbart, sie ist nicht ernst, wie die Weisheit, sondern ein frommes Kind, dessen unschuldige Spiele jedes reine Herz rühren und erfreuen müssen. Sie drückt den Menschen am deutlichsten aus, sie ist Spiel mit Ernst gemischt, und Ernst durch Lieblichkeit gemildert. Wozu soll sie dem Staate, der versammelten Gesellschaft nützen? Wann hat sich je das Große und Schöne so tief erniedrigt, um zu nützen? Ein neues Feuer facht der große Mann, die edle Tat in einem einzelnen Busen an; der

Haufe staunt dumm, und begreift nicht und fühlt nicht, er betrachtet ebenso ein noch nie gesehenes Tier, er belächelt die Erhabenheit, und hält sie für Fabel. Wen verehrt die Welt, und welchem Geiste wird gehuldigt? Nur das Niedrige versteht der Pöbel, nur das Verächtliche wird von ihm geachtet. Zufälle und Nichtswürdigkeiten sind die Wohltäter des Menschengeschlechts gewesen, wenn du den häuslichen Nutzen dieser armen Welt so hoch anschlägst. Und was drückst du mit dem Worte Nutzen aus? Muß denn alles auf Essen, Trinken und Kleidung hinauslaufen? oder daß ich besser ein Schiff regiere, bequemere Maschinen erfinde, wieder nur um besser zu essen? Ich sage es noch einmal, das wahrhaft Hohe kann und darf nicht nützen; dieses Nützlichsein ist seiner göttlichen Natur ganz fremd, und es fordern, heißt, die Erhabenheit entadeln und zu den gemeinen Bedürfnissen der Menschheit herabwürdigen. Denn freilich bedarf der Mensch vieles, aber er muß seinen Geist nicht zum Knecht seines Knechtes, des Körpers, erniedrigen: er muß wie ein guter Hausherr sorgen, aber diese Sorge für den Unterhalt muß nicht sein Lebenslauf sein. So halte ich die Kunst für ein Unterpfand unsrer Unsterblichkeit, für ein geheimes Zeichen, an dem die ewigen Geister sich wunderbarlich erkennen. Der Engel in uns strebt, sich zu offenbaren, und trifft nur Menschenkräfte an, er kann von seinem Dasein nicht überzeugen, und wirkt und regiert nun auf die lieblichste Weise, um uns, wie in einem schönen Traum, den süßen Glauben beizubringen. So entsteht in der Ordnung, in wirkender Harmonie die Kunst. Was der Weise durch Weisheit erhärtet, was der Held durch Aufopferung bewährt, ja, ich bin kühn genug es auszusprechen, was der Märtyrer durch seinen Tod besiegelt, das kann der große Maler durch seine Farben auswirken und bekräftigen. Es ist der himmlische Strahl, der diesen Geistern nicht die müßige Ruhe erlaubt, sondern sie zu einer glänzenden Tätigkeit weckt. Und daher sind es wohl die schönsten, die erhabensten Stunden, die ein Meister vor seinem Werke zubringt; er legt bildlich die Liebe hinein, mit der er die ganze Welt an sein Herz drücken möchte, die Urschönheit, die Hoheit, vor der er niederkniet. Alles dies trifft der verwandte Geist in den lieblichen Zügen wieder, die dem Barbaren unverständlich sind, er wird von diesen Winken entzückt, er fühlt seinen Geist in seiner Brust emporsteigen, er gedenkt alles Schönen, alles Großen, das ihn schon einst bewegte, und es ist nun nicht mehr das irdische Bild, das ihn rührt, liebliche Schatten vom Himmel herab fallen in sein Gemüt, und erregen eine bunte Welt von

Wohllaut und süßer Harmonie in ihm. O wenn uns die holde Natur lieb ist, wenn wir gern die Pracht des Morgens, die Schimmer des Abends sehn, wenn die Schönheit in Menschengestalten uns anspricht, wie könnten wir uns dann gegen die süßvertrauliche Kunst so unfreundlich bezeigen? Gegen die Kunst, die sich bestrebt, uns alles das noch werter und teurer zu machen, uns mit uns selbst zu befreunden, die äußre Welt, die oft so hart um uns steht, mit unserm weichen Herzen zu versöhnen? Nein, es ist unmöglich, daß sich der Sinn irgendeines Menschen freiwillig abwende, es sind nur Mißverständnisse, die ihn vom himmlischen Genusse zurückhalten dürfen. Zweifelt nicht, daß der Künstler in seinem schönen Wahne die ganze Welt, und jede Empfindung seines Herzens in seine Kunst verflicht; er führt sein Leben nur für die Kunst, und wenn die Kunst ihm abstürbe, würde er nicht wissen, was er mit seinem übrigen Leben beginnen sollte. Ihr erwähnt es als etwas Schändliches, daß der arme Künstler sich genötigt sieht, um Lohn zu arbeiten, daß er das Werk seines Geistes fortgeben muß, um seinem Körper dadurch fortzuhelfen; er ist aber deshalb eher zu beklagen, als zu verachten. Ihr kennt die Empfindung nicht, wenn ein Mann sein liebstes Werk, mit dem er so innig vertraut geworden ist, aus dem ihn sein Fleiß, und so viele mühevolle Stunden anlächeln, wenn er es nun aufopfern muß, es verstoßen und von sich entfremden, daß er es vielleicht niemals wiedersieht, bloß des schnöden Gewinstes wegen, und weil eine Familie ihn umgibt, die Nahrung fordert. Es ist zu bejammern, daß in unserm irdischen Leben der Geist so von der Materie abhängig ist. O wahrlich, kein größeres Glück könnte ich mir wünschen, als wenn mir der Himmel vergönnte, daß ich arbeiten dürfte, ohne an den Lohn zu denken, daß ich so viel Vermögen besäße, um ganz ohne weitere Rücksicht meiner Kunst zu leben, denn schon oft hat es mir Tränen ausgepreßt, daß sich der Künstler muß bezahlen lassen, daß er mit den Ergießungen seines Herzens Handel treibt, und oft von kalten Seelen in seiner Not die Begegnung eines Sklaven erfahren muß.«

812

Franz hielt eine kleine Weile ein, weil er sich wirklich die Tränen abtrocknete, dann fuhr er fort: »Auch kann es der Kunst zu keinem Vorwurfe gereichen, daß ihr unwürdige Menschen zu nahe treten, und sich ihr als Priester aufdrängen. Daß es in ihr Abwege und Irrtümer geben kann, beweist eben ihre Erhabenheit. Der Handwerker kann nur auf eine Art vortrefflich sein, in den mechanischen Künsten ist eine Erfindung die beste; nicht also mit der göttlichen Malerei. Je tiefer einige sinken, um so höher steigen andre; wenn es jenen möglich ist, den Weg zu verfehlen, so ist es diesen dafür vergönnt, das Göttliche zu erreichen, und uns wie durch himmlische Offenbarung mitzuteilen.«

»Ihr habt Eure Sache recht wacker verteidigt«, sagte der Alte, »ob ich gleich noch manches dagegen einwenden könnte.«

Hier wurde das Gespräch durch die Nachricht unterbrochen, daß Vansens Tochter plötzlich krank geworden sei. Der Vater war in der größten Unruhe, er schickte sogleich nach einem Arzte, und besuchte seine geliebte Sara. Der Arzt kam und versicherte, daß keine Gefahr zu besorgen sei; es war spät und die Gesellschaft ging auseinander.

Franz ging nicht nach seiner Wohnung, sondern begleitete die übrigen. Alle hatten sich entfernt, und er war mit dem alten Manne allein. »Ihr vergebt mir wohl«, fing er an, »meine Hitze, da ich Euch heute als ein junger Mensch so auffahrend widersprochen habe; es kam, ohne daß ich sagen könnte, wie es geschah.«

»Wenn Ihr es so nehmt«, sagte der Alte, »so müßte ich Euch auch um Vergebung bitten, ich habe Euch nichts zu vergeben, Ihr seid ein wackrer Mensch und das freut mich.«

»Ihr glaubt recht zu haben«, sagte Franz.

»Laßt das«, fiel ihm der Alte ein; »haben nicht alle Zungen recht und alle unrecht? Jeder trachte darnach, daß er es wahr und redlich mit sich meine, das ist die Hauptsache.«

Franz sagte: »Wenn Ihr mir also nicht böse seid, so reicht mir zum Zeichen Eure Hand, denn mich gereut meine Heftigkeit.«

Der Alte drückte ihm die Hand herzlich, dann umarmte er ihn und sagte: »Sei immer glücklich, mein Sohn, und bewahre diese Herzensliebe zu allem Guten.« Franz ging zufrieden nach seiner Herberge.

Siebentes Kapitel

Rudolph war indessen nach Antwerpen gekommen, und da der Winter fast verflossen war, hatten sie ihre baldige Abreise beschlossen. Franz war damit beschäftiget, noch einige Bilder zu endigen, die er übernommen hatte, und unter diesen auch das von Vansens Tochter, die zwar wiederhergestellt, aber doch nicht zufriedener und heiterer war, als er sie seit lange gesehn hatte.

Als man sich das nächstemal wieder bei Vansen versammelte rief dieser den jungen Maler, als er in das Haus trat, beiseit und sagte zu ihm: »Entfernt Euch heute nicht mit den übrigen, denn ich habe etwas Wichtiges mit Euch zu sprechen.« Als sie in den Saal traten, war die Rede wieder von der Kunst, und der neulich so strenge Alte schien sich heute gern belehren zu lassen. Ein angesehener Mann, der auch ein Sammler war, sagte: »Nicht ohne Rührung habe ich an den neulichen Streit gedacht, und mir ist ein alter Brief, oder vielmehr die Erzählung eines auswärtigen Freundes in die Hände gefallen, den ich euch heute mitteilen will, weil er sich besonders über den Gedanken verbreitet, der 814 neulich auch erörtert wurde, wie schmerzlich es nämlich dem Künstler oft fallen müsse, sich von den geliebten Werken seines Fleißes auf immer zu trennen. Mein Freund ist ebenfalls ein Enthusiast für die Kunst, er sammelt viel, und sandte mir diese Erzählung, weil wir uns oft unsre Gedanken über dergleichen Gegenstände mitteilen, schon vor mehrern Jahren, und ich kann freilich nicht wissen, inwiefern sie Wahrheit enthält, oder ob sie zum Teil eine Erfindung ist, um eine Vorstellung klarer ins Licht zu stellen.«

Der Alte, so wie die übrigen, baten, sie mitzuteilen, Sternbald besonders war begierig, und jener zog einige Blätter hervor, und las folgendes:

»Ich war auf dem gewohnten Gange nach dem Walde begriffen, und freute mich schon im voraus, daß nun das Gemälde von der Heiligen Familie vollendet sein würde. Es war mir verdrießlich, daß der Maler so lange zögerte, daß er immer noch nicht meinen dringenden Bitten nachgab, zu endigen. Alle Gestalten, die mir begegneten, einzelne Gespräche, die ich unterwegs hörte, nichts ging mich an, denn nichts davon hatte Bezug auf mein Gemälde; die ganze außenliegende Welt war mir jetzt nur ein Anhang, höchstens eine Erklärung zur Kunst, meiner liebsten Beschäftigung. Einige alte arme Leute gingen vorbei, aber es war keiner darunter, der zu einem Joseph getaugt hätte, kein Mädchen hatte Spuren vom Antlitz der göttlichen Jungfrau, zwei Alte sahen mich an, als ob sie sich nicht unterständen, ein Almosen zu begehren; aber erst lange nachher fiel es mir ein, daß ich sie mit einer Kleinigkeit hätte fröhlich machen können.

Es war ein heiterer Tag, die Sonne schien in die Dunkelheit sparsam hinein, nur an einzelnen Stellen sah ich die lichte Bläue des Himmels. Ich dachte: ›O wie beglückt ist dieser Maler, der hier in der Einsamkeit, zwischen schönen Felsen, zwischen hohen Bäumen seinen Genius erwarten darf, dem keine andre der kleinlichen menschlichen Beschäftigungen nahetritt, der nur seiner Kunst lebt, nur für sie Aug und Seele hat. Er ist der glücklichste unter den Menschen, denn die Entzückungen, die uns nur auf Augenblicke besuchen, sind in seinem kleinen Hause einheimisch die hohen Götter sitzen neben ihm, geheimnisreiche Ahndung, zärtliche Erinnerung spielen unsichtbar um ihn, Zauberkräfte lenken seine Hand, und unter ihr entsteht die wundervolle Schöpfung, die er schon vorher kennt, befreundet tritt sie aus dem Schatten, der sie dem Auge zurückhält.‹

Unter diesen Gedanken hatte ich mich der Wohnung genähert, die abseits im Holze lag. Auf einem freien weiten Platze stand das Haus, hohe Felsen erhoben sich hinter seinem Rücken, von denen Tannen rauschten und krauses Gebüsch sich im Winde oben rührte.

Ich klopfte an die Hütte. Die beiden Kinder des Malers waren zu Hause, er selbst war nach der Stadt gegangen, um einzukaufen. Ich setzte mich nieder, das Gemälde stand auf der Staffelei, aber es war ganz vollendet. Es übertraf meine Erwartung, meine Augen wurden auf den schönen Gestalten festgehalten: die Kinder spielten um mich her, aber ich gab nicht sonderlich acht darauf, sie erzählten mir dann von ihrer kürzlich gestorbenen Mutter, sie wiesen auf die Jungfrau, ihr sei sie ähnlich gewesen, sie glaubten sie noch vor sich zu sehen. ›Wie herrlich ist diese Wendung des Kopfs!‹ rief ich aus, ›wie überdacht! wie neu! Wie wohl ist alles angeordnet! Nichts Überflüssiges, und doch, welche herrliche Fülle!‹

Das Gemälde ward mir immer lieber, ich sah es in Gedanken schon in meinem Zimmer hängen, meine entzückten Freunde davor versammelt. Alle übrigen Bilder, die in der Malerstube umherstanden, waren in meinen Augen gegen dieses unscheinbar, keine Gestalt war so innig beseelt, so durch und durch mit Leben und Geist angefüllt, wie auf der Tafel, die ich schon als die meinige betrachtete. Die Kinder beschauten indessen den fremden Mann, sie verwunderten sich über jede meiner Bewegungen. Ihnen waren die Gemälde, die Farben alltäglich, sie wußten sich davon nichts Sonderliches, aber mein Kleid, mein Hut, diese Gegenstände waren ihnen dafür desto merkwürdiger.

Nun kam der Alte mit einem Korbe voll Eßwaren aus der Stadt, er war böse, daß er die alte Frau aus dem benachbarten Dorfe noch nicht antraf, die für ihn und seine Kinder kochen mußte. Er teilte den Kindern einige Früchte aus, er schnitt ihnen etwas Brot, und sie sprangen damit vor die Tür hinaus, lärmten und verloren sich bald in das Gebüsch.

›Ich freue mich‹, fing ich an, ›daß Ihr das Bild fertig gemacht habt. Es ist über die Maßen wohl geraten, ich will es noch heute abholen lassen.‹

Der alte Mann betrachtete es aufmerksam, er sagte mit einem Seufzer: ›Ja, es ist nun fertig, ich weiß nicht, wann ich wieder ein solches werde malen können; laßt es aber bis morgen stehn, wenn Ihr mir gefällig sein wollt, daß ich es bis dahin noch betrachten kann.‹

Ich war zu eifrig, ich wollte es durchaus noch abholen lassen, der Maler mußte sich endlich darin finden. Ich fing nun an, das Geld auf- zuzählen, als der Maler plötzlich sagte: ›Ich habe es mir seitdem überlegt, ich kann es Euch unmöglich für denselben geringen Preis lassen, für den Ihr das letzte bekommen habt.‹ 816

Ich verwunderte mich darüber, ich fragte ihn, warum er bei mir grade anfangen wolle, seine Sachen teurer zu halten, aber er ließ sich dadurch nicht irremachen. Ich sagte, daß ihm das Gemälde wahrscheinlich stehnbleiben würde, wenn er seinem Eigensinne folgte, da ich es bestellt habe, und es kein andrer nachher kaufen würde, wie es ihm schon mit so manchen gegangen. Er antwortete aber ganz kurz: die Summe sei klein, ich möchte sie verdoppeln, es sei nicht zu viel, übrigens möchte ich ihn nicht weiter quälen.

Es verdroß mich, daß der Maler gar keine Rücksichten auf meine Einwendungen nahm, ich verließ ihn stillschweigend, und er blieb nachdenkend auf seinem Sessel vor dem Bilde sitzen. Ich begriff es nicht, wie ein Mensch, der von der Armut gedrückt sei, so hartnäckig sein könne, wie er in seinem Starrsinne so weit gehe, daß er von seiner Arbeit keinen Nutzen ziehn wolle.

Ich strich im Felde umher, um meinen Verdruß über diesen Vorfall zu zerstreuen. Als ich so herumging, stieß ich auf eine Herde Schafe, die friedlich im stillen Tale weidete. Ein alter Schäfer saß auf einem kleinen Hügel, in sich vertieft, und ich bemerkte, daß er sorgsam an einem Stocke schnitzelte. Als ich näher trat und ihn grüßte, sah er auf, wobei er mir sehr freundlich dankte. Ich fragte ihn nach seiner Arbeit, und er antwortete lächelnd. ›Seht, mein Herr, jetzt bin ich mit einem kleinen Kunststücke fertig, woran ich beinahe ein halbes Jahr ununter- brochen geschnitzt habe. Es fügt sich wohl, daß reiche und vornehme Herren sich meine unbedeutenden Sachen gefallen lassen und sie mir abkaufen, um mir mein Leben zu erleichtern, und deshalb bin ich auf solche Erfindungen geraten.‹

Ich besah den Stock, als Knopf war ein Delphin ausgearbeitet, mit recht guter Proportion, auf dem ein Mann saß, welcher eine Zither spielte. Ich merkte, daß er den Arian vorstellen solle. Am künstlichsten war es, daß der Fisch unten, wo er sich an den Stock schloß, ganz fein abgesondert war, es war zu bewundern, wie ein Finger die Geduld und Geschicklichkeit zugleich haben konnte, die Figuren und alle Biegungen so genau auszuhöhlen, und doch so frei dabei zu arbeiten; es rührte mich, daß das mühselige Kunststück nur einen Knopf auf einem gewöhnlichen Stocke bedeuten solle.

Der alte Mann fuhr fort zu erzählen, daß er unvermutet ein Lied von diesem Delphin und Arian angetroffen, das ihm seither so im Sinne gelegen, daß er die Geschichte fast wider seinen Willen habe schnitzen müssen. ›Es ist recht wunderbar und schön‹, sagte er, ›wie der Mann auf den unruhigen Wogen sitzt, und ihn der Fisch durch seinen Gesang so liebgewinnt, daß er ihn sicher an das Ufer trägt. Lange habe ich mir den Kopf darüber zerbrochen, auf welche Weise ich wohl das Meer machen könnte, so daß man auch die Not und das Elend des Mannes gewahr würde, aber dergleichen war pur unmöglich, wenn ich auch die See mit Strichen und Schnitzen hätte daran machen wollen, so wäre es doch nachher nicht so künstlich gewesen, wie jetzt der Stock durch den feinen Schwanz des Fisches mit dem obern Bilde verbunden ist.‹

Er rief einen jungen Burschen, seinen Enkel, der mit dem Hunde spielte, und befahl ihm das Lied abzusingen, worauf jener in einer einfachen Weise diese Worte sang:

Arian schifft auf Meereswogen
Nach seiner teuren Heimat zu,
Er wird von Winden fortgezogen,
Die See in stiller, sanfter Ruh.

Die Schiffer stehn von fern und flüstern,
Der Dichter sieht ins Morgenrot
Nach seinen goldnen Schätzen lüstern
Beschließen sie des Sängers Tod.

Arian merkt die stille Tücke,
Er bietet ihnen all sein Gold,
Er klagt und seufzt, daß seinem Glücke
Das Schicksal nicht wie vordem hold.

Sie aber haben es beschlossen
Nur Tod gibt ihnen Sicherheit,
Hinab ins Meer wird er gestoßen;
Schon sind sie mit dem Schiffe weit.

Er hat die Leier nur gerettet,
Sie schwebt in seiner schönen Hand;
In Meeresfluten hingebettet
Ist Freude von ihm abgewandt.

818

Doch greift er in die goldnen Saiten,
Daß laut die Wölbung widerklingt,
Statt mit den Wogen wild zu streiten,
Er sanft die zarten Töne singt:
›Klinge Saitenspiel!
In der Flut
Wächst mein Mut,
Sterb ich gleich, verfehl ich nicht mein Ziel.

Unverdrossen
Komm ich, Tod,
Dein Gebot
Schreckt mich nicht, mein Leben ward genossen.

Welle hebt
Mich im Schimmer,
Bald den Schwimmer
Sie in tiefer, nasser Flut begräbt.‹
So klang das Lied durch alle Tiefen,
Die Wogen wurden sanft bewegt,
In Abgrunds Schlüften, wo sie schliefen,
Die Seegetiere aufgeregt.

Aus allen Tiefen blaue Wunder,
Die hüpfend um den Sänger ziehn,
Die Meeresfläche weit hinunter
Beschwimmen die Tritonen grün.

Die Wellen tanzen, Fische springen,
Seit Venus aus den Fluten kam
Man dieses Jauchzen, Wonneklingen
In Meeresvesten nicht vernahm.

Arian sieht mit trunknen Blicken
Lautsingend in das Seegewühl,
Er fährt auf eines Delphins Rücken,
Schlägt lächelnd in sein Saitenspiel.

Des Fisches Sinn zum Dienst gezwungen
Naht schon mir ihm der Felsenbank,
Er landet, hat den Fels errungen,
Und singt dem Fährmann seinen Dank.

Am Ufer kniet er, dankt den Göttern,
Daß er entrann dem nassen Tod.
Der Sänger triumphiert in Wettern,
Ihn rührt Gefahr nicht an und Tod.

Der Knabe sang das Lied mit einem sehr einfachen Ausdrucke, indem er stets die kunstreiche Arbeit seines Großvaters betrachtete. Ich fragte den Hirten, wieviel er für sein Kunstwerk verlange, und der geringe Preis, den er forderte, setzte mich in Erstaunen. Ich gab ihm mehr als er wollte, und er war außer sich vor Freuden, aber noch einmal nahm er mir den Stock aus der Hand, und betrachtete ihn genau. Er weinte fast, indem er sagte: ›Ich habe so lange an dieser Figur geschnitzt, und muß sie nun in fremde Hände geben, es ist vielleicht meine letzte Arbeit, denn ich bin alt, und die Finger fangen mir an zu zittern, ich kann nichts so Künstliches wieder zustande bringen. Seit ich mich darauf geübt habe, sind viele Sachen von mir geschnitten, aber noch nichts habe ich bisher mit diesem Eifer getrieben; es ist mein bestes Werk.‹

Es rührte mich, ich nahm Abschied und begab mich auf den Weg zur Stadt. Je näher ich dem Tore kam, je mehr fiel es mir auf, je wunderlicher kam ich mir vor, daß ich mit einem so langen Stabe näher schritt. Ich dachte daran, wie es allen Einwohnern der Stadt, allen meinen Bekannten auffallen müsse, wenn ich mit dem langen Holze durch die Gassen zöge, an dem oben ein großes Bild sich zeigte. ›Dem ist leicht vorzubeugen‹, dachte ich bei mir selber, und schon hatte ich meine Faust angelegt, den bunten Knopf herunterzubrechen, um ihn in die Tasche zu stecken, und den übrigen Teil des Stocks dann im Felde fortzuwerfen.

Ich hielt wieder ein. ›Wie viele mühevolle Stunden‹, sagte ich, ›hast du, Alter, darauf verwandt, um den künstlichen Fisch mit dem Stocke zusammenzuhängen, dir wäre es leichter gewesen, ihn für sich zu schneiden, und wie grausam müßte es dir dünken, daß ich jetzt aus falscher Scham die schwerste Aufgabe deines mühseligen Werks durchaus vernichten will.‹

Ich warf mir meine Barbarei vor, und war mit diesen Gedanken schon in das Tor gekommen, ohne es zu bemerken. Es ängstete mich gar nicht, daß die Leute mich aufmerksam betrachteten; wohlbehalten und unverletzt setzte ich in meinem Zimmer den Stock unter andern Kunstsachen nieder. Die Arbeit nahm sich zwar nun nicht mehr so gut aus, als im freien Felde, aber innigst rührte mich immer noch der unermüdliche Fleiß, diese Liebe, die sich dem lieblosen Holze, der undankbaren Materie so viele Tage hindurch angeschlossen hatte. 820

Indem ich das Werk noch betrachtete, fiel mir der Maler wieder in die Gedanken. Es gereute mich nun recht herzlich, daß ich so unfreundlich von ihm gegangen war. Ihm war die Bildung seiner Hand und seiner Phantasie auch so befreundet, die er nur für eine Nichtswürdigkeit einem Fremden auf immer überlassen sollte. Ich schämte mich, zu ihm zu gehn und meine Reue zu bekennen, aber da standen die Gestalten der armen Kinder vor meinen Augen, ich sah die dürftige Wohnung, den bekümmerten Künstler, der, von der ganzen Welt verlassen, die Bäume und benachbarten Felsen als seine Freunde anredete. ›Wie einsam ist der Künstler‹, seufzte ich laut, ›den man nur wie eine schätzbare Maschine behandelt, die die Kunstwerke hervorgibt, die wir lieben, den Urheber selbst aber vernachlässigen: es ist ein gemeiner, verdammlicher Eigennutz.‹

Ich schalt meine Scham, die mich an dem Tage fast zweimal grausam gemacht hatte; noch vor Sonnenuntergang ging ich nach dem Walde hinaus. Als ich vor dem Hause stand, hörte ich den Alten drinnen musizieren; es war eine wehmütige Melodie, die er spielte, er sang dazu:

›Von aller Welt verlassen
Bist du, Maria, nah,
Wenn Mensch und Welt mich hassen
Stehst du mir freundlich da,
So bin ich nicht verlassen
Wenn ich dein Auge sah.‹

Mein Herz klopfte, ich riß die Tür auf, und fand ihn vor seinem Gemälde sitzen. Ich fiel ihm weinend um den Hals, und er wußte erst nicht, was er aus mir machen sollte. ›Mein steinernes Herz‹, rief ich aus, ›hat sich erweicht, verzeiht mir das Unrecht, das ich Euch heut morgen tat.‹

Ich gab ihm für sein Bild weit mehr, als er gefordert, als er erwartet hatte, er dankte mir mit wenigen Worten. ›Ihr seid‹, fuhr ich fort, ›*mein* Wohltäter, nicht ich der Eurige, ich gebe, was Ihr von jedem erhalten könnt, Ihr schenkt mir die kostbarsten, innersten Schätze Eures Herzens.‹

Der Maler sagte: ›Wenn Ihr das Bild abholen laßt, so erlaubt mir nur, daß ich manchmal, wenn es Euch nicht stört, oder Ihr nicht zu Hause seid, in Eure Wohnung kommen darf, um es zu betrachten. Eine unbezwingbare Wehmut nagt an meinem Herzen, alle meine Kräfte erliegen, und das Bild ist vielleicht das letzte, das meine Hände erschaffen haben. Dazu so trägt die Muttergottes die Bildung meiner gestorbenen Gattin, des einzigen Wesens, das mich auf Erden jemals wahrhaftig geliebt hat: ich habe lange daran gearbeitet, meine beste Kunst, mein herzlichster Fleiß ist in diesem Gemälde aufbewahrt.‹

Ich umarmte ihn wieder: wie herzensarm, wie verlassen, wie gekränkt und einsam schien mir nun derselbe Mann, den ich am Morgen noch glaubte beneiden zu können! – Er wurde von diesem Tage mein Freund, wir ergötzten uns oft, indem wir vor seinem Bilde Hand in Hand saßen.

Aber er hatte recht. Nach einem halben Jahre war er gestorben, er hatte mancherlei angefangen, aber nichts vollendet. Seine übrigen Arbeiten wurden in einer Versteigerung ausgeboten, ich habe vieles an mich gehandelt.

821

Mitleidige Menschen nahmen die Kinder zu sich: auch ich unterstütze sie. Ein Tägelöhner wohnt mit seiner Familie nun in der Hütte, wo sonst die Kunst einheimisch war, wo sonst freundliche Gesichter von der Leinwand blickten. Oft gehe ich vorüber und höre einzelne Reden der Einwohner, oft seh ich auch den alten Hirten noch. – Niemals kann ich an diesen Vorfall ohne heftige Rührung denken.« –

Sternbald weinte und Vansen sagte: »Ja wohl ist dergleichen zu bejammern, und ich habe immer gern Künstlern geholfen und von ihnen arbeiten lassen; was der Frühling der Welt, ist die Kunst dem übrigen Menschenleben.«

»Neben jenem Punkte«, sagte der Alte, »den die Erzählung, mag sie nun offen da sein, oder nicht, erörtern soll, lehrt sie auch, wie selbstsüchtig diese scheinbar zartesten Gefühle den Menschen machen können, und so könnte ich, wenn ich streiten wollte, sie als eine Bestätigung meiner natürlichen Behauptungen ansehn, da sie doch gegen diese hauptsächlich zu kämpfen scheint. So ist das meiste im Leben doppelt und vielfach, und es ist gut, sich zu gewöhnen, die Dinge von verschiedenen, oft entgegengesetzten Seiten anzusehn.«

Als sich nach dem heitern Abendessen die übrigen Gäste entfernten, blieb Sternbald zurück und folgte dem Vansen auf dessen Wink in ein abgelegenes Zimmer. »Lange schon«, fing der Alte an, »habe ich über eine Sache mit Euch sprechen wollen, aber noch immer nicht die gelegene Zeit dazu treffen können.«

Sie setzten sich und Vansen fuhr in einem vertraulichen Tone fort: »Je mehr ich Euch kennenlerne, lieber Sternbald, je mehr muß ich Euch hochschätzen, denn die jugendliche Schwärmerei, die Euch zuzeiten mit sich fortreißt, wird sich gewiß mit den Jahren verlieren. Seht, das ist das einzige, was ich allenfalls gegen Euch hätte, aber sonst lieb ich Euch so sehr, wie ich bis jetzt noch keinen Menschen wertgehalten habe. Dazu bekennt Ihr Euch zu einer Kunst, die ich von Jugend auf vorzüglich verehrt habe. Ich will Euch näherkommen. Ich weiß nicht, ob Ihr das sonderbare Betragen meiner Tochter bemerkt habt, seit Ihr in unserm Hause bekannt geworden seid; meine Sara war sonst nie so melancholisch, sondern die Lustigkeit selbst; seit sie Euch gesehn hat, ist ihr ganzer Sinn umgewandt. Sagt mir aufrichtig, wie gefällt sie Euch?«

Franz versicherte, daß er sie sehr liebenswürdig finde, und der Vater fuhr fort: »Seit vielen Jahren habe ich es mir fest vorgenommen, und es ist ein Vorsatz, von dem ich gewiß nicht weiche, daß niemand als ein geschickter Maler mein Eidam werden soll. Es kommt nun bloß auf Euch an, ob ich in Euch meinen Mann gefunden habe. Ich weiß alles, was Ihr mir antworten könnt, aber laßt mich ausreden. Ich will Euch damit keinesweges von Eurer Reise zurückhalten, sondern ich muntre Euch vielmehr selber auf, Italien zu besuchen und dort zu studieren. Meine Tochter liebt Euch, Ihr versprecht Euch mit ihr, und mein Vermögen macht Euch die Reise bequemer und nützlicher. Ihr kommt dann zurück, und was ich besitze sichert Euch vor dem Mangel. Ihr könnt dann Eurer Kunst, wie Ihr Euch immer gewünscht habt, mit allen Kräften obliegen. Ihr braucht nicht des Gewinstes wegen zu arbeiten, was Ihr uns neulich mit so vieler Rührung als das größte Unglück des Künstlers vorstelltet, und wodurch ich selber bewegt wurde; Ihr werdet bekannt und berühmt, meine Tochter ist mit Euch glücklich, und alle meine Wünsche sind erfüllt.«

Franz war heftig bewegt, er dankte in den wärmsten Ausdrücken dem Kaufmann für sein Wohlwollen, er bat ihn, noch jetzt keine entscheidende Antwort zu verlangen und sein Zögern nicht übel zu deuten. Er verließ ihn, und schweifte mit tausend Vorstellungen durch die Straßen umher. So nahe auf ihn zu war das wirkliche Leben noch nie getreten, um sein inneres poetisches zu verdrängen, und doch war es ein weit höheres, als seine Pflegemutter oder Zeuner ihm anbieten konnten; er fühlte sich angezogen und zurückgestoßen, das schöne Bild seiner Phantasie stand bald ganz hell vor ihm, bald rückte es tief in den Hintergrund hinab. Hier bot sich ihm ganz unverhofft eine sichere Zukunft an, eine Lebensweise, wie sie immer sein Wunsch gewesen war, und man forderte nichts weiter von ihm, als einen Schatten, ein Traumbild aufzuopfern, das nicht sein war. Doch fürchtete er sich wieder, so seinen Lebenslauf zu bestimmen und sich selber Grenzen zu setzen; die Sehnsucht rief ihn wieder in die Ferne hinein, seltsame Töne lockten ihn und versprachen ihm ein goldenes Glück, das weit ab seiner warte. »Mein Leben fängt an ein Leben zu werden«, rief er aus, »sich so zu gestalten, wie ich es seit früher Kindheit nur mit Sehnsucht wünschen konnte, Liebe und Wohlwollen kommen mir entgegen und tragen das Füllhorn, das mich gegen Unglück und Demütigungen beschützen soll, in reichen Händen. Und was ist es denn, was sich in mir dagegen auflehnt? Ein Nachtgebild, ein Traumgespenst, das mit phantastischen fremden Wundern gekränzt ist. Kann mich das Schicksal auf gelindere Weise aus meinem Traume voll Unmöglichkeiten wecken? Wäre ich nicht wahnsinnig, das gewisseste, edelste Gut gegen jenen Schatten eines Schattens auf das Spiel zu setzen?«

Er dachte, wie sehnlich Sara seiner Antwort warten möchte, und mit welchen Leiden sie sich ihm so lange verborgen habe: es schien ihm, daß er es diesem lieben Wesen schuldig sei, ihr alle diese um ihn erduldeten Schmerzen zu vergüten, und in dieser Stimmung besuchte er am andern Morgen seinen Freund Rudolph. So vertraut er mit diesem war, so konnte er ihm doch nie seine Geschichte, so wie seine wunderbare Liebe entdecken, es war nur Sebastian, dem er dergleichen vertrauen durfte. Aber er erzählte ihm jetzt Vansens Vorschlag, und bat um seinen Rat. »Wie soll ich dir hierin raten?« rief Rudolph lachend aus; »das Ratgeben ist überall eine unnütze Sache, aber vollends bei der Ehe; jeder Mensch muß sein eigenes Glück machen: und dann kommt auch deine Frage viel zu früh, denn du weißt ja nicht einmal, ob dich das Mädchen auch wirklich haben will.«

Franz stutzte. Das Wort Ehe erweckte überdem mancherlei Vorstellungen bei ihm. Er sah alle die Szenen einer ruhigen Häuslichkeit vor sich, Kinder, die ihn umgaben, er hörte die Gespräche seines Schwiegervaters und der Freunde, er fühlte seine frische Jugend verschwunden und sich eingelernt in die ernsteren Verhältnisse des Lebens; seine wunderbaren Gefühle und Wünsche, das zauberische Bild seiner Geliebten, alles hatte Abschied genommen und sein Herz hing an nichts mehr glühend. Es war wie ein klarer geschäftiger Tag, der nach der Pracht des Morgenrots erwacht; wie eine Rede nach einem ausgeklungenen Liede. Seine Brust war beängstigt, er wußte sich nicht zu fassen und verließ unmutig den lachenden Florestan. »Wie ist es mit dem Leben?« dachte er bei sich selber, »irgendeinmal ist dieser Taumel der Jugend doch verflogen, endlich einmal nimmt mich doch jenes Leben in Empfang, dem ich jetzt so scheu aus dem Wege trete. Wie wird mir sein, wenn meine schönen Träume hinter mir liegen?«

Er nahm sich vor, sich durch ein offenes Gespräch mit der Tochter selbst bestimmen zu lassen. Mit schwerem Herzen lenkte er in die Gasse ein und zitterte, als er das Haus erblickte und betrat, doch schritt er mutiger die Treppe hinan, als wenn ihm eine frohe Ahndung entgegenkäme.

Achtes Kapitel

Als Franz in das Zimmer trat, fand er die Tochter allein, die die Zither spielte; sie dünkte ihm liebenswürdiger als je. Sie lehnte sich, wie in Sehnsucht aufgelöst, auf dem Ruhebette zurück, und sang eben die letzten Verse eines schmachtenden Liebesgedichtes. Er nahte verlegen, sie bemerkte ihn endlich, aber auch zugleich seine Ängstlichkeit, sie stand auf, faßte ihn zärtlich bei der Hand und fragte: ob er krank sei? »O meine teure, schöne, mir so freundlich liebe Sara«, fing Franz an, »in meinem Herzen ist ein Sturm, eine Verwirrung, die Ihr vielleicht lösen und beruhigen könnt, wenn ich Euch recht aufrichtig meine sonderbaren Leiden vertraue, und zugleich alles, was mir begegnet ist.« – »Setzt Euch, mein lieber Freund«, sagte Sara, als die Magd hereintrat, auf welche Sara sogleich errötend zulief, sie bei der Hand nahm, und sich mit ihr in den Bogen eines Fensters stellte, um ein eifriges heimliches Gespräch mit ihr zu führen. Sara schien zu erschrecken und die Magd entfernte sich wieder. »Gott im Himmel!« rief das Mädchen unter Tränen aus, indem sie sich auf das Ruhebett warf; »also ist es nun gewiß? Ich kann mich nicht mehr täuschen? Alles wird Wahrheit, schreckliche Wahrheit, was immer nur noch als düstre Ahndung mich umschwebte.« Tränen und Schluchzen erstickten ihre Sprache, und Franz trat freundlich zu ihr, ihr einige tröstende Worte zu sagen, und sich nach der Ursach ihrer Wehklage zu erkundigen. Sie ließ ihn neben sich niedersitzen und richtete einen zärtlichen Blick auf ihn. »Nein, mein liebster Freund«, rief sie, »ich habe mich nicht mehr in meiner Gewalt, ich muß Euch mein Leiden klagen, Euch vertraue ich allein, und Ihr werdet mein Vertrauen nicht mißbrauchen. Seit acht Wochen leide ich unaussprechlich. Ihr seid gut, Ihr habt Mitleid mit mir getragen, ich habe es wohl bemerkt. Was soll ich Euch sagen? Ich liebe, ich bin unglücklich, ohne Hoffnung. Ein junger Mann in unserer Nachbarschaft, ohne Vermögen, ohne Stand, aber das liebevollste Herz, die biederste Treue – ach! weiß ich es, wie mein Auge, und bald darauf meine ganze Seele immer nach ihm gerichtet wurde? Begreif ich es, wie es kam, daß wir uns sprachen, uns alles sagten? Nun ist er krank geworden, krank aus Liebe, jetzt ohne Trost, und seit gestern ist sein Zustand gefährlich, da ihm jemand erzählt hat, daß mein Vater mich verheiraten wolle. Mein Vater kann es nicht wollen, er kann meinen Tod nicht wünschen. Geht zu ihm, Ihr mein

liebster, mein einziger Freund, beruhigt ihn, tröstet ihn. Ach! wollt Ihr
Euch mir so gütig erzeigen? Gewiß, es glänzt eine himmlische Güte aus
Euren Augen. Er wird Euch rühren, Ihr werdet ihn auch lieben müssen,
gewiß, wenn auch nicht so, wie ich.«

Franz ließ sich das Haus bezeichnen und eilte atemlos dahin. Er kam
in eine armselige Stube, in welcher der Kranke in einem Bette lag, und
vor sich Papiere hatte, auf denen er zeichnete. Als Sternbald näher kam,
erstaunte er, den Schmied vor sich zu sehn, mit dem er vor Nürnberg
am Tage seiner Auswanderung gesprochen hatte. »O mein lieber
Freund!« rief er aus, »wie ist es möglich, daß ich Euch nicht früher irgendwo gesehn habe? Jetzt führt mich das sonderbarste Verhältnis, der
schönste Befehl zu Euch. Längst hätte ich Euch aufgesucht, wenn ich
nur ahnden konnte, daß Ihr wieder in Antwerpen wärt.« Der junge
Schmied erkannte den Maler auch sogleich wieder und hüllte sich weinend in die Kissen, als Franz von Sara sprach, und er hörte, welche
zärtliche Botschaft sie ihm sende. »O Maler!« rief er aus, »Ihr glaubt
nicht, was ich ausgestanden habe, seitdem ich Euch damals gesprochen
hatte. Aber über Euch muß ich klagen, denn Ihr seid eigentlich schuld
an allem: ist es doch nicht anders, als wäre damals von Eurer Zunge
Gift durch meine Ohren in meinen Körper geflossen, daß sich seitdem
alle meine Sinne verdreht und verschoben haben, und ich darüber ein
ganz anderer Mensch geworden bin. Seit ich Euren Dürer sah, hatte ich
keine Ruhe mehr in mir selber, es war, als wenn es an allen meinen
Sinnen zöge und arbeitete, daß ich immer an Malereien und Zeichnungen denken mußte; an nichts in der Welt fand ich mehr Gefallen, die
Schmiedearbeit war mir zur Last. Ich zeichnete täglich etwas, und selbst
in der Krankheit kann ich es nicht lassen; seht, da habe ich eine herrliche
Figur von Lukas von Leyden.«

Franz betrachtete sie; der junge Mensch hatte sie sehr gut kopiert,
und Franz verwunderte sich darüber, daß er es ohne allen Unterricht
so weit habe bringen können. Der Schmied fuhr fort: »So kam ich nach
Antwerpen zurück und nichts war mir hier recht. Ich hatte immer noch
den Dürer und seine Werkstätte im Kopf, es kam so weit, daß ich mich
meines Hammers schämte, ich verdarb die Arbeit, ich konnte nicht
mehr fort. Es lebt hier der alte Messys, der Maler, der auch ein Schmied
gewesen ist. Ich wollte auch nicht mehr arbeiten, denn jeder Schlag auf
dem Amboß ging mir durch Herz und Gehirn, weil ich glaubte, daß
ich mit jedem meine Hand schwerer und unbehülflicher machte, und

darüber noch weniger würde zeichnen können. Ich warf den Hammer weg, wie meinen ärgsten Feind. Nun kamen und gingen mir Bilder hin und her, und auf und ab; alles wollte ich in Gedanken malen, ich träumte von großen Sälen, die alle dicht voll Schildereien hingen, die ich gemacht hatte. Das war aber noch nicht das größte Unglück, daß ich mich schon unter den übrigen Menschen wie ein Halbverrückter umtrieb. Bis dahin hatte es auf mir nur noch wie auf kaltem Eisen gehämmert, aber nun kam ich in die Glut, und da wurde vollends mein altes Wesen aus mir herausgebrannt und -geschlagen als wenn viele tausend Funken bei jedem Hiebe aus Brust und Herzen flogen. O Maler, ich habe viel ausgestanden.

Seht, Freund, ich habe wohl sonst auch die Menschen, und Weiber und Mädchen mit einem scharfen, guten Auge angesehen, aber seit ich mich geübt hatte, daß ich in allen schönen Linien mit meiner Seele mitging, seit ich gefühlt hatte, was die wundersame Farbe bedeuten könne, und wie gleichsam ein ganzes Paradies von Wangen und Lippen und ein ewiges Firmament aus den Augen leuchten könne, da war ich ein verlorener Mensch, denn gerade um die Zeit, als dies Gefühl mich, möcht ich doch sagen wie ein heißes Fieber befiel, sah ich sie, Sara, bei schönem Sommerwetter in der Türe stehn. Ich hatte sie früher auch schon gesehn und immer gedacht: ›Ein schönes, reiches Mädchen!‹ aber sie blieb die Fremde, die mich nichts anging: – aber von jener Stunde an, Maler – doch Ihr begreift es nicht, wenn ich's auch sagen wollte; – von jenem Augenblick, als ich sie so im Vorbeigehn ansah und grüßte, wie oft geschehn war, und sie mich grüßte – seht, da flog aus ihrem Auge in meins, und in meine Seele eine Angst, eine Lust, ein ganzer Himmel hinein, so daß mir mein ganzes Wesen zu enge wurde, daß es wie tausend und aber tausend Frühlingsbäume und Blumenbeete in mir aufging, knospete, und mit allen Prachtfarben losbrach, und mein Herz von den unzähligen Blüten, wie vom dichtesten Regen überschüttet wurde, und meine Seele vor Duft, Farben und Glanz in süße matte Betäubung sank. Und nun stand sie ganz aufrecht in meinem Herzen, und dehnte und dehnte sich, und stellte sich auf die Zehen, und die goldenen Haare fielen herunter, und so war ich darin wie eingewickelt in meinem Fieberwahn, und sie war noch größer als Himmel und alle Bäume und Blumen. Ich konnte nichts mehr zeichnen, sie und immer nur sie saß mir im Blut, und quoll aus den Fingerspitzen, und sah ich dann, wie plump die knechtische grobe Hand sie hingestellt hatte, so warf ich das

Blatt gegen die Wand, dann riß ich es wieder vom Boden auf, und küßte die Züge mit meinen Lippen weg. Nicht wahr, Maler, der Mensch kann ein rechter Narr sein, wenn es erst in ihm so recht reif dazu wird.

Wunderbar! ich wußte es, daß auch in ihr was vorging, denn der blaue ewige Strahl war doch aus ihrer Seele in mich gegangen, und sie mußte fühlen, wie viel vom eigenen Herzen sie in mich gegossen hatte. So dachte ich, und so war es auch. Ich ging wieder vorüber: sie stand wie im Glanz, der sie rings umfloß, und es zog mich, daß ich mich auch in die Röte hinein zu ihr stellte. Wir sprachen, wir verstanden uns. Bin ich doch kein einzigesmal verwundert gewesen über das, was sie mir sagte: ich erschrak vor Wonnegefühl, daß sie mich so liebte, aber es war mir nur, als wenn ich es selbst gesagt hätte. Seht, Wandersmann, ich spreche etwas im Fieber, die vernünftigen Leute, wie Ihr, verstehn das nicht recht.

Ihr Vater hatte in Leiden Geschäfte und reisete dorthin; nun sah ich sie öfter: wir gingen heimlich miteinander spazieren. Des Abends, wenn ich sie nicht sprechen konnte, zeichnete ich ihr Bild, oder stellte mich dem Hause gegenüber, und ließ so die Nacht heranrücken. Ehe wir es uns versahen, kam der Vater zurück. Nun war es mit unsern Zusammenkünften aus; ich konnte sie nur manchmal im Vorbeigehn grüßen. Wie eine Decke fiel es mir von den Augen, und mein Herz wollte springen. Ich sah nun wieder den Unterschied unter uns beiden, wie mich der reiche Vater verachten müsse, wie ich so nichts gegen ihn sei. Nun hörte ich noch dazu, Sara würde bald verheiratet werden; ach! und es geschieht auch gewiß. Was soll ich anfangen? Mein Handwerk ist mir ein Abscheu, alles, worauf ich mich sonst wohl freuen konnte, Meister zu werden, und bei Gelegenheit eine künstliche Arbeit, einen Springbrunnen, Gitterwerk, oder dergleichen zu unternehmen, kommt mir nun kläglich vor. Ein Maler zu werden, dazu bin ich nun zu alt, Sara darf ich nicht sehn, nichts hoffen, so geh ich zugrunde, alles das zusammen hat mich so krank und schwach gemacht, daß ich bald zu sterben hoffe. Warum begegnen nur dem Menschen so sonderbare Gefühle? Aber das sag ich Euch, wer sie heiratet, den bring ich um; und bin ich schon vorher tot, so reißt mich die Verzweiflung gewiß noch als Gespenst hervor, um dem Bösewicht zu schaden. Damit kann man sich doch noch trösten. O Maler, helft mir doch zum Verstande, oder zu Sara, oder macht, daß mir Verstand und Leben gänzlich entweichen.«

Franz sagte mit Wehmut: »Nein, Ihr dürft nicht sterben; glaubt mir, daß Ihr gewiß noch Zeit genug habt, ein guter Maler zu werden, wenn Ihr diese Liebe zur Kunst behaltet. Ihr zeichnet schon so gut, als wenn Ihr lange in der Lehre gewesen wäret, und es kommt also nur auf Euch an, ein Maler zu werden. Dann dürft Ihr auch auf Eure Geliebte hoffen, denn der Vater achtet die Malerei und will nur einen Malerkünstler zum Eidam haben; darum hat er mir noch heut, so arm ich auch bin, seine Tochter angetragen. Deshalb tröstet Euch, sammelt wieder Lust zum Leben und Kräfte, denn Ihr könnt noch recht glücklich werden.«

Der Kranke schüttelte mit dem Kopfe, als wenn er nicht daran glauben könne, doch Franz fuhr so lange fort, ihn zu trösten, bis jener etwas beruhigt war. »Nun«, sagte er endlich, »Ihr habt mir versprochen, sie nicht zu nehmen, und es könnte Euch auch nicht zum Gedeihn ausschlagen. O Freund, wenn ich mir das hätte einbilden können, als wir im Busch miteinander frühstückten, so wärt Ihr mir nicht so mit heiler Haut davongekommen. Gebt mir noch einmal die Hand darauf, daß Ihr sie nicht wollt.« Franz reichte sie ihm, und jener drückte sie so stark, daß dem Maler ein Ausruf des Schmerzes entfuhr. Er eilte sogleich zu Vansen, den er bei einer Flasche Wein und bei guter Laune antraf. »Jetzt will ich Euch meine Antwort bringen, aber Ihr müßt mir mit Geduld zuhören.« Er erzählte hierauf die Geschichte seines Freundes, und sprach von der gegenseitigen Liebe der beiden jungen Leute. »Ihr wolltet mir«, schloß er, »als einem armen Menschen, der nicht mehr, als dieser Schmied besitzt, Eure Tochter geben, Ihr wolltet auf meine Zurückkunft warten: nun so tut es mit diesem, um das Glück Eurer einzigen Tochter zu begründen: sie ist jung, ich versichre Euch, der Kranke ist in wenigen Jahren ein guter Maler, der Euch Ehre macht, und so sind alle Eure Wünsche erfüllt.«

»Und Ihr seid überzeugt, daß er mit der Zeit gut malt?« fragte Vansen.

»Gewiß«, sagte Sternbald, »seht nur diese Zeichnungen, die wahrlich einen guten Schüler verraten.«

Er zeigte ihm einige Bilder, die er von Horstens Hand (so hieß der Jüngling) mitgebracht hatte, und Vansen betrachtete sie lange mit prüfenden Blicken; doch schien er endlich mit ihnen zufrieden zu sein. »Ihr seid ein braver junger Mensch«, rief er aus, »Ihr könntet mich zu allem bewegen. So geht also zu dem armen Teufel und grüßt ihn von mir, sagt, er soll nur gesund werden und wir wollen dann weiter miteinander sprechen.«

Franz sprang auf. Im Vorsaal begegnete ihm Sara, der er mit wenigen Worten alles erzählte; dann eilte er zum Kranken. »Seid getrost«, rief er aus, »alles ist gut, der Vater bewilligt Euch die Tochter, wenn Ihr Euch auf die Malerei legt. Darum werdet gesund, damit Ihr ihn selber besuchen könnt.«

Der Kranke wußte nicht, ob er recht höre und sehe. Franz mußte ihm die Versicherung öfters wiederholen. Als er sich endlich überzeugte, sprang er auf und kleidete sich schnell an. Dann tanzte er in der Stube herum, wobei er alte niederländische Bauernlieder sang, bald umarmte und küßte er Sternbald, dann weinte er wieder, und trieb ein seltsames Spiel mit seiner Freude, das den jungen Maler innig bewegte. »Ist es so gekommen?« rief er dann; »so? Ei so gibt es ja da draußen auch noch was, was ebenso gut, wie die Trauer drinnen ist. Aber das soll auch dem langen breitschultrigen Burschen, meinem Schwiegervater, von Gott und von mir vergolten werden! Ich schwöre, Maler, sowie ich nur erst mit den Farben umzugehn weiß, daß ich ihn Euch hinstelle, wie er leibt und lebt, mit seiner Erbse auf der Mitte der Nase, wie er sein Geld zählt, wie er die Stücke prüfend betrachtet, und die linke Hand den Geldhaufen vorsorglich und tastend deckt, alles, wie er in seiner Schreibestube herumhantiert. Die ganze Schreibestube male ich ab, auch seinen Handelsdiener, mit seinem krummen, spitzigen Rücken, und dem verfluchten Gesicht, das man durch eine Nadel fädeln könnte. Auch seine rote, gelbe Federmütze soll zu Ehren kommen. Gott verzeih' mir die Bosheit, wie oft, wenn ich ihn über die Straße gehn sah, und ich fühlte so recht im Herzen seinen Hochmut, trieb mich der Teufel an, daß ich ihm die Mütze abreißen, und einen recht derben Schlag mit dem Hammer auf den Kopf geben wollte. Aber nein, nun wird er gemalt, ganz, alles an ihm, nun ist er mein Schwiegervater, und ich beweise ihm Liebe und Ehrfurcht. Kommt, lieber Franz, glaubt nicht, daß ich so böse bin, ich bin nur zu glücklich, und dumme Gedanken hat auch der beste Mensch. Ihr kriegt dergleichen wohl auch noch einmal. Kommt nun!«

Sie machten sich auf den Weg nach Vansens Hause. Auf der Straße taumelte der Kranke, als ihn die ungewohnte freie Luft umfing; Franz unterstützte ihn und so kamen sie hin. Das erste was sie im Hause sahen, war Sara, und Horst gebärdete sich wie ein Verrückter; sie schrie laut auf, da er plötzlich so unvermutet und blaß vor ihr stand. Sie kamen in das Zimmer des Vaters, der sehr freundlich war, Horst war verlegen und blöde. »Ihr liebt meine Tochter«, sagte der Kaufmann, »und Ihr versprecht, Euch auf die Malerei zu legen, so daß Ihr Euch in einigen Jahren als ein geschickter Mann zeigen könnt: unter dieser Bedingung verlobe ich sie Euch; aber dazu müßt Ihr reisen, und trefflich studieren, ich will Euch zu diesem Endzweck auf alle Weise unterstützen. Vor allen Dingen müßt Ihr suchen, gesund zu werden.«

Die beiden Liebenden kamen hierauf in Gegenwart ihres Vaters zusammen und fühlten sich unaussprechlich glücklich. Horst mußte eine bessere Wohnung beziehen, und nach einigen Tagen war er fast ganz hergestellt. Er wußte nicht, wie er unserm Freunde genug danken sollte.

Es waren jetzt die letzten Tage des Februars, und die erste Sonnenwärme brach durch die neblichte Luft. Franz und Rudolph machten sich auf die Reise. Ehe sie Antwerpen verließen, erhielt Franz von Vansen ein ansehnliches Geschenk; der Kaufmann liebte den jungen Maler zärtlich. Sternbald und Florestan hatten jetzt schon die Tore der Stadt weit hinter sich, sie hörten die Glocken aus der Ferne schlagen, und Rudolph sang mit lauter Stimme:

»Wohlauf! es ruft der Sonnenschein
Hinaus in Gottes freie Welt!
Geht munter in das Land hinein
Und wandelt über Berg und Feld!

Es bleibt der Strom nicht ruhig stehn,
Gar lustig rauscht er fort;
Hörst du des Windes muntres Wehn?
Er braust von Ort zu Ort.

Es reist der Mond wohl hin und her,
Die Sonne ab und auf,
Guckt übern Berg und geht ins Meer,
Nie matt in ihrem Lauf.

Und, Mensch, du sitzest stets daheim,
Und sehnst dich nach der Fern:
Sei frisch und wandle durch den Hain,
Und sieh die Fremde gern.

Wer weiß, wo dir dein Glücke blüht,
So geh und such es nur,
Der Abend kommt, der Morgen flieht,
Betrete bald die Spur.

Laß Sorgen sein und Bangigkeit,
Ist doch der Himmel blau,
Es wechselt Freude stets mit Leid,
Dem Glücke nur vertrau.

So weit dich schließt der Himmel ein,
Gerät der Liebe Frucht,
Und jedes Herz wird glücklich sein,
Und finden was es sucht.«   832

Drittes Buch

Erstes Kapitel

O Jugend! du lieber Frühling, der du so sonnenbeschienen vorn im Anfange des Lebens liegst! wo mit zarten Äugelein die Blumen umher, des Waldes neugrüne Blätter, wie mit fröhlicher Stimme dir winken, dir zujauchzen! Du bist das Paradies, das jeder der spätgebornen Menschen betritt, und das für jeden immer wieder von neuem verlorengeht.

Gefilde voll Seligkeit! überhangend von Blüten, durchirrt von Tönen! Sehnsucht weht und spielt in deinen süßen Hainen. Vergangenheit so golden, Zukunft so wunderbar: wie mit dem Sirenengesange der Nachtigall lockt es von dorther; mondliche Schimmer breiten sich auf dem Wege aus, liebliche Düfte ziehen aus dem Tale herauf, vom Berge nieder der Silberquell. O Jüngling, in dir glänzt Morgenröte, sie rückt mit ihren Strahlen und wunderglänzenden Wolkenbildern herauf: dann folgt der Tag, bis auf die Spur sogar verfließt die himmlische Sehnsucht; alle Liebesengel ziehen fort, und du bist mit dir allein. War alles nur Dunst und bunter Schatten, wornach du brünstig die Arme strecktest? –

Aus Wolken winken Hände,
An jedem Finger rote Rosen,
Sie winken dir mit schmeichlerischem Kosen,
Du stehst und fragst: wohin der Weg sich wende?

Da singen alle Frühlingslüfte,
Da duften und klingen die Blumendüfte,
Lieblich Rauschen geht das Tal entlang:
»Sei mutig, nicht bang!

Siehst du des Mondes Schimmer?
Der Quellen hüpfendes Geflimmer?
In Wolken hoch die goldnen Hügel?
Der Morgenröte himmelbreite Flügel?

Dir entgegen ziehn so Glück als Liebe,
Dich als Beute mit goldenen Netzen zu fahn,
So leise lieblich, daß keine Ausflucht bliebe
Umstellen sie dich, bald ist's um dich getan.«

– Was will das Glück mit mir beginnen?
O Frühlingsnachtigall! singst du drein?
Schon dringt die sehnende Lieb auf mich ein;
Wie Mondglanz webt's um meine Sinnen.

Wie bang ist mir's, gefangen mich zu geben,
Sie nahn, die Scharen der Wonne, mit Heeresmacht!
Verloren, verträumt ist das fliehende Leben,
Schon rüstet sich Lieb und Glück zur Schlacht.

Der Kampf ist begonnen,
Ich fühle die Wonnen
Durchströmen die Brust:
O selge Gefilde,
Ich komme, wie milde
Erquickt und ermattet des Lebens Lust!

Es sinket vom Himmel
Der Freuden Gewimmel
Und lagert sich hier:
Im Boden, ich fühle
Der Freuden Gewühle,
Sie streben und drängen entgegen mir.

Der Quellen Getöne,
Der Blümelein Schöne,
Ihr lieblicher Blick,
Sie winken so eigen,
Ich deute das Schweigen,
Sie wünschen mir alle zum Leben Glück. – –

Nun wandelt das Kind auf grünen Wegen
Den goldglänzenden Strahlen entgegen,

Im bangen Harren geht es weit,
Es klopft das Herz, es flieht die Zeit.

Da ist's, als wenn die Quellen schwiegen,
Ihm dünkt, als dunkle Schatten stiegen,
Und löschten des Waldes grüne Flammen,
Es falten die Blumen den Putz zusammen.

Die freundlichen Blüten sind nun fort
Und Früchte stehn an selbigem Ort;
Die Nachtgall versteckt die Gesänge im Wald,
Nur Echo durch Still und Einsamkeit schallt. –

»Morgenröte! bist du nach Haus gegangen?«
Ruft das Kind, und streckt die Händ und weint;
»O komm! ich bin erlöst vom Bangen,
Du wolltest mich mit goldnen Netzen fangen,
Du hast es gewiß nicht böse gemeint.

Ich will mich gerne drein ergeben,

Es kann und soll nicht anders sein:
Ich opfre dir mein junges Leben,
O komm zurück, du Himmelsschein!« –

Aber hoch und höher steigt das Licht,
Und bescheint das tränende Gesicht;
Die Nachtigall flieht waldwärts weiter,
Quell wird zum Fluß und immer breiter.

»Ach! und ich kann nicht hinüberfliegen,
Was mich erst lockte, ist nun so weit,
Der Morgenglanz, die Töne müssen jenseits liegen,
Ich stehe hier, und fühle nur mein Leid!« –

– Die Nachtigall singet aus weiter Fern:
»Wir locken, damit du lebest gern,

Daß du dich nach uns sehnst, und immer matter sehnst,
Ist, was du töricht dein Leben wähnst.« – –

Franz Sternbald und sein Freund Rudolph Florestan durchwanderten
jetzt den Elsaß. Es war die Zeit im Jahre, wenn der Frühling in den
Baumknospen schläft, und die Vögel ihn in den unbelaubten Zweigen
aufwecken wollen. Die Sonne schien blaß und gleichsam blöde auf die
warme, dampfende Erde hernieder, die das erste neue Gras aus ihrem
Schoße gebar. Sternbald erinnerte sich der Zeit, als er zuerst seine Pflegeeltern verließ, um bei Albrecht Dürer in Nürnberg zu lernen, gerade
in solchem Wetter hatte er sein friedliches Dorf verlassen. Er gedachte
der kindischen Verwunderung, mit der er von Hügeln und Waldhöhen
die schäumenden, Schnee wälzenden Bäche im Glanze der ersten Wärme
hatte rollen sehn, welch wundersamer Duft, wie Lebenshauch, ihm aus
der locker gewordenen Erde aufgestiegen, und wie im ernsten Braun
hie und da die grünen Streifen ihn wie ein Lächeln angesehn, und ihm
schon vom Sommer und seinem Obst erzählt hatten: wie nach der
Wanderung vieler Tage sich endlich dieses Märchen durch das Wunder
der großen Stadt im brennenden Abendgolde, und beim Schein des
Lichtes mit Dürers edlem Antlitz beschlossen habe. Sie gingen, indem
Rudolph fröhliche Geschichten erzählte, durch die schöne Gegend.
Straßburg lag hinter ihnen, noch sahen sie den erhabenen Münster; in
der nächsten Stadt wollten sie einen Mann erwarten, der auf der Rückreise von Italien begriffen war.

In Straßburg hatte Franz seinem Sebastian folgenden Brief geschrieben:

Jetzt, lieber Sebastian, ist mir sehr wohl, und Du wirst Dich darüber
freuen. Meine Seele ergreift das Ferne und Nahe, die Gegenwart und
Vergangenheit mit gleicher Liebe, und alle Empfindung trage ich sorglich
zu meiner Kunst hinüber. Warum quäle ich mich ab, da ich mich doch
am Ende überzeugen muß, daß jeder nur das leisten wird, was er leisten
kann? Wie kurz ist das Leben; und warum wollen wir es mit unsern
Beängstigungen noch mehr verkürzen? Jeder Künstlergeist muß sich
ohne Druck und äußern Zwang, wie ein edler Baum mit seinen mancherlei Zweigen und Ästen ausbreiten; er strebt von selbst durch eigne
Kraft nach den Wolken zu, und so erzeugt sich die erhabene oder sinnige Pflanze, sei es Eiche, Buche oder Zypresse, Myrte oder Rosenge-
sträuch, je nachdem der Keim beschaffen war, aus dem sie zuerst in die

Höhe sproßte. So musiziert jedes Vögelein seine eigentümlichen Lieder. Freilich will es unter ihnen auch jezuweilen einer dem andern nach- und zuvortun; aber sie verfehlen doch nie so sehr ihren Weg, wie es dem Menschen nur gar zu oft geschieht.

So will ich mich denn der Zeit und mir selber überlassen. Mein Freund Rudolph lacht täglich über meine unschlüssige Ängstlichkeit, die sich auch nach und nach verliert. Im reinen Sinne spiegeln sich alle Empfindungen, und lassen nachher eine Spur zurück, und selbst das, was das Gemüt nicht aufbewahrt, nährt heimlicherweise den Sinn der Kunst und ist nicht verloren. Das tröstet mich und hemmt die Beklemmungen, die mich sonst nur gar zu oft überwältigten.

Auf eine magische Weise, (zauberisch oder himmlisch, denn ich weiß nicht, wie ich es nennen soll) ist meine Phantasie mit dem Engelsbilde angefüllt, von dem ich Dir schon so oft gesprochen habe. Es ist wunderbar. Die Gestalt, die Blicke, der Zug des Mundes, alles steht deutlich vor mir, und doch wieder nicht deutlich, denn es dämmert dann wie eine ungewisse, vorüberschwebende Erscheinung vor meiner Seele, daß ich es festhalten möchte, und Sinnen und Erinnerung brünstig ausstrecke, um es wirklich und wahrlich zu gewahren und zu meinem Eigentum zu machen. So ist es mir oft seitdem ergangen, wenn ich die Schönheit einer Landschaft so recht innigst empfinden wollte, oder die Größe eines Gedankens mir festhalten, oder eine wundersame Empfindung oder Blicke in das Überirdisch-Schöne, oder den Glauben an Gott. Es kömmt und geht; bald Dämmerung, bald Mondschein, nur auf Augenblicke wie helles Tageslicht. Der Geist ist in Arbeit, im rastlosen Streben, sich aus den Ketten aufzurichten, die ihn im Körper zu Boden halten.

Oh, mein Sebastian! wie wohl ist mir, und wie lieblich fühl ich in mir die Regung der Lebenskraft und die heitre Jugend! Es ist herrlich, was mir die Rheinufer, die Berge um Bonn, und die wunderbaren Krümmungen des Gewässers verkündigt haben. Von dem großen Münster in Straßburg, von Köln und seinen Herrlichkeiten will ich Dir ein andermal reden, ich bin zu voll davon.

In Straßburg habe ich für einen reichen Mann eine Heilige Familie gemalt. Es war das erstemal, daß ich meinen Kräften in allen Stunden vertraute, und mich begeistert, und doch ruhig fühlte. In der Muttergottes habe ich gesucht die Gestalt hinzuzeichnen, die mein Inneres erleuchtet, die geistige Flamme, bei der ich mich selber sehe und alles, was in mir ist, und durch die alles vom lieblichsten Widerscheine verschönt und strahlend lebt. Es war beim Malen derselbe Kampf zwischen Deutlichkeit und Ungewißheit in mir, und darüber ist es mir vielleicht nur gelungen. Die Gestalten, die wir wahrhaft anschauen, sind eben dadurch in uns schon zu irdisch und wirklich, sie tragen zu viele Merkmale an sich, und vergegenwärtigen sich darum zu körperlich. Geht man aber im Gegenteil aufs Erfinden aus, so bleiben die Gebilde gewöhnlich luftig und allgemein, und wagen sich nicht aus ihrer ungewissen Ferne heraus. Aus dem Mittel zwischen beiden habe ich wie etwas Übermenschliches gesucht, und eine Gestalt hervorgebracht, die mich zauberisch von der Tafel anblickte. Sollte die Kunst vielleicht immer so verfahren, um Überirdisch-Unsichtbares sichtbar zu machen? Und, sonderbarer Gedanke, kann ich vielleicht nur dichtend malen, bis ich sie wiederfinde? und dann sollte wohl in ihrer Gegenwart mein Talent erlöschen, weil mein Geist sie nicht mehr zu suchen brauchte? Nein, ich will es nicht glauben, festen Mutes will ich in das Gebiet der Kunst vorrücken; ich fühle es ja, wie mein Herz für das Edle und Schöne entzückt ist, es ist also mein Gebiet, mein Eigentum, ich darf darin schalten und mich einheimisch fühlen.

Wirf mir nicht Stolz vor, Sebastian; denn Du tätest mir Unrecht. Ich bin und bleibe, wie ich war. Der Himmel schenke Dir Gesundheit. –

Nach einigen Tagen waren die Wälder, Felder und Berge grün geworden, und die Obstbäume blühten, der Himmel war heiter und blau, sanfte Frühlingslüfte spielten zum erstenmal durch den Sonnenschein und über die fröhliche Natur hin. Sternbald und Rudolph waren entzückt, als sie von einem Hügel hinab in die überschwengliche Pracht hineinschauten. Das Herz ward ihnen groß, und sie fühlten sich beide neugeboren, von Himmel und Erde mit Liebe magnetisch angezogen.

»Oh, mein Freund!« rief Sternbald aus, »wie liebreizend hat sich der Frühling so plötzlich aufgeschlossen! Wie ein melodischer Gesang, wie angeschlagene Harfensaiten sind diese Blüten, diese Blätter herausgequollen, und strecken sich nun der liebkosenden, warmen Luft entgegen. Der Winter ist fort, wie eine Verfinsterung, die ein Sonnenblick von der Natur hinweggehoben. Sieh, alles keimt und sproßt und blüht, die kleinsten Blumen, unbemerkte Kräuter drängen sich hinzu; alle Vögel singen und jauchzen und flattern umher, in fröhlicher Ungeduld ist die ganze Schöpfung in Bewegung, und wir sitzen hier als Kinder, und fühlen uns dem großen Herzen der mütterlichen Natur am nächsten.«

Rudolph nahm seine Flöte und blies ein lustiges Lied. Es schallte fröhlich den Berg hinunter, und Lämmer im Tal fingen an zu tanzen.

»Wenn nur der Frühling nicht so schnell vorüberginge!« sagte Rudolph; »er ist eine Morgenbegeisterung, die die Natur selbst nicht lange aushält.«

»Oder daß es uns nur gegeben wäre«, sagte Sternbald, »diese Fülle, diese Allmacht der Lieblichkeit in uns zu saugen, und im hellsten Bewußtsein diese Schätze aufzubewahren. Ich wünsche nichts mehr, als daß ich in Tönen und Gesängen den übrigen Menschen diese Gefühle geben könnte; daß ich unter Musik und Frühlingswehen dichtete, und die höchsten Lieder sänge, die der Geist des Menschen bisher noch ausgeströmt hat. Ich fühle es jedesmal, wie Musik die Seele erhebt, und die jauchzenden Klänge wie Engel mit himmlischer Unschuld alle irdischen Begierden und Wünsche fern abhalten. Wenn man ein Fegefeuer glauben will, wo die Seele durch Schmerzen geläutert und gereinigt wird, so ist im Gegenteil die Musik ein Vorhimmel, wo diese Läuterung durch wehmütige Wonne geschieht.«

»Das ist«, sagte Rudolph, »wie du die Musik empfindest; aber gewiß werden wenige Menschen mir dir darin übereinstimmen.«

»Davon kann ich mich nicht überzeugen«, rief Franz aus. »Nein, Rudolph, sieh alle lebendige Wesen, wie die Töne der Harfe, der Flöte, und jedes angeschlagenen Instrumentes sie ernst machen: selbst die Gesänge, die den Fuß mit lebendiger Kraft zum Tanz ermuntern, gießen eine schmachtende Sehnsucht, eine unbekannte Wehmut in das Gemüt. Der Jüngling und das Mädchen mischen sich dann in den Reigen, aber sie suchen mit den Gedanken jenseit dem Tanze einen andern, geistigern Genuß.«

»Oh, über die Einbildungen!« sagte Rudolph lachend; »eine augenblickliche Stimmung in dir trägst du in die übrigen Menschen hinüber. Wer denkt beim Tanze etwas anders, als daß er den Reigen durchführt, daß er sich im hüpfenden Schwarm auf eine lebendige Art ergötzt, und in diesen fröhlichen Augenblicken Vergangenheit und Zukunft durchaus vergißt. Der Tänzer sieht nach dem blühenden Mädchen, sie nach ihm; ihre Augen begegnen sich glänzend, und wenn sie eine Sehnsucht empfinden, so ist es gewiß eine ganz andere, als du sie geschildert hast.«

»Du bist zu leichtsinnig«, antwortete Franz, »es ist nicht das erstemal, daß ich es bemerke, wie du dir vorsätzlich das schönere Gefühl ableugnest, um einer sinnlichen Schwärmerei nachzuhängen.«

»Nur nicht wieder diese grellen Unterschiede!« rief Rudolph aus; »denn das ist der ewige Punkt unseres Streites.«

»Aber ich verstehe dich nicht.«

»Mag sein!« schloß Florestan, »das Gespräch darüber ist mir jetzt zu umständlich; wir reden wohl ein andermal davon.«

Franz war ein wenig auf seinen Freund erzürnt; denn es war nicht das erstemal, daß sie so miteinander stritten. Florestan betrachtete alle Gegenstände leichter und sinnlicher, es war oft dieselbe Empfindung, die Franz nur mit andern Worten ausdrückte; es fügte sich wohl, daß Sternbald nach einiger Zeit denselben Gedanken äußerte, oft kam auch Rudolph später zu dem Gefühl, dem er kurz vorher an seinem Freunde widersprochen hatte. Wenn die Menschen Meinungen wechseln, so entsteht nur gar zu oft ein blindes Spiel des Zufalls daraus, aus dem Wunsche sich mitzuteilen erwacht die Sucht zu streiten, und wir widersprechen oft, statt uns zu bemühn, die Worte des andern zu verstehen.

Nachdem Franz eine Weile geschwiegen hatte, fuhr er fort: »Oh, mein Florestan, was ich mir wünsche, in meinem eigentümlichen Handwerke das auszudrücken, was mir jetzt Geist und Herz bewegt, diese Fülle der Anmut, diese ruhige, scherzende Heiterkeit, die mich umgibt. Malen möchte ich es, wie in dem Luftraume sich edle Geister bewegen, und durch den Frühling schreiten, so daß aus dem Bilde ein ewiger Frühling mit unverwelklichen Blüten prangte, der jedem Auge auch nach meinem Tode neu aufginge und den freundlichen Willkommen entgegenbrächte. Meinst du nicht, daß es dem großen Künstler möglich sei, in einem Historiengemälde, oder auch auf andere Weise, einem fremden Herzen das deutlich hinzugeben, was wir jetzt empfinden?«

»Ich glaube es wohl«, antwortete Florestan, »und vielleicht gelingt es manchem, ohne daß er es sich gerade vorsetzt. Geh nach Rom, mein Freund, und dieser ewige Frühling, nach dem du dich sehnst, blüht dort im Gartensaale meines Beschützers und Freundes, des reichen Augustin Chigi. Der göttliche Raffael hat ihn dort hingezaubert, und man nennt diese Bilder gewöhnlich die Geschichte des Amor und der Psyche. Diese Luftgestalten schweben dort, vom blauen Äther umgeben, und bedeutungsvoll von großen frischen Blumenkränzen und Früchten umschlungen. Da ist alle Herrlichkeit der Erde und des Himmels, die Leiden und die Lust der Liebe, und scherzend und wandelnd durch die Ätherbläue Amor und seine Geliebte, trauernd und froh, alle Götter im hohen Rat, und aller Ernst in milder Lieblichkeit und alle Lieblichkeit groß und göttlich, ja die ewige Jugend, der nie verblühende Frühling, das paradiesische Entzücken ist von dem Jünglingsgeiste, dem prophetischen Raffael, in seiner schönsten Begeisterung hingezaubert, die Verkündigung der Liebe und der Blumenschönheit, daß alle Herzen der Liebe und der Sehnsucht dienen sollen: das Göttlichste, der Zauber, der den Himmel umflicht, und die Erde mit ewiger Jugend umgürtet, ist dem Menschenherzen vertraulich nahe gerückt, und den sterblichen Augen enthüllen sich die Seligkeiten des Olympus. Und dann im Nebenzimmer der verkörperte Traum süßester Wollust, Galatea im Meere, auf ihrem Muschelwagen fahrend! O mein Franz, gedulde dich, bis du in Rom bist, dann tu Augen und Herz auf, und du darfst nachher sterben.«

»Ach, Raffael!« sagte Franz Sternbald, »wie viel hab ich nun schon von dir reden hören; wenn ich dich nur noch im Leben anträfe!«

»Ich will dir noch ein *Lied vom Frühlinge* singen«, sagte Rudolph.

Sie standen beide auf, und Florestan sang. Er präludierte auf seiner Flöte, und zwischen jeder Strophe spielte er einige Töne, die artig zum Liede paßten.

»Vöglein kommen hergezogen,
Setzen sich auf dürre Äste: –
›Weit, ach weit sind wir geflogen,
Angelockt vom Frühlingsweste.‹

Also klagen sie, die Kleinen:
›Schmetterlinge schwärmen schon,
Bienen sumsen ihren Ton,
Suchen Honig, finden keinen.

Frühling! Frühling! komm hervor!
Höre doch auf unsre Lieder,
Gib uns unsre Blätter wieder,
Horch, wir singen dir ins Ohr!

Kommt noch nicht das grüne Laub?
Laß die kleinen Blättlein spielen,
Daß sie warme Sonne fühlen,
Keines wird dem Frost zu Raub.‹ –

›Was singt so lieblich leise?‹
Spricht drauf die Frühlingswelt:
›Es ist die alte Weise,
Sie kommen von der Reise,
Keine Furcht mich rückwärts hält.‹

Auf tun sich grüne Äugelein,
Die Knospen sich erschließen
Die Vögelein zu grüßen,
Zu kosten den Sonnenschein.

841

Durch alle Bäume geht der Waldgeist
Und sumst: ›Auf, Kinder! der Frühling ist da!
Storch, Schwalbe, die ich schon oftmals sah,
Auch Lerch und Grasemück ist hergereist.

Streckt ihnen die grünen Arm' entgegen,
Laßt sie wohnen wie immer im schattigen Zelt,
Daß sie von Zweig zu Zweig sich regen,
Und jubeln und singen in frischer Welt.‹ –

Nun regt sich's und quillt in allen Zweigen,
Alle Quellen mit neuem Leben spielen,
In den Ästen Lust und Kraft und Wühlen,
Jeder Baum will sich vor dem andern zeigen.

Nun rauscht es, und alle stehn in grüner Pracht,
Die Abendwolken über Wäldern ziehn,
Und schöner durch die Wipfel glühn,
Der grüne Hain vom goldnen Feuer angefacht.

Gebiert das Tal die Blumen an das Licht,
Die die holde Liebe der Welt verkünden,
Es lächelt und winkt in stillen Gründen
Des sanften Veilchens Angesicht,
Das sinnige Vergißmeinnicht.

Sie sind die Winke, die süßen Blicke,
Die dem Geliebten das Mädchen reicht,
Vorboten vom zukünftgen Glücke,
Ein Auge, das schmachtend entgegenneigt.

Sie bücken sich mit schalkhaftem Sinn
Und grüßen, wer vorübergeht,
Wer ihren sanften Blick verschmäht
Dem reichen sie neckend die Finger hin.

Doch nun erscheint des Frühlings Frühlingszeit,
Wenn Liebe Gegenliebe findet
Und sich zu *einer* Lieb entzündet,
Dann glänzt die Pracht der Blumen hell und weit.

Die Rosen nun am Stock ins Leben kommen,
Und brechen hervor mit liebreizendem Prangen,
Die süße Röte ist angeglommen,
Daß sie, vereinter Schmuck, dicht aneinander hangen.
Dann ist des Frühlings Frühlingszeit,
Mit Küssen, mit Liebesküssen der Busch bestreut.

Rose, süße Blüte, der Blumen Blum,
Der Kuß ist auf deinen Lippen gemalt,
O Ros, auf deinem Munde strahlt
Der küssenden Lieb Andacht und Heiligtum.

Höher kann das Jahr sich nicht erschwingen,
Schöner als Rose der Frühling nichts bringen,
Nun läßt Nachtigall Sehnsuchtslieder klingen.
Bei Tage singt das ganze Vögelchor,
Bei Nacht schwillt ihr Gesang hervor.
Und wenn Rose, süß Rose die Blätter neigt,
Dem Sommer wohl das Vögelchor weicht,
Nachtigall mit allen Tönen schweigt.
Die Küsse sind im Tal verblüht,
Dichtkunst nicht mehr durch Zweige zieht.«

Zweites Kapitel

Franz hatte einen Brief aus Straßburg mitgenommen, um ihn einem
Manne in einer nicht entfernten Stadt abzugeben, dessen Bekanntschaft
er zu machen wünschte. Sie waren im Begriff einen Seitenweg einzuschla-
gen, um auf einem Umwege jene Stadt zu besuchen, als sie, auf einem
anmutigen Hügel ausruhend, zwei Gestalten auf jenem Wege auf sich
zuschreiten sahen. Der eine von diesen trug einen schwarzen Mönchs-
habit, der andre hatte fast das Ansehn eines Soldaten, denn ihm wankten
Federn vom Hut, er trug ein kurzes enges Kleid ohne Mantel, und war
mit einem großen Schwert umgürtet, sein Gang wie sein Ansehen waren
fest und trotzig. Die Fremden ließen sich auch auf den Hügel nieder.
Nach den gewöhnlichen Begrüßungen fragte derjenige, welcher ein
Geistlicher zu sein schien, mit freundlichem Wesen, ob die Wanderer
vielleicht von Straßburg gekommen wären. Franz sagte: »Wir sind vor
kurzem von dort aufgebrochen, und jetzt im Begriff, einen Umweg über
jenes Städtchen jenseit des Waldes zu machen, um einen deutschen
Bildhauer aufzusuchen, für welchen ich einen Brief mit mir führe.« –
»So?« sagte der Trotzige, »und sollte dieser Mann nicht vielleicht aus
Nürnberg sein und Bolz heißen?« – »Allerdings«, sagte Franz, »und ich
verwundre mich nur, woher Ihr es wissen könnt.« – »Weil ich es selber
bin«, sagte jener, »man hat mir schon darüber geschrieben, wie gut, daß
wir uns zufällig treffen, denn ich konnte dort nicht mehr verweilen,
und hätte mir den Brief müssen nachsenden lassen.« – »Ihr kommt seit
kurzem aus Italien?« fragte Franz.

»Ja«, sagte Bolz, »ich gehe nun über Straßburg, und von da nach
Nürnberg, meiner Vaterstadt, zurück.«

»O wie glücklich seid Ihr«, rief Sternbald aus, »Ihr seht die geliebte
Heimat, den hochverehrten Dürer, den edlen Mann in wenigen Wochen!
O bringt ihm und meinem Freunde Sebastian meine herzlichsten Grüße.«

»Kann vielleicht geschehen«, sagte der Bildhauer mit einer wegwerfen-
den Art. »Aber wer seid Ihr denn? Denn noch weiß ich nichts von Euch,
nicht einmal Euren Namen.«

Franz nannte sich ihm und seinen Beruf und fragte dann begierig:
»Was macht der edle Raffael von Urbin? Habt Ihr ihn gesehn?«

Der Mönch nahm das Wort: »Nein«, sagte er, »leider hat diese
schönste Zier der edlen Malerkunst die Erde verlassen; er ist im vorigen

843

Jahre gestorben. Mit ihm ist die höchste Blüte der Kunst in Italien gewelkt.«

»Wie Ihr da sprecht!« rief der Bildhauer Bolz, »und was wäre dann der unsterbliche Michel Angelo, der die höchste Höhe der Kunst erreichte, die Raffael niemals gekannt hat? Der uns gezeigt hat, was Erhabenheit sei? Dieser lebt noch, mein junger Freund, und er steht als Sieger am Ziel der Skulptur, Malerei und Baukunst, als ein hoher Genius, der jedem Schüler sein Streben andeutet und erleichtert.«

»So ist mir dieser Wunsch meines Herzens versagt?« klagte Franz, »den Mann zu sehen, der ein Freund meines Dürer war, den Dürer so bewunderte, und zu dem seit Jahren ein unnennbares Sehnen mich hinzog?«

»Nun freilich«, rief Bolz aus, »der altfränkische gutherzige Dürer hat ihn auch wohl bewundern dürfen, und für ihn steht freilich Raffael auf einer Höhe, zu der er mit Schwindeln hinaufblicken muß. Er ist aber auch nicht imstande, etwas von Angelos Größe zu verstehen, wenn er ein Werk von diesem erblicken sollte. Dagegen müssen ihm die kleinen Bilder, die mühsam und künstlich ausgeführten Spielwerke Raffaels höchst willkommen, und im ganzen verständlich sein.«

»Erlaubt«, sagte Florestan, »ich bin kein Kenner der Kunst; aber doch habe ich von Tausenden gehört, daß Raffael das Kleinod dieser Erde zu nennen sei, und wahrlich! wenn ich meinen Augen und meinem Gefühle trauen darf, so leuchtet eine erhabene Göttlichkeit aus seinen Werken.«

»Und wie Ihr von Dürer sprecht!« sagte Franz, »dieser weiß wohl das Eigne und Große an fremden Werken zu schätzen; wie könnte er sonst selber ein so großer Künstler sein? Ihr liebt Euer deutsches Vaterland wenig, wenn Ihr von seinem ersten Künstler geringe denkt.«

»Erzürnt Euch nicht«, sagte der Mönch, »denn es ist seine rauhe, wilde Art, daß er alles übertreibt. Ihm dünkt nur das Riesenhafte und Ungeheure schön, und der Sinn für alles übrige scheint ihm versagt.«

»Nun, was ist es denn auch mit Deutschland und mit unsrer einheimischen Kunst?« rief Bolz ergrimmt aus. »Wie armselig und handwerksmäßig wird sie ausgeübt und geschätzt! Noch kein wahrer Künstlergeist hat diesen unfruchtbaren deutschen Boden, diesen trüben Himmel besucht. Was soll auch die Kunst hier? Unter diesen kalten gefühllosen Menschen, die sie in dürftiger Häuslichkeit kaum als Zierat achten? Darum strebt auch keiner von den sogenannten Künstlern das Höchste und Vollkommenste zu erreichen, sondern sie begnügen sich, der kalten dürftigen Natur nahezukommen, ihr hin und wieder einen Zug außer dem Zusammenhange abzulauschen, und glauben dann, wenn sie ihr Machwerk in kahler Unbedeutsamkeit stehen lassen, was Rechtes getan zu haben. So ist Euer gepriesener Albrecht Dürer, Euer Lukas von Leyden, Euer Schoorel, ob er gleich in Italien gewesen ist, der Schweizer Holbein, und keiner von ihnen verdient zu den Malern gezählt zu werden.«

»Ihr kennt sie nicht«, rief Franz unwillig aus, »oder Ihr wollt sie mit Vorsatz verkennen. Soll denn ein Mann allein die Kunst und alle Trefflichkeit völlig bis zum letzten Grunde erschöpft haben, so daß mit ihm, nach ihm kein anderer nach dem Kranze greifen darf? Wie beengt und klein müßte dann das himmlische Gebiet sein, wenn es ein einziger Geist durchschwärmte, und wie ein Herkules an den Grenzen seine Säulen setzte, um der Nachwelt zu sagen, wie weit sie gehen könne. Mir scheint es Barbarei und Hartherzigkeit, Entwürdigung des Künstlers selbst, den ich vergöttern möchte, wenn ich ihm ausschließlich alle Kunst beilegen will. Bisher scheint mir Dürer der erste Maler der Welt; aber ich kann es mir vorstellen, und er hat es selbst oft genug gesagt, wie viele Herrlichkeiten in andern Gebieten glänzen. Ich bin entzückt, wenn ich daran zurückdenke, welchen reichen Bilderschatz, welche Sammlung edler und lieblicher Werke der Kunst ich allein auf meiner Reise in meinem geliebten Vaterlande gesehen habe. Von Nürnberg aus hat sich durch Franken bis zum Rhein Liebe und Tätigkeit verbreitet, es ist fast kein Ort, der nicht etwas Denkwürdiges aufzuweisen hätte: und denke ich der Fülle des niederländischen Fleißes, der großen und alten Werke, die allein das ehrwürdige Köln in seinen Mauern bewahrt, Malereien, die wohl weit über den Johann von Eyck hinaufzusteigen scheinen, und Größe, Kraft und tiefen Sinn aussprechen: erinnre ich mich, welche Meisterwerke in Gewand-Figuren, in hohem Ausdruck, in Färbung und unbeschreiblicher Lieblichkeit ich von diesem alten Johann gesehn habe; und gedenke ich der unzähligen reizenden und mühevollen Werke den Rhein hinunter in allen Städten; gehe von der früheren Zeit die Manieren in meiner Vorstellung durch, und treffe dann meinen hochverehrten Dürer am Schluß dieser deutschen Jahrhunderte mit der Palme des Verdienstes in der Hand, der gleichsam alle diese einzelnen Bestrebungen in sich vereint, oder geahndet, und für die Zukunft noch vielfache neue Erfindungen angedeutet hat, so freue ich mich meiner Zeit und meines Vaterlandes, am meisten aber jenes edlen

Mannes, der mich ihn Freund zu nennen vergönnt: und wenn ich auch gerne glauben und zugeben will, daß das südliche Land und der hohe Michel Angelo noch ungekannte Herrlichkeiten bewahrt, so werde ich doch niemals, wie Ihr, dem deutschen Sinne ungetreu werden können.«

»Kommt nur nach Italien«, sagte Bolz, »und Ihr werdet anders sprechen.«

»Nein, Augustin«, fiel ihm der Mönch ein. »So reich die Kunstwelt dort sein mag, so wird doch dieser junge Mann, nachdem er sie kennengelernt hat, schwerlich anders sprechen. Ihr gefallt Euch in Euren Übertreibungen, in Eurer erzwungenen Einseitigkeit, und glaubt, daß es keinen Enthusiasmus ohne Verfolgungsgeist geben könne. Sternbald wird gewiß auch in Rom und Florenz seinem Dürer getreu bleiben, und er wird gewiß Angelos Erhabenheit und Raffaels Größe und Schöne mit gleicher Liebe umfassen können.«

»Und das soll er, das muß er!« rief Rudolph hier mit einem Ungestüm aus, den man sonst nicht an ihm bemerkte. »Ihr mein ungestümer Herr Polz oder Stolz, oder wie Ihr Euch nennt, habt wenig Ehre davon, daß Ihr solche Gesinnungen und Redensarten aus dem lieblichen Italien mit Euch bringt; nach Norden, nach den Eisländern hättet Ihr reisen müssen. Ihr sprecht von deutscher Barbarei, und fühlt nicht, daß Ihr selber der größte Barbar seid. Was habt Ihr in Italien gemacht, oder wo hat Euch das Herz gesessen, als Ihr im Vatikanischen Palaste vor Raffaels Unsterblichkeit standet?«

Alle mußten über den Ungestüm des Jünglings lachen, und er selbst lachte von Herzen mit, obgleich ihm eine Träne im Auge stand. »Ich bin ein Römer«, sagte er dann, »und ich gestehe, daß ich Rom unaussprechlich liebe; Raffael ist es besonders, der Rom ausgeschmückt hat, und seine hauptsächlichsten Gemälde befinden sich dort. Sagt nun, was Ihr wollt, ich werde Euch gewiß nicht noch einmal so heftig widersprechen.«

»So ist denn dieser Raffael gestorben?« fing Franz von neuem an; »wie alt ist er denn geworden?«

»Gerade neununddreißig Jahre«, sagte der Mönch. »Am Karfreitage, an diesem heiligen Tage ist er geboren, und in diesen merkwürdigen Tag ist auch wieder die Geburtsstunde seines neuen Lebens im Tode gefallen. Er war und blieb sein lebelang ein Jüngling, und aus allen seinen Werken spricht ein milder, kindlich hoher Geist. Sein letztes großes Gemälde war Christi Verklärung, worin er seine eigene Vergötterung gemalt hat, denn vielleicht ist dieses Werk das Höchste und Vollkommenste, das seine Hand nur hervorbringen konnte. Oben schwebt der Erlöser in himmlischer Glorie, neben ihm Elias und Moses, vom Boden erhoben, er in verklärter Gestalt, vom Glanz sind seine Lieblinge geblendet zu Boden gesunken, und unten am Berge sieht man die Apostel, in ihnen den Glauben und die Kraft, welche die Erde noch verwandeln und erleuchten sollen, aber noch ist um sie das Menschenleben dunkel, und sie können der entsetzlichen Not nicht abhelfen, die in Gestalt eines besessenen Knaben, der ihnen zur Heilung herbeigeführt wird, wild und gräßlich vor sie tritt. In diesem Bilde ist auf die wundersamste Weise alles vereinigt, was heilig, menschlich und furchtbar ist, die Wonne der Seligen mit dem Jammer der Welt, und Schatten und Licht, Körper und Geist, Glaube, Hoffnung und Verzweiflung bildet auf tiefsinnige, rührende und erhabene Weise die schönste und vollendetste Dichtung. Raffaels Sarg stand in der Malerstube, und dieses sein letztes vollendetes Gemälde daneben, seine eigne Verklärung. Der Finger ruhte nun auf immer, der diese Bilder in Leben und Bewegung gezaubert hatte; die bunte freundliche Welt, die aus dem Gestorbenen hervorgegangen war, stand nun neben der blassen Leiche. Ganz Rom war in Bewegung, und keiner von denen, die es sahen, konnte sich der Tränen enthalten.«

»Wessen Tränen«, rief Franz aus, »sollten wohl bei solchem Anblicke nicht fließen? Was können wir denn den großen Kunstgeistern zum Dank anders widmen, als unser volles, entzücktes Herz, unsre andächtige Verehrung? Für diese unbefangene, kindliche Rührung, für diese völlige Hingebung unsers eigentümlichen Selbst, für diesen vollen Glauben an ihre edle Trefflichkeit haben sie gearbeitet; dies ist ihr größter und ihr einziger Lohn. Kommen mir doch jetzt die Tränen in die Augen, wenn ich mir den Abgeschiedenen da liegen denke, unter seinen Gemälden, seine letzte Schöpfung neben ihm, die noch vor wenigen Tagen sein Kunstgeist bewegte und belebte. Oh, man sollte meinen, alle jene lebendigen Gestalten hätten sich verändern, und nur Schmerz und Verzweifelung über den entflohenen Raffael ausdrücken müssen.«

Der Bildhauer sagte: »Nun gewiß, Ihr habt eine lebhafte Imagination; am Ende meint Ihr gar, sein gemalter Christus hätte ihn wieder vom Tode erwecken können.«

»Und ist denn Raffael gestorben?« rief Sternbald in seiner Begeisterung aus. »Wird Albrecht Dürer jemals sterben? Nein, kein großer Künstler verläßt uns ganz; er kann es nicht, sein Geist, seine Kunst bleibt freundlich unter uns wohnen. Der Name des Feldherrn wird auch vom späten Enkel noch genannt: aber größeren Triumph genießt der Künstler, Raffael ruht neben seinen Werken glänzender, als der Sieger in seinem ehernen Grabmal: denn er läßt die Bewegungen seines edlen Herzens, die großen Gedanken, die ihn begeisterten, in sichtbaren Bildungen, in lieblichen Klängen unter uns zurück, und jede Gestalt bietet schon jetzt dem noch ungebornen Enkel die Hand, um ihn zu bewillkommnen; jedes Gemälde drückt den entzückten Beschauer an das Herz Raffaels, und er fühlt, wie ihn der Geist des Malers liebevoll umfängt und erwärmt, er glaubt das Wehen des Atems zu fühlen, die Stimme des Grußes zu vernehmen, und ist durch diese Stunde für seine ganze Lebenszeit gestärkt. Und aus diesen Entzückungen strömen neue Triebe und Bildungen, die wieder wie Blüten, oft ihres ersten Stammes unbewußt, späterhin als Frühling, als Kunst, als Unsterblichkeit und himmlische Liebe vom großen Lebensbaum schwankend herniederleuchten und -duften.«

Bolz sagte: »Ihr werdet Euer lebelang kein großer Maler werden; Ihr erhitzt Euch über alles ohne Not, und das wird Euch gerade von der Kunst abführen.«

»Darin mögt Ihr nicht ganz unrecht haben«, sagte der Mönch. »Mit welcher Freude erinnre ich mich so mancher sinnvollen Gespräche mit jenem trefflichen Manne, den ich in den florentinischen Gebirgen kennenlernte. Wahrlich, nichts hat mir seitdem noch so gemangelt, als der Umgang mit diesem Geiste, dessen Gesinnungen wie seine Geschichte zu den lehrreichsten und sonderbarsten gehören, von denen ich noch vernommen habe, und dieser wiederholte auch oft jene Behauptung unsers stürmischen Freundes, daß die Kunst einen ruhigen Geist fordre.«

»Das ist wohl ausgemacht«, sagte Rudolph; »aber warum muß Euch ein alter Herr, den wir alle nicht kennen, erst auf diesen Gedanken bringen, der doch so natürlich ist?«

»Ihr habt recht«, sagte der höfliche Mönch, »und ich verwundre mich selbst, daß ich an diesen so einleuchtenden Satz meine Erinnerung so gewaltsam anknüpfte; sein ungewöhnlicher Lebenslauf ist es, der mir so oft im Sinne liegt, und ich mußte an ihn denken, seit ich Euren Freund Sternbald vor mir sah, denn so sehr, als sich Jugend und Alter nur ähnlich sein können, gleicht er in Antlitz und Gebärde jenem meinen teuren Freunde.«

848

»Könnt Ihr uns nicht etwas von seiner Geschichte erzählen?« fragte Franz.

Der Mönch wollte eben anfangen, als sie Jagdhörner und Hundegebell hörten. Ein Trupp Reuter jagte bei ihnen vorüber und in den benachbarten Wald hinein. Die Berge gaben die Töne zurück, und ein schönes musikalisches Gewirr lärmte durch die einsame Gegend.

Bolz stand auf und sagte: »Laßt um des Himmels willen Eure langweiligen Erzählungen; freut Euch doch an diesem Konzerte, das, nach meinem Gefühle, jede Brust erregen müßte. Ich kenne nichts Schöneres, als Jagdmusik, den Hörnerklang, den Widerhall im Walde, das wiederholte Gebell der Hunde und das hetzende Hallo der Jäger. Als ich auf meiner Rückreise über Palästina ging, und nicht weit davon in abgelegener Gegend einen Bekannten besuchen wollte, war ich so glücklich, dort im dichten Walde dem schönsten Mädchen, die ich noch gesehn habe, eine Jungfrau, wie sie uns sonst unsre Phantasie nur edel und reizend malt, bei einer Jagd das Leben zu retten, große Hirtenhunde hatten sich, aufgescheucht vom Getümmel, an sie gemacht, und ich kam eben hinzu, als die wilden Tiere, die dort sehr gefährlich sind, sie anfallen wollten, und sie, fast ohnmächtig, den Versuch machte, einen Baum hinanzuklimmen. Das, Herr Maler, war eine Szene, der Darstellung würdig. Der grüne, dunkelschattige Wald, das Getümmel der Jagd, ein aufgescheuchtes Weib, mit langem fliegenden Goldhaar, das Gewand in Unordnung, der Busen fast frei, Fuß und schönes Bein von der Stellung entblößt. Seht, so habe ich Euch auch aus meiner Erinnerung eine Geschichte erzählt, denn dieses hohe himmlische Bild schwebt mir so vor, daß sie allein mich bewegen könnte, nach Italien zurückzugehn.«

Franz dachte unwillkürlich an seine Unbekannte, und der Mönch sagte: »Ich kann den Gegenstand so besonders malerisch nicht finden, er ist alltäglich und bedeutungslos.«

»Nachdem ihn der Maler nehmen dürfte«, fiel Franz ein.

Sie waren einen Berg hinangestiegen und standen nun ermüdet still. Indem sie sich an der Aussicht ergötzten, und den Krümmungen des Rheins durch die grünen Gefilde folgten, der sich glänzend um Hügel schmiegte, wieder erschien, und dann von Schatten und Wald verschlungen, plötzlich in entfernteren Biegungen von neuem hervorleuchtete, rief Franz aus: »Mich dünkt, ich sehe noch ganz in der Ferne den Münster!«

Sie sahen alle hin, und ein jeglicher glaubte ihn zu entdecken. »Der Münster«, sagte Bolz, »ist noch ein Werk, das den Deutschen Ehre macht!«

»Das aber doch gar nicht zu Euren Begriffen vom Idealischen und Erhabenen paßt«, antwortete Franz.

»Was gehen mich meine Begriffe an?« sagte der Bildhauer; »ich knie in Gedanken vor dem Geiste nieder, der diesen allmächtigen Bau entwarf und ausführte. Wahrlich, es war ein seltner Geist, der es wagte, diesen Baum mit Ästen, Zweigen und Blättern so hinzustellen, immer höher den Wolken mit seinen Felsmassen entgegenzugehn, und ein Werk hinzuzaubern, das gleichsam ein Bild der Unendlichkeit ist.«

Sternbald sagte: »Wie freue ich mich, daß es mir so wohl geworden ist, dieses Denkmal deutscher Kunst und Seelenhoheit gesehn zu haben. Mit welcher lauten Stimme wird der Name Erwins durch die Welt gerufen, und wie fühlen wir im Anschauen dieses Monumentes die Unsterblichkeit des Menschengeistes. Hier ist eine Erhabenheit ausgesprochen, für die kein andres Zeichen, keine andre Kunst, ja selbst der unendliche Gedanke nicht genügte; die Vollendung der Symmetrie, die kühnste allegorische Dichtung des menschlichen Geistes, diese Ausdehnung nach allen Seiten, und über sich in den Himmel hinein; das Endlose und in sich selbst Geordnete; die Notwendigkeit des Gegenüberstehenden, welches die andere Hälfte erläutert und vollendet, so daß eins um des andern willen, und alles um die deutsche Größe und Herrlichkeit auszudrücken, da ist. Es ist ein Baum, ein Wald, aber diese allmächtigen, unendlich wiederholten Steinmassen drücken auch, wenn man will, noch viel anderes im Bilde aus. Es ist der Geist des Menschen selbst, seine unendliche Mannigfaltigkeit zur sichtbaren Einheit verbunden, sein kühnes Riesenstreben nach dem Himmel, seine Dauer und Unbegreiflichkeit; den Geist *Erwins* selbst seh ich in einer furchtbar sinnlichen Anschauung vor mir stehen. Es ist zum Entsetzen, daß der Mensch aus den Felsen und Abgründen sich einzeln die Steine hervorholt, und nicht rastet und ruht, bis er diesen ungeheuren Springbrunnen von lauter Felsenmassen hingestellt hat, der sich ewig, ewig ergießt, und wie mit der Stimme des Donners Anbetung vor uns selbst in unsre sterblichen Gebeine hineinpredigt. Und nun klimmt unbemerkt und unkenntlich ein Wesen, gleich dem Baumeister, oben wie ein Wurm, an den Zinnen umher, und immer höher und höher, bis ihn der letzte Schwindel wieder zur flachen, sichern Erde hinunternötigt – wer hier nichts fühlt und entzückt ist, o wahrhaftig, der begeht, ein armer Sünder, die Verleugnung Petri an der Herrlichkeit des göttlichen Ebenbildes.«

Hier gab der Bildhauer dem Maler die Hand und sagte: »So hör ich Euch gerne.«

»Und ist es denn nun etwa«, fuhr Sternbald fort, »daß diese ungeheure Masse uns Entsetzen oder Schauer erregt, wie vielleicht die Pyramiden Ägyptens verursachen mögen? O vergönnt und verzeiht mir, daß ich vielleicht ein zu kühnes Gleichnis brauche. Wie der Ewige, Unendliche, sich in die Liebe kleidete, um uns nicht zu schrecken und sich verständlich zu machen, wie er als Kind und Freund unter uns wandelte, und der gläubige Christ so Trost und Zuflucht bei ihm, selbst vor jenem ungeheuren unermeßlichen Bilde des Vaters findet, so ist hier auf ähnliche Art die Liebe in das Mittel getreten, nun diese Erhabenheit wieder in Blume, in Pflanze, in Licht und heiteres süßes Spiel aufzulösen. Wohin das Auge sieht und wohin es schweift begegnet ihm dieser zarte Scherz, und schaukelt sich in Wellen, Rosen, Knospen, Bildern, Bögen, um den harten Stein und Felsen wie in Musik und Wohllaut aufzulösen. Daher das Unerklärliche, daß wir ganz so wie vor einem Wunder, vor einem Traume stehen, wenn dieses höchste Riesenwerk zugleich wie ein zarter himmlischer Luftscherz vor uns schwebt. In Steinen sehn wir die geahndete Glorie des Himmels, und auch der Fels hat seine starre Natur brechen müssen, um Hosianna! und Heilig! Heilig! zu singen.«

»Phantasiert nur«, sagte Bolz; »aber wahr ist es, daß diese Gebäude, die vielleicht allein den Deutschen angehören, den Namen des Volkes unsterblich machen müssen. Der Dom zu Wien, der unvollendete mächtige Bau in Köln, und jener in Straßburg sind die hellsten Sterne; und wie lieblich ist der kleine Dom drüben im breisgauschen Freiburg, mancher andern in Eßlingen, oder Meißen, und an andern Orten nicht zu erwähnen. Vielleicht erfahren wir auch noch einmal, daß alles, was England, Spanien und Frankreich von dieser Art Herrliches besitzt, von deutschen Meistern ist gegründet worden. Dergleichen findet Ihr nun freilich in Italien nicht, denn der Italiener, der alles verwirft, was nicht sein ist, kennt nur als gotisch oder deutsch die unreifen rohen Steinmassen zu Mailand und Pisa, oder gar das unzusammenhängende Gebäude des Domes zu Lucca. – Aber wir müssen uns trennen. Ihr kommt jetzt, junger Mann, nach Italien, indem es vielleicht seine glänzendste Epoche gefeiert hat. Ihr werdet viele große und verdiente Männer antreffen, und was an ihnen das Schönste ist, erkennen. Die meisten arbeiten in der Stille. Vielleicht kommt aber bald die Zeit, wo es mit der wahren, hohen Kunst zu Ende ist, denn man fängt schon an zu schwatzen statt zu handeln, von manchen großen Meistern vererbt sich statt des Tiefsinns ein unnützer Hang zum Grübeln, der die Kraft erlahmt, oder ein seichtes, leeres Spiel mit Gedanken und ein Tändeln mit der Kunst; oder es entsteht wohl der Afterenthusiasmus, die Lüge, die das wahrhaft Edle herabwürdigen.«

Sie gingen auseinander, und Franz überdachte die letzten Worte, die ihm nicht ganz verständlich waren.

Drittes Kapitel

Indem Rudolph und Franz ihren Weg fortsetzten, sprachen sie über ihre Begleiter, die sie verlassen hatten. Franz sagte: »Ich kann es mir nicht erklären, warum ich vom ersten Augenblicke einen unbeschreiblichen Widerwillen gegen diesen Bildhauer empfunden habe, der sich mit jedem Worte, das er sprach, vermehrte; selbst die freundliche Art, mit der er am Ende Abschied nahm, war mir recht im Herzen zuwider.«

»Der Geistliche«, antwortete Rudolph, »hatte im Gegenteil etwas Anlockendes, das gleich mein Zutrauen gewann; er schien ein sanfter, freundlicher Mensch, der jedem wohlwollte. Nur möchte ich glauben, daß er dem Stande nicht angehört, dessen Kleidung er trägt, denn sein Gang war zu frei und männlich.«

»Er hätte uns«, fuhr Sternbald fort, »die Geschichte des alten Mannes erzählen sollen, von dem er sprach; eine sonderbare Neugier bemächtigte sich meiner, und es schmerzt mich, so von ihm geschieden zu sein, denn es gibt Begebenheiten, aus deren Erzählung man für sein ganzes Leben lernen kann.«

»Und ich begreife nicht«, sagte Rudolph, »was in jeder Geschichte anders noch als Geschichte sein kann, mir war es lieb, daß es nicht zur Erzählung kam, denn schon in den Büchern ist es mir immer sehr verhaßt gewesen, wenn auf eine ähnliche Frage und unnötige Veranlassung eine Novelle oder Historie vorgetragen wird, und in dem Augenblick, als er sich zum Vortrage anschickte, gemahnte es mir gerade so, als wenn ich ein solches Buch läse.«

Ein Fußsteig führte sie in einen dichten kühlen Wald hinein, und sie bedachten sich nicht lange, ihm nachzugehen. Eine erquickende Luft zog durch die Zweige, und der mannigfaltigste, anmutigste Gesang von unzähligen Vögeln erschallte. Es war ein lebendiges Gewimmel in den Gebüschen; die buntgefiederten Sänger sprangen hier- und dorthin: die Sonne flimmerte nur an einzelnen Stellen durch das dichte Grün.

Beide Freunde gingen schweigend nebeneinander, indem sie des schönen Anblicks genossen. Endlich stand Rudolph still und sagte: »Wenn ich ein Maler wäre, Freund Sternbald, so würde ich vorzüglich Waldgegenstände studieren und darstellen. Schon der Gedanke eines solchen Gemäldes kann mich entzücken. Wenn ich mir unter diesen dämmernden Schatten die Göttin Diana vorübereilend denke, den Bogen gespannt, das Gewand aufgeschürzt und die schönen Glieder leicht umhüllt, hinter ihr die Nymphen in Eil und die Jagdhunde springend, so wird mir dies von selbst zum Bilde. Oder stelle dir vor, daß dieser Fuß weg sich immer dichter in das Gebüsch hineinwindet, die Bäume werden immer höher und wunderbarer, plötzlich steht eine Grotte, ein kühles Bad vor uns, und in ihm die Göttin, mir ihren Begleiterinnen, entkleidet. Da ist die Einsamkeit, Grün, Felsen und Baum und die nackte Schönheit majestätischer, hoher und jungfräulicher Leiber vereinigt: füge vielleicht den Aktäon hinzu, so tritt jener wundersame Schreck und die seltsame Freude noch in das Gemälde, in seinen Hunden kannst du schon die tierische Wut und den Blutdurst darstellen, so ist hier das Widersprechendste in ein poetisches Bild notwendig und schön verknüpft.«

»Oder«, sagte Franz, »hier im tiefen Walde die Leiche eines schönen Jünglings, und über ihm ein Freund und die Geliebte im tiefsten Schmerz, vielleicht Venus und Adonis, oder ein lieblicher Knabe, von wilden Räubern erschlagen: die dunkelgrünen Schatten, unter ihnen die blendenden Jugendgestalten, der frische Rasen, die einzelnen, zerspaltenen Sonnenstrahlen von oben, die nur das Gesicht und einzelne kleine Teile hell erleuchteten, der Eber, oder die Räuber in der Ferne, wie von Gewitterschatten eingehüllt, alles dies zusammen müßte ein vortreffliches Gemälde der Schwermut und Schönheit ausbilden.«

»Fühlst du nicht oft«, fuhr Rudolph fort, »einen wunderbaren Zug deines Herzens dem Wunderbaren und Seltsamen entgegen? Man kann sich der Traumbilder dann nicht erwehren, man erwartet eine höchst sonderbare Fortsetzung unsers gewöhnlichen Lebenslaufs. Oft ist es, als wenn der Geist von Ariosts Dichtungen über uns hinwegfliegt, und uns in seinen kristallenen Wirbel mit fassen wird; nun horchen wir auf und sind auf die neue Zukunft begierig, auf alle die Erscheinungen, die an uns mit bunten Zaubergewändern vorübergehen sollen: dann ist es, als wollte der Waldstrom seine Melodie deutlicher aussprechen, als würde den Bäumen die Zunge gelöst, damit ihr Rauschen in verständlichem Gesang dahinrinne. Nun fängt die Liebe an, auf fernen Flötentönen heranzuschreiten, das klopfende Herz will ihr entgegenfliegen, die Gegenwart ist wie durch einen mächtigen Bannspruch festgezaubert, und die glänzenden Minuten wagen es nicht zu entfliehen. Ein Zirkel von Wohllaut hält uns mit magischen Kräften eingeschlossen, und ein neues verklärtes Dasein schimmert wie rätselhaftes Mondlicht in unser wirkliches Leben hinein.«

»O du Dichter!« rief Franz aus, »wenn du nicht so leichtsinnig wärst, solltest du ein großes Wundergedicht erschaffen, voll von gaukelndem Glanz und wandelnden Klängen, voll Irrlichter und Mondschimmer; ich höre dir mit Freuden zu, und mein Herz ist schon wunderbar von diesen Worten ergriffen.«

Nun hörten sie eine rührende Waldmusik von durcheinanderspielenden Hörnern aus der Ferne; sie standen still und horchten, ob es Einbildung oder Wirklichkeit sei: aber ein melodischer Gesang quoll durch die Bäume ihnen wie ein rieselnder Bach entgegen, und Franz glaubte, die Geisterwelt habe sich wohl plötzlich aufgeschlossen, weil sie vielleicht, ohne es zu wissen, das große zaubernde Wort gefunden hätten; als habe nun der geheimnisvolle unsichtbare Strom den Weg nach ihnen gelenkt, und sie in seine Fluten aufgenommen. Sie gingen näher, die Waldhörner schwiegen, aber eine süße Stimme sang nun folgendes Lied:

»Waldnacht! Jagdlust!
Leis und ferner
Klingen Hörner,
Hebt sich, jauchzt die freie Brust!
Töne, töne nieder zum Tal,
Freun sich, freun sich allzumal
Baum und Strauch beim muntern Schall.

Kling nur Bergquell!
Efeuranken
Dich umschwanken,
Riesle durch die Klüfte schnell!

Fliehet, flieht das Leben so fort,
Wandelt hier, dann ist es dort –
Hallt, zerschmilzt, ein luftig Wort.

Waldnacht! Jagdlust!
Daß die Liebe
Bei uns bliebe,
Wohnen blieb' in treuer Brust!
Wandelt, wandelt sich allzumal,
Fliehet gleich dem Hörnerschall: –
Einsam, einsam grünes Tal.

Kling nur Bergquell!
Ach betrogen –
Wasserwogen
Rauschen abwärts nicht so schnell!
Liebe, Leben, sie eilen hin,
Keins von beiden trägt Gewinn: –
Ach, daß ich geboren bin!«

855

Die Stimme schwieg, und die Hörner fielen nun wieder mit schmelzenden Akkorden darein; dann verhallten sie, und eine männliche volle Stimme sang von einem entfernteren Orte:

»Treulieb ist nimmer weit,
Nach Kummer und nach Leid
Kehrt wieder Lieb und Freud:
Dann kehrt der holde Gruß,
Händedrücken,
Zärtlich Blicken,
Liebeskuß.

Treulieb ist nimmer weit!
Ihr Gang durch Einsamkeit
Ist dir, nur dir geweiht.
Bald kömmt der Morgen schön,
Ihn begrüßet

Wie er küsset
Freudenträn'.«

Die Hörner schlossen auch diesen Gesang mit einigen überaus zärtlichen Tönen.

Franz und Rudolph waren indes näher geschritten und standen jetzt still, an einen alten Baum gelehnt, der sie fast ganz beschattete. Sie sahen eine Gesellschaft von Jägern auf einem grünen Hügel gelagert, einige darunter waren diejenigen, die vorher an ihnen vorübergeritten waren. Auf der mittleren Erhöhung des Hügels saß ein wundersam schöner Jüngling, in einer Jagdkleidung von grünem Sammet, von einem violetten Hute schwankten bunte Federn, in einem reichen Bandelier, das über der erhabenen Brust hing, trug er ein kurzes Schwert; er hatte das erste Lied gesungen; aus dem Anstande, der Schönheit und dem Wuchse des Jünglings sahe Franz, daß er ein Mädchen sei: sie glich, indem sich die schlanke Gestalt erhob, und die Hitze der Jagd in ihrem Gesichte glühte, der Göttin der Wälder. Alle Jäger sprangen auf, die verschiedenen ruhenden Gruppen wurden plötzlich lebendig, und versammelten sich um sie her, die Hunde kamen herbei, die bisher teils zu ihren Füßen schnaufend, teils unter den kühlen Bäumen gelegen hatten. Ein Jagdruf der Hörner erklang, und alles machte sich zur Rückkehr fertig. Die wiehernden Rosse wurden von Dienern aus dem Schatten des Waldes herbeigeführt. Jetzt ward sie die beiden Reisenden gewahr und ging freundlich auf sie zu, indem sie sich erkundigte, auf welche Weise sie dorthin gekommen wären. Rudolph merkte nun erst, daß sie sich verirrt haben müßten, denn sie sahen keinen Weg, keinen Fußsteig vor sich. Auf den Befehl der Jägerin reichte man ihnen Wein in Bechern zur Erfrischung; dann erzählten sie von ihrer Wanderschaft. Da die schöne Jägerin hörte, daß Sternbald ein Maler sei, bat sie beide Freunde, dem Zuge auf ihr nahe gelegenes Schloß zu folgen, Sternbald solle ausruhen, und nachher etwas für sie arbeiten.

Franz war begeistert, er wünschte nichts so sehr, als in der Nähe dieser herrlichen Erscheinung zu bleiben, und ihr auf irgendeine Weise gefällig oder nützlich sein zu können. Die Jäger bestiegen ihre Pferde, und zwei von ihnen boten Franz und Rudolph ihre Hengste an. Sie stiegen auf, und Rudolph war immer der vorderste im Zuge, wobei sich seine ausländische Tracht, seine vom Hute flatternden Bänder gut ausnahmen: Sternbald aber, dem diese Übung noch neu war, schien ängstlich und blieb hinten, er wünschte, daß man ihn zu Fuß hätte folgen lassen.

Jetzt eröffnete sich der Wald. Eine schöne Ebene mit Gebüschen und krausen Hügeln in der Ferne lag vor ihnen. Die Pferde wieherten laut und fröhlich, als sie die Rückkehr zur Heimat merkten; das Schloß der Gräfin lag mit glänzenden Fenstern und Zinnen zur Rechten auf einer lieblichen Anhöhe. Ein Jäger, der mit Rudolph den Zug angeführt hatte, bot diesem an, einen Wettlauf bis zum Schlosse anzustellen: Rudolph war willig, beide spornten ihre Rosse und flogen mit gleicher Eile über die Ebene, Rudolph jauchzte, als er seinem Mitkämpfenden Vorsprung abgewann; die übrigen folgten langsam unter einer fröhlichen Musik der Hörner.

Es war um die Mittagszeit, als der Zug im Schlosse ankam, und die ganze Gesellschaft setzte sich bald darauf zur Tafel; die schöne Jägerin war aber nicht zugegen. Die Tischgesellschaft war desto lustiger, Rudolph, vom Reiten erhitzt, und da er überdies noch vielen Wein trank, war er beinahe ausgelassen, um so mehr aber belustigte er die Gesellschaft, die es nicht müde wurde, seine Einfälle zu belachen. Franz fühlte sich gegen seine Leichtigkeit unbeholfen und ohne alle Fähigkeit Scherz und Lachen zu vernehmen. Ein ältlicher Mann, der im Hause aufbewahrt wurde, galt für einen Dichter: er sagte Verse her, die ungemein gefielen, und noch mehr deswegen, weil er sie ohne Vorbereitung singen oder sprechen konnte. Unter dem lautesten Beifall der Gesellschaft sang er folgendes Trinklied:

857

»Die Gläser sind nun angefüllt,
Auf, Freunde, stoßet an,
Der edle Traubensaft entquillt
Für jeden braven Mann.
Es geht von Mund zu Mund
Das volle Glas in die Rund,
Wer krank ist trinke sich gesund.

Es kommt vom Himmel Sonnenschein
Und schenkt uns Freud und Trost,
Dann wächst der liebe süße Wein,
Es rauschet uns der Most.
Es geht von Mund zu Mund

Das volle Glas in die Rund,
Wer krank ist trinke sich gesund.«

Da alle das Talent des Mannes bewunderten, sagte Rudolph im Unwillen:
»Es geschieht dem Wein keine sonderliche Ehre, daß Ihr ihn auf solche
Art lobt, denn es klingt beinahe, als wenn Ihr aus Not ein Dichter wäret,
der den lieben Wein nur besingt, weil er sich diesen Gegenstand einmal
vorgesetzt hat; es ist wie ein Gelübde, das jemand mit Widerwillen bezahlt. Warum quält Ihr Euch damit, Verse zu machen? Ihr könnt den
Wein so durch funfzig Strophen verfolgen, von seiner Herkunft anfangen
und seine ganze Erziehung durchgehn. Ich will Euch auf diese Art auch
ein Gedicht über den Flachsbau durchsingen, und über jedes Manufak-
turprodukt.«

»Das hören wir sehr ungern!« rief einer von den Jägern.

»Wir haben den Mann immer für einen großen Dichter gehalten«,
sagte ein andrer, »warum macht Ihr uns in unserm Glauben irre?«

»Es ist leichter tadeln, als besser machen!« rief ein dritter.

Der Poet selbst war sehr aufgebracht, daß ihm ein fremder Ankömmling seinen Lorbeer streitig machen wollte. Er bot dem berauschten
Florestan einen dichterischen Zweikampf an, den die Gesellschaft
nachher entscheiden sollte. Florestan gab seine Zustimmung, und der
alte Sänger begann sogleich ein schönes Lied auf den Wein, das alle
Gemüter so entzückte, daß Franz für seinen Freund wegen des Ausganges
des Krieges in billige Besorgnis geriet.

858 Während dem Liede war die Tafel aufgehoben, und Florestan bestieg
nun den Tisch, indem er seinen Hut aufsetzte, der mit grünem Laube
geputzt war; vorher trank er noch ein großes Glas Wein, dann nahm
er eine Zither in die Hand, auf welcher er artig spielte und dazu sang:

»Erwacht ihr Melodieen,
Und tanzt auf den Saiten dahin!
Ha! meine Augen glühen,
Alle Sorgen erdwärts fliehen,
Himmelwärts entflattert der jauchzende Sinn.

In goldenen Pokalen
Verbirget die Freude sich gern,
Es funkeln in den Schalen

Ha! des Weines liebe Strahlen,
Es regt sich die Welle ein schimmernder Stern.

In tiefen Bergesklüften,
Wo Gold und der Edelstein keimt,
In Meeres fernen Schlüften,
In Adlers hohen Lüften,
Nirgend Wein wie auf glücklicher Erde schäumt.

Gern mancher sucht' in Schlünden,
Wo selber dem Bergmann graut,
In felsigen Gewinden,
Könnt er die Wonne finden,
Die so freundlich uns aus dem Becher beschaut.« –

Rudolph hielt inne. »Ist es mir, Herr Poet«, fragte er bescheiden, »nun
wohl vergönnt, das Silbenmaß ein wenig zu verändern?«

Der Dichter besann sich ein Weilchen, dann nickte er mit dem Kopfe,
um ihm diese Freiheit zuzugestehn. Rudolph fuhr mit erhöhter Stimme
fort:

»Als das Glück von der Erde sich wandte,
Das Geschick alle Götter verbannte,
Da standen die Felsen so kahl,
Es verstummten der Liebenden Lieder,
Sah der Mond auf Betrübte hernieder,
Vergingen die Blumen im Tal.

Sorg und Angst und Gram ohne Ende,
Nur zur Arbeit bewegten sich Hände,
Trüb und tränend der feurige Blick,
Sehnsucht selber war nun entschwunden,
Keiner dachte der vorigen Stunden,
Keiner wünschte sie heimlich zurück.

Nicht wahr«, unterbrach sich Rudolph selber, »das war für die arme
Menschheit eine traurige Lage, die so plötzlich das goldene Zeitalter
verloren hatte? Aber hört nur weiter:

Alle Götter ohn Erbarmen
Sahn hinunter auf die Armen,
Ihr Verderben ihr Entschluß.
Oh, wer wäre Mensch verblieben,
Ohne Götter, ohne Lieben,
Ohne Sehnsucht, ohne Kuß? –

Bacchus sieht, ein junger Gott,
Lächelnder Wang, mit Blicken munter
Zur verlaßnen Erd hinunter,
Ihn bewegt der Menschheit Not.

Und es spricht die Silberstimme:
›Meine Freunde sind zu wild,
Ihrem eigensinngen Grimme
Unterliegt das Menschenbild.

Dürfen sie die Welt verhöhnen
Weil kein Tod uns Göttern dräut?
Sollen denn nur Angst und Stöhnen
Leben sein und bittres Leid?‹

Aber, meine Freunde, ich bin des Singens und Trinkens überdrüssig.«
Und mit diesen Worten sprang er vom Tische herunter.

Unter der berauschten Gesellschaft entstand ein Gemurmel, weil sie
stritten, welcher von den beiden Poeten den Preis verdiene. Die meisten
Stimmen schienen für den alten Sänger, einige aber, die durch ihre
Vorliebe für das Neue einen bessern Verstand anzudeuten glaubten,
nahmen sich des Florestan mit vielem Eifer an. Auch Sternbald mischte
sich scherzend in den Streit, um seinem Freunde beizustehen.

»Man weiß nicht recht, was der junge Mensch mit seinem Gesange
oder Liede will«, sagte einer von den ältesten. »Ein gutes Weinlied muß
seinen stillen Gang für sich fortgehen, damit man brav Lust bekömmt,
mitzusingen, weshalb auch oft blinkt, klingt und singt darin angebracht
sein muß, wie ich es auch noch allenthalben gefunden habe. Allein was
sollen mir dergleichen Geschichten?«

»Freilich«, sagte Florestan, »kann es nichts sollen; aber, lieben Freunde, was soll euch denn der Wein selber? Wenn ihr Wasser trinkt, bleibt ihr auch um vieles mäßiger und verständiger.«

»Nein«, schrie ein andrer, »auch im Weine kann und muß man mäßig sein; der Genuß ist dazu da, daß man ihn genießt, aber nicht so gänzlich ohne Verstand.«

Rudolph lachte und gab ihm recht, wodurch viele ausgesöhnt wurden und zu seiner Partei übergingen. »Ich habe nur den Tadel«, sagte Sternbald, »daß dein Gedicht durchaus keinen Schluß hat.«

»Und warum muß denn alles eben einen Schluß haben?« rief Florestan, »und nun gar in der scherzenden fröhlichen Poesie! Fangt ihr nur an, zu spielen, um aufzuhören? Denkt ihr euch bei jedem Spaziergange gleich das Zurückgehen? Es ist ja schöner, wenn ein Ton leise nach und nach verhallt, wenn ein Wasserfall immer fortbraust, wenn die Nachtigall nicht verstummt. Müßt ihr denn Winter haben, um den Frühling zu genießen?«

»Es kann sein, daß Ihr recht habt«, antworteten einige, »ein Weinlied nun gar, das nichts als die reinste Fröhlichkeit atmen soll, kann eines Schlusses am ersten entbehren.«

»Aber wie ihr nun wieder sprecht!« rief Florestan im tollen Mute, indem er sich hastig rundherum drehte. »Ohne Schluß, ohne Endschaft ist kein Genuß, kein Ergötzen durchaus nicht möglich. Wenn ich einen Baumgang hinuntergehe, sei er noch so schön, so muß ich doch an den letzten Baum kommen können, um stillzustehn und zu denken: ›Dort bin ich gegangen.‹ Im Leben wären Liebe, Freude und Entzücken nur Qualen, wenn sie unaufhörlich wären, daß sie Vergangenheit sein können, macht das zukünftige Glück wieder möglich, ja, zu jedem großen Manne mit allen seinen bewundernswerten Taten gehört der Tod als unentbehrlich zu seiner Größe, damit ich nur imstande bin, die wahre Summe seiner Vortrefflichkeit zu ziehen, und ihn mit Ruhe zu bewundern. In der Kunst gar ist der Schluß ja nichts weiter, als eine Ergänzung des Anfangs.«

»Ihr seid ein wunderlicher Mensch«, sagte der alte Poet, »so singt uns also Euren Schluß, wenn er denn so unentbehrlich ist.«

861

»Ihr werdet aber damit noch viel weniger zufrieden sein«, sagte Florestan, »doch es soll Euch ein Genüge geschehn.« Er nahm die Zither wieder in die Hand, spielte und sang:

»Bacchus läßt die Rebe sprießen,
Saft durch ihre Blätter fließen,
Läßt sie weiche Lüfte fächeln,
Sonnet sie mit seinem Lächeln.

Um die Ulme hingeschlungen
Steht die neue Pflanz im Licht,
Heimlich ist es ihm gelungen,
Denn die Götter merken's nicht.

Läßt die Blüten rötlich schwellen
Und die Beeren saftig quellen,
Fürchtend die Götter und das Geschick
Kommt er in Trauben verkleidet zur Welt zurück.

Nun kommen die Menschlein hergegangen
Und kosten mit süßem Verlangen
Die neue Frucht, den glühenden Most,
und finden den Gott, den himmlischen Trost.

In der Kelter springt der mutwillige Götterknabe,
Der Menschen allerliebste Habe,
Sie trinken den Wein, sie kosten das Glück,
Es schleicht sich die goldene Zeit zurück.

Der schöne Rausch erheitert ihr Gesicht,
Sie genießen froh das neue Sonnenlicht,
Sie spüren selber Götter- und Zauberkraft,
Die ihnen die neue Gabe schafft.

Die Blicke feurig angeglommen
Zwingen sie die Venus zurückzukommen,
Die Göttin ist da und darf nicht fliehn,
Weil sie sie mächtig rückwärts ziehn.

Da schauen die Götter herab mit staunendem Blick,
Es kommt beschämt die ganze Schar zurück: –

›Wir wollen wieder bei euch wohnen,
Ihr Menschen bauet unsre Thronen.‹

›Was brauchen wir euch und euer Geschick?‹
So tönt von der Erde die Antwort zurück,
›Wir können euch ohne Gram entbehren,
Wenn Wein und Liebe bei uns gewähren.‹«

Nun schwieg er still und legte mit einer anständigen Verbeugung die
Zither weg. »Das ist nun gar gottlos!« riefen viele von den Zuhörern,
»Euer Schluß ist das Unerlaubteste von allem, was Ihr uns vorgesungen
habt.«

Der Streit über den Wert der beiden Dichter fing von neuem an.
Sternbald ward hitzig für seinen Freund, und da er ihn einigemal bei
seinem Namen Florestan nannte, so ward der andere Poet dadurch
aufmerksam gemacht; er fragte, er erkundigte sich, das Gespräch nahm
eine andere Wendung. Man sprach von Vettern, Oheimen, Basen, in
Deutschland, Italien und Frankreich, tausend Namen wurden genannt,
viele Stammbäume entwickelt, und endlich fand es sich, daß die beiden
Streitenden Verwandte waren: sie umarmten sich, freuten sich, einander
so unverhofft anzutreffen, und es wurde nun weiter an keine Verglei-
chung ihrer Talente gedacht.

Viertes Kapitel

Die Gesellschaft zerstreute sich hierauf, und Franz verließ nach dem
Getümmel gern das Haus, um sich in den Schloßgarten zu begeben.
Hier gesellte sich der Jäger zu ihm, der im Walde die Antwort des Liedes
mit einer schönen vollen Stimme gesungen hatte, er war ein junger
Edelmann, der einen der vornehmeren Dienste bei der Herrschaft versah,
Arnold war sein Name. Seine Miene hatte etwas Schwermütiges und
Leidendes, auch hatte er an den Scherzen und Streitigkeiten bei der
Tafel keinen Anteil genommen. Er ging mit Franz in den schattigen
Gängen auf und nieder, indem sie sich vertraulich von der heutigen
Jagd, von Sternbalds Reise, und von der Schönheit der Gräfin unterhiel-
ten. »Da kömmt sie den Lindengang heruntergeschritten!« rief plötzlich
der Jüngling mit einer lebhaften Empfindung aus, »seht, wie sich das

reiche Gewand um den edlen Leib schmiegt, und der Purpur des Kleides mit den goldenen Spangen in der grünen Dämmerung schimmert, schon fliegt der Strahl der himmlischen Augen, um mich festzuhalten, aber heute wenigstens will ich einmal einer traurigen Freiheit genießen.« Mit diesen seltsamen Worten verließ er schnell den staunenden Maler. Die geschmückte Dame, die er anfangs nicht wiedererkannt hatte, schritt ihm im Gange freundlich entgegen, sie sah dem Jäger-Jünglinge vom Morgen nur wenig ähnlich. Sie begrüßte ihn freundlich, ihr Blick und ihre Rede waren holdselig, nach einem kurzen Gespräche entfernte sie sich wieder. Franz lehnte sich sinnend an einen künstlichen Springbrunnen, der mit seinen kristallenen Strahlen die Luft lieblich abkühlte, und ein sanftes Geräusch ertönen ließ, zu dem die nahen Vögel williger und angenehmer sangen. Er hörte auf den mannigfaltigen Wohllaut, auf den Wechselgesang, den der spielende Quell gleichsam mit den Waldbewohnern führte, und sein Geist entfernte sich dann wieder in eine entfernte wunderbare Zaubergegend.

»Bin ich getäuscht, oder ist es wirklich?« sagte er zu sich selber; »ich werde ungewiß, ob mir allenthalben ihr süßes Bild begegnet, oder sie meine Phantasie nur in allen Gestalten wiedererkennt. Diese Gräfin gleicht ihr, die ich nicht zu nennen weiß, die ich suche und doch zögre, für die ich nur lebe und sie doch gewiß verliere.«

Eine Flöte ertönte aus dem Gebüsch, und Franz setzte sich auf eine schattige Rasenbank, um den Tönen ruhiger zuzuhören. Als der Spielende eine Weile musiziert hatte, sang eine wohlbekannte Stimme folgendes Lied:

»Holdes, holdes Sehnsuchtrufen
Aus dem Wald, vom Tal herauf:
Klimm herab die Felsenstufen,
Folge diesem Locken, Rufen,
Hoffnung tut sich, Glück dir auf.

Wohl seh ich Gestalten wanken
Durch des Waldes grüne Nacht,
Die bewegten Zweige schwanken,
Sie entschimmern wie Gedanken,
Die der Schlaf hinweggefacht.

Komm Erinnrung, liebe Treue,
Die mir oft im Arm geruht,
Singe mir dein Lied, erfreue
Dieses matte Herz, der Scheue
Fühlt dann Kraft und Lebensmut.

Kinder lieben ja die Scherze,
Und ich bin ein töricht Kind,
Treu verblieb dir doch mein Herze,
Leichtsinn nur im frohen Scherze,
Bin noch so wie sonst gesinnt.

Wald und Tal, ihr grüne Hügel
Kennt die Wünsche meiner Brust,
Wie ich gern mit goldnem Flügel
Von der Abendröte Hügel
Möchte ziehn zu meiner Lust.

Erd und Himmel nun in Küssen
Wie mit Liebesscham entbrennt; –
Ach! ich muß den Frevel büßen,
Lange noch die Holde missen
Die mein Herz mir ewig nennt.

Morgenröte kommt gegangen,
Macht den Tag von Banden frei,
Erd und Himmel bräutlich prangen:
Aber ach! ich bin gefangen,
Einsam hier im süßen Mai.

Lieb und Mailust ist verschwunden,
Ist nur Mai in ihrem Blick,
Keine Rose wird erfunden; –
Flieht und eilt ihr trägen Stunden,
Bringt die Braut mir bald zurück!«

Es war Rudolph, der nun hervortrat, und sich zu Sternbald an den Rand
des Springbrunnens niedersetzte. »Ich erkannte dich wohl«, sagte Franz,

»aber ich wollte dich in deinem zärtlichen Gesange nicht stören; doch siehst du muntrer aus, als ich dich erwartet hätte.«

»Ich bin recht vergnügt«, sagte Florestan, »der heutige Tag ist einer meiner heitersten, denn ich kenne nichts Schöneres, als so recht viel und mancherlei durcheinander zu empfinden, und deutlich zu fühlen, wie durch Kopf und Herz gleichsam goldne Sterne ziehen, und den schweren Menschen wie mit einer lieben wohltätigen Flamme durch-schimmern. Wir sollten täglich recht viele Stimmungen und frische Anklänge zu erleben suchen, statt uns aus Trägheit in uns selbst und die alltägliche Gewöhnlichkeit zu verlieren.«

»Gewiß«, sagte Sternbald, »nur muß es nicht geschehn, bloß um mit uns selbst ein Spiel zu treiben, denn das Schöne und Ersprießliche ist, daß diese Stimmungen und Anregungen mit goldnem Schlüssel die Kammern unsers Geistes eröffnen, und uns die Schätze zeigen, die wir selber noch nicht kannten. So entsteht ein reiches und vielseitiges Leben, ein vertrauter und wohltuender Umgang mit uns selbst, und wir entflieh-en jener abgeschlossenen Geistesarmut, die anfangs alles eigensinnig und spröde von sich weiset, und endlich durch nichts mehr gerührt und entzückt wird, denn der Mensch soll nicht sagen: ›Dieses will und werde ich niemals denken und fühlen!‹ aber er soll auch die Entzückungen seines Herzens nicht vergeuden, bloß um die Zeit auszufüllen, sonst verarmt er ebenfalls, und vielleicht noch schneller, auf diesem Wege. Darum hat mir auch der Schluß deines heutigen Trinkliedes nicht gefal-len wollen; vielleicht ist mir überhaupt der Scherz und Leichtsinn unver-ständlich, der nicht zugleich Tiefsinn und Ernst sein könnte.«

»Nun so suche den Schlüssel zu bekommen«, rief Rudolph, »der dir auch diese Geisteskammer noch einmal eröffnet. Wie bist du denn heute so gar schwerfällig geworden, daß du es mit einer augenblicklichen Begeisterung so ernst und strenge nimmst? Laß doch der unschuldigen Poesie ihren Gang, wenn der klare Bach sich einmal ergießt. Liebster, sollen wir denn nicht auch unsre Gedanken, Fühlungen, Wünsche, Tränen und Lachen zuzeiten in die spielende Natur der Töne auflösen dürfen? Ich kann der Flöte, jedem Klange, der Nachtigall, dem Wasser-fall, dem Baumgeräusch so innig zuhören, daß mein Seele ganz Ton wird. Man könnte sich, wenn man sonst Lust hätte, ein ganzes Gespräch-stück von mancherlei Tönen aussinnen.«

»Es kann sein«, antwortete Franz, »von Blumen kann ich es mir gewissermaßen vorstellen. Es ist freilich immer nur ein Charakter in allen diesen Dingen, wie wir ihn als Menschen wahrzunehmen vermögen.«

»So geschieht alle Kunst«, antwortete Florestan; »die Tiere können wir schon richtiger fühlen, weil sie uns etwas näher stehn. Ich hatte einmal Lust, aus Lämmern, einigen Vögeln und andern Tieren eine Komödie zu formieren, aus Blumen ein Liebesstück, und aus den Tönen der Instrumente ein Trauer-, oder, wie ich es lieber nennen möchte, ein Geisterspiel.«

866

»Die meisten Leute würden es zu phantastisch finden«, sagte Sternbald.

»Das würde gerade meine Absicht sein«, antwortete Rudolph, »wenn ich mir Mühe geben wollte, es niederzuschreiben. Sieh, es ist indes schon Abend geworden. Kennst du Dantes großes Gedicht?«

»Nein«, sagte Franz.

»Auf eine ähnliche ganz allegorische Weise ließe sich vielleicht eine Offenbarung über die Natur schreiben, wenn es dem Dichter verliehen wäre, so wie der große Florentiner von Begeisterung und prophetischem Geiste durchdrungen zu sein. Aber laß das; versuchen wir einmal einen Wechselgesang, ob er uns heut so ohne Vorbereitung gelingt, da wir neulich unterbrochen wurden.«

»Wir können es wenigstens wagen«, sagte Franz; »aber du mußt das Silbenmaß setzen.«

Rudolph fing an:

Wer hat den lieben Frühling aufgeschlagen
Gleich wie ein Zelt
In blühnder Welt?
Wer konnte Wolkennacht verjagen?
Das Tal voll Sonne,
Der Wald mit Wonne
Und Lied durchklungen: –
Der Lieb ist nur so schönes Werk gelungen.

Franz

Der Lieb ist nur so schönes Werk gelungen
Daß Winter kalt
Entflohen bald,

Die holde Macht hat ihn bezwungen:
Die Blumen süße,
Der Quell, die Flüsse,
Befreit von Banden
Sind aus des Winters hartem Schlaf erstanden.

Rudolph

Sind aus des Winters hartem Schlaf erstanden
Der Wechselsang,
Der Echoklang,
Daß sie im heitern Raum sich fanden.
Die Nachtigallen –
Gesänge schallen,
Die Lindendüfte
Umspielen liebekosend Frühlingslüfte.

Franz

Umspielen liebekosend Frühlingslüfte
Gras, Blume, Baum,
Wie Liebestraum
Hängt Rosenbluth um Felsenklüfte.
Um Grotten schwanken
Die Geißblattranken,
Des Himmels Ferne
Erhellen tausend goldne kleine Sterne.

Rudolph

Erhellen tausend goldne kleine Sterne
Die Nacht so hold,
Der Brunnen Gold
Gießt strahlend sich zur Erde gerne:
Mit Liebesblicken
Uns zu beglücken
Schaut hoch hernieder
Die Liebe, gibt uns unsre Grüße wieder.

Franz

Die Liebe gibt uns unsre Grüße wieder,
Drum Blumenwelt
Uns zugesellt,
Gesandt von ihr des Waldes Lieder:
Sie schickt die Rose
Daß sie uns kose,
Wie uns zu danken
Glänzt sie daher und lacht aus Efeuranken.

Rudolph

Glänzt sie daher und lacht aus Efeuranken?
Ja, Lilienpracht
Scheint hell mit Macht,
Ihr Glanz belebt den Liebeskranken,
Und leise drücken
Wie Kuß, Entzücken
Auf Lilien-Wange,
Daß hold die Liebe Dank von uns empfange.

Franz

Daß hold die Liebe Dank von uns empfange
Wird Mädchenmund
In trauter Stund
Geküßt bei Nachtigallgesange:
Die Liebe höret
Was jeder schwöret,
Sie wacht den Eiden,
Sie straft den Frevelnden mit bittern Leiden.

Rudolph

Sie straft den Frevelnden mit bittern Leiden,
Wann er erglüht
Das Mädchen flieht,

Und selbst die Häßlichen ihn meiden;
In Händen welken
Ihm Ros und Nelken,
Die Himmelslichter
Erblassen ihm, er singt als schlechter Dichter.

»Und darum wollen wir lieber aufhören«, sagte Rudolph, indem er aufstand, »denn ich gehöre selbst nicht zu den unbescholtensten.«

Die beiden Freunde gingen zurück. Der Abend hatte sich schon mit seinen dichtesten Schatten über den Garten ausgestreckt, und der Mond ging eben auf. Franz stand sinnend am Fenster seines Zimmers, und sah nach dem gegenüberliegenden Berge, der mit Tannen und Eichen bewachsen war, zu ihm hinauf schwebte der Mond, als wenn er ihn erklimmen wollte, das Tal glänzte im ersten funkelnd gelben Lichte, der Strom ging brausend dem Berge und dem Schlosse vorüber, eine Mühle klapperte und sauste in der Ferne, und nun aus einem entlegenen Fenster wieder die nächtlichen Hörnertöne, die dem Monde entgegengrüßten, und drüben in der Einsamkeit des Bergwaldes verhallten.

»Müssen mich diese Töne durch mein ganzes Leben verfolgen?« seufzte Franz; »wenn ich einmal zufrieden und mit mir zur Ruhe bin, dann dringen sie wie eine feindliche Schar in mein innerstes Gemüt, und wecken die kranken Kinder, Erinnerung und unbekannte Sehnsucht wieder auf. Dann drängt es mir im Herzen, als wenn ich wie auf Flügeln hinüberfliegen sollte, höher über die Wolken hinaus, und von oben herab meine Brust mit neuem, schöneren Klange anfüllen, und meinen schmachtenden Geist mit dem höchsten, letzten Wohllaut ersättigen. Ich möchte die ganze Welt mit Liebesgesang durchströmen, den Mondschimmer und die Morgenröte anrühren, daß sie mein Leid und Glück widerklingen, daß die Melodie Bäume, Zweige, Blätter und Gräser ergreife, damit alle spielend mein Lied wie mit Millionen Zungen wiederholen müßten.« –

In der Einsamkeit spielte und sang er in leisen Tönen folgendes Lied, in welchem er die heitre Beklemmung, die süße Müdigkeit, die Träume, die schon die Stunde der Nacht im voraus besuchen, aussprechen wollte.

Mondscheinlied

Träuft vom Himmel der kühle Tau,
Tun die Blumen die Kelche zu,
Spätrot sieht scheidend nach der Au,
Flüstern die Pappeln, sinkt nieder die nächtige Ruh.

Kommen und gehn die Schatten,
Wolken bleiben noch spät auf,
Und ziehn mit schwerem, unbeholfnem Lauf
Über die erfrischten Matten.

Schimmern die Sterne und schwinden wieder,
Blicken winkend und flüchtig nieder,
Wohnt im Wald die Dunkelheit,
Dehnt sich Finster weit und breit.

Hinterm Wasser wie flimmende Flammen,
Berggipfel oben mit Gold beschienen,
Neigen rauschend und ernst die grünen
Gebüsche die blinkenden Häupter zusammen.

Welle, rollst du herauf den Schein,
Des Mondes rund freundlich Angesicht?
Es merkt's und freudig bewegt sich der Hain,
Streckt die Zweig entgegen dem Zauberlicht.

870

Fangen die Geister auf den Fluten zu springen,
Tun sich die Nachtblumen auf mit Klingen,
Wacht die Nachtigall im dicksten Baum,
Verkündet dichterisch ihren Traum,
Wie helle, blendende Strahlen die Töne niederfließen,
Am Bergeshang den Widerhall zu grüßen.

Flimmern die Wellen,
Funkeln die wandernden Quellen,
Streifen durchs Gesträuch
Die Feuerwürmchen bleich. –

Wie die Wolken wandelt mein Sehnen,
Mein Gedanke, bald dunkel, bald hell,
Hüpfen Wünsche um mich wie der Quell,
Kenne nicht die brennenden Tränen.

Bist du nah, bist du weit,
Glück, das nur für mich erblühte?
Ach! daß es die Hände biete
In des Mondes Einsamkeit.

Kömmt's aus dem Walde? schleicht's vom Tal?
Steigt es den Berg vielleicht hernieder?
Kommen alte Schmerzen wieder?
Aus Wolken ab die entflohne Qual?

Und Zukunft wird Vergangenheit!
Bleibt der Strom nie ruhig stehn.
Ach! ist dein Glück auch noch so weit,
Magst du entgegengehn;
Auch Liebesglück wird einst Vergangenheit.

Wolken schwinden,
Den Morgen finden
Die Blumen wieder:
Doch ist die Jugend einst entschwunden,
Ach! der Frühlingsliebe Stunden
Steigen keiner Sehnsucht nieder.

Fünftes Kapitel

Am folgenden Morgen stand der junge Maler früh auf und durchstreifte die Säle des Schlosses. Er stand vor dem Bilde eines Mannes still, das ihm bekannt schien, der Abgebildete war in Rittertracht und das Gesicht desselben hatte einen anmutigen Ausdruck. Indem er noch sann, kam Rudolph zu ihm, welcher ihn aufsuchte, um auf einige Tage Abschied von ihm zu nehmen, weil er mit seinem dichterischen Vetter eine Reise in das Land tun wollte, um andre, noch entferntere Anverwandte zu besuchen. Franz machte ihn auf das Bild aufmerksam, und glaubte nach längerer Betrachtung jenen Mönch wiederzuerkennen, welcher ihn so angezogen hatte, doch Rudolph eilte nach seiner leichtsinnigen Art über diese scheinbare Entdeckung weg, und zog ihn zum Frühstück, nach welchem er sogleich abreisen wollte.

Franz trennte sich ungern von ihm, weil er sich im weitläuftigen Hause unter so vielen Menschen ohne ihn einsam fühlte. Die Gräfin ließ ihn rufen, um ihr Bild anzufangen. Sie war in einem leichten, reizenden Morgenkleide und kam ihm mit der lieblichsten Freundlichkeit entgegen. »Ich habe Euch darum so früh rufen lassen«, fing sie an, »weil ich wünsche, daß Ihr mein Bild, welches Ihr für mich malen wollt, mit der größten Lust ausführtet; ich habe aber immer geglaubt, daß auf die Kleidung, ihre Form und Farbe vieles ankomme, und darum will ich mit Euch wählen, welche Ihr mir am zuträglichsten haltet. Ihr, als Maler, müßt das am besten verstehn, und die Weiber, welche gefallen wollen, sollten die Künstler öfter zu Rate ziehn.«

Sie ging mit ihm in ein anstoßendes Zimmer, dessen Fenster von außen mit grünen verschränkten Zweigen bekleidet waren, und ein dämmerndes Licht, wie in einer traulichen Kapelle bildeten; hier erschien die Gräfin in ihren leichten und anmutigen Bewegungen noch reizender. Es waren Kleider von verschiedenen Farben ausgebreitet, Franz wählte ein grünes von Sammet, dessen Ausschnitte mit Gold reich und prachtvoll geschmückt waren; er entfernte sich wieder in den Saal, und nach wenigen Minuten stand sie vor ihm, das grüne Gewand weit und anmutig um sie fließend, Ärmel, Saum und Busen von Golde glänzend, und auf den schweren niederhängenden Locken ein goldenes Netz, das halb das Haupt von einer Seite nur bedeckte, mit grünem Bande, wie mit Laub durchzogen. Sie nahte ihm lächelnd, und Franz fühlte in diesem Augenblicke, welche wunderbare Macht die Schönheit über das Herz ausüben könne, denn eine plötzliche Entzückung traf ihn wie ein Blitz, und er fühlte sich wie ohnmächtig. Noch bestimmter glaubte er die Unbekannte in diesem Schmucke vor sich zu sehn. Er mußte sich mit ihr vor einen großen Spiegel stellen, und er meinte in ein Zauberreich hineinzuschauen, als ihn im Spiegel die edle Gestalt mit den leuchtenden Augen und frischen Lippen schalkhaft und vertraulich anlächelte. »Nun«, sagte sie, indem sie sich in einen Sessel warf, und den entblößten runden Arm mit seinem weißen Glanze auf seiner Schulter ruhen ließ – »wie findet Ihr mich so?« Sternbald konnte erst keine Antwort auf diese

Frage finden, endlich sagte er: »Glaubt mir nur, schönste Frau, daß ich noch nie geschmeichelt habe, aber wie der, der plötzlich zum erstenmal die schönste Musik in seinem Leben hörte, nicht gleich würde sagen können, wie und warum sie ihn entzückte, und welche Töne ihn am meisten hinrissen, so ist es mir bei Eurem Anblick: ich bin zu sehr von diesem Glanz überschüttet und geblendet, um wissen zu können, wann Ihr am schönsten seid.«

Die Gräfin wurde still und nachdenkend, sie ließ den reizenden Arm herunterfallen und sah vor sich hin, so daß die langen finstern Augenwimpern die feinen Wangen beschatteten. »Warum nur«, sagte sie endlich, »immer wieder diese Freude an solchem Worte, und warum erschüttert es fast die Seele, wenn es so ernst und eindringlich gesprochen wird? Ich muß und will Euch glauben, daß Ihr nicht lügt – und doch – auch die Schönheit ist Lüge, Täuschung, Traum; sie flieht wie der Frühling, wie der Gesang, wie die Liebe, und nichts ist beständig, als diese unglückselige Unbeständigkeit.« Mit einem tiefen Seufzer entfernte sie sich, sie sang drinnen einige wehmütige Töne, und kam in einem schwarzen Atlaskleide zurück, indem noch ein Tränchen, wie eine Perle, in den langen Wimpern hing. Goldene Spangen umschlossen den Arm, Perlen glänzten auf dem weißen Halse, und goldene Ketten wiegten sich auf dem Busen. »Ich bin sehr ernst«, sagte sie, »und will nicht Euer Lob und Eure Bewunderung; zeichnet jetzt, bei der ersten Anlage des Bildes kommt es auch nicht so sehr darauf an, wie ich gekleidet bin.« Der Maler machte sich an die Arbeit. Der Ausdruck ihres schönen Angesichtes war jetzt ein sehnsüchtig schwermütiger. Indem er zeichnete, sah sie ihn oft lange stumm und bedeutend an, als wenn sie mit der Seele verlorenen Erinnerungen nachginge. Ihm wurde ängstlich zu Sinne, seine Hand irrte oft, und er war endlich froh, als die Sitzung geendigt war. »Morgen«, sagte die Gräfin, »wollen wir heiterer sein«, indem sie ihm die Hand zum Kusse reichte.

Am andern Morgen fand er die Gräfin auf einem Ruhebette in Tränen aufgelöst, ein dunkler Purpur umhüllte den schönen Leib, die reichen und lockigen Haare schwellten in lieblicher Verwirrung auf Nacken, Brust und Schultern: der junge Maler glaubte sie noch nie so schön gesehn zu haben, er war von dem Anblicke entzückt, aber doch von ihren Schmerzen innigst bewegt. Ein junges Mädchen saß neben ihr, die eine Laute in Händen hatte, worauf sie eben gespielt zu haben schien. Die Gräfin setzte sich aufrecht, strich ihr schweres Haar etwas zurück, und ließ das holdste Lächeln durch die weinenden Mienen scheinen. »Vergebt mir«, sagte sie, »meine Trauer, wodurch ich Eure Arbeit erschweren werde; es ist überhaupt wohl kindisch, daß ich dieses Bild wünsche, um mich daran zu erfreuen, mich sollte gar nichts mehr freuen, denn mein Leben ist verloren, und doch geben wir auch im höchsten Leid unser Herz immer wieder dem törichten Spiel der Lust, dem lügenden Trost, der gaukelnden Hoffnung hin, und vergessen, daß nur in des Schmerzes tiefster Innigkeit für uns die wehmütige Freude, der Himmel der ewigen Tränen wohnt.«

»Wie in Euch das Leid erscheint«, sagte Sternbald, »ist es etwas so Herrliches, daß ich mir wohl vorstellen kann, viele möchten wünschen, Euch diesen Zauber nachspielen zu können, und ich erlebe jetzt, was ich keinem Dichter geglaubt haben würde, daß die Schönheit alles in Schönheit verwandelt, und daß aus Tränen und Weh der Reiz so süß hervorblicken kann, als aus dem schalkhaften Glanze der Augen.«

»Ihr malt!« rief die Gräfin scherzhaft auffahrend, »ich fürchte, meine Gegenwart verdirbt Euch, da Ihr mit jedem Tage schlimmer schmeicheln lernt.« Indem Sternbald arbeitete, sagte sie nach einer Pause: »Singe jetzt, Kind, eins von den Liedern, die du kennst.« – »Welches?« fragte das junge Mädchen. »Was dir zuerst einfällt«, sagte die Gräfin, »nur nichts Schweres, etwas Leichtes, Schwebendes, das nur in Tönen lebt.«

Das Mädchen sang mit zarter Stimme:

>   »Laue Lüfte
>   Spielen lind,
>   Blumendüfte
>   Trägt der Wind,
>   Rötlich sich die Bäume kräuseln,
>   Lieblich Wähnen
>   Zärtlich Sehnen
>   In den Wipfeln, abwärts durch die Blätter säuseln.
>
>   Rufst du mich,
>   Süßes Klingen?
>   Ach! geheimnisvolles Singen,
>   Bist nicht fremd, ich kenne dich!
>   Wie die Tauben
>   Zärtlich lachen, girren, kosen,

874

Also mir im bangen Herzen
Schlagen Fittge Lust und Schmerzen;
Zu den dunkeln Dämmerlauben,
Zu den Blumenbeeten, Rosen
Wandl' ich, ruf ich, schau umher –
Und die ganze Welt ist leer.

In die dichte Einsamkeit
Trag ich meiner Tränen Brand;
Ach! kein Baum tut mir bekannt,
Setz mich an des Bronnens Rand:
Vogel wild die Töne schreit,
Echo hallt,
Hirschlein springt im dunkeln Wald.

Und es braust herauf, herunter,
Waldstrom klingt durch seine Klüfte,
Seine jungen Wellen springen
Auf den Felsenstufen munter,
Adler schwingt sich durch die Lüfte: –
Tränen, Rufen, Klagen, Singen,
Könnt ihn nicht zurück mir zwingen?
Garten, Berge, Wälder weit
Sind mir Grab und Einsamkeit.«

Während des Liedes schien es dem Maler, als wenn eine Verklärung
mit süßem Glanz durch alle Adern des Angesichtes sich verbreite und
wie ein Licht aus der schönen Stirn hervordringe; alle Züge wurden
noch sanfter und sinniger, er fühlte sich von dieser ausströmenden
Klarheit wie geblendet. Aber die Töne gaben ihm Ruhe und Heiterkeit,
er konnte mit Sicherheit arbeiten, indem die Schöne das Lied noch einigemal wiederholen ließ.

»Nun laßt des Malens für heute genug sein«, rief die Gräfin plötzlich,
»es ermüdet nichts so sehr, als dieses starre Vor-sich-Hinblicken, ohne
Gedanken und Unterhaltung. Kommt, mein junger Freund, und erzählt
mir etwas von Euch, von Eurem Leben, von Euren Reisen, und daß es
ja nur recht wichtig und lustig ist.«

Sternbalds Verlegenheit wurde erneuert, er fing an von Dürer, Sebastian und Nürnberg zu sprechen, dann von Florestan und ihrer Reise, und mühte sich ab, so erheiternde Gegenstände aufzufinden, als ihm seine Phantasie nur darbieten wollte. Die Gräfin hörte ihm freundlich zu, und nach einiger Zeit sandte sie die Sängerin mit einem Auftrage fort. »Wenn es Euch gefällt«, sagte sie, »wieder an die Arbeit zu gehen, werdet Ihr mich erfreuen, denn ich bin heut in der Stimmung, recht geduldig zu sitzen.« Franz fing wieder an zu malen, und bald ließen sich vom Garten herauf Waldhörner mit muntern und sehnsüchtigen Melodieen abwechselnd vernehmen. Sie wurde sehr nachdenkend, und verfiel nach einiger Zeit wieder in ihre erste Trauer. »Wie glücklich«, dachte Franz bei sich selbst, »sind doch die Reichen, daß Kunst und edler Genuß sie immerdar umgeben kann, daß ihr Leben sich in ein anmutiges Spiel verwandelt, daß sie das Antlitz der Not und die strenge drohende Miene des Lebens nur von Hörensagen und aus Erzählungen kennen: immer umduftet und umlacht sie ein heiterer Frühling; und das ist es auch wohl, warum die Sterblichen nach Schätzen geizen, und atemlos aber unermüdet der blinden Glücksgöttin nachrennen, um diese irdische Seligkeit zu erschaffen, obgleich die meisten nachher zu vergessen scheinen, weshalb sie ausgegangen waren.« Indem er wieder von der Arbeit aufsah, fand er die schöne Gestalt in Schmerzen aufgelöst; sie winkte ihm, zu endigen, er stand auf und verbeugte sich, aber als er in der Türe war, rief sie ihn zurück: »Kommt morgen um diese Zeit wieder«, sprach sie und reichte ihm freundlich die Hand, »aber das Bild wird nicht gelingen, denn niemals kann ich wieder fröhlich sein, in diesen Tränen und Klagen werdet Ihr mich immer finden.«

Franz hatte geäußert, daß er sie noch einmal in der Jägertracht als Jüngling zu sehen wünsche, und daß diese Kleidung sich vielleicht auf dem Bilde am anmutigsten ausnehmen würde, aber dennoch war er verwundert, sie am folgenden Tage so im Saale stehen zu sehn, den Jagdspieß in der Hand, das goldne Hifthorn um die Schultern geworfen, den Hut mutig in das Auge gedrückt und von der Seite geschoben, unter welchem sich quellend die braunen Locken von allen Seiten hervordrängten. »Gefalle ich Euch denn nun so?« fragte sie ihn mit einem kecken Ausdruck. »So sehr, daß ich die Worte dazu nicht finden kann«, sagte Franz lächelnd; »wer fühlte sich nicht im voraus besiegt, wenn Ihr so kriegerisch auf ihn zuschreitet?«

Das Gemälde des Ritters war aufgestellt, und die Gräfin fuhr fort: »Diesen Mann müßt Ihr neben mich malen, aber so viel als möglich aus Eurer Phantasie und nach meiner Beschreibung, denn dieses Bild rührt von einem wahren Stümper in der edlen Kunst her, der es noch niemals gefühlt hatte, welche Holdseligkeit, welcher Liebreiz und Ausdruck der Seele sich im menschlichen Antlitze abspiegeln kann, aber noch viel weniger diesen Zauber in den Farben nachzuschaffen wußte, drum sieht dieser Kopf freilich jenem Ritter immer noch ähnlicher, als mir oder Euch, aber von des Entfernten Wesen selbst ist auch kein Schatten dargestellt. Könnt Ihr Euch nun vielleicht eine Klarheit des Auges denken, das ebensoviel Treue als Schalkheit auf Euch blitzt, einen Mund, der mit Witz und Scherz und Liebesrede wie eine junge Morgenrose aufblüht, eine ernste Stirn, durch die es wie ein Geist hervorleuchtet, welcher allen gebietet, Wangen und Kinn so unschuldig und klug, so zärtlich und wohlwollend, und wieder wie ein Spielplatz der feinen List und des harmlosen Spottes, die wie junge Liebesgötter in Blumen hüpfen, und sich und andre verhöhnen im lieblichen Kriege? Seht, wie kalt ist dagegen dieses Bild! O freilich darin ihm jetzt ähnlich, denn so kalt, so tot, mir und meiner Liebe abgewandt ist er selbst.«

»Ihr verlangt aber auch etwas Unmögliches vom Maler«, sagte Franz. »O hättet Ihr ihn nur gekannt!« rief sie aus, »dies bewegliche und doch so ruhige Gesicht, das so fein und ausdrucksvoll war, daß jede Gemütsbewegung leuchtend hindurchging, wie ein ferner Blitz durch Wolken fährt. Wenn ich nur den Pinsel führen könnte, so solltet Ihr sehn, welch ein Gebild sich auf der Tafel ausbreiten sollte. Malt ihn an meiner Seite, oder kniend, oder mir zum Abschied die Hand reichend. Ach! welche selige, welche schmerzhafte Erinnerung! Ich glaube, kein Mädchen hat noch so geliebt, wie ich, keine ist noch mit so schnödem Undank betrogen worden. – Aber, nicht wahr, Maler, so ganz darf ich nicht als Jüngling erscheinen, wenn in dem Bilde ein Sinn sein soll? Man muß es doch fühlen und sehn, daß er mein Geliebter ist, darum malt ihn im Walde kniend zu meinen Füßen; auch muß in meiner Tracht einiges geändert werden.«

Mit diesen Worten warf sie den Hut vom Kopfe, und die Fülle der schwarzen Locken ringelte sich auf Brust und Schultern hinab, sie lüftete den feinen Spitzenkragen und das grünseidene Wams, und machte den glänzenden Hals und Busen etwas frei. »Kommt!« rief sie, indem sie sich niedersetzte, »Ihr habt mir noch niemals die Haare geordnet, um zu sehn, welche Art sie zu tragen am besten zu meinem Gesichte paßt, und Ihr als Künstler müßt damit vorzüglich gut Bescheid wissen, ringelt Sie jetzt, wie es Euch gut dünkt, oder steckt sie auf, oder laßt einzelne Locken schweben, bedeckt die Stirn, oder macht sie frei, ganz nach Eurem Gefallen.«

Franz, dem dergleichen Übungen bei seinem Dürer nicht vorgekommen waren, näherte sich schüchtern und verlegen. Die seidenen Haare wogen schwer in seiner Hand, er zitterte, indem er den weißen Nacken berührte, und von hinten stehend, sein Blick in den blendenden Glanz der Busenhügel fiel. Sie hatte einen kleinen Spiegel in der Hand, und da sie sein Zaudern bemerkte, sagte sie: »Nun, warum könnt Ihr Euch nicht entschließen?« Er ließ die langen dunkeln Haare von allen Seiten schweben und stellte sich dann vor sie hin, um sie zu betrachten; dann ringelte er sie in einzelnen Flechten, und endlich hob er das Gelock über die Stirne empor, sie sah ihn freundlich und schalkhaft an und rief: »Nicht wahr, so bin ich ein ganz anderes Wesen?« Die reine Stirn glänzte, die Augen funkelten, sie war bezaubernd schön in dieser Stellung. »Wißt Ihr aber auch«, fuhr sie fort, »daß Ihr, wenn man Euch so nahe ansieht, recht schöne und treuherzige Augen habt?« Sie stand auf, legte ihm die Hand auf die Schulter, betrachtete ihn ganz nahe und sagte: »Wirklich, man muß Euch gut werden, wenn man Euch recht anschaut, ich denke mir, daß ein Mädchen Euch einmal recht muß lieben können.« Mit diesen Worten drückte sie ihm einen Kuß auf die Stirn und entfernte sich.

Franz ging unruhig auf und ab und sagte zu sich: »Wahrlich, ich hätte nie geglaubt, daß das Malen ein so beschwerliches Handwerk sei! Auch habe ich nie etwas von diesen Gefahren vernommen; auf diesem Wege dürfte ich das wenige, was ich von der Kunst gefaßt habe, ganz wieder verlernen.« Die Gräfin kam zurück und hatte ein buntes seidenes Tuch nachlässig umgeschlagen, ein Barett auf das schöne Haupt gesetzt, und sagte, indem sie des Malers Hand nahm: »Kommt, Ihr sollt mich auf einen Spaziergang begleiten, Ihr seid es wert, daß ich Euch meine Geschichte vertraue.« Er folgte ihr, und sie gingen durch den Garten jenem anmutigen Walde zu, wo Sternbald sie zuerst gesehn hatte. Der junge Arnold kam ihnen nach, um sich zu ihnen zu gesellen, aber die Gräfin wies ihn mit einem Winke zurück. Als sie zu dem Hügel gekommen war, wo die Jagd damals um sie versammelt gewesen, ließ sie sich nieder und Sternbald mußte sich neben sie setzen.

878

»Schon früh«, so fing sie ihre Erzählung an, »verlor ich meine Eltern. Weil mir dadurch eine große Erbschaft und der Besitz schöner Güter zugefallen war, so ward ich aus der Nachbarschaft wie aus der Ferne von vielen Menschen aufgesucht, die mir schmeichelten, und allen meinen schnell wechselnden Launen entgegenkommen wollten. Jung wie ich war, hielt ich mich wirklich bald für eine seltene Erscheinung an Geist und Witz, das übertriebene Lob meiner Bewunderer überredete mich in kurzem, daß meine Schönheit ganz außerordentlich sei. Die jungen wie die älteren Männer bewachten meine Schritte und jeder suchte mich auf seine Art zu gewinnen. Sie hatten mich erst stolz und übermütig gemacht, und nicht dabei überlegt, daß eben dieser Stolz ihre kriechenden aber anmaßenden Bewerbungen, ihre plumpe Heuchelei, ihre Vergötterung meiner Gestalt und Vorzüge, hinter welcher ich nicht nur eine Geringschätzung meiner selbst, sondern des ganzen weiblichen Geschlechtes sah, aus dem Felde schlagen würde. Ich verachtete bald alle diese eigennützigen Wesen ohne Herz und Empfindung, und meine Lust war es, sie diese Verachtung fühlen zu lassen, mein Triumph und Hohn wurde endlich so deutlich, daß sich einer nach dem andern zurückzog, und ich in den Ruf kam, eine Feindin der Männer zu sein. Seitdem näherten sich mir andere und bessere, und ich bemerkte an manchem Reize und Gaben des Geistes, welche mich anzogen, doch konnte ich sie ebenso ruhig abreisen sehen, wie ich sie froh und freundlich aufgenommen hatte. Diese Ruhe meines Herzens war mein größter Stolz, ich meinte, was ich von Liebe gehört, sei nur eine Erfindung begeisterter Dichter. Ja, ich kann es nicht leugnen, ich spielte wohl mit der bessern Empfindung manches Jünglings, und freute mich, ihn von meinen Blicken abhängig zu machen, ohne dann seine Unruhe, seine Heftigkeit und Trauer zu bemerken oder zu erwidern. Aber schon nahte derjenige, den das Schicksal zu meiner Bestrafung abgesandt hatte. Ein junger Ritter kam hieher, der, wie er sagte, aus Franken gebürtig war. Ich hatte noch nie die Würde und die Liebenswürdigkeit des Mannes gesehn: sein stiller, ernster und feuriger Blick, sein holdseliges Lächeln, seine tönende Sprache, und die Wahl seiner Worte, sein Gang, die Stellung, die Art sich zu kleiden, alles, alles an ihm versetzte mich außer mir selbst; meine Unruhe, wenn er nicht zugegen, meine süße Angst, meine peinigende Wonne, wenn er mir gegenüber stand und saß, waren unbeschreiblich, meine ganze Seele gehörte ihm schon, noch ehe ich darauf fiel, diese Empfindung, die alle meine Kräfte abwechselnd erhöhte und vernichtete, Liebe zu nennen.

Ich erschrak und zitterte doch vor Freude, als ich mir dieses Wort der Wunder und des Zaubers in meinem Herzen ausgesprochen hatte.

Wie man an heißen Tagen, schmachtend und ermüdet auf weitem Gefilde, sich des Haines liebliche Kühlung und seine rauschenden Schatten wünscht, um sich tief in der dunkeln Grüne zu ergehn und immer weiter in das dicht verflochtne Labyrinth zu dringen, wie im Durst wir die Felsenquelle ersehnen, und uns den Born lieblich springend und tönend vorstellen, und meinen, nicht voll genug könnten wir das Labsal schöpfen: so war es meiner heißen Seele, die sich bei ihm in die liebliche Kühle seines Innern, in den Reichtum seiner himmlischen Gedanken und Gefühle tief hineinzuretten suchte, um aus dem Born des frischesten Herzens den Durst zu stillen, der mich bis dahin in leerer Welt gequält hatte, ohne gewußt zu haben, daß ich an dieser Sehnsucht erstarb. Wie holde Lauben mit Vogelgesang und Blumenranken, wie Felsentäler mit klingenden Wasserfällen, wie die Wunder ferner Welt, die oft meine Phantasie geahndet hatte, wie die reine Entzückung, die uns aus Liedern, von Gemälden herabstrahlend umspielt: so allgenügend, so vielfach, so ganz erfüllend war mir seine Gegenwart. ›Habe ich denn bisher nicht gelebt?‹ sprach ich zu mir selber. War es denn nicht dieselbe Sigismunde, die dachte und träumte und sang? Ich habe ja doch nun erst meine Seele, mich selbst gefunden, und hinter mir liegt mein voriges Leben wie eine wüste Steppe, oder verbrannte Heide, und jetzt erst hat mich der holdseligste Garten mit Blumen, Bäumen, rauschenden Brunnen, Frühlingsschein und Stern- und Mondglanz in Empfang genommen. O wie süß war mein Traumspiel, das jetzt mein Leben geworden war! die ganze Welt war in rührende Zärtlichkeit aufgelöst.

Welch Entzücken durchströmte meine Seele, als ich es fühlte, wie unsre Sehnsucht sich begegnete, als er mir in einsamer Stunde seine Liebe gestand, als er beschämt erzählte, wie sehr er gestrebt habe mir auszuweichen und sich mir zu entfremden, weil er arm und ohne Güter sei: welch seliges Gefühl, mich und alles was ich besaß vor ihn als sein Eigentum hinzuwerfen! Aber wie gefährlich ist das Wort der Lippe, wie unverstanden und rätselhaft der Ton ›Liebe‹, und wie seltsam zauberisch in seinen Wirkungen, daß es schien, als rinne der Quell der Wonne schwächer in uns, seit wir jenen Laut gesprochen, als falle ein langsamer Tod auf alle Blüten unsers reichen Innern. Ich sah es, wie er sich verzehrte, eine trostlose Bangigkeit wühlte in meinem Herzen. Oft blitzte noch wieder die alte Sehnsucht, der Götterrausch auf, aber nur dunkler schien nachher der Kerker des Innern. Wir sprachen Worte, die wir nicht verstanden, wir waren uns fern in der nächsten Nähe: der Engel, der uns wie girrende junge Täubchen unter seine Flügel genommen hatte, war wieder hinweggeflogen, und wir fühlten die kalte Trübsal der Welt, die tote Einsamkeit selbst in Blick und Händedruck. Hier an dieser Stelle sah ich ihn zum letztenmal, hier schien noch einmal sein kindliches, holdseliges Lächeln mich an; einen Freund wollte er besuchen, so sprach sein Mund, und ich habe ihn nicht wiedergesehn.

O ihr neidischen Mächte! seitdem war er mir zurückgegeben. Die Kluft meiner Seele fiel zu, die Ströme der Liebe brachen den starren Fels, und Wunderblumen schauten wieder in die klaren Wellen, ganz, ganz war er wieder mein, der volle Frühling wieder hereingewachsen, aber zugleich schritt nun der herbe Schmerz und die Verzweiflung auf mich zu, daß er mir verloren sei, daß ich ihn vertrieben, daß er wohl mir, ich aber nicht ihm gehöre, weil sein innres Licht vielleicht noch von jener finstern Decke verhüllt werde, die unsre Liebe zum Gespenst gemacht hatte. Nun rief ich dem Echo, den Felsen und Wasserquellen; die ziehenden Vögel und Wolken und meine schnelleren Liebesgedanken sandte ich ihm nach. Ach! in seltnen lieben Augenblicken war es, als kehrten seine Wünsche aus der Ferne gastlich bei mir ein, dann ist eine Seligkeit in meinen fließenden Tränen, wie ich sie eben jetzt empfinde.«

Sternbald war hingerissen, erstaunt und gerührt, er suchte die einschmeichelndsten, lindesten Worte, und sie wie Blumen um das Herz der schönen Traurigkeit zu legen, und erzählte von jenem verkleideten Mönche, den er neulich diesem Gebiete ganz nahe gesehen habe, und der dem Ritter des Bildes so auffallend ähnlich sehe. »Er muß es sein«, so schloß er; »und was anders sollte ihn wohl hiehergetrieben haben, als die nämliche Sehnsucht, die neue Kraft der Liebe, die auch in ihm durch die Schrecken der Ferne wieder aufgegangen ist? Ja, jenes Lied hat Euch prophetisch geantwortet:

> Treulieb ist nimmer weit,
> Ihr Gang durch Einsamkeit
> Ist dir, nur dir geweiht.«

»Es sei, ich glaube daran«, rief sie aus, »ich nehme das liebe Kind Hoffnung von neuem in meine Arme. O welchen Trost habt Ihr mir aus der Ferne herübergebracht! So sandte der Himmel frommen Einsiedlern Brot in die Wüste durch das Geflügel der Luft. Ja, wie ein Engel seid Ihr mit dieser Friedensbotschaft in mein verwaistes Haus getreten. O Waldrevier! O grüner Rasenplatz! O Felsenbach! hört ihr es wohl? Er ist wieder in eurer Nähe! Singt nun, Nachtigallen, mit doppler Macht, schlage du Herz nun freudiger fort!«

Sie lehnte sich, in sich hineinlächelnd, an den Baumstamm, und sang dann mit lauter Stimme:

»Was halt ich hier in meinem Arm?
Was lächelt mich an so hold und warm?
Es ist der Knabe, die Liebe!
Ich wieg ihn und schaukl' ihn auf Knie und Schoß,
Wie hat er die Augen so hell und groß!
O himmlische, himmlische Liebe!

Der Junge hat schön krausgoldenes Haar,
Den Mund wie Rosen hell und klar,
Wie Blumen die liebliche Wange;
Sein Blick ist Wonne und Himmel sein Kuß,
Red und Gelach Paradiesesfluß,
Wie Engel die Stimm im Gesange.

Und liebst du mich denn? – Da küßt er ein Ja!
Und wie ich ihm tief in die Augen nun sah,
Da schlägt er mir grimmige Schmerzen;
O böses Kind! ei wie tückisch du!
Wo ist deine Milde, die liebliche Ruh?
Wo deine Sanftmut, dein Scherzen?

Da geht ein süß Lächeln ihm übers Gesicht:
Ich liebe dich nicht! ich liebe dich nicht!
Da setz ich ihn nieder zu Füßen.
O weh mir! so ruft nun und weinet das Kind,
Du Böse, o nimm mich auf geschwind,
Ich will, ich muß dich küssen.

882

Ich heb ihn empor, er schreiet nur fort,
Er hört auf kein liebkosendes Wort,
Er spreitelt mit Beinen und Händen:
Mich ängstiget und betäubt sein Geschrei,
Mich rühren die rollenden Tränen dabei,
Er will die Unart nicht enden.

Und größer die Angst, und größer die Not,
Ich wünsche mir selbst und dem Kleinen den Tod,
Ich nehm ihn und wieg ihn zum Schlafe:
Und wie er nur schweigt, und wie er nur still,
Vergaß ich, daß ich ihn züchtigen will,
Meine Lieb seine ganze Strafe.

Da schlummert er süß, es hebt sich die Brust
Vom lieben Atem, ich sättge die Lust
Und kann genug nicht schauen:
Wie ist er so still? Wie ist er so stumm?
Er schlägt nicht, und wirft sich nicht wild herum,
Er tobt nicht! es befällt mich ein Grauen.

O könnte der Schlaf nicht Tod auch sein?
Ich weck ihn mit Küssen; nun hör ich ihn schrein,
Nun schlägt er, nun kost er, meine Wonne, mein Sorgen,
Dann drückt er mich an die liebliche Brust,
Nun bin ich sein Feind, dann Freund ihm und Lust: –
So geht's bis zum Abend vom Morgen.«

Der Ausdruck war unbeschreiblich, mit welchem sie diese Verse sang, die sie im Augenblicke zu erfinden schien. Franz war in ihrem Anblick verloren. Sie stand auf und lehnte sich ermüdet an ihn, er mußte sie durch die Baumgänge bis nach dem Garten des Schlosses zurückführen. »Noch einmal dank ich Euch für die tröstliche Nachricht«, sagte sie mit einem Händedrucke, verließ ihn und ging hüpfend in das Haus. Franz sah ihr lange nach, dann setzte er sich in einer abgelegenen Laube nieder, und dachte über die wundersamen Gefühle, die ihm ihr wechselndes Betragen, ihr Liebreiz und ihre Erzählung erregt hatten. Der junge Arnold gesellte sich zu ihm, und da dieser ihn so tiefsinnig sah, sagte er:

»Wie nun, mein junger Maler, wie steht es um Euch? Fühlt Ihr auch schon die zauberischen Netze, die sich um Euch her ziehen, und denen Ihr bald nicht mehr werdet entrinnen können, wenn Ihr nicht kühn sie früh genug zerreißt? Ich sah Euch heut mit einem Gefühl von Eifersucht und Mitleid nach; gesteht es nur, daß Ihr Euch an einem gefährlichen Abhange befindet.«

Franz erzählte ihm treuherzig, was vorgefallen war, und verschwieg ihm den Eindruck nicht, den die Schönheit und die reizende Beweglichkeit der Gräfin auf ihn gemacht hatten. »Ja«, rief Arnold aus, »es ist etwas Furchtbares in dieser Schönheit, wenn sie ohne Schonung so grausam mit ihrer Macht spielen will. Ich bin seit meiner frühen Jugend in diesem Hause, und sah dieses sonderbare und reizende Wesen sich bilden. Sie ist die Freundlichkeit und Liebe selbst, mit Wohlwollen, ja Zärtlichkeit kommt sie jedem entgegen, sie weiß Vertrauen zu erregen, und bald meint der Getäuschte, daß er ihr unentbehrlich sei. Doch wie ihm das lose Spiel sich in Ernst verwandelt, wie sie es fühlt, daß jener sie sucht und wünscht, daß das leichte Verhältnis sich fest und fester knüpfen soll, so zieht sie sich zurück, doch ohne den Faden zu zerschneiden, an welchem der Gefangene flattert. So hatten sich ihr viele Männer mancherlei Gemütes aus der Nachbarschaft und Ferne genähert, und alle waren in diese seltsame Jagd befangen worden. So gewöhnt, aus dem Leben, der Liebe, der Rührung und dem süßen Wechsel zarter Empfindungen ein Spiel zu machen, und jeden neuen Gegenstand als Spiegel zu gebrauchen, in welchem sie sich selbst nur mit Wohlgefallen betrachtete, erschien ihr endlich jener Ritter aus Franken, von dem sie Euch erzählt hat. Er war ein feingebildeter, ja schöner Mann, weich und poetisch wie sie selbst, ebenso in Träumen lebend und süßen Gefühlen schwelgend. Sie wurden sich bald unentbehrlich, einer schien des andern nur bedurft zu haben, um den ganzen Reichtum seines innern Lebens zu erkennen und zu genießen. Endlich war gefunden, was sie umsonst bisher gesucht hatte, und sie erklärten laut ihre bevorstehende Verbindung.

Das ernste Wort war ausgesprochen, welches den Liebenden seines unwandelbaren Glückes versichert, beide aber schienen vor diesem Ernst des Lebens zurückzuzittern, der alle ihre Träume und ihr buntes Spielwerk zu zerbrechen drohte. Und gewiß, hat die Leidenschaft nicht so alle Kräfte ergriffen, die tiefste Sehnsucht das ganze Herz so durchdrungen, daß beide sich wie zum Tode gern und willig opfern, und keine

Jugend mehr leben, und keine neuen Wünsche und Rührungen mehr finden wollen, so darf die Seele, die in den Wogen des Wohllauts schwimmt und mit Träumen der Entzückungen gaukelt, davor erzittern, daß nun das Höchste, das letzte Ziel errungen werden soll, hinter welchem Wahrheit, Ruhe, stille Befriedigung, wie ebenso viele graue Gespenster hervorzudrohen scheinen. So denke ich mir ihren Zustand, um mir einigermaßen zu erklären, was geschah. Er mochte in sich, noch mehr aber im Gegenstande seiner Liebe fühlen, wie das Herz noch etwas anderes als dieser Liebe bedürfe, wie sie nicht ihn selbst, sondern nur die Schimmer der Phantasie vergötterte, die aus ihr zu ihm hinüberleuchteten, und darum erweckte er sich freiwillig aus seinem Traume, und entfloh.

Sie war tief gekränkt, gestört, aber wie ich sie kenne, nicht wahrhaft unglücklich. Die Trauer und der Schmerz waren noch nie in ihre Seele gekommen, nun konnte sie sich an diesen üben, und sie zu ihren Spielgefährten machen. Sie schmückte sie auch so reizend auf, sie machte sie so schön, daß man zugeben mußte, daß sich neue wundersame Gaben und Bezauberungen an diesem verführerischen Weibe durch sie enthüllten, und ich machte die Erfahrung, daß ich sie anbetete, indem ich ihr zu zürnen glaubte, daß alle jene Mängel, die ich zu kennen wähnte und in stolzer Sicherheit schalt, sich plötzlich gegen mich selbst umwandten, und mir so holde Engelsangesichter zeigten, daß ich verehrend, geblendet niederfiel, und freudig meinem Verderben entgegeneilte.

Jetzt wurde ich ihr Vertrauter und tröstender Freund. Entfliehe der Mann doch diesen Klagen und Tränen eines schönen Weibes, diese Flut der geschmolzenen Perlen nimmt ihn unwiderstehlich mit, er tritt in die Vorhalle zum Herzen seiner Freundin und will bald selbst der Gegenstand ihrer Trauer und Tränen werden. Sie mochte sich nicht an dem gewöhnlichen Trost, an Musik, an Zerstreuung begnügen, ihr Leben selbst wollte sie zu einem Gedichte erhöhen, und ich war derjenige, der ihr zum Dichter und Maler ihrer Szenen dienen mußte. Sie liest die herrlichen Liebesgedichte unsrer Vorfahren, sie kennt sie alle und ich trug sie ihr von neuem vor, und jeder rührende Vers, jede Schilderung, in der sie Beziehung entdeckte, ward wiederholt, hergesagt, auswendig gelernt und gesungen. Aber sie befriedigt sich damit nicht, ich muß ihr eigne neue Lieder dichten, die wir abwechselnd singen, wie Ihr denn neulich eins dergleichen bei Eurer Ankunft gehört habt, diese müssen einfach in wenigen Akzenten das Gefühl gleichsam mehr anklingen, als aussprechen. So schweifen wir durch die Wälder, jagen, singen, und erfreuen uns der Natur und der Einsamkeit, die Waldhörner müssen den Schmerz mit ihren Tönen verherrlichen, sie selbst ist schön geschmückt in vielen abwechselnden Trachten, bald als Frau, bald als Jäger und Jüngling, als Amazone oder als Fürstin. Zuweilen fällt es ihr ein, als Isalde, Sigune oder Enite aufzutreten, von denen sie in ihren Büchern liest, in phantastischer Kleidung schweift sie dann mit ihrer Gesellschaft durch die Täler und Haine, und mir Unglücklichen fällt es dann anheim, den sehnlich erwarteten Tristan oder Iwein darzustellen, sie täuscht sich dann selbst mit ihrer Zärtlichkeit und ist glücklich, aber mir Armen, ihr so nahe, vor ihr knieend, ihre Hände und Arme fassend, in ihren schönen Locken tändelnd, leuchtet dann ein Paradies entgegen, und blitzend davor der Engel mit dem Feuerschwerte.

Nicht ist die Gefahr für die schuldlose Jungfrau so groß, wenn sie auf solche Weise mit dem Feuer scherzt, das die Welt durchglüht und erhellt, denn nur Wohlwollen, Vertrauen, Freundschaft, höchstens Zärtlichkeit erregen sich in ihrem Gemüte, und nur diese verlangt sie von dem Manne, mit dem sie den Tanz zwischen den bloßen Schwertern übt. Aber wehe dem Manne! Erst entzündet sich ein süßes Wohlgefallen, eine klare Heiterkeit in seiner Seele, er schwebt leicht durch die glänzenden Stunden, wie der Schmetterling durch den Frühlingsschein, dann faßt ihn der stärkere Strom, und im frischeren Leben fühlt er sich gebadet und erquickt, er triumphiert und jauchzt auf den Wogen, die ihn heben und tragen, den blühenden Ufern, den Traubenhügeln vorüber. Bald aber genügt ihm nicht diese Ruhe, an sich und in sich will er reißen, was ihn aus der Ferne entzückt, die Freude an der Schönheit wird im innigsten Verständnis Anbetung, Aufopferung seiner selbst: nun blitzt das Erkennen in der tiefsten Seele auf, nicht mehr daß dieses Wesen schön und liebreizend sei, sondern nur daß es dieses einzelne bestimmte, in Ewigkeiten nicht zum zweitenmal erscheinende Wesen ist, und die flammende Liebe erwacht mit den heiligen Glutaugen, und sieht und fühlt und denkt und weiß nichts anders als sie, nur sie. O Verzweiflung! sie wendet sich ab, und will nur Schönheit und Lockung, nicht diese Einzige sein: da mischt die Anbetung und Heiligkeit des Himmels sich mit den Greueln der Hölle, die liebliche Lockung wird heiße Begier, im Genuß möchte der Unglückliche die Verehrte entweihen und vernichten, da sie ihm Liebe, Unschuld und Himmel versagt, und wieder kämpft mit diesen schwefelgelben Gewittern das sanfte Licht der

Kindereinfalt, die ehemalige Heiterkeit, der Blumenfriede der glücklichen Tage, die man aber doch selbst um diese Qualen nicht zurückkaufen möchte. Ihr seht mich staunend an, indem ich Euch diese Abgründe male, ich fühle, Ihr versteht mich nicht; und wohl Euch in diesem Seelenfrieden!«

Er verließ ungestüm den sinnenden Jüngling, der ihm lange nachsah, und die sonderbaren Erscheinungen, die an diesem Tage in ihm aufgestiegen waren, nicht genug mit Verwundern betrachten konnte, die ihm in ihrer Seltsamkeit bekannt, und doch in ihrer Nähe so fremd und fern erschienen.

Sechstes Kapitel

Schon seit lange hatte Franz viel von einem wunderbaren Manne sprechen hören, der sich in den benachbarten Bergen aufhielt, der halb wahnsinnig in der Einsamkeit lebte und seinen öden Aufenthalt niemals verließ. Was Franz besonders anzog, war, daß dieser abenteuerliche Eremit ein Maler sein sollte, der gewöhnlich denen, die ihn besuchten, Bildnisse um einen billigen Preis verkaufte. Sternbald konnte der Begier nicht länger widerstehn, ihn aufzusuchen, und da Florestan immer noch nicht zurückkam, und die Gräfin wieder eine Jagd, ihre Lieblingsergötzung angeordnet hatte, so machte er sich an einem schönen Morgen auf den Weg, um den bezeichneten Aufenthalt zu suchen.

Er stand bald oben auf dem Hügel und sah im Tale die versammelte Jagd, die vom Schlosse ausritt, und sich durch die Ebene verbreitete. Es klangen wieder die musikalischen Töne zu ihm hinauf, die durch den frischen Morgen in den Bergen widerschallten. Bald verlor er die Jagd aus dem Gesicht, die Musik der Hörner verscholl, und er wandte sich tiefer in das Gebirge hinein, wo die Gegend plötzlich ihren anmutigen Charakter verließ, und wilder und verworrener ward; die Aussicht in das ebene Land schloß sich, man verlor den vollen herrlichen Strom aus dem Gesichte, und die Berge und Felsen wurden kahl und unfreundlich.

Der Weg wand sich enge und schmal zwischen Felsen hindurch, Tannengebüsch wechselte auf dem nackten Boden, und nach einer Stunde stand Franz auf dem höheren Gipfel des Gebirges.

Nun war es wieder wie ein Vorhang niedergefallen, seinen Blicken öffnete sich die Ebene von neuem, die kahlen Felsen unter ihm verloren sich lieblich in dem grünen Gemisch der Wälder und Wiesen, die unfreundliche Natur war verschwunden, sie war mit der lieblichen Aussicht eins, von dem übrigen verschönert diente sie selbst die andern Gegenstände zu verschönern. Da lag die Herrlichkeit der Ströme, der Berge, der Wälder vor ihm ausgebreitet, er glaubte vor dem plötzlichen Anblick der weiten, unendlichen, mannigfaltigen Natur zu vergehn, denn es war, als wenn sie mit herzdurchdringender Stimme zu ihm hinaufsprach, als wenn sie mit feurigen Augen vom Himmel und aus dem glänzenden Strom heraus nach ihm blickte, und mit ihren Riesengliedern nach ihm hindeutete. Franz streckte die Arme aus, als wenn er etwas Unsichtbares an sein ungeduldiges Herz drücken wollte, als möchte er nun erfassen und festhalten, wonach ihn die Sehnsucht so lange gedrängt. Die Wolken zogen unten am Horizont durch den blauen Himmel, die Widerscheine und die Schatten streckten sich auf den Wiesen aus und wechselten mit ihren Farben, fremde Wundertöne gingen den Berg hinab, und Franz fühlte sich wie ein Gebannter festgehalten, den die zaubernde Gewalt stehen heißt, und der sich dem unsichtbaren Kreise, trotz allen Bestrebens, nicht entreißen kann.

»O unmächtige Kunst!« rief er aus und setzte sich auf eine grüne Felsenbank nieder: »wie lallend und kindisch sind deine Töne gegen den vollen harmonischen Orgelgesang, der aus den innersten Tiefen, aus Berg und Tal und Wald und Stromesglanz in schwellenden, steigenden Akkorden heraufquillt! Ich höre, ich vernehme, wie der ewige Weltgeist mit meisterndem Finger die furchtbare Harfe mit allen ihren Klängen greift, wie die mannigfaltigsten Gebilde sich seinem Spiel erzeugen, und über die ganze Natur mit geistigen Flügeln ausbreiten. Die Begeisterung meines kleinen Menschenherzens will hineingreifen, und ringt sich müde und matt im Kampfe mit dem Hohen, der die Natur leise lieblich regiert, und mein Händeringen nach ihm, mein Winken nach Hülfe in dieser Allmacht der Schönheit still belächelt. Die unsterbliche Melodie jauchzt, jubelt und stürmt über mich hinweg, zu Boden geworfen schwindelt mein Blick und starren meine Sinne. O ihr Törichten! die ihr der Meinung seid, die allgewaltige Natur lasse sich verschönen, wenn ihr mit Kunstgriffen und kleinlicher Hinterlist eurer Ohnmacht zu Hülfe eilt! Was könnt ihr anders, als uns die Natur nur ahnden lassen, wenn uns die Natur die Ahndung der Gottheit gibt?

Nicht Ahndung, nicht Vorgefühl, urkräftige Empfindung selbst, sichtbar wandelt hier auf Höhen und Tiefen die Religion, empfängt und trägt mir gütigem Erbarmen auch meine Anbetung. Die Hieroglyphe, die das Höchste, die Gott bezeichnet, liegt da vor mir in tätiger Wirksamkeit, in Arbeit, sich selber aufzulösen und auszusprechen, ich fühle die Bewegung, das Rätsel im Begriff zu schwinden – und fühle meine Menschheit. – Die höchste Kunst kann sich nur selbst erklären, sie ist ein Gesang, deren Inhalt nur sie selbst zu sein vermag.«

Ungern verließ Sternbald seine Begeisterung, und die Gegend, die ihn entzückt hatte, ja er trauerte über diese Worte, über diese Gedanken, die er ausgesprochen, daß er sie nicht immer in frischer Kraft aufbewahren könne, daß neue Eindrücke und neue Gedanken diese Empfindungen vertilgen oder überschütten würden.

Ein dichter Wald empfing ihn auf der Höhe, er warf oft den Blick zurück und schied ungern, als wenn er das Leben verließe. Der einsame Schatten erregte ihm gegen die freie Landschaft eine beklemmende Empfindung. Als er kaum eine halbe Stunde gegangen war, stand er vor einer kleinen Hütte, die offen war, in der er aber niemand traf. Ermüdet warf er sich unter einen Baum, und betrachtete die beschränkte Wohnung, das dürftige Gerät, mit vieler Rührung eine alte Laute, die an der Wand hing, und auf der eine Saite fehlte. Paletten und Farben lagen und standen umher, so wie einige Kleidungsstücke; Sternbald war wie in die uralte Zeit versetzt, von der wir so gern erzählen hören, wo die Tür noch keinen Riegel kennt, wo noch kein Frevler des andern Gut betastet hat.

Nach einiger Zeit kam der alte Maler zurück; er wunderte sich gar nicht, einen Fremdling vor seiner Schwelle anzutreffen, sondern ging in seine Hütte, räumte auf, und spielte dann auf der Zither, als wenn niemand zugegen wäre. Franz betrachtete den Alten mit Verwunderung, der indessen wie ein Kind in seinem Hause saß, und zu erkennen gab, wie wohl ihm in seiner kleinen Heimat sei, unter den befreundeten, wohlbekannten Tönen seines Instrumentes. Als er sein Spiel geendigt, packte er Kräuter, Moos und Steine aus seinen Taschen, und legte sie sorgfältig in kleine Schachteln zurecht, indem er jedes aufmerksam betrachtete. Über manches lächelte er, anderes schien er mit einiger Verwunderung anzuschauen, indem er die Hände zusammenschlug, oder ernsthaft den Kopf schüttelte. Immer noch sah er nach Sternbald nicht hin, bis dieser endlich in das kleine Haus trat, und ihm seinen Gruß anbot. Der alte Mann gab ihm die Hand, und nötigte ihn schweigend, sich niederzusetzen, indem er sich weder verwunderte, noch ihn als einen Fremden genauer beachtete.

Die Hütte war mit mannigfaltigen Steinen aufgeputzt, Muscheln standen umher, durchmengt von seltsamen Kräutern, ausgestopften Tieren und Fischen, so daß das Ganze ein höchst abenteuerliches Ansehn erhielt. Stillschweigend holte der Alte unserm Freunde einige Früchte, die er ihm ebenfalls mit stummer Gebärde vorsetzte. Als Franz einige davon gegessen hatte, indem er immer den sonderbaren Menschen beobachtete, fing er mit diesen Worten das Gespräch an: »Ich habe mich schon seit lange darauf gefreut, Euch zu sehn, ich hoffe, Ihr zeigt mir auch einige von Euren Malereien, denn auf diese bin ich vorzüglich begierig, da ich mich selbst zur edlen Kunst bekenne.«

»Seid Ihr ein Maler?« rief der Alte aus, »nun wahrlich, so freut es mich, Euch hier zu sehn, seit lange ist mir keiner begegnet. Aber Ihr seid noch sehr jung, Ihr habt wohl schwerlich schon den rechten Sinn für die große Kunst.«

»Ich tue mein Mögliches«, antwortete Franz, »und will immer das Beste, aber ich fühle freilich wohl, daß das nicht zureicht.«

»Es ist immer schon genug«, rief jener aus; »freilich ist es nur wenigen gegeben, das Wahrste und Höchste auszudrücken, eigentlich können wir alle uns ihm nur nähern, aber wir haben unsern Zweck gewißlich schon erreicht, wenn wir das wollen und erkennen, was der Allmächtige in uns hineingelegt hat. Wir können in dieser Welt nur *wollen,* nur in Vorsätzen leben, das eigentliche Handeln liegt jenseits, und besteht gewiß aus den eigentlichsten, wirklichsten Gedanken, da in dieser bunten Welt alles in allem liegt. So hat sich der großmächtige Schöpfer heimlicher- und kindlicherweise durch seine Natur unsern schwachen Sinnen offenbart, er ist es nicht selbst, der zu uns spricht weil wir dermalen zu schwach sind, ihn zu verstehn; aber er winkt uns zu sich, und in jedem Moose, in jeglichem Gestein ist eine geheime Ziffer verborgen, die sich nie hinschreiben, nie völlig erraten läßt, die wir aber beständig wahrzunehmen glauben. Fast ebenso macht es der Künstler: wunderliche, fremde, unbekannte Lichter scheinen aus ihm heraus, und er läßt die zauberischen Strahlen durch die Kristalle der Kunst den übrigen Menschen entgegenspielen, damit sie nicht vor ihm erschrecken, sondern ihn auf ihre Weise verstehn und begreifen. Nun vollendet sich das Werk, und dem es offenbart ist liegt ein weites Land, eine unabsehliche Aussicht da, mit allem Menschenleben, mit himmlischem Glanz überleuchtet, und heimlich sind Blumen hineingewachsen, von denen der Künstler selber nicht weiß, die Gottes Finger hineinwirkte, und die uns mit ätherischem Zauber anduften und uns still den Künstler als einen Liebling Gottes verkündigen. Seht, so denke ich über die Natur und über die Kunst.«

Franz erschrak vor sich selber, daß er aus dem Munde eines Mannes, den die übrigen Leute wahnsinnig nannten, seine eigensten Gedanken deutlich ausgesprochen hörte, so daß seine Ahndungen in anschaulichen Bildern vor ihm schwebten.

»Wie willkommen ist mir dieser Ton!« rief er aus, »so habe ich mich denn nicht geirrt, wenn ich mit dem stillen Glauben hier anlangte, daß Ihr mir behülflich sein würdet, mich aus der Irre zurechtzufinden.«

»Wir irren alle«, sagte der Alte, »wir müssen irren, und jenseit dem Irrtume liegt auch gewiß keine Wahrheit, beide stehn sich auch gewiß nicht entgegen, sondern sind nur Worte, die der Mensch in seiner Unbehülflichkeit dichtete, um etwas zu bezeichnen, was er gar nicht meinte. Versteht Ihr mich?«

»Nicht so ganz«, sagte Sternbald.

Der Alte fuhr fort: »Wenn ich nur malen, singen oder sprechen könnte, was mein eigentlichstes Selbst bewegt, dann wäre mir und auch den übrigen geholfen; aber mein Geist verschmäht die Worte und Zeichen, die sich ihm aufdrängen, und da er mit ihnen nicht hantieren kann, gebraucht er sie nur zum Spiel. So entsteht die Kunst, so ist das eigentliche Denken beschaffen.«

Franz erinnerte sich, daß Dürer einst diesen Gedanken mit fast den nämlichen Worten ausgedrückt habe. Er fragte: »Was haltet Ihr denn nun für das Höchste, wohin der Mensch gelangen könne?«

»Mit sich zufrieden sein«, rief der Alte, »mit allen Dingen zufrieden sein, denn alsdann verwandelt er sich und alles um sich her in ein himmlisches Kunstwerk, er läutert sich selbst mit dem Feuer der Gottheit.«

»Können wir es dahin bringen?« fragte Franz.

»Wir sollen es wollen«, fuhr jener fort, »und wir wollen es auch alle, nur daß vielen, ja den meisten, ihr eigner Geist auf dieser seltsamen Welt zu sehr verkümmert wird. Daraus entsteht, daß man so selten den andern, noch seltner sich selber innewird.«

»Ich suche nach Euren Gemälden«, sagte Sternbald, »aber ich finde sie nicht; nach Euren Gesprächen über die Kunst darf ich etwas Großes erwarten.«

»Das dürft Ihr nicht«, sagte der Alte mit einigem Verdruß, »denn ich bin nicht für die Kunst geboren, ich bin ein verunglückter Künstler, der seinen eigentlichen Beruf nicht angetroffen hat. Es ergreift manchen das Gelüste, und er macht sein Leben elend. Von Kindheit auf war es mein Bestreben, nur für die Kunst zu leben, aber sie hat sich unwillig von mir abgewendet, sie hat mich niemals für ihren Sohn erkannt, und wenn ich dennoch arbeitete, so geschah es gleichsam hinter ihrem Rücken.«

Er öffnete eine Tür, und führte den Maler in eine andere kleine Stube, die voller Gemälde hing. Die meisten waren Köpfe, einige Landschaften, die wenigsten Historien. Franz betrachtete sie mit vieler Aufmerksamkeit, indes der alte Mann schweigend einen alten Vogelbauer ausbesserte. In allen Bildern spiegelte sich ein ernstes, strenges Gemüt, die Züge waren bestimmt, die Zeichnung scharf, auf Nebendinge gar kein Fleiß gewendet, aber auf den Gesichtern schwebte ein Etwas, das den Blick zugleich anzog und zurückstieß, bei vielen sprach aus den Augen eine Heiterkeit, die man wohl grausam hätte nennen können, andre waren seltsamlich entzückt, und erschreckten durch ihre furchtbare Miene; Franz fühlte sich unbeschreiblich einsam, vollends wenn er aus dem kleinen Fenster über die Berge und Wälder hinübersah, wo er auf der fernen Ebene keinen Menschen, kein Haus unterscheiden konnte.

Als Franz seine Betrachtung geendigt hatte, sagte der Alte: »Ich glaube, daß Ihr etwas Besondres an meinen Bildern finden mögt, denn ich habe sie alle in einer seltsamen Stimmung verfertigt. Ich mag nicht malen, wenn ich nicht deutlich und bestimmt vor mir sehe, was ich darstellen will. Wenn ich nun manchmal im Schein der Abendsonne vor meiner Hütte sitze, oder im frischen Morgen, der die Berge hinab, über die Fluren geht, dann rauschen oft die Bildnisse der Apostel, der heiligen Märtyrer hoch oben in den Bäumen, sie sehen mich mit allen ihren Mienen an, wenn ich zu ihnen bete, und fordern mich auf, sie abzuzeichnen. Dann greife ich nach den Farben, und mein bewegtes Gemüt, von der Inbrunst zu den hohen Männern, von der Liebe zur verflossenen Zeit ergriffen, schattet die Trefflichkeiten mit irdischen Farben hin, die in meinem Sinn, vor meinen Augen erglänzen.«

»So seid Ihr ein glücklicher Mann«, sagte Franz, der über diese Rede erstaunte.

»Der Künstler«, sagte der Alte, »sollte nach meinem Urteile niemals anders arbeiten; und was ist seine Begeisterung denn anders? Dem Maler muß alles wirklich sein; denn was ist es sonst, das er darstellen will? Sein Gemüt muß wie ein Strom bewegt sein, so daß sich seine innere Welt bis auf den tiefsten Grund erschüttert, dann ordnen sich aus der bunten Verwirrung die großen Gestalten, die er seinen Brüdern offenbart. Glaube mir, noch nie ist ein Künstler auf eine andre Art begeistert gewesen; man spricht von dieser Begeisterung so oft, als von einem natürlichen Dinge, aber sie ist durchaus unerklärlich, sie kömmt, sie geht, gleich dem ersten Frühlingslichte, das unvermutet aus den Wolken niederkömmt, und oft, ehe du es genießest, zurückgeflohen ist.«

Franz sah den Alten verlegen an, er war ungewiß, ob Wahnsinn oder die Sprache der Begeisterung aus ihm rede.

»Zuweilen«, fuhr der Alte fort, »erregt mich auch die umgebende Natur, daß ich mich in der Kunst üben muß. Es ist mir aber bei allen meinen Versuchen niemals um die Natur zu tun, sondern ich suche den Charakter oder die Physiognomie herauszufühlen, und irgendeinen frommen Gedanken hineinzulegen, der das Bild dadurch in eine schöne Historie verwandelt.«

Er machte hierauf den jungen Maler auf eine Landschaft aufmerksam, die etwas abseits hing. Es war eine Nachtszene, Wald, Berg und Tal lag in fast unkenntlichen Massen durcheinander, schwarze Wolken tief vom Himmel herunter. Ein Pilgrim ging durch die Nacht, an seinem Stabe, an seinen Muscheln am Hute kennbar: um ihn zog sich das dichteste Dunkel, er selber nur von verstohlenen Mondstrahlen erschimmert; ein finsterer Hohlweg deutete sich an, oben auf einem Hügel von fernher glänzte ein Kruzifix, um das sich die Wolken teilten; ein Strahlenregen vom Monde ergoß sich, und spielte um das heilige Zeichen.

»Seht«, rief der Alte, »hier habe ich das zeitliche Leben, und die überirdische, himmlische Hoffnung malen wollen; seht den Fingerzeig, der uns aus dem finstern Tal herauf zur mondglänzenden Anhöhe ruft. Sind wir etwas weiter, als wandernde, verirrte Pilgrime? Kann etwas unsern Weg erhellen, als das Licht von oben? Vom Kreuze her dringt mit lieblicher Gewalt der Strahl in die Welt hinein, der uns belebt, der unsere Kräfte aufrechthält. Hier habe ich gesucht, die Natur wieder zu verwandeln, und das auf meine menschliche künstlerische Weise zu sagen, was die Natur selber zu uns redet; ich habe hier ein sanftes Rätsel niedergelegt, das sich nicht jedem entfesselt, das aber doch leichter zu erraten steht, als jenes erhabene, das die Natur als Bedeckung um sich schlägt.«

»Man könnte«, antwortete Franz, »dieses Gemälde ein allegorisches nennen.«

»Alle Kunst ist allegorisch«, sagte der Maler. »Was kann der Mensch darstellen, einzig und für sich bestehend, abgesondert und ewig geschieden von der übrigen Welt, wie wir die Gegenstände vor uns sehn? Die Kunst soll es auch nicht: wir fügen zusammen, wir suchen dem einzelnen einen allgemeinen Sinn aufzuheften, und so entsteht die Allegorie. Das Wort bezeichnet nichts anders als die wahrhafte Poesie, die das Hohe und Edle sucht, und es nur auf diesem Wege finden kann.«

Unter diesen Gesprächen war ein Hänfling unvermerkt aus seinem Käfige entwischt, denn der Alte hatte die Tür in der Zerstreuung offen gelassen. Er schrie erschreckend auf, als er seinen Verlust bemerkte, er suchte umher, er öffnete das Fenster, und lockte pfeifend und liebkosend den Flüchtigen, der nicht wiederkam. Er konnte sich auf keine Weise zufriedengeben, und hörte auf Sternbalds Worte nicht, der ihn zu trösten suchte.

Sternbald sagte, um ihn zu zerstreuen: »Ich glaube es einzusehn, wie Ihr über diese Landschaft denkt, und mir scheint, Ihr habt recht. Ich will nicht Bäume und Berge abschreiben, sondern mein Gemüt, meine Stimmung, die mich in dieser Stunde regiert, diese will ich mir selber festhalten, und den übrigen Verständigen mitteilen.«

»Ganz gut«, rief der Alte aus, »aber was kümmert mich das jetzt, da mein Hänfling auf und davon ist?«

»War er Euch denn so lieb?« fragte Franz.

Der Alte sagte verdrießlich: »So lieb, wie mir alles ist, was ich liebe; ich mache da eben nicht sonderliche Unterschiede. Ich denke an seinen schönen Gesang, an seine Freundschaft, die er mir immer bewies, warum ich mir auch diese Treulosigkeit um so weniger vermutete. Nun ist sein Gesang nicht mehr für mich, sondern er durchfliegt den Wald, und dieser einzelne, mir so bekannte Vogel vermischt sich mit den übrigen seines Geschlechts. Ich gehe vielleicht einmal aus und höre ihn, und sehe ihn, und kenne ihn doch nicht wieder, sondern halte ihn für eine ganz fremde Person. So haben mich schon so viele Freunde verlassen. Ein Freund, der stirbt, tut auch nichts weiter, als daß er sich wieder mit der großen allmächtigen Erde vermischt, und mir unkenntlich wird. So sind sie auch in den Wald hineingeflogen, die ich sonst wohl kannte, so daß ich sie nun nicht wieder herausfinden kann. Wir sind Toren, wenn wir sie verloren wähnen, Kinder, die schreien und jammern, wenn die Eltern mit ihnen Versteckens spielen, denn das tun die Gestorbenen nur mit uns, der kurze Augenblick zwischen Jetzt und dem Wiederfinden ist nicht zu rechnen. Und daß ich das Gleichnis vollende: so ist Freundschaft auch wohl einem Käfige gleich, ich trenne den Vogel von den übrigen, um ihn zu kennen und zu lieben, ich umgebe ihn mit einem Gefängnisse, um ihn mir so recht eigentlich abzusondern. Der Freund sondert den Freund von der ganzen übrigen Welt, und hält ihn in seinen ängstlichen Armen eingeschlossen; er läßt ihn nicht zurück, er soll nur für ihn so gut, so zärtlich, so liebevoll sein, die Eifersucht bewacht ihn vor jeder fremden Liebe, verlöre jener sich im Strudel der allgemeinen Welt, so wäre er auch dem Freunde verloren und abgestorben. – Sieh her, mein Sohn, er hat sein Futter nicht einmal verzehrt, so lieb ist es ihm gewesen, mich zu verlassen. Ich habe ihn so sorgfältig gepflegt, und doch ist ihm die Freiheit lieber.«

»Ihr habt die Menschen gewißlich recht von Herzen geliebt!« rief Sternbald aus.

»Nicht immer«, sagte jener, »die Tiere stehen uns näher, denn sie sind wie kindische Kinder, deren Liebe unterhalten sein will, weil sie ungewiß und unbegreiflich ist, mit den Menschen rechnen wir gern, und wenn wir Bezahlung wahrnehmen, vermissen wir schon die Liebe; gegen Tiere sind wir duldend, weil sie unsre Trefflichkeiten nicht bemerken können, und wir ihnen dadurch immer wieder gleichstehn; indem wir aber ihre dumpfe Existenz fühlen und einsehen, entsteht eine magische Freundschaft, aus Mitleiden, Zuneigung, ja, ich möchte sagen, aus Furcht gemischt, die sich durchaus nicht erklären läßt. Wollt Ihr mir folgen, junger Mensch, so will ich Euch kürzlich etwas von mir erzählen, damit Ihr begreift, wie ich hiehergeraten bin.«

Sie verließen die Hütte und setzten sich in den Schatten eines alten Baumes, und der Maler fing darauf mit folgenden Worten an:

»Ich bin in Italien geboren und heiße Anselm. Weiter kann ich Euch eben von meiner Jugend nichts sagen. Meine Eltern starben früh, und hinterließen mir ein kleines Vermögen, das mir zufiel, als ich mündig war. Meine Jugend war wie ein leichter Traum verflogen, keine Erinnerung war in meinem Gedächtnisse gehaftet, ich hatte nicht eine Erfahrung gemacht. Aber ich hatte die entflohene Zeit auf meine Art genossen, ich war immer zufrieden und vergnügt gewesen.

Jetzt nahm ich mir vor, in das Leben einzutreten, und auch, wie andere, einen Platz auszufüllen, damit von mir die Rede sei, daß ich geachtet würde. Schon von meiner Kindheit hatte ich in mir einen großen Trieb zur Kunst gespürt, die Malerei war es, die meine Seele angezogen hatte, der Ruhm der damaligen Künstler begeisterte mich. Ich ging nach Perugia, weil dort Pietro in besonderem Rufe stand, und seine Bilder in ganz Italien gesucht wurden, ihm wollte ich mich in die Lehre geben. Aber bald ermüdete meine Geduld, ich lernte junge Leute kennen, deren ähnliche Gemütsart mich zu ihrem vertrauten Freunde machte. Wir waren lustig miteinander, wir sangen, wir tanzten und scherzten, an die Kunst ward wenig gedacht.«

Franz fiel ihm in die Rede, indem er fragte: »Könnt Ihr Euch vielleicht erinnern, ob damals bei diesem Meister Pietro auch Raffael in der Lehre stand? Raffael Sanzio?«

»Mir dünkt«, sagte der Alte, »es kam in der letzten Zeit, als ich dort war, ein unbedeutender Knabe dieses Namens zu ihm, und ich verwundre mich, daß Ihr den Namen so eigentlich wißt.«

»Und ich erstaune über Eure Worte«, rief Sternbald aus. »So wißt Ihr es denn gar nicht, daß dieser Knabe seitdem der erste von allen Malern geworden ist? daß jedermann seinen Namen im Munde führt? Er ist seit einem Jahre gestorben, und alle Künstler in Europa trauern über seinen Verlust; wo Menschen wohnen, die die Kunst kennen, da ist auch er gekannt, denn noch keiner hat die Göttlichkeit der Malerei so tief ergründet.«

Anselm war eine Weile in sich gekehrt, dann brach er aus: »O wunderbare Vergangenheit! Wo ist all mein Bestreben geblieben, wie ist es gekommen, daß dieser mir Unbekannte meine innigsten Wünsche ergriffen und zu seinem Eigentume gemacht hat? Ja, ich habe wahrlich umsonst gelebt. Doch, es sei, weil es ist, ich will fortfahren, von mir zu sprechen.

Damals schien die ganze Welt glänzend in mein junges Leben hinein, ich erblickte auf allen Wegen Freundschaft und Liebe. Unter den Mädchen, die ich kennenlernte, zog eine besonders meine ganze Aufmerksamkeit an sich, ich liebte sie innig, nach einigen Wochen war sie meine Gattin. Ich hemmte meine Freude und Entzückungen durch nichts, ein blendender, ungestörter Strom war mein Lebenslauf. In der Gesellschaft der Freunde und der Liebe, vom Wein erhitzt, war es mir oft, als wenn sich wunderbare Kräfte in meinem Innersten entwickelten, als beginne

202

mit mir die Welt eine neue Epoche. In den Stunden, die mir die Freude übrigließ, legte ich mich wieder auf die Kunst, und es war zuweilen, als wenn vom Himmel herab goldene Strahlen in mein Herz hineinschienen, und alle meine Lebensgeister erläuterten und erfrischten. Dann drohte ich mir gleichsam mit ungebornen und unsterblichen Werken, die meine Hand noch ausführen sollte, ich sah auf die übrige Kunst, wie auf etwas Gemeines und Alltägliches hinab, ich wartete selber mit Sehnsucht auf die Malereien, durch die sich mein hoher Genius ankündigen würde. Diese Zeit war die glücklichste meines Lebens. Sie war die meines wildesten Wahnsinns.

Indessen war mein kleines Vermögen aufgegangen. Meine Freunde wurden kälter, meine Freude erlosch, meine Gattin war krank und ihrer Entbindung nahe, und ich fing an, an meinem Kunsttalent zu zweifeln. Wie ein dürrer Herbstwind wehte es durch alle meine Empfindungen, wie ein Traum wurde mein frischer Geist von mir entrückt. Meine Not ward größer, ich suchte Hülfe bei meinen Freunden, die mich verließen, die sich bald ganz von mir entfremdeten. Ich hatte geglaubt, ihr Enthusiasmus würde nie erlöschen, es könne mir an Glück niemals mangeln, und nun sah ich mich plötzlich einsam. Ich erschrak, daß mir mein Streben als etwas Törichtes erschien, ja daß ich in meinem Innersten ahndete, ich hätte die Kunst niemals geliebt.

Ach, wenn ich an jene drückenden Monate zurückdenke! Wie sich nun in meinem Herzen alles entwickelte, wie grausam sich die Wirklichkeit von meinen Phantasieen losarbeitete und trennte! Ich versuchte die schmählichsten Mittel, mir zu helfen, und fristete mich dadurch kaum von einem Tage zum andern hin. Nun fühlte ich das Treiben der Welt, nun lernte ich die Not kennen, die meine armen Brüder mit mir teilten. Vorher hatte ich die menschliche Tätigkeit, diese mitleidswürdige Arbeitseligkeit verachtet, mit Tränen in den Augen verehrte ich sie jetzt, ich schämte mich vor dem zerlumpten Tagelöhner, der im Schweiße seines Angesichtes sein tägliches Brot erwirbt, und nicht höher hinaus denkt, als wie er morgen von neuem beginnen will. Vorher hatte ich in der Welt die schönen Formen mit lachenden Augen aufgesucht und mir eingeprägt, jetzt sah ich im angespannten Pferde und Stiere nur die Sklaverei, die Dienstbarkeit, die den Landmann ernährte; ich sah neidisch in die kleinen schmutzigen Fenster der Hütten hinein, nicht mehr um seltsame poetische Ideen anzutreffen, sondern um den Hausstand und das Glück dieser Familien zu berechnen. Oh, ich errötete, wenn man das Wort Kunst aussprach, ich fühlte mich selbst unwürdig, und dasjenige, was mir vorher als das Göttlichste erschien, kam mir nun als ein müßiges, zeitverderbendes Spielwerk vor, als eine Anmaßung über die leidende und arbeitende Menschheit. Ich war meines Daseins überdrüssig.

897

Einer meiner Freunde, der mir vielleicht geholfen hätte, war in ferne Lande weit weg verreist. Ich überließ mich der Verzweiflung. Meine Gattin starb im Wochenbette, das Kind war tot. Ich lag in der Kammer nebenan, und alles erlosch vor meinen Augen. Alles, was mich geliebt hatte, trat in einer fürchterlichen Gleichgültigkeit auf mich zu: alles, was ich für mein gehalten hatte, nahm wie Fremdling von mir auf immer Abschied.

Die Gestalten der Welt, alles, was sich je in meinem Innern bewegt hatte, verwirrte sich verwildert durcheinander. Es war, als wenn ich mich verlor, und das Fremdeste, mir bis dahin Verhaßteste mein Selbst würde. So rang ich im Kampfe, und konnte nicht sterben, sondern verlor nur meine Vernunft. Ich wurde wahnsinnig, wie ich nachher gehört habe. Ich weiß nicht, wo ich mich herumtrieb, was mir damals begegnet ist. In einer kleinen Kapelle einige Meilen von hier fand ich zuerst mich und meine Besinnung wieder. Wie man aus einem Traume erwacht, und einen längst vergessenen Freund vor sich stehen sieht, so seltsam überrascht, so durch mich erschreckt, war ich selber.

Seitdem wohne ich hier. Mein Gemüt ist dem Himmel gewidmet. Ich habe alles vergessen. Ich brauche wenig, und dies wenige besitze ich durch die Gutheit einiger Menschen.

Jetzt, im ruhigen Alter«, fuhr er nach einigem Stillschweigen fort, »ist die Natur mein vorzüglichstes Studium. Ich finde allenthalben wunderbare Bedeutsamkeit und rätselhafte Winke. Jede Blume, jede Muschel erzählt mir eine Geschichte, so wie ich Euch eine erzählt habe. Seht diese wunderbaren Moose. Ich weiß nicht, was alles dergleichen in der Welt soll, und doch besteht daraus die Welt. So tröste ich mich über mich und die übrigen Menschen. Die unendliche Mannigfaltigkeit der Gestalten, die sich bewegen, die gleichsam mehr ein Leben erstreben und andeuten, als wirklich leben, beruhigt mich, daß auch ich vielleicht so sein mußte, und mich von meiner Bahn niemals so sehr verirrt habe, als ich wohl ehemals wähnte.« –

Es war indessen spät geworden. Franz wollte gehen, ihm aber gern vorher etwas abkaufen, damit er ihm auf eine leichtere Art ein Geschenk machen könne. Er sah noch einmal umher, und begriff es selber nicht, wie ihm ein kleines Bild habe entgehen können, das er nun jetzt erst bemerkte. Es war das genaue Bildnis seiner Unbekannten, jeder Zug, jede Miene, soviel er sich nur erinnern konnte. Er nahm es hastig herab und verschlang es mit den Augen, sein Herz klopfte ungestüm. Als er darnach fragte, erzählte der Alte, daß es eine junge Dame vorstelle, die er vor einem Jahre gemalt habe; sie habe ihn besucht, und ihr holdseliges Gesicht habe sich seinem Gedächtnisse dermaßen eingeprägt, daß er es nachher mit Leichtigkeit habe zeichnen können. Weitere Nachrichten konnte er von der Unbekannten nicht geben.

Franz bat um das Bild, das ihm der Alte gern bewilligte. Franz drückte ihm hierauf ein größeres Geschenk in die Hand, als er ihm anfangs zugedacht hatte. Der Alte steckte es ein, ohne die Goldstücke nur zu besehen, dann umarmte er ihn und sagte: »Bleibe immer herzlich und treu gesinnt, mein Sohn, liebe deine Kunst und dich, dann wird es dir immer wohl gehen. Der Künstler muß sich selber lieben, ja verehren, er darf keiner nachteiligen Verachtung den Zugang zu sich verstatten. Sei in allen Dingen glücklich!«

Franz drückte ihn an seine Brust und ging dann den Berg hinunter.

Er war durch die Erzählung des alten Mannes wehmütig geworden, es leuchtete ihm ein, daß es ihm möglich sei, sich auch über seine Bestimmung zu irren, dabei war mit frischer Kraft das Andenken und das Bild seiner Geliebten in seine Seele zurückgekommen. Er langte im Schlosse an, indem er den Weg kaum bemerkt hatte, von der Gräfin war er schon vermißt, sie war auf ihr Bildnis begierig, und er mußte gleich am folgenden Morgen weitermalen. Franz fand sie an diesem Tage mutwilliger als je, sie scherzte und lachte, und auch Franz fühlte sich so vertraulich zu ihr, daß er ihr von seiner Wallfahrt zum alten Maler erzählte, dessen Geschichte er ihr kürzlich wiederholte. Die Gräfin sagte: »Nun wahrlich, der alte Einsiedler muß Euch auf eine ungemeine Art liebgewonnen haben, da er so viel mit Euch gesprochen hat, denn es ist sonst schon eine große Gefälligkeit, wenn er dem Fragenden nur ein einziges Wort erwidert, soviel ich aber weiß, hat er bisher noch keinem seine Geschichte erzählt.«

Franz zeigte ihr hierauf mir Zittern das Gemälde, das er gekauft hatte. Die Gräfin sagte erstaunt: »Wie? Mein eignes Bild bringt Ihr mit herunter, junger Mann? Die Aufmerksamkeit ist schmeichelhaft für mich.« – »Das Eurige?« rief Franz bestürzt und sich vergessend, und jetzt wurde ihm die Ähnlichkeit noch deutlicher, und auf einen Augenblick ließ er

sich durch den Gedanken entsetzen, daß es möglich sei. »Ach!« sagte
die Gräfin plötzlich, und seufzte tief: »Nein, sie ist es, meine arme, unglückliche Schwester!«

»Eure Schwester?« sagte Franz erschrocken, »und Ihr nennt sie unglücklich?«

»Und mit Recht«, antwortete die Gräfin, »sie hat viel gelitten, jetzt
ist sie seit neun Monaten tot.«

Franz verlor die Sprache, seine Hand zitterte, es war ihm unmöglich,
weiterzumalen. Jene fuhr fort: »Sie trug und quälte sich mit einer unglücklichen Liebe, die ihr Leben wegzehrte; vor einem Jahre machte sie
eine Reise durch Deutschland, um sich zu zerstreuen und gesunder zu
werden, aber sie reiste in ihre Heimat zurück und starb. Der Alte hat
sie damals gesehen, und wie ich jetzt erfahre, nachher gemalt.«

Franz war durch und durch erschüttert. Er stand auf und verließ den
Saal. Er irrte umher, und warf sich endlich weinend an der dichtesten
Stelle des Gehölzes nieder: die Worte, die ihn betäubt hatten, schallten
noch immer in sein Ohr. – »So ist sie denn auf ewig mir verloren, die
niemals mein war!« rief er aus. »O wie hart ist die Weise, mit der mich
das Schicksal von meinem Wahnsinn heilen will! O ihr Blumen, ihr
süßen Worte, die ihr mir so erfreulich wart! Du holdselige Schreibtafel,
ihr Erinnerungen, ach! nun ist alles vorüber! Von diesem Tage, von
heut ist meine Jugend beschlossen, alle jungen Wünsche, alle liebreizenden Hoffnungen verlassen mich nun, alles ruht tief im Grabe. Nun ist
mein Leben kein Leben, mein Ziel, nach dem ich strebte, ist hinwegge-
nommen, ich bin einsam. Das Haupt, das meine Sonne war, nach dem
ich mich wie die Blume wandte, liegt nun unkenntlich im Grabe. Ja,
Anselm, sie ist nun auch in den großen weiten Wald wieder hineingeflogen, meine liebste Sängerin, die ich so gern an diesem Herzen beher-
bergt hätte, aller Gesang erinnert mich nur an sie, die fließenden
Waldbäche hier ermuntern mich, immerfort zu weinen, so wie sie selber
tun. Was soll mir Kunst, was Ruhm, wenn sie nicht mehr ist, der ich
alles zu Füßen legen wollte?«

Siebentes Kapitel

Am folgenden Tage kam Rudolph zurück, vor dem Franz sein Geheimnis
nun noch geflissentlicher verbarg; er fürchtete den heitern Mutwillen

seines Freundes, und mochte diese Schmerzen nicht seinen Spöttereien preisgeben. Rudolph erzählte ihm mit kurzen Worten die Geschichte seiner Wanderschaft, wo er sich herumgetrieben, was er in diesen Tagen erlebt. Franz hörte kaum darauf hin, weil er mit seinem Verluste zu innig beschäftigt war.

»Du hast ja hier einen Verwandten gefunden«, sagte Sternbald endlich, »aber mich dünkt, du freust dich darüber nicht sonderlich.«

»Meine Familie«, sagte jener, »ist ziemlich ausgebreitet, ich bin noch niemals lange an einem Orte geblieben, ohne einen Vetter oder eine Muhme anzutreffen. Darum ist mir dergleichen nichts Ungewöhnliches. Dieser da ist ein guter langweiliger Mann, mit dem ich nun schon alles gesprochen habe, was er zu sagen weiß. Ihr führt aber übrigens hier ein recht langweiliges Leben, und du, mein lieber Sternbald, wirst darüber ganz traurig und verdrüßlich, so wie es sich auch ziemt. Ich habe also dafür gesorgt, daß wir einige Beschäftigung haben, womit wir uns die Zeit vertreiben können.«

Er hatte alle Diener des Schlosses auf seine Seite gebracht und beredet, auch einige andre, besonders Mädchen aus der Nachbarschaft eingeladen, um am folgenden Tage ein lustiges Fest im Walde zu begehn. Franz entschuldigte sich, daß er ihm nicht Gesellschaft leisten könne, aber Florestan hörte nicht darauf. »Ich werde nie wieder vergnügt sein«, sagte Franz, als er sich allein sah, »meine Jugend ist vorüber, ich kann auch nicht mehr arbeiten, wenn ich in der Zukunft vielleicht auch geschäftig bin.«

Der folgende Tag erschien. Florestan hatte alles angeordnet. Man versammelte sich nachmittags im Walde, die Gräfin hatte allen die Erlaubnis erteilt, der kühlste, schattigste Platz wurde ausgesucht, wo die dicksten Eichen standen, wo der Rasen am grünsten war. Rudolph empfing jeden Ankömmling mit einem fröhlichen Schalmeiliede, die Mädchen waren zierlich geputzt, die Jäger und Diener mit Bändern und bunten Zieraten geschmückt. Nun kamen auch die Spielleute, die lustig aufspielten, wobei Wein und verschiedene Kuchen in die Runde gingen. Die Hitze des Tages konnte an diesen Ort nicht dringen, die Bäche und fernen Gewässer spielten wie eine liebliche Waldorgel dazu, alle Gemüter waren fröhlich.

Im grünen Grase gelagert, wurden Lieder gesungen, die alle Fröhlichkeit atmeten: da war von Liebe und Kuß die Rede, da wurde des schönen Busens erwähnt, und die Mädchen lachten fröhlich dazu. Franz wehrte

sich anfangs gegen die Freude, die alle beseelte, er suchte seine Traurigkeit, aber der helle, liebliche Strom ergriff auch ihn mit seinen kristallenen plätschernden Wellen, er genoß die Gegenwart und vergaß, was er
verloren hatte. Er saß neben einem blonden Mädchen, mit der er bald
ein freundliches Gespräch begonn, und den runden frischen Mund, die
lieblichen Augen, den hebenden Busen heiter betrachtete.

Als es noch kühler ward, ordnete man auf dem runden Rasenplatze
einen lustigen Tanz an. Rudolph hatte sich auf seine Art phantastisch
geschmückt, und glich einer schönen idealischen Figur auf einem Gemälde. Er war der Ausgelassenste, aber in ihm spiegelte sich die Fröhlichkeit am lieblichsten. Franz tanzte mit seiner blonden Emma, die
manchen Händedruck erwiderte, wenn sie den Reigen herunter ihm
entgegenkam.

Da aber der Platz für den Tanz fast ein wenig zu eng war, so sonder-
ten sich einige ab, um auszuruhen; unter diesen waren Florestan,
Sternbald und die Blonde. Abseits befestigten Franz und Rudolph ein
Seil zwischen zwei dicken, nahestehenden Eichen, ein Brett war bald
gefunden und die Schaukel fertig. Emma setzte sich furchtsam hinein,
und flog nun nach dem Takte und Schwunge der Musik im Waldschatten
auf und ab. Es war lieblich, wie sie bald hinauf in den Wipfel
schwankte, bald wieder wie eine Göttin herabkam, und mit leichter Bewegung einen schönen Zirkel beschrieb.

»Nun, mein Freund«, rief Rudolph öfter, »bist du nun nicht vergnügt?
Laß alle Grillen schwinden!« Franz sah nur die reizende Gestalt, die
sich in der Luft bewegte.

Als man des Tanzes überdrüssig war, setzte man sich wieder nieder,
und ergötzte sich an Liedern und aufgegebenen Rätseln. Jetzt ertrug
Sternbald den Mutwillen der Poesie, die in alten Reimen die Reize der
Liebsten lobpries: er stimmte mit ein, und verließ die blonde Emma
niemals, wenigstens mit den Augen.

Der Abend brach ein, in gespaltenen Schimmern floß das Abendrot
durch den Wald, die lieblichste, stillste Luft umgab die Natur, und bewegte auch nicht die Blätter am Baume. Rudolph, dessen Phantasie
immer geschäftig war, ließ nun eine lange Tafel bereiten, auf die ebenso
viele Blumen als Speisen gesetzt wurden, dazwischen die Lichter, die
kein Wind verlöschte, sondern die ruhig fortbrannten, und einen zauberischen, berauschenden Anblick gewährten. Man aß unter schallender
Musik, dann wurden die Tische auseinandergeschoben, und umher

zwischen den Bäumen verteilt, die Wachskerzen brannten auch hier. Nun kam ein mutwilliges Pfänderspiel in den Gang, bei dem Sternbald manchen herzlichen Kuß von seiner Blonden empfing, wobei ihm jedesmal das Blut in die Wangen stieg.

Jetzt war es Nacht, man mußte sich trennen. Die Leute aus dem Dorfe und der kleinen Stadt gingen zurück, Rudolph und Sternbald begleiteten den Zug, Laternen gingen voran, dann folgten die Spielleute, die fast beständig ihre Musik erschallen ließen, und dadurch den Zug im Takte erhielten. – Jetzt standen sie vor dem Dorfe, er nahm mit einem herzlichen Kusse Abschied; Emma war stumm, er konnte kein Wort hervorbringen.

Schweigend ging er mit Rudolph durch den Wald zurück: als sie heraustraten, glänzte ihnen über die Ebene herüber der aufgehende Mond entgegen: das Schloß brannte in sanften goldenen Flammen.

Achtes Kapitel

Das Bildnis der Gräfin und des fremden Ritters war beendigt, sie war sehr zufrieden, und belohnte den Maler reichlicher, als es beide Freunde erwartet hatten.

Franz erstaunte oft in einsamen Stunden über sich selber, über die Ungenügsamkeit, die ihn peinigte. Er betrachtete dann mit wehmütiger Ungeduld das Bild seiner ehemaligen Geliebten, er wollte sie seiner Phantasie in aller vorigen Klarheit zurückzaubern, aber sein Geist und seine Sinne waren wie mit ehernen Banden in der Gegenwart festgehalten.

»Bravo!« sagte an einem Morgen Rudolph zu seinem Freunde, »du gefällst mir, denn ich sehe, du lernst von mir. Du ahmst mir nach, daß du auch eine Liebschaft hast, die deine Lebensgeister in Tätigkeit erhält, glaube mir, man kann im Leben durchaus nicht anders zurechtkommen. So aber verschönert sich uns jede Gegend, der Name der Dörfer und Städte wird uns teuer und bedeutend, unsre Einbildung wird mit lieblichen Bildern angefüllt, so daß wir uns allenthalben wie in einer ersehnten Heimat fühlen.«

»Aber wohin führt uns dieser Leichtsinn?« fragte Franz.

»Wohin?« rief Rudolph aus, »o mein Freund, verbittere dir nicht mit dergleichen Fragen deinen schönsten Lebensgenuß, denn wohin führt dich das Leben endlich?«

»Aber die Sinnlichkeit«, sagte Franz, »hörst du nicht jeden rechtlichen Menschen schlecht davon sprechen?«

»Oh, über die rechtlichen Menschen!« sagte Florestan lachend, »sie wissen selbst nicht, was sie wollen. Der Himmel gibt sich die Mühe, uns die Sinnen anzuschaffen, nun, so wollen wir uns deren auch nicht schämen, nach unserm löblichen Tode wollen wir uns dann mit des Himmels Beistand zur Freude besser gebärden.«

»Was war das für ein Mädchen«, fragte Franz, »das du in der Gegend von Antwerpen besuchtest?«

»Oh, das ist eine Geschichte«, antwortete jener, »die ich dir schon lange einmal habe erzählen wollen. Ich war vor einem Jahre auf der Reise, und ritt übers Feld, um schneller fortzukommen. Ich war müde, mein Pferd fing an zu hinken, die Meile kam uns unendlich lang vor. Ich sang ein Liedchen, ich besann mich auf hundert Schwänke, die mich in vielen andern Stunden erquickt hätten, aber alles war vergebens. Indem ich mich noch abquäle, sehe ich eine hübsche niederländische Bäuerin am Wege sitzen, die sich die Augen abtrocknet. Ich frage, was ihr fehlt, und sie erzählt mir mit der liebenswürdigsten Unbefangenheit, daß sie schon so weit gegangen sei, sich nun zu müde fühle, noch zu ihren Eltern nach Hause zu kommen, und darum weine sie, wie billig. Die Dämmerung war indes schon eingebrochen, mein Entschluß war bald gefaßt: ohne weiter um Rat zu fragen, bot ich ihr das müde Pferd an, um bequemer fortzukommen. Sie ließ sich eine Weile zureden, dann stieg sie hinauf, und setzte sich vor mich: ich hielt sie mit den Armen fest. Nun fing ich an, die Meile noch länger zu wünschen, der niedlichste Fuß schwebte vor mir, von der Bewegung entblößt, die frische rote Wange dicht an der meinigen, die freundlichen Augen mir nahe gegenüber. So zogen wir über das Feld, indem sie mir ihre Herkunft und Erziehung erzählte: wir wurden bald vertrauter, und sie sträubte sich gegen meine Küsse nicht mehr.

Nun wurde es Nacht, und die Bangigkeit, die sie erfüllte, erlaubte mir, dreister zu sein. Endlich kamen wir in der Nähe ihrer Behausung, sie stieg behende herunter, wir hatten schon unsre Abrede genommen. Sie eilte voraus, ich blieb eine Weile zurück, dann zwang ich mein Pferd, in einer Art von Galopp mit mir vor das Haus zu sprengen. Es war ein altes weitläuftiges Gebäude, das abseits vom übrigen Dorfe lag; das Mädchen kam mir entgegen, ich trat als ein verirrter Fremdling ein, und bat demütig um ein Nachtlager. Die Eltern bewilligten es mir gern, die Kleine spielte ihre Aufgabe gut durch, sie zeigte mir verstohlen, daß sie neben der Kammer schlafen würde, die man mir einräumte; sie wollte die Tür offen lassen. Das Abendessen, die umständlichen Gespräche wurden mir sehr lang, endlich ging alles schlafen, meine Freundin aber hatte in der Wirtschaft noch allerhand zu besorgen. Ich betrachtete indessen meine Kammer, sie führte auf der einen Seite nach dem Schlafzimmer des Mädchens, auf der andern in einen langen Gang, dessen äußerste Tür geöffnet war. Freundlich schien durch diese die runde Scheibe des Mondes, das schöne Licht lockt mich hinaus, ein Garten empfängt mich. Ich durchwandere auch diesen, gehe durch ein Gattertor, und verliere mich voller Erwartungen im Felde.

Man ist indessen sorgsam gewesen, alle Türen zu verschließen, es war das letzte Geschäft des Vaters, nach allen Riegeln im Hause zu sehn. Bestürzt komme ich zurück, die Gartentür ist verschlossen; ich rufe, ich klopfe, niemand hört mich, ich versuche überzusteigen, aber meine Mühe war vergebens. Ich verwünsche den Mond und die Schönheiten der Natur, ich sehe die Freundliche vor mir, die mich erwartet und mein Zögern nicht begreifen kann.

Unter Verwünschungen und unnützen Bemühungen sah ich mich genötigt, den Morgen auf dem freien Felde abzuwarten: alle Hunde wurden wach, aber kein Mensch hörte mich, der mich eingelassen hätte. Oh, wie segnete ich die ersten Strahlen des Frührots! Die Alten bedauerten mein Unglück, das Mädchen war so verdrüßlich, daß sie anfangs nicht mit mir sprechen wollte, ich versöhnte sie aber endlich, ich mußte fort, und versprach ihr, auf meiner Rückreise von England sie gewiß wieder zu besuchen. Und du sahst damals, daß ich ihr auch Wort hielt.

Ich kam an: schon sah ich mit Verdruß und klopfendem Herzen den Garten mit der mir so wohlbekannten Mauer, schon suchte mein Auge das Mädchen, aber die Sachen hatten sich indessen sehr verändert. Sie war verheiratet, sie wohnte in einem andern Hause, und was das Schlimmste war, sie liebte sogar ihren Mann; als ich sie besuchte, bat sie mich mit der höchsten Angst, doch ja je eher je lieber wieder fortzugehn. Ich gehorchte ihr, um ihr Glück nicht zu stören. – Siehst du, mein Freund, das ist die unbedeutende Geschichte einer Bekanntschaft, die sich ganz anders endigte, als ich erwartet hatte.«

»Dir geschieht schon recht«, sagte Franz, »wenn du manchmal für deinen übertriebenen Mutwillen bestraft wirst.«

»Oh, daß ihr allenthalben Übertreibungen findet!« rief Florestan aus, »ihr seid immer besorgt, euch in allen Gedanken und Gefühlen zu mäßigen. Aber es gelingt niemals und ist unmöglich, in einem Gebiete zu messen und zu wägen, wo kein Maß und Gewicht anerkannt wird. Es freut mich, dich auch einmal verliebt zu sehn.«

905

Franz sagte: »Ich weiß nicht, ob ich verliebt bin, aber du ängstigest mich mit deinen Reden; wozu wäre es auch, da wir so bald abreisen müssen?«

Florestan lachte, und gab ihm gar keine Antwort. – »Nun, wie haben dir die neulichen Lieder gefallen?« sagte er, »und die Lichter, der Wald? Nicht wahr, es war der Mühe wert, fröhlich zu sein?«

»Du marterst mich nur«, sagte Sternbald, als Rudolph geendigt hatte, »sprich wie du willst, ich werde niemals deiner Meinung sein. Man kann sich in einem leichtsinnigen Augenblicke vergessen, aber wenn man freiwillig den Sinnen den Sieg über sich selbst einräumt, so erniedrigt man sich dadurch unter sich selbst.«

»Du willst ein Maler sein, und sprichst so?« rief Rudolph aus, »oh, laß ja die Kunst fahren, wenn dir deine Sinnen nicht lieber sind, denn durch diese allein vermagst du die Rührungen hervorzubringen. Was wollt ihr mit allen euren Farben darstellen und ausrichten, als die Sinnen auf die schönste Weise ergötzen? Durch nichts kann der Künstler unsre Phantasie so gefangennehmen, als durch den Reiz der vollendeten Schönheit, das ist es, was wir in allen Formen entdecken wollen, wonach unser gieriges Auge allenthalben sucht. Wenn wir sie finden, so sind es auch nicht die Sinne allein, die in Bewegung sind, sondern alle unsre Entzückungen erschüttern uns auf einmal auf die lieblichste Weise. Der freie unverhüllte Körper ist der höchste Triumph der Kunst, denn was sollen mir jene beschleierten Gestalten? Warum treten sie nicht aus ihren Gewändern heraus, die sie ängstigen und sind sie selbst? Gewand ist höchstens nur Zugabe, Nebenschönheit. Das griechische Altertum verkündigt sich in seinen nackten Figuren am göttlichsten und menschlichsten. Die *Dezenz* unsers gemeinen prosaischen Lebens ist in der Kunst unerlaubt, dort in den heitern, reinen Regionen ist sie ungeziemlich, sie ist unter uns selbst das Dokument unsrer Gemeinheit und Unsittlichkeit. Der Künstler darf seine Bekanntschaft mit ihr nicht verraten, oder er gibt zu erkennen, daß ihm die Kunst nicht das Liebste und Beste ist, er gesteht, daß er sich nicht ganz aussprechen darf, und doch ist sein verschlossenes Innerstes gerade das, was wir von ihm begehren.«

In einigen Tagen war ihre Abreise beschlossen; die Gräfin hatte den versprochenen Brief an die italienische Familie geschrieben, den Sternbald mit großer Gleichgültigkeit in seine Brieftasche legte; er zeigte ihn auch seinem Freunde nicht, sondern war sogar ungewiß, ob er ihn abgeben solle.

Als sie das Schloß verlassen hatten, als beide Freunde sich auf der weiten Heerstraße befanden, war Rudolph nachdenklich, weniger fröhlich und leichtsinnig, als man ihn sonst sah, er schien Erinnerungen zu bekämpfen, die ihn beinahe schwermütig machten.

»Kein Mensch«, rief er endlich aus, »kann seine frohe Laune verbürgen, es kommen Augenblicke und Empfindungen, die ihn wie in einem Kerker verschließen, und ihn nicht wieder freigeben wollen. Ich denke eben daran, wie ohne Not und ohne Zweck ich mich hier herumtreibe, und indessen das vernachlässige, was doch das einzige Glück in der Welt ist. Wahrlich, ich könnte in manchen Augenblicken so schwermütig sein, daß ich weinte, oder tiefsinnige Elegien niederschriebe, daß ich auf meinen Instrumenten Töne hervorsuchte, die in Steine und Felsen Mitleiden hineinzwängen. Oh, mein Freund, wir wollen uns nicht mit unnützem Gram den gegenwärtigen Augenblick verkümmern, diese Gegenwart, in der wir jetzt sind, kömmt nicht zum zweiten Male wieder, mag doch ein jeder Tag für das Seine sorgen.«

Es wurde Abend, ein schöner Himmel erglänzte mit seinen wunderbaren, buntgefärbten Wolkenbildern über ihnen. »Sieh«, fuhr Rudolph fort, »wenn ihr Maler mir dergleichen darstellen könntet, so wollte ich euch oft eure beweglichen Historien, eure leidenschaftlichen und verwirrten Darstellungen mit allen unzähligen Figuren erlassen. Meine Seele sollte sich an diesen grellen Farben ohne Zusammenhang, an diesen mit Gold ausgelegten Luftbildern ergötzen und genügen, ich würde da Handlung, Leidenschaft, Komposition und alles gern vermissen, wenn ihr mir, wie die gütige Natur heute tut, so mit rosenrotem Schlüssel die Heimat aufschließen könntet, wo die Ahndungen der Kindheit wohnen, das glänzende Land, wo in dem grünen, azurnen Meere die goldensten Träume schwimmen, wo Lichtgestalten zwischen feurigen Blumen gehn und uns die Hände reichen, die wir an unser Herz drücken möchten. Oh, mein Freund, wenn ihr doch diese wunderliche Musik, die der Himmel heute dichtet, in eure Malerei hineinlocken könntet! Aber euch fehlen Farben, und Bedeutung im gewöhnlichen Sinne ist leider eine Bedingung eurer Kunst.«

»Ich verstehe, wie du es meinst«, sagte Sternbald, »und die freundlichen Himmelslichter entwanken und entfliehen, indem wir sprechen. Wenn du auf der Harfe musizierst, und mit den Fingern die Töne suchst, die mit deinen Phantasien verbrüdert sind, so daß beide sich gegenseitig erkennen, und nun Töne und Phantasie in der Umarmung gleichsam entzückt immer höher, immer mehr himmelwärts jauchzen, so hast du mir schon oft gesagt, daß die Musik die erste, die unmittelbarste, die kühnste von allen Künsten sei, daß sie einzig das Herz habe, das auszusprechen, was man ihr anvertraut, da die übrigen ihren Auftrag immer nur halb ausrichten, und das Beste verschweigen: ich habe dir so oft recht geben müssen, aber, mein Freund, ich glaube darum doch, daß sich Musik, Poesie und Malerei oft die Hand bieten, ja daß sie oft ein und dasselbe auf ihren Wegen ausrichten können. Freilich ist es nicht nötig, daß immer nur Handlung, Begebenheit mein Gemüt entzücke, ja es scheint mir sogar schwer zu bestimmen, ob in diesem Gebiete unsre Kunst ihre schönsten Lorbeern antreffe: allein erinnere dich nur selbst der schönen, stillen, heiligen Familien, die wir angetroffen haben; liegt nicht in einigen unendlich viele Musik, wie du es nennen willst. Ist in ihnen die Religion, das Heil der Welt, die Anbetung des Höchsten nicht wie in einem Kindergespräche offenbart und ausgedrückt? Ich habe bei den Figuren nicht bloß an die Figuren gedacht, die Gruppierung war mir nur Nebensache, ja auch der Ausdruck der Mienen, insofern ich ihn auf die gegenwärtige Geschichte, auf den wirklichen Zusammenhang bezog. Der Maler hat hier Gelegenheit, die Einbildung in sich selbst zu erregen, ohne sie durch Geschichte, durch Beziehung vorzubereiten.«

»Am meisten ist mir das, was ich so oft von der Malerei wünsche, bei allegorischen Gemälden einleuchtend«, sagte Rudolph.

»Gut, daß du mich daran erinnerst!« rief Franz aus, »hier ist recht der Ort, wo der Maler seine große Imagination, seinen Sinn für die Magie der Kunst offenbaren kann: hier kann er gleichsam über die Grenzen seiner Kunst hinausschreiten, und mit dem Dichter wetteifern. Die Begebenheit, die Figuren sind ihm nur Nebensache, und doch machen sie das Bild, es ist Ruhe und Lebendigkeit, Fülle und Leere, und die Kühnheit der Gedanken, der Zusammensetzung findet erst hier ihren rechten Platz. Ich habe es ungern gehört, daß man diesen Gedichten so oft den Mangel an Zierlichkeit vorrückt, daß man hier tätige Bewegung und schnellen Reiz einer Handlung fordert, wenn sie statt eines einzelnen Menschen die Menschheit ausdrücken, statt eines Vorfalls eine erhabene Ruhe. Gerade diese anscheinende Kälte, die Unbiegsamkeit im Stoffe ist das, was mir so oft einen wehmütigen Schauder bei der Betrachtung erregte: daß hier allgemeine Begriffe in sinnlichen Gestalten mit so ernster Bedeutung aufgestellt sind, Kind und Greis in ihren Empfindungen vereinigt, daß das Ganze unzusammenhängend erscheint, wie das menschliche Leben, und doch eins um des andern notwendig ist, wie man auch im Leben nichts aus seiner Verkettung reißen darf, alles dies ist mir immer ungemein erhaben erschienen.«

»Ich erinnere mich«, antwortete Rudolph, »eines alten Bildes in Pisa, das dir auch vielleicht gefallen wird; wenn ich nicht irre, ist es von Andrea Orgagna gemalt. Dieser Künstler hat den Dante mit besondrer Vorliebe studiert, und in seiner Kunst auch etwas Ähnliches dichten wollen. Auf seinem großen Bilde ist in der Tat das ganze menschliche Leben auf eine recht wehmütige Art abgebildet. Ein Feld prangt mit schönen Blumen von frischen und glänzenden Farben, geschmückte Herren und Damen gehen umher, und ergötzen sich an der Pracht. Tanzende Mädchen ziehen mit ihrer muntern Bewegung den Blick auf sich, in den Bäumen, die von Orangen glühn, erblickt man Liebesgötter, die schalkhaft mit ihren Geschossen herunterzielen, über den Mädchen schweben andre Amorinen, die nach den geschmückten Spaziergängern zur Vergeltung zielen. Spielleute blasen auf Instrumenten zum Tanz, eine bedeckte Tafel steht in der Ferne. – Gegenüber sieht man steile Felsen, auf denen Einsiedler Buße tun und in andächtiger Stellung beten, einige lesen, einer melkt eine Ziege. Hier ist die Dürftigkeit des armutseligen Lebens dem üppigen glückseligen recht herzhaft gegenübergestellt. – Unten sieht man drei Könige auf die Jagd reiten, denen ein heiliger Mann eröffnete Gräber zeigt, in denen man von Königen verweste Leichname sieht. – Durch die Luft fliegt der Tod, mit schwarzem Gewand, die Sense in der Hand, unter ihm Leichen aus allen Ständen, auf die er hindeutet. – Dieses Gemälde hat immer in mir das Bild des großen menschlichen Lebens hervorgebracht, in welchem keiner vom andern weiß, und sich alle blind und taub durcheinander bewegen.«

Unter diesen Gesprächen waren sie an eine dichte Stelle im Walde gekommen, abseits an einer Eiche gelehnt lag ein Rittersmann, mit dem sich ein Pilgrim beschäftigte, und ihm eine Wunde zu verbinden suchte.

Die beiden Wanderer eilten sogleich hinzu, sie erkannten den Ritter, Franz zuerst, es war derselbe, den sie vor einiger Zeit als Mönch gesehn hatten, und den Sternbald im Schlosse gemalt hatte. Der Ritter war in Ohnmacht gesunken, er hatte viel Blut verloren, aber durch die vereinigte Hülfe kam er bald wieder zu sich. Der Pilgrim dankte den beiden Freunden herzlich, daß sie ihm geholfen, den armen Verwundeten zu pflegen, sie machten in der Eile eine Trage von Zweigen und Blättern, worauf sie ihn legten und so abwechselnd trugen. Der Ritter erholte sich bald, so daß er bat, sie möchten diese Mühe unterlassen; er versuchte es, auf die Füße zu kommen, und es gelang ihm, daß er sich mit einiger Beschwerlichkeit und langsam fortbewegen konnte, die übrigen führten und unterstützten ihn. Der Ritter erkannte Franz und Rudolph ebenfalls, er gestand, daß er derselbe sei, den sie neulich in einer Verkleidung getroffen. Der Pilgrim erzählte, daß er nach Loreto wallfahrte, um ein Gelübde zu bezahlen, das er in einem Sturm auf der See getan.

Es wurde dunkel, als sie immer tiefer in den Wald hineingerieten und kaum noch den Weg bemerken konnten. Franz und Rudolph riefen laut, um jemand herbeizulocken, der ihnen raten, der sie aus der Irre führen könne, aber vergebens, sie hörten nichts als das Echo ihrer eigenen Stimme. Endlich war es, als wenn sie durch die Verworrenheit der Gebüsche ein fernes Glöcklein vernähmen, und sogleich richteten sie nach diesem Schalle ihre Schritte. Der Pilger insonderheit war sehr ermüdet, und wünschte einen Ruheplatz anzutreffen, er gestand es ungern, daß ihn sein übereiltes Gelübde schon oft gereut habe, daß er es aber nun schuldig sei zu bezahlen, um Gott nicht zu irren. Er seufzte fast bei jedem Schritte, und der Ritter konnte es nicht unterlassen, so ermüdet er selber war, bisweilen über ihn zu spotten. Franz und Rudolph sangen Lieder, um die Ermüdeten zu trösten und anzufrischen, sehnten sich aber auch herzlich nach einer ruhigen Herberge.

Jetzt sahen sie ein Licht ungewiß durch die Zweige schimmern, und die Hoffnung von allen wurde gestärkt, das Glöcklein ließ sich von Zeit zu Zeit wieder hören, und viel vernehmlicher. Sie glaubten sich in der Nähe eines Dorfs zu befinden, als sie aber noch eine Weile gegangen waren, standen sie vor einer kleinen Hütte, in der ein Licht brannte, das ihnen entgegenglänzte, ein Mann saß darin, und las mit vieler Aufmerksamkeit in einem Buche, ein großer Rosenkranz hing an seiner Seite, über der Hütte war eine Glocke angebracht, die er abwechselnd anzog, und die den Schall verursacht hatte.

Er erstaunte, als er von der Gesellschaft in seinen Betrachtungen gestört wurde, doch nahm er alle sehr freundlich auf. Er bereitete schnell aus Kräutern einen Saft, mit dem er die Wunde des Ritters verband, wonach dieser sogleich Linderung spürte, und zum Schlafe geneigt war. Auch Franz war müde, der Pilgrim war schon in einem Winkel des Hauses eingeschlafen, nur Rudolph blieb munter, und verzehrte einiges von den Früchten, Brot und Honig, das der Einsiedler aufgetragen hatte.

»Ihr seid in meiner Einsamkeit willkommen«, sagte dieser zu Florestan, »und es ist mein tägliches Gebet zu Gott, daß er mir Gelegenheit geben möge, zuweilen einiges Gute zu tun, und so ist sie mir denn heute wider Erwarten gekommen. Sonst bringe ich meine Zeit mit Andacht und Beten zu, auch lasse ich nach gewissen Gebeten immer mein Glöcklein erschallen, damit die Hirten und Bauern im Walde, oder die Leute im nächsten Dorfe wissen mögen, daß ich munter bin und für sie dem Herrn danke, das einzige, was ich zur Vergeltung für ihre Wohltaten zu tun imstande bin.«

Rudolph blieb mit dem Einsiedler noch lange munter, sie sprachen allerhand, doch ließ sich der Alte nicht zu lange von seinen vorgesetzten Gebeten abwendig machen, sondern wiederholte sie während ihrer Erzählung: Franz hörte im Schlummer die beiden miteinander sprechen, dann zuweilen das Glöcklein klingen, den Gesang des Alten, und es dünkte ihm unter seinen Träumen alles höchst wunderbar.

Gegen Morgen schlief Rudolph auch ein, so viele Mühe er sich auch gab, wach zu bleiben.

Das Morgenrot brach liebreich herauf, und schimmerte erst an den Baumwipfeln, an den hellen Wolken, dann sah man die ersten Strahlen der Sonne durch den Wald leuchten. Die Vögel wurden rege, die Lerchen jubelten aus den Wolken herab, der Morgenwind schüttelte die Zweige. Die Schläfer wurden nach und nach wieder wach: der Ritter fühlte sich gestärkt und munter, der Einsiedler versicherte, daß seine Wunde nichts zu bedeuten habe. Franz und Rudolph machten einen Spaziergang durch den Wald, wo sie eine Anhöhe erstiegen und sich niedersetzten.

»Sind die Menschen nicht wunderlich?« fing Florestan an, »dieser Pilgrim kreuzt durch die Welt, verläßt sein geliebtes Weib, wie er uns selber erzählt hat, um Gott zu Gefallen die Kapelle zu Loreto zu besuchen. Der Einsiedler hat mir in der Nacht seine ganze Geschichte erzählt: er hat die Welt auf immer verlassen, weil er unglücklich geliebt hat, das Mädchen, das ihn entzückte, hat sich einem andern ergeben, und darum

will er nun sein Leben in der Einsamkeit beschließen, mit seinem Ro-
senkranze, Buche und Glocke beschäftigt.«

Franz dachte an das Bildnis, an den Tod seiner Geliebten, und sagte
seufzend: »Oh, laß ihn, denn ihm ist wohl, tadle nicht zu strenge die
Glückseligkeit andrer Menschen, weil sie nicht die deinige ist. Wenn er
wirklich geliebt hat, was kann er nun noch in der Welt wollen? In seiner
Geliebten ist ihm die ganze Welt abgestorben, nun ist sein ganzes Leben
ein ununterbrochenes Andenken an sie, ein immerwährendes Opfer,
das er der Schönsten bringt. Ja, seine Andacht vermischt sich mit seiner
Liebe, seine Liebe ist seine Religion, und sein Herz bleibt rein und geläutert. Sie strahlt ihm wie Morgensonne in sein Gedächtnis – kein gewöhnliches Leben hat ihr Bild entweiht, und so ist sie ihm Madonna,
Gefährtin und Lehrerin im Gebet. Oh, mein Freund, in manchen Stunden möchte ich mich so, wie er, der Einsamkeit ergeben, und von Vergangenheit und Zukunft Abschied nehmen. Wie wohl würde mir das
Rauschen des Waldes tun, die Wiederkehr der gleichförmigen Tage, der
ununterbrochene leise Fluß der Zeit, der mich so unvermerkt ins Alter
hineintrüge, jedes Rauschen ein andächtiger Gedanke, ein Lobgesang.
Müssen wir uns denn nicht doch einst von allem irdischen Glücke
trennen? Was ist dann Reichtum und Liebe und Kunst? Die edelsten
Geister haben müssen Abschied nehmen, warum sollen es die schwächern
nicht schon früher tun, um sich einzulernen?«

Florestan verwunderte sich über seinen Freund, doch bezwang er
diesmal seinen Mutwillen, und antwortete mit keinem Scherze, weil
Franz zu ernstlich gesprochen hatte. Er vermutete im Herzen Sternbalds
einen geheimen Kummer, er gab ihm daher schweigend die Hand, und
Arm in Arm gingen sie herzlich zur Hütte des armen Klausners zurück.

Der Ritter stand angekleidet vor der Tür. Die Röte war auf seine
Wangen zurückgekommen und sein Gesicht glänzte im Sonnenschein,
seine Augen funkelten freundlich, er war ein schöner Mann. Der Pilgrim
und der Einsiedler hatten sich zu einer Andachtsübung vereinigt, und
saßen in tiefsinnigen Gebeten im kleinen Hause.

Die drei setzten sich im Grase nieder, und Rudolph faßte die Hand
des Fremden und sagte mit lachendem Gesicht: »Herr Ritter, Ihr dürft
es mir wahrlich nicht verargen, wenn ich nun meine Neugier nicht mehr
bezähmen kann, Ihr seid überdies auch ziemlich wiederhergestellt, so
daß Ihr wohl die Mühe des Erzählens über Euch nehmen könnt. Ich
und mein Freund haben Euer Bildnis in dem Schlosse einer schönen

Dame angetroffen, sie hat uns vertraut, wie sie mit Euch verbunden ist, Ihr könnt kein andrer sein, Ihr dürft also gegen uns nicht weiter rückhalten.«

»Ich will es auch nicht«, sagte der junge Ritter, »schon neulich, als ich Euch sah, faßte ich ein recht herzliches Vertrauen zu Euch und Eurem Freunde Sternbald, daher will ich Euch recht gern erzählen, was ich selber von mir weiß, denn noch nie habe ich mich in solcher Verwirrung befunden. Ich bedinge es mir aber aus, daß Ihr niemand von dem etwas sagt, was ich jetzt erzählen werde; Ihr dürft darum keine seltsamen Geheimnisse erwarten, sondern ich bitte Euch bloß darum, weil ich nicht weiß, in welche Verlegenheiten mich etwa künftig Euer Mangel an Verschwiegenheit setzen dürfte.

Wißt also, daß ich kein Deutscher bin, sondern ich bin aus einer edlen italienischen Familie entsprossen, mein Name ist Roderigo. Meine Eltern gaben mir eine sehr freie Erziehung, mein Vater, der mich übermäßig liebte, sah mir in allen Wildheiten nach, und als ich daher älter wurde und er mit seinem guten Rate nachkommen wollte, war es natürlich, daß ich auf seine Worte gar nicht achtete. Seine Liebe zu mir erlaubte ihm aber nicht, zu strengern Mitteln als gelinden Verweisen seine Zuflucht zu nehmen, und darüber wurde ich mit jedem Tage wilder und ausgelassener. Er konnte es nicht verbergen, daß er über meine unbesonnenen Streiche mehr Vergnügen und Zufriedenheit als Kummer empfand, und das machte mich in meinem seltsamen Lebenslaufe nur desto sicherer. Er war selbst in seiner Jugend ein wilder Bursche gewesen, und dadurch hatte er eine Vorliebe für solche Lebensweise behalten, ja er sah in mir nur seine Jugend glänzend wieder aufleben.

Was mich aber mehr als alles übrige bestimmte und begeisterte, war ein junger Mensch von meinem Alter, der sich Ludovico nannte, und bald mein vertrautester Freund wurde. Wir waren unzertrennlich, wir streiften in Romanien, Kalabrien und Oberitalien umher, denn die Reisesucht, das Verlangen, fremde Gegenden zu sehn, das in uns beiden fast gleich stark war, hatte uns zuerst aneinandergeknüpft. Ich habe nie wieder einen so wunderbaren Menschen gesehn, als diesen Ludovico, ja ich kann wohl sagen, daß mir ein solcher Charakter auch vorher in der Imagination nicht als möglich vorgekommen war. Immer ebenso heiter als unbesonnen, auch in der verdrießlichsten Lage fröhlich und voll Mut: jede Gelegenheit ergriff er, die ihn in Verwirrung bringen konnte, und seine größte Freude bestand darin, mich in Not oder Gefahr zu verwickeln, und mich nachher steckenzulassen. Dabei war er so unbeschreiblich gutmütig, daß ich niemals auf ihn zürnen konnte. So vertraut wir miteinander waren, hat er mir doch niemals entdeckt, wer er eigentlich sei, welcher Familie er angehöre, sooft ich ihn darum fragte, wies er mich mit der Antwort zurück: daß mir dergleichen völlig gleichgültig bleiben müsse, wenn ich sein wirklicher Freund sei. Oft verließ er mich wieder auf einige Wochen, und schwärmte für sich allein umher, dann erzählten wir uns unsre Abenteuer, wenn wir uns wiederfanden.«

»So gibt es doch noch so vernünftige Menschen in der Welt!« fiel Rudolph heftig aus, »wahrlich, das macht mir ganz neue Lust, in meinem Leben auf meine Art weiterzuleben! Oh, wie freut es mich, daß ich Euch habe kennen lernen, fahrt um Gottes willen in Eurer vortrefflichen Erzählung fort!«

Der Ritter lächelte über diese Unterbrechung, und fuhr mit folgenden Worten fort: »Es war fast kein Stand, keine Verkleidung zu erdenken, in der wir nicht das Land durchstreift hätten, als Bauern, als Bettler, als Künstler, oder wieder als Grafen zogen wir umher, als Spielleute musizierten wir auf Hochzeiten und Jahrmärkten, ja der mutwillige Ludovico verschmähte es nicht, zuweilen als eine artige Zigeunerin herumzuwandern, und den Leuten, besonders den hübschen Mädchen, ihr Glück zu verkündigen. Von den lächerlichen Drangsalen, die wir oft überstehen mußten, so wie von den verliebten Abenteuern, die uns ergötzten, laßt mich schweigen, denn ich würde euch in der Tat ermüden.«

»Gewiß nicht«, sagte Rudolph, »aber macht es, wie es Euch gefällt, denn ich glaube selbst, Ihr würdet über die Mannigfaltigkeit Eurer Erzählungen müde werden.«

»Vielleicht«, sagte der Ritter. »Von meinem Freunde glaubte ich heimlich, daß er seinen Eltern entlaufen sei, und sich nun auf gut Glück in der Welt herumtreibe. Aber dann konnte ich wieder nicht begreifen, daß es ihm fast niemals an Gelde fehle, mit dem er verschwenderisch und unbeschreiblich großmütig umging. Fast so oft er mich verließ, kam er mit einer reichen Börse zurück. Unsre größte Aufmerksamkeit war auf die schönen Mädchen aus allen Ständen gerichtet; in kurzer Zeit war unsre Bekanntschaft unter diesen außerordentlich ausgebreitet, wo wir uns aufhielten, wurden wir von den Eltern ungern gesehn, nicht selten wurden wir verfolgt, oft entgingen wir nur mit genauer Not der Rache der beleidigten Liebhaber, den Nachstellungen der Mädchen, wenn wir sie einer neuen Schönheit aufopferten. Aber diese Gefährlichkeiten waren eben die Würze unsres Lebens, wir vermieden mit gutem Willen keine.

Die Reiselust ergriff meinen Freund oft auf eine so gewaltsame Weise, daß er weder auf die Vernunft, noch selber auf meine Einwürfe hörte, der ich doch Tor gern genug war. Nachdem wir Italien genug zu kennen glaubten, wollte er plötzlich nach Afrika übersetzen. Die See war von den Korsaren so beunruhigt, daß kein Schiff gern überfuhr, aber er lachte, als ich ihm davon erzählte, er zwang mich beinahe, sein Begleiter zu sein, und wir schifften mit glücklichem Winde fort. Er stand auf dem Verdecke und sang verliebte Lieder, alle Matrosen waren ihm gut, jedermann drängte sich zu ihm, die afrikanische Küste lag schon vor uns. Plötzlich entdeckten wir ein Schiff, das auf uns zusegelte, es waren Seeräuber. Nach einem hartnäckigen Gefechte, in welchem mein Freund Wunder der Tapferkeit tat, wurden wir erobert und gefangen fortgeführt. Ludovico verlor seine Munterkeit nicht, er verspottete meinen Kleinmut, und die Korsaren beteuerten, daß sie noch nie einen so tollkühnen Wagehals gesehen hätten. ›Was soll mir das Leben?‹ sagte er dagegen in ihrer Sprache, die wir beide gelernt hatten, ›heute ist es da, morgen wieder fort; jedermann sei froh, so hat er seine Pflicht getan, keiner weiß, was morgen ist, keiner hat das Angesicht der zukünftigen Stunde gesehn. Spotte über die Falten, über das Zürnen, das uns Saturn oft im Vorüberfliegen vorhält, der Alte wird schon wieder gut, er ist wacker, und lächelt endlich über seine eigne Verspottung, er bittet euch, wie Alte Kindern tun, nachher seine Unfreundlichkeit ab. Heute mir, morgen dir: wer Glück liebt, muß auch sein Unglück willkommen heißen. Das ganze Leben ist nicht der Sorge wert.‹

So stand er mit seinen Ketten unter ihnen, und wahrlich! ich vergaß über seinen Heldenmut mein eignes Elend. – Wir wurden ans Land gesetzt und als Sklaven verkauft: noch als wir getrennt wurden, nickte Ludovico mir ein freundliches Lebewohl zu.

Wir arbeiteten in zwei benachbarten Gärten, ich verlor in meiner Dürftigkeit, in dieser Unterjochung allen Mut, aber ich hörte ihn aus der Ferne seine gewöhnlichen Lieder singen, und wenn ich ihn einmal sah, war er so freundlich und vergnügt, wie immer. Er tat gar nicht, als wäre etwas Besondres vorgefallen. Ich konnte innerlich über seinen Leichtsinn recht von Herzen böse sein, und wenn ich dann wieder sein

lächelndes Gesicht vor mir sah, war aller Zorn verschwunden, alles
vergessen.

Nach acht Wochen steckte er mir ein Briefchen zu, er hatte andre
Christensklaven auf seine Seite gebracht, sie wollten sich eines Fahrzeugs
bemächtigen und darauf entfliehen: er meldete mir, daß er mich mitneh-
men wolle, wenn dieser Vorsatz gleich seine Flucht um vieles erschwere;
ich solle den Mut nicht verlieren.

Ich verließ mich auf sein gutes Glück, daß uns der Vorsatz gelingen
werde. Wir kamen in einer Nacht am Ufer der See zusammen, wir be-
mächtigten uns des kleinen Schiffs, der Wind war uns anfangs günstig.
Wir waren schon tief ins Meer hinein, wir glaubten uns bald der italienischen Küste zu nähern, als sich mit dem Anbruche des Morgens ein
Sturm erhob, der immer stärker wurde. Ich riet, ans nächste Land zu-
rückzufahren, um uns dort zu verbergen, bis sich der Sturm gelegt hätte,
aber mein Freund war andrer Meinung, er glaubte, wir könnten dann
von unsern Feinden entdeckt werden, er schlug vor, daß wir auf der
See bleiben, und uns lieber der Gnade des Sturms überlassen sollten.
Seine Überredung drang durch, wir zogen alle Segel ein, und suchten
uns so viel als möglich zu erhalten, denn wir konnten überzeugt sein,
daß bei diesem Ungewitter uns niemand verfolgen würde. Der Wind
drehte sich, Sturm und Donner nahmen zu, das empörte Meer warf uns
bald bis in die Wolken, bald verschlang uns der Abgrund. Alle verließ
der Mut, ich brach in Klagen aus, in Vorwürfe gegen meinen Freund.
Ludovico, der bis dahin unablässig gearbeitet und mit allen Elementen
gerungen hatte, wurde nun zum ersten Male in seinem Leben zornig,
er ergriff mich und warf mich im Schiffe zu Boden. ›Bist du, Elender‹,
rief er aus, ›mein Freund, und unterstehst dich zu klagen, wie die Sklaven
dort? Roderigo, sei munter und fröhlich, das rat ich dir, wenn ich dir
gewogen bleiben soll, denn wir können ins Teufels Namen nicht mehr
als sterben!‹ Und unter diesen Worten setzte er mir mit derben Faust-
schlägen dermaßen zu, daß ich bald alle Besinnung verlor, und den
Donner, die See und den Sturm nicht mehr vernahm.

Als ich wieder zu mir kam, sah ich Land vor mir, der Sturm hatte
sich gelegt, ich lag in den Armen meines Freundes. ›Vergib mir‹, sagte
er leutselig, ›wir sind gerettet, dort ist Italien, du hättest den Mut nicht
verlieren sollen.‹ – Ich gab ihm die Hand, und nahm mir im Herzen
vor, den Menschen künftig zu vermeiden, der meinem Glücke und Leben
gleichsam auf alle Weise nachstellte; aber ich hatte meinen Vorsatz

schon vergessen, noch ehe wir ans Land gestiegen waren, denn ich sah ein, daß er mein eigentliches Glück sei.«

Rudolph, der mit der gespanntesten Aufmerksamkeit zugehört hatte, konnte sich nun nicht länger halten, er sprang heftig auf, und rief: »Nun, bei allen Heiligen, Euer Freund ist ein wahrer Teufelskerl! Wie lumpig ist alles, was ich erlebt habe, und worauf ich mir wohl manchmal etwas zugute tat, gegen diesen Menschen! Ich muß ihn kennenlernen, wahrhaftig, und sollte ich nach dieser Seltenheit bis ans Ende der Welt laufen!«

»Wenn er nur noch lebt«, antwortete Roderigo, »denn nun ist es schon länger als ein Jahr, daß ich ihn nicht gesehen habe. Ich habe euch diesen Vorfall nur darum weitläuftiger erzählt, um euch einigermaßen einen Begriff von seinem Charakter zu geben. Meine Eltern priesen sich glücklich, als sie mich wiedersahen, aber Ludovico hatte mich bald wieder in neue Abenteuer verwickelt. Ich wollte die Schweiz und Deutschland besuchen, er wollte ohne meine Gesellschaft eine andre Reise unternehmen, es war nichts Geringeres, als daß er nach Ägypten gehen wollte, die seltsamen uralten Pyramiden, das wunderbare Rote Meer, die Sandwüsten mit ihren Sphinxen, der fruchtbare Nil, diese Gegenstände, von denen man schon in der Kindheit so viel hört, waren es, die ihn dorthin riefen. Unser Abschied war überaus zärtlich, er versprach mir, in einem Jahre nach Italien zurückzukommen; ich nahm auf ebenso lange von meinen Eltern Urlaub, und trat meine Reise nach Deutschland an.

Ich fühlte mich ohne meinen Gefährten recht einsam und verlassen, der Mut wollte sich anfangs gar nicht einstellen, der mich sonst aufrecht gehalten hatte. Die hohen Gebirge der Schweiz und in Tirol, die furchtbare Majestät der Natur, alles stimmte mich auf lange Zeit traurig, ich bereute es oft, ihm nicht wider seinen Willen gefolgt zu sein und an seinem Wahnsinne teilzunehmen. Einigemal war ich im Begriff, zu meiner Familie zurückzukehren, aber die Sucht, ein fernes Land, fremde Menschen zu sehn, trieb mich wieder vorwärts, auch die Scham, einer Lebensart untreu zu werden, die bis dahin mein höchstes Glück ausgemacht hatte. Ich will euch die einzelnen Vorfälle verschweigen, und mich zu der Begebenheit wenden, die Ursache ist, daß ihr mich hier angetroffen.

Nach manchen lustigen Abenteuern, nach manchen angenehmen Bekanntschaften langte ich in der Gegend des Schlosses an, wo ihr ge-

kannt seid. Ich saß auf einer Anhöhe und überdachte die Mannigfaltig-
keiten meines Lebenslaufs, als eine fröhliche Jagdmusik mich aufmerksam
machte. Ein Zug von Jägern kam näher, in ihrer Mitte eine schöne Dame,
die einen Falken auf der Hand trug; die Einsamkeit, ihr schimmernder 917
Anzug, alles trug dazu bei, sie ungemein reizend darzustellen. Meine
Sinne waren gefangengenommen, ich konnte die Augen nicht von ihr
abwenden: alle Schönheiten, die ich sonst gesehn hatte, schienen mir
gegen diese alltäglich, es war nicht dieser und jener Zug, der mich an
ihr entzückte, nicht der Wuchs, nicht die Farbe der Wangen oder der
Blick der Augen, sondern auf geheimnisvolle Weise alles dies zusammen.
Es war ein Gefühl in meinem Busen, das ich bis dahin noch nicht
empfunden hatte, es durchdrang mich ganz, nur sie allein sah ich in
der weiten Welt, jenseit ihres Besitzes lag kein Wunsch mehr in der
Welt.

Ich suchte ihre Bekanntschaft, ich verschwieg ihr meinen Namen. Ich
fand sie meinen Wünschen geneigt, ich war auf dem höchsten Gipfel
meiner Seligkeit. Wie arm kam mir mein Leben bis dahin vor, wie ent-
sagte ich allen meinen Schwärmereien! Der Tag unsrer Hochzeit war
festgesetzt.

Oh, meine Freunde, ich kann euch nicht beschreiben, ich kann sie
selber nicht begreifen, die wunderbare Veränderung, die nun mit mir
vorging! Ich sah ein bestimmtes Glück vor mir liegen, aber ich war an
diesem Glücke festgeschmiedet: wie wenn ich in Meeresstille vor Anker
läge, und nun sähe, wie Mast und Segel vom Schiffe heruntergeschlagen
würden, um mich hier, nur hier ewig festzuhalten.

›Oh, süße Reiselust!‹ sagte ich zu mir selber, ›geheimnisreiche Ferne,
ich werde nun von euch Abschied nehmen und eine Heimat dafür besitzen! Lockt mich nicht mehr weit weg, denn alle eure Töne sind vergeblich, ihr ziehenden Vögel, du Schwalbe mit deinen lieblichen Gesängen, du Lerche mit deinen Reiseliedern! Keine Städte, keine Dörfer
werden mir mehr mit ihren glänzenden Fenstern entgegenblicken, und
ich werde nun nicht mehr denken: Welche weibliche Gestalt steht dort
hinter den Vorhängen, und sieht mir den Berg herauf entgegen? Bei
keinem fremden liebreizenden Gesichte darf mir nun mehr einfallen:
Wir werden bekannter miteinander werden, dieser Busen wird vielleicht
am meinigen ruhn, diese Lippen werden vielleicht mit meinen Küssen
vertraut sein.‹

Mein Gemüt ward hin- und zurückgezogen, häusliche Heimat, rätselhafte Fremde; ich stand in der Mitte, und wußte nicht, wohin. Ich wünschte, die Gräfin möchte mich weniger lieben, ein anderer möchte mich aus ihrer Gunst verdrängen, dann hätte ich sie zürnend und verzweifelt verlassen, um wieder umherzustreifen, und in den Bergen, im Talschatten, den frischen, lebendigen Geist wiederzusuchen, der mich verlassen hatte. Aber sie hing an mir mit allem Feuer der ersten Liebe, sie zählte die Minuten, die ich nicht bei ihr zugebracht: sie haderte mit meiner Kälte. Noch nie war ich so geliebt, und die Fülle meines Glücks übertäubte mich. Sehnsüchtig sah ich jedem Wandersmann nach, der auf der Landstraße vorüberzog; ›wie wohl ist dir‹, sagte ich, ›daß du dein ungewisses Glück noch suchst! ich habe es gefunden!‹

Ich ritt aus, um mich zu sammeln. Ich hielt mir in der Einsamkeit meinen Undank vor. ›Was willst du in der Welt als Liebe?‹ so redete ich mich selber an; ›siehe, sie ist dir geworden, sei zufrieden, begnüge dich, du kannst nicht mehr erobern: was du in einsamen Abenden mit aller Sehnsucht des Herzens erwünschtest, wonach du in Wäldern jagtest, was die Bergströme dir entgegensangen, dies unnennbare Glück ist dir geworden, ist wirklich dein, die Seele, die du weit umher gesucht, ist dir entgegengekommen.‹

Wie kam es, daß die Dörfer mit ihren kleinen Häusern so seltsamlich vor mir lagen? daß mir jede Heimat zu enge und beschränkt dünkte? Das Abendrot schien in die Welt hinein, da ritt ich vor einem niedrigen Bauernhause vorbei, auf dem Hofe stand ein Brunnen, davor war ein Mägdlein, das sich bückte, den schweren gefüllten Eimer heraufzuziehen. Sie sah zu mir herauf, indem ich stillhielt, der Abendschein lag auf ihren Wangen, ein knappes Mieder schloß sich traulich um den schönen vollen Busen, dessen genaue Umrisse sich nicht verbergen ließen. ›Wer ist sie?‹ sagte ich zu mir, ›warum hat sie dich betrachtet?‹ Ich grüßte, sie dankte und lächelte. Ich ritt fort, und rettete mich in die Dämmerung des Waldes hinein: mein Herz klopfte, als wenn ich dem Tode entgegenginge, als mir die Lichter aus dem Schlosse entgegenglänzten. ›Sie wartet auf dich‹, sagte ich zu mir, ›freundlich hat sie das Abendessen bereitet, sie sorgt, daß du müde bist, sie trocknet dir die Stirn. Nein, ich liebe sie‹, rief ich aus, ›wie sie mich liebt.‹

In der Nacht tönte der Lauf der Bergquellen in mein Ohr, die Winde rauschten durch die Bäume, der Mond stieg herauf und ging wieder unter: alles, die ganze Natur in freier, willkürlicher Bewegung, nur ich war gefesselt. Die Sonne war noch nicht aufgegangen, als ich wieder durch das Dorf ritt, es traf sich, daß das Mädchen wieder am Brunnen stand: ich war meiner nicht mehr mächtig. Ich stieg vom Pferde, sie war ganz allein, sie antwortete so freundlich auf alle meine Fragen, ich war in meinem Leben zum erstenmal mit einem Weibe verlegen, ich machte mir Vorwürfe, ich wußte nicht, was ich sprach. Neben der Tür des Hauses war eine dichte Laube, wir setzten uns nieder; die schönsten blauen Augen sahen mich an, ich konnte den frischen Lippen nicht widerstehen, die zum Kuß einluden, sie war nicht strenge gegen mich, ich vergaß die Stunde. Nachdenkend ritt ich zurück, ich wußte nun bestimmt, daß ich in dieser Einschränkung, in der Ehe mit der schönen Gräfin nicht glücklich sein würde. Ich hatte es sonst oft belacht, daß man mit dem gewechselten Ringe die Freiheit fortschenkte, jetzt erst verstand ich den Sinn dieser Redensart. Ich vermied die Gräfin, ihre Schönheit lockte mich wieder an, ich verachtete mich, daß ich zu keinem Entschlusse kommen konnte. Der Hochzeitstag war indes ganz nahe herangerückt, meine Braut machte alle Anstalten, ich hörte immer schon von den künftigen Einrichtungen sprechen; mein Herz schlug mir bei jedem Worte.

Man erzählt, daß man vor dem letzten Unglück des Markus Antonius wunderbare Töne wie von Instrumenten gehört habe, wodurch sein Schutzgott Herkules von ihm Abschied genommen: so hört ich in jedem Lerchengesange, in jedem Klang einer Trompete, jeglichen Instruments das Glück, das mir seinen Abschied wehmütig zurief. Immer lag mir die gründämmernde Laube im Sinne, das blaue Auge, der volle Busen. Ich war entschlossen. ›Nein, Ludovico‹, rief ich aus, ›ich will dir nicht untreu werden, du sollst mich nicht als Sklav wiederfinden, nachdem du mich von der ersten Kette losgemacht hast. Soll ich ein Ehemann werden, weil ich liebte? Seltsame Folge!‹

Ich nahm Abschied von ihr, ich versteckte mich in die Kleidung eines Mönchs, so streifte ich umher, und so traf ich auf jenen Bildhauer Bolz, der eben aus Italien zurückkam.

Ich glaubte in ihm einige Züge von meinem Freunde anzutreffen, und entdeckte ihm meine seltsame Leidenschaft. Er ward mein Begleiter. Wie genau lernte ich nun Laube, Haus und Garten meiner Geliebten kennen! Wie oft saßen wir da in den Nachtstunden Arm in Arm geschlungen, indem uns der Vollmond ins Gesicht schien! In der Kleidung eines gemeinen Bauern machte ich auch mit den Eltern Bekanntschaft, und schmeckte nun nach langer Zeit wieder die Süßigkeiten meiner sonstigen Lebensweise.

Dann brach ich plötzlich wieder auf; nicht weit von hier wohnt ein schönes Mädchen, die die Eltern dem Kloster bestimmt haben, sie beweint ihr Schicksal. Ich war bereit, sie in dieser Nacht zu entführen; ich vertraute dem Gefährten meinen Plan, dieser Tückische, der sie anbetet, lockt mich hierher in den dichten Wald, und versetzt mir heimlich diese Wunde. Darauf verließ er mich schnell. Seht, das ist meine Geschichte.

Unaufhörlich schwebt das Bild der Gräfin nun vor meinen Augen. Soll ich sie lassen? kann ich sie wiederfinden? soll ich einem Wesen mein ganzes Leben opfern?«

Franz sagte: »Eure Geschichte ist seltsam, die Liebe heilt Euch vielleicht einmal, daß Ihr Euch in der Beschränkung durchaus glücklich fühlt, denn noch habt Ihr die Liebe nicht gekannt.«

»Du bist zu voreilig, mein Freund«, sagte Florestan, »nicht alle Menschen sind wie du, und genau genommen, weißt du auch noch nicht einmal, wie du beschaffen bist.«

Der Einsiedler kam, um nach der Wunde des Ritters zu sehn, die sich sehr gebessert hatte.

Franz Sternbald suchte den Ritter wieder auf, nachdem Florestan ihn verlassen hatte, und sagte: »Ihr seid vorher gegen meinen Freund so willfährig gewesen, daß Ihr mich dreist gemacht habt, Euch um die Geschichte jenes alten Mannes zu bitten, dessen Ihr an dem Morgen erwähntet, als wir uns hinter Straßburg trafen.«

»So viel ich mich erinnern kann«, sagte der Ritter, »will ich Euch erzählen. – Auf einer meiner einsamen Wanderungen kam ich in ein Gehölz, das mich bald zu zwei einsamen Felsen führte, die sich wie zwei Tore gegenüberstanden. Ich bewunderte die seltsame Symmetrie der Natur, als ich auf einen schönen Baumgang aufmerksam wurde, der sich hinter den Felsen eröffnete. Ich ging hindurch, und fand einen weiten Platz, durch den die Allee von Bäumen gezogen war, ein schöner heller Bach floß auf der Seite, Nachtigallen sangen, und eine schöne Ruhe lud mich ein, mich niederzusetzen und auf das Plätschern einer Fontäne zu hören, die aus dichtem Gebüsche herausplauderte.

Ich saß eine Weile, als mich der liebliche Ton einer Harfe aufmerksam machte, und als ich mich umsah, ward ich die Büste Ariosts gewahr, die über einem kleinen Altar erhaben stand, unter dieser spielte ein schöner Jüngling auf dem Instrumente.« –

Hier wurde die Erzählung des Ritters durch einen sonderbaren Vorfall unterbrochen. 921

Viertes Buch

Erstes Kapitel

In der Klause entstand ein Geräusch und Gezänk, gleich darauf sah man den Eremiten und Pilgrim beide erhitzt heraustreten, aus dem Walde kam ein großer ansehnlicher Mann, auf den Roderigo sogleich hinzueilte, und ihn in seine Arme schloß. »Oh, mein Ludovico!« rief er aus, »bist du wieder da? Wie kömmst du hierher? geht es dir wohl? bist du noch wie sonst mein Freund?«

Jener konnte vor dem Entzücken Roderigos immer noch nicht zu Worte kommen, indessen die heiligen Männer in ihrem eifrigen Gezänk fortfuhren. Da Florestan den Namen Ludovico nennen hörte, verließ er auch Sternbald, und eilte zu den beiden, indem er aufrief: »Gott sei gedankt, wenn Ihr Ludovico seid! Ihr seid uns hier in der Einsamkeit unaussprechlich willkommen!«

Ludovico umarmte seinen Freund, indem Sternbald voller Erstaunen verlassen dastand, dann sagte er lustig: »Mich freut es, dich zu sehn, aber wir müssen doch dort die streitenden Parteien auseinanderbringen.«

Als sie den fremden schönen Mann auf sich zukommen sahen, der ganz so tat, als wenn es seine Sache sein müßte, ihren Zwist zu schlichten, ließen sie freiwillig voneinander ab. Sie waren von der edlen Gestalt wie bezaubert, Roderigo war vor Freude trunken, seinen Freund wieder zu besitzen, und Florestan konnte kein Auge von ihm verwenden. »Was haben die beiden heiligen Männer gehabt?« fragte Ludovico.

Der Eremit fing an, seinen Unstern zu erzählen. Der Pilger sei derselbe, der seine Geliebte geheiratet habe, diese Entdeckung habe sich unvermutet während ihrer Gebete hervorgetan, er sei darüber erbittert worden, daß er nun noch zum Überfluß seinem ärgsten Feinde Herberge geben müßte.

Der Pilgrim verantwortete sich dagegen: daß es seine Schuld nicht sei, daß jener gegen die Gastfreiheit gehandelt und ihn mit Schimpfreden überhäuft habe.

Ludovico sagte: »Mein lieber Pilger, wenn dir die Großmut recht an die Seele geheftet ist, so überlaß jenem eifrigen Liebhaber deine bisherige Frau, und bewohne du seine Klause. Vielleicht, daß er sich bald hierher zurücksehnt, und du dann gewiß nicht zum zweiten Male den Tausch eingehen wirst.«

Rudolph lachte laut über den wunderlichen Zank und über diese lustige Entscheidung. Franz aber erstaunte, daß Einsiedler, heilige Männer so unheiligen und gemeinen Leidenschaften, als dem Zorne, Raum verstatten könnten. Der Pilgrim war gar nicht willens, seine Frau zu verlassen, um ein Waldbruder zu werden, der Eremit schämte sich seiner Heftigkeit.

Alle Parteien waren ausgesöhnt, und sie setzten sich mit friedlichen Gemütern an das kleine Mittagsmahl.

»Du hast dich gar nicht verändert«, sagte Roderigo.

»Und muß man sich denn immer verändern?« rief Ludovico aus; »nein, auch Ägypten mit seinen Pyramiden und seiner heißen Sonne kann mir nichts anhaben. Nichts ist lächerlicher, als die Menschen, die mit ernsthaftern Gesichtern zurückkommen, weil sie etwa entfernte Gegenden gesehn haben, alte Gebäude und wunderliche Sitten. Was ist es denn nun mehr? Nein, mein Roderigo, hüte dich vor dem Anderswerden, denn an den meisten Menschen ist die Jugend noch das Beste, und was ich habe, ist mir auf jeden Fall lieber, als was ich erst bekommen soll. Eine Wahrheit, die nur bei einer Frau eine Ausnahme leidet. Nicht wahr, mein lieber Pilgrim? Du selbst kömmst mir aber etwas anders vor.«

»Und wie steht es denn in Ägypten?« fragte Florestan, der gern mit dem seltsamen Fremden bekannter werden wollte.

»Die alten Sachen stehn noch immer am alten Fleck«, sagte jener, »und wenn man dort ist, vergißt man, daß man sich vorher darüber verwundert hat. Man ist dann so eben und gewöhnlich mit sich und allem außer sich, wie mir hier im Walde ist. Der Mensch weiß nicht, was er will, wenn er Sehnsucht nach der Fremde fühlt, und wenn er dort ist, hat er nichts. Das Lächerlichste an mir ist, daß ich nicht immer an demselben Orte bleibe.«

»Habt Ihr die seltsamen Kunstsachen in Augenschein genommen?« fragte Franz bescheiden.

»Was mir vor die Augen getreten ist«, sagte Ludovico, »habe ich ziemlich genau betrachtet. Die Sphinxe sehn unsereins mit gar wunderlichen Augen an, sie stehn aus dem fernen Altertum gleichsam spöttisch da, und fragen: ›Wo bist du her? was willst du hier?‹ Ich habe in ihrer

Gegenwart meiner Tollkühnheit mich mehr geschämt, als wenn vernünftige Leute mich tadelten, oder andre mittlern Alters mich lobten.«

»Oh, wie gern möchte ich Euer Gefährte gewesen sein!« rief Franz aus, »die Gegenden wirklich und wahrhaftig zu sehn, die schon in der Imagination unsrer Kindheit vor uns stehn, die Örter zu besuchen, die gleichsam die Wiege der Menschheit sind. Nun dem wunderbaren Laufe des alten Nils zu folgen, von Ruinen in fremder, schauerlicher, halbverständlicher Sprache angeredet zu werden, Sphinxe im Sande, die hohen Pyramiden, Memnons wundersame Bildsäule, und immer das Gefühl der alten Geschichten mit sich herumzutragen, noch einzelne lebende Laute aus der längst entflohenen Heldenzeit zu vernehmen, übers Meer nach Griechenland hinüberzublicken, zu träumen, wie die Vorwelt aus dem Staube sich wieder emporgearbeitet, wie wieder griechische Flotten landen – oh, alles das in unbegreiflicher Gegenwart nun vor sich zu haben, könnt Ihr gegen Euer Glück wirklich so undankbar sein?« –

»Ich bin es nicht«, sagte Ludovico, »und mir sind diese Empfindungen auch oft auf den Bergen, an der Seeküste durch die Brust gegangen. Oft faßte ich aber auch eine Handvoll Sand, und dachte: ›Warum bist du nun so mühsam, mit so mancher Gefahr, so weit gereist, um dies Teilchen Erde zu sehn, das Sage und Geschichte dir nun so lange nennt? Ist denn die übrige Erde jünger? Darfst du dich in deiner Heimat nicht verwundern? Sieh die ewigen Felsen dort an, den Ätna in Sizilien, den alten Schlund der Charybdis. Und mußt du dich verwundern, um glücklich zu sein?‹ – Ich sagte dann zu mir selber: ›Tor! Tor!‹ und wahrlich, ich verachtete in eben dem Augenblicke den Menschen, der diese Torheit nicht mit mir hätte begehen können.«

Unter mancherlei Erzählungen verstrich auch dieser Tag, der Einsiedel sagte oft: »Ich begreife nicht, wie ich in eurer Gesellschaft bin, ich bin wohl und sogar lustig, ja meine Lebensweise ist mir weniger angenehm, als bisher. Ihr steckt uns alle mit der Reisesucht an; ich glaubte über alle Torheiten des Lebens hinüber zu sein, und ihr weckt eine neue Lust dazu in mir auf.«

Am folgenden Morgen nahmen sie Abschied; der Pilgrim hatte sich mit dem Einsiedel völlig versöhnt, sie schieden als gute Freunde. Ludovico führte den Zug an, die übrigen folgten ihm.

Auf dem Wege erkundigte sich Ludovico nach Sternbald und seinem Gefährten Florestan, er lachte über diesen oft, der sich alle Mühe gab, von ihm bemerkt zu werden, Sternbald war still, und begleitete sie in tiefen Gedanken. Ludovico sagte zu Franz, als er hörte, dieser sei ein Maler: »Nun, mein Freund, wie treibt Ihr es mit Eurer Kunst? Ich bin 924 gern in der Gesellschaft von Künstlern, denn gewöhnlich sind es die wunderlichsten Menschen, auch fallen wegen ihrer seltsamen Beschäftigung alle ihre Launen mehr in die Augen, als bei andern Leuten. Ihr Stolz macht einen wunderlichen Kontrast mit ihrem übrigen Verhältnis im Leben, ihre poetischen Begeisterungen tragen sie nur zu oft in alle Stunden über, auch unterlassen sie es selten, die Gemeinheit ihres Lebens in ihre Kunstbeschäftigungen hineinzunehmen. Sie sind schmeichelnde Sklaven gegen die Großen, und doch verachten sie alles in ihrem Stolze, was nicht Künstler ist. Aus allen diesen Mißhelligkeiten entstehen gewöhnlich Charaktere, die lustig genug ins Auge fallen.«

Franz sagte beschämt: »Ihr seid ein sehr strenger Richter, Herr Ritter.«

Ludovico fuhr fort: »Ich habe noch wenige Künstler gesehen, bei denen man es nicht in den ersten Augenblicken bemerkt hätte, daß man mit keinen gewöhnlichen Menschen zu tun habe. Fast alle sind unnötig verschlossen und zudringlich offenherzig. Ich habe mich selbst zuweilen geübt, dergleichen Leute darzustellen, und es niemals unterlassen, diese Seltsamkeiten in das hellste Licht zu stellen. Es fällt gewiß schwer, Mensch wie die übrigen zu bleiben, wenn man sein Leben damit zubringt, etwas zu tun und zu treiben, wovon ein jeder glaubt, daß es übermenschlich sei: in jedem Augenblicke zu fühlen, daß man mit dem übrigen Menschengeschlechte eben nicht weiter zusammenhänge. Diese Sterblichen leben nur in Tönen, in Zeichen, gleichsam in einem Luftreviere wie Feen und Kobolde, es ist nur scheinbar, wenn man sie glaubt die Erde betreten zu sehen.«

»Ihr mögt in einiger Hinsicht nicht unrecht haben«, sagte Franz.

»Wer sich der Kunst ergibt«, sagte jener weiter, »muß das, was er als Mensch ist und sein könnte, aufopfern. Was aber das schlimmste ist, so suchen jene Leute, die sich für Künstler wollen halten lassen, noch allerhand Seltsamkeiten und auffallende Torheiten zusammen, um sie recht eigentlich zur Schau zu tragen, als Orden oder Ordenskreuz, in Ermangelung dessen, damit man sie in der Ferne gleich erkennen soll, ja sie halten darauf mehr, als auf ihre wirkliche Kunst. Hütet Euch davor, Herr Maler.«

»Man erzählt doch von manchem großen Manne«, sagte Franz, »der von dergleichen Torheiten frei geblieben ist.«

»Nennt mir einige«, rief Ludovico.

Sternbald sagte: »Zum Beispiel der edle Malergeist Raffael Sanzio von Urbin.«

»Ihr habt recht«, sagte der heftige Ritter, »und überhaupt«, fuhr er nach einem kleinen Nachdenken fort, »laßt Euch meine Rede nicht so sehr auffallen, denn sie braucht gar nicht so ganz wahr zu sein. Ihr habt mich mit dem einzigen Namen beschämt und in die Flucht geschlagen, und alle meine Worte erscheinen mir nun wie eine Lästerung auf die menschliche Größe. Ich bin selbst ein Tor, das wollen wir für ausgemacht gelten lassen.«

Roderigo sagte: »Du hast manche Seiten von dir selbst geschildert.«

»Mag sein«, sagte sein Freund, »man kann nichts Bessers und nichts Schlechters tun. Laßt uns lieber von der Kunst selber sprechen. Ich habe mir in vielen Stunden gewünscht, ein Maler zu sein.«

Sternbald fragte: »Wie seid Ihr darauf gekommen?«

»Erstlich«, antwortete der junge Ritter, »weil es mir ein großes Vergnügen sein würde, manche von den Mädchen so mit Farben vor mich hinzustellen, die ich wohl ehemals gekannt habe, dann mir andre noch schönere abzuzeichnen, die ich manchmal in glücklichen Stunden in meinem Gemüte gewahr werde. Dann erleide ich auch zuweilen recht sonderbare Begeisterung, so daß mein Geist sehr heftig bewegt ist, dann glaube ich, wenn mir die Geschicklichkeit zu Gebote stände, ich würde recht wunderbare und merkwürdige Sachen ausarbeiten können. Seht, mein Freund, dann würde ich einsame, schauerliche Gegenden abschildern, morsche zerbrochene Brücken über zwei schroffen Felsen, einem Abgrunde hinüber, durch den sich ein Waldstrom schäumend drängt: verirrte Wandersleute, deren Gewänder im feuchten Winde flattern, furchtbare Räubergestalten aus dem Hohlwege heraus, angefallene und geplünderte Wägen, Kampf mit den Reisenden. – Dann wieder eine Gemsenjagd in einsamen, furchtbaren Felsenklippen, die kletternden Jäger, die springenden, gejagten Tiere von oben herab, die schwindelnden Abstürze. Figuren, die oben auf schmalen überragenden Steinen Schwindel ausdrücken, und sich eben in ihren Fall ergeben wollen, der Freund, der jenen zu Hülfe eilt, in der Ferne das ruhige Tal. Einzelne Bäume und Gesträuche, die die Einsamkeit nur noch besser ausdrücken, auf die Verlassenheit noch aufmerksamer machen. – Oder dann wieder den Bach und Wassersturz, mit dem Fischer, der angelt, mit der Mühle, die sich dreht, vom Monde beschienen. Ein Kahn auf dem Wasser,

ausgeworfene Netze. – Zuweilen kämpft meine Imagination, und ruht
nicht und gibt sich nicht zufrieden, um etwas durchaus Unerhörtes zu
ersinnen und zustande zu bringen. Äußerst seltsame Gestalten würde
ich dann hinmalen, in einer verworrenen, fast unverständlichen Verbindung, Figuren, die sich aus allen Tierarten zusammenfänden und unten
wieder in Pflanzen endigten: Insekten und Gewürme, denen ich eine
wundersame Ähnlichkeit mit menschlichen Charakteren aufdrücken
wollte, so daß sie Gesinnungen und Leidenschaften possierlich und doch
furchtbar äußerten; ich würde die ganze sichtbare Welt aufbieten, aus
jedem das Seltsamste wählen, um ein Gemälde zu machen, das Herz
und Sinnen ergriffe, das Erstaunen und Schauder erregte, und wovon
man noch nie etwas Ähnliches gesehn und gehört hätte. Denn ich finde
das an unsrer Kunst zu tadeln, daß alle Meister ohngefähr nach einem
Ziele hinarbeiten, es ist alles gut und löblich, aber es ist immer mit
wenigen Abänderungen das Alte.«

Franz war einen Augenblick stumm, dann sagte er: »Ihr würdet auf
eine eigene Weise das Gebiet unsrer Kunst erweitern, mit wunderbaren
Mitteln das Wunderbarste erringen, oder in Euren Bemühungen erliegen.
Eure Einbildung ist so lebhaft und lebendig, so zahlreich an Gestalt und
Erfindung, daß ihr das Unmöglichste nur ein leichtes Spiel dünkt. Oh,
wie viel billigere Forderungen muß der Künstler aufgeben, wenn er zur
wirklichen Arbeit schreitet!«

Hier stimmte der Pilgrim plötzlich ein geistliches Lied an, denn es
war nun die Tageszeit gekommen, an welcher er es nach seinem Gelübde
absingen mußte. Das Gespräch wurde unterbrochen, weil alle aufmerksam zuhörten, ohne daß eigentlich einer von ihnen wußte, warum er
es tat.

Mit dem Schlusse des Gesanges traten sie in ein anmutiges Tal, in
dem eine Herde weidete, eine Schalmei tönte herüber, und Sternbalds
Gemüt ward so heiter und mutig gestimmt, daß er von freien Stücken
Florestans Schalmeilied zum Ergötzen der übrigen wiederholte; als er
geendigt hatte, stieg der mutwillige Ludovico auf einen Baum, und sang
von oben in den Tönen einer Wachtel, eines Kuckucks und einer
Nachtigall herunter. »Nun haben wir alle unsre Pflicht getan«, sagte er,
»jetzt haben wir es wohl verdient, daß wir uns ausruhen dürfen, wobei
uns der junge Florestan mit einem Liede erquicken soll.«

Sie setzten sich auf den Rasen nieder, und Florestan fragte: »Welcher
Inhalt soll denn in meinem Liede sein?«

»Welcher du willst«, antwortete Ludovico, »wenn es dir recht ist, gar keiner; wir sind mit allem zufrieden, wenn es dir nur gemütlich ist, warum soll eben Inhalt den Inhalt eines Gedichts ausmachen?«

Rudolph sang:

»Durch den Himmel zieht der Vögel Zug,
Sie sind auf Wanderschaft begriffen,
Da hört man gezwitschert und gepfiffen
Von Groß und Klein der Melodien genug.

Der Kleine singt mir feiner Stimm,
Der Große krächzt gleich wie im Grimm
Und einge stottern, andre schnarren,
Und Drossel, Gimpel, Schwalbe, Staren.

Sie wissen alle nicht, was sie meinen,
Sie wissen's wohl und sagen's nicht,
Und wenn sie auch zu reden scheinen,
Ist ihr Gerede nicht von Gewicht.

– ›Holla! warum seid ihr auf der Reise?‹ –
›Das ist nun einmal unsre Weise.‹
– ›Warum bleibt ihr nicht zu jeglicher Stund?‹ –
›Die Erd ist allenthalben rund.‹

Auf die armen Lerchen wird Jagd gemacht,
Die Schnepfen gar in Dohnen gefangen,
Dort sind die Vöglein aufgehangen,
An keine Rückfahrt mehr gedacht.

– ›Ist das die Art mit uns zu sprechen?
Uns armen Vögeln den Hals zu brechen?‹
– ›Verständlich ist doch diese Sprache‹,
So ruft der Mensch, ›sie dient zur Sache,
In allen Natur die Sprache regiert,
Daß eins mit dem andern Kriege führt,
Man dann am besten räsoniert und beweist,
Wenn eins vom andern wird aufgespeist:

Die Ströme sind im Meere verschlungen,
Vom Schicksal wieder der Mensch bezwungen,
Den tapfersten Magen hat die Zeit,
Ihr nimmermehr ein Essen gereut,
Doch wie von der Zeit eine alte Fabel besagt
Macht auf sie das Jüngste Gericht einst Jagd.
Ein' andre Speise gibt's nachher nicht,
Heißt wohl mit Recht das letzte Gericht.‹«

Rudolph sang diese tollen Verse mit so lächerlichen Bewegungen, daß sich keiner des Lachens enthalten konnte. Als der Pilgrim wieder ernsthaft war, sagte er sehr feierlich: »Verzeiht mir, man wird unter euch wie ein Trunkener, wenn ihr mich noch lange begleitet, so wird aus meiner Pilgerschaft gleichsam eine Narrenreise.«

Man verzehrte auf der Wiese ein Mittagsmahl, das sie mitgenommen hatten, und Ludovico wurde nicht müde, sich bei Roderigo nach allerhand Neuigkeiten zu erkundigen. Roderigo verschwieg, ob aus einer Art von Scham, oder weil er vor den beiden die Erzählung nicht wiederholen mochte, seine eigne Geschichte. Er kam durch einen Zufall auf Luthern und die Reformation zu sprechen.

»Oh, schweig mir davon«, rief Ludovico aus, »denn es ist mir ein Verdruß zu hören. Jedweder, der sich für klug hält, nimmt in unsern Tagen die Partei dieses Mannes, der es gewiß gut und redlich meint, der aber doch immer mit seinen Ideen nicht recht weiß, wo er hinaus will.«

»Ihr erstaunt mich!« sagte Franz.

»Ihr seid ein Deutscher«, fuhr Ludovico fort, »ein Nürnberger, es nimmt mich nicht wunder, wenn Ihr Euch der guten Sache annehmt, wie sie Euch wohl erscheinen muß. Ich glaube auch, daß Luther einen wahrhaft großen Geist hat, aber ich bin ihm darum doch nicht gewogen. Es ist schlimm, daß die Menschen nichts einreißen können, nicht die Wand eines Hofs, ohne gleich darauf Lust zu kriegen, ein neues Gebäude aufzuführen. Wir haben eingesehn, daß Irren möglich sei, nun irren wir lieber noch jenseits, als in der geraden lieblichen Straße zu bleiben. Ich sehe schon im voraus die Zeit kommen, die die gegenwärtige Zeit fast notwendig hervorbringen muß, wo ein Mann sich schon für ein Wunder seines Jahrhunderts hält, wenn er eigentlich nichts ist. Ihr fangt an zu untersuchen, wo nichts zu untersuchen ist, ihr tastet die Göttlichkeit unsrer Religion an, die wie ein wunderbares Gedicht vor uns daliegt, und nun einmal keinem andern verständlich ist, als der sie versteht: hier wollt ihr ergrübeln und widerlegen, und könnt mit allem Trachten nicht weiter vorwärts dringen, als es dem Blödsinne auch gelingen würde, da im Gegenteil die höhere Vernunft sich in der Untersuchung wie in Netzen würde gefangen fühlen, und lieber die edle Poesie glauben, als sie den Unmündigen erklären wollen.«

»Oh, Martin Luther!« seufzte Franz, »Ihr habt da ein kühnes Wort über ihn gesprochen.«

Ludovico sagte: »Es geht eigentlich nicht ihn an, auch will ich die Mißbräuche des Zeitalters nicht in Schutz nehmen, gegen die er vornehmlich eifert, aber mich dünkt doch, daß diese ihn zu weit führen, daß er nun zu ängstlich strebt, das Gemeine zu sondern, und darüber das Edelste mit ergreift. Wie es den Menschen geht, seine Nachfolger mögen leicht ihn selber nicht verstehn, und so erzeugt sich statt der Fülle einer göttlichen Religion eine dürre vernünftige Leerheit, die alle Herzen schmachtend zurückläßt, der ewige Strom voll großer Bilder und kolossaler Lichtgestalten trocknet aus, die dürre gleichgültige Welt bleibt zurück und einzeln, zerstückt, und mit ohnmächtigen Kämpfen muß das wiedererobert werden, was verloren ist, das Reich der Geister ist entflohn, und nur einzelne Engel kehren zurück.«

»Du bist ein Prophet geworden«, sagte Roderigo, »seht, meine Freunde, er hat die ägyptische Weisheit heimgebracht.«

»Wie könnt Ihr nur«, sagte der Pilgrim, »so weise und so törichte Dinge in einem Atem sprechen und verrichten? Sollte man Euch diese frommen Gemütsbewegungen zutrauen?« –

Rudolph stand auf und gab dem Ludovico die Hand, und sagte: »Wollt Ihr mein Freund sein, oder mich fürs erste nur um Euch dulden, so will ich Euch begleiten, wohin Ihr auch geht, seid Ihr mein Meister, ich will Euer Schüler werden. Ich opfere Euch jetzt alles auf, Braut und Vater und Geschwister.«

»Habt Ihr Geschwister?« fragte Ludovico.

»Zwei Brüder«, antwortete Rudolph, »wir lieben uns von Kindesbeinen, aber seitdem ich Euch gesehn habe, fühle ich gar keine Sehnsucht mehr, Italien wiederzusehn.«

Ludovico sagte: »Wenn ich über irgend etwas in der Welt traurig werden könnte, so wäre es darüber, daß ich nie eine Schwester, einen Bruder gekannt habe. Mir ist das Glück versagt, in die Welt zu treten,

und Geschwister anzutreffen, die gleich dem Herzen am nächsten zuge-
hören. Wie wollte ich einen Bruder lieben, wie hätte ich ihm mit voller
Freude begegnen, meine Seele in die seinige fest hineinwachsen wollen,
wenn er schon meine Kinderspiele geteilt hätte! Aber ich habe mich
immer einsam gefunden, mein tolles Glück, mein wunderliches Land- 930
schwärmen sind mir nur ein geringer Ersatz für die Bruderliebe, die ich
immer gesucht habe. Zürne mir nicht, Roderigo, denn du bist mein
bester Freund. Aber wenn ich ein Wesen fände, in dem ich den Vater,
sein Temperament, seine Launen wahrnähme, mit welchem Erschrecken
der Freude und des Entzückens würde ich darauf zueilen und es in
meine brüderlichen Arme schließen! Mich selbst, im wahrsten Sinn,
fände ich in einem solchen wieder. – Aber ich habe eine einsame
Kindheit verlebt, ich habe niemand weiter gekannt, der sich um mein
Herz beworben hätte, und darum kann es wohl sein, daß ich keinen
Menschen auf die wahre Art zu lieben verstehe, denn durch Geschwister
lernen wir die Liebe, und in der Kindheit liebt das Herz am schönsten.
– So bin ich hartherzig geworden und muß mich nun selber dem Zufalle
verspielen, um die Zeit nur hinzubringen. Die schönste Sehnsucht ist
mir unbekannt geblieben, kein brüderliches Herz weiß von mir und
schmachtet nach mir, ich darf meine Arme nicht in die weite Welt
hineinstrecken, denn es kommt doch keiner meinem schlagenden Herzen
entgegen.«

Franz trocknete sich die Tränen ab, er unterdrückte sein Schluchzen.
Es war ihm, als drängte ihn eine unsichtbare Gewalt aufzustehn, die
Hand des Unbekannten zu fassen, ihm in die Arme zu stürzen und
auszurufen: »Nimm mich zu deinem Bruder an!« Er fühlte die Einsamkeit, die Leere in seinem eignen Herzen, Ludovico sprach die Wünsche
aus, die ihn so oft in stillen Stunden geängstigt hatten, er wollte seinen
Klagen, seinem Jammer den freien Lauf lassen, als er wieder innerlich
fühlte: Nein, alle diese Menschen sind mir doch fremd, er kann ja doch
nicht mein Bruder werden, und vielleicht würde er nur meine Liebe
verspotten.

Unter allerhand Liedern, gegen die der andächtige Gesang des Pilgers
wunderlich abstach, gingen sie weiter. Roderigo sagte: »Mein Freund,
du hast nun ein paarmal deines Vaters erwähnt, willst du mir nicht
endlich einmal seinen Namen sagen?«

»Und wißt Ihr denn nicht«, fiel Rudolph hastig ein, »daß Euer Freund
dergleichen Fragen nicht liebt? Wie könnt Ihr ihn nur damit quälen?«

»Du kennst mich schon besser, als jener«, sagte Ludovico, »ich denke, wir sollen gute Kameraden werden. Aber warum ist dein Freund Sternbald so betrübt?«

931

Sternbald sagte: »Soll ich darüber nicht trauern, daß der Mensch mich nun verläßt, mit dem ich so lange gelebt habe? Denn ich muß nun doch meine Reise fortsetzen, ich habe mich nur zu lange aufhalten lassen. Ich weiß selbst nicht, wie es kömmt, daß ich meinen Zweck fast ganz und gar vergesse.«

»Man kann seinen Zweck nicht vergessen«, fiel Ludovico ein, »weil der vernünftige Mensch sich schon so einrichtet, daß er gar keinen Zweck hat. Ich muß nur lachen, wenn ich Leute so große Anstalten machen sehe, um ein Leben zu führen, das Leben ist dahin, noch ehe sie mit den Vorbereitungen fertig sind.«

Unter solchen Gesprächen zogen sie wie auf einem Marsche über Feld, Rudolph ging voran, indem er auf seiner Pfeife ein munteres Lied blies, seine Bänder flogen vom Hute in der spielenden Luft, in seiner Schärpe trug er einen kleinen Säbel. Ludovico war noch seltsamer gekleidet; sein Gewand war hellblau, ein schönes Schwert hing an einem zierlich gewirkten Bandelier über seine Schulter, eine goldene Kette trug er um den Hals, sein braunes Haar war lockig. Roderigo folgte in Rittertracht, neben dem der Pilgrim mit seinem Stabe und einfachen Anzuge gut kontrastierte. Sternbald glaubte oft einen seltsamen Zug auf einem alten Gemälde anzusehn.

Es war gegen Abend, als sie alle sehr ermüdet waren, und noch ließ sich keine Stadt, kein Dorf antreffen. Sie wünschten wieder einen gutmütigen stillen Einsiedel zu finden, der sie bewirtete, sie horchten, ob sie nicht Glockenschall vernähmen, aber ihre Bemühung war ohne Erfolg. Ludovico schlug vor, im Walde das Nachtlager aufzuschlagen, aber alle, außer Florestan, waren dagegen, der die größte Lust bezeigte, sein Handwerk als Abenteurer recht sonderbar und auffallend anzufangen. Der Pilgrim glaubte, daß sie sich verirrt hätten, und daß alles vergebens sein würde, bis sie den rechten Weg wieder angetroffen hätten. Rudolph wollte den längern Streit nicht mit anhören, sondern blies mit seiner Pfeife dazwischen: alle waren in Verwirrung, und sprachen durcheinander, jeder tat Vorschläge, und keiner ward gehört. Während des Streites zogen sie in der größten Eile fort, als wenn sie vor jemand flöhen, so daß sie in weniger Zeit eine große Strecke Weges zurücklegten. Der

Pilgrim sank endlich fast atemlos nieder, und nötigte sie auf diese Weise, stillezuhalten.

Als sie sich ein wenig erholt hatten, glänzten die Wolken schon vom Abendrot; sie gingen langsam weiter. – Sie zogen durch ein kleines, angenehmes Gehölz, und fanden sich auf einem runden, grünen Rasenplatz, vor ihnen lag ein Garten, mit einem Stakete umgeben, durch dessen Stäbe und Verzierungen man hindurchblicken konnte. Alles war artig eingerichtet, das Geländer war allenthalben durchbrochen gearbeitet, eiserne Türen zeigten sich an etlichen Stellen, kein Palast war sichtbar. Dichte Baumgänge lagen vor ihnen, kühle Felsengrotten, Springbrunnen hörte man aus der Ferne plätschern. Alle standen still, in dem zauberischen Anblicke verloren, den niemand erwartet hatte: späte Rosen glühten ihnen von schlanken, erhabenen Stämmen entgegen, weiter ab standen dunkelrote Malven, die wie krause gewundene Säulen die dämmerndgrünen Gänge zu stützen schienen. Alles umher war still, keine Menschenstimme war zu vernehmen.

»Ist dieser Feengarten«, rief Roderigo aus, »nicht wie durch Zauberei hierhergekommen? Wenn wir mit dem Besitzer des Hauses bekannt wären, wie erquicklich müßte es sein, in diesen anmutigen Grotten auszuruhen, in diesen dunkeln Gängen zu spazieren, und sich mit süßen Früchten abzukühlen? Wenn wir nur einen Menschen wahrnähmen, der uns die Erlaubnis erteilen könnte!«

Indem wurde Ludovico einige Bäume mit sehr schönen Früchten gewahr, die im Garten standen, große saftige Birnen und hochrote Pflaumen. Er hatte einen schnellen Entschluß gefaßt. »Laßt uns, meine guten Freunde«, rief er aus, »ohne Zeremonien über das Spalier dieses Gartens steigen, uns in jener Grotte ausruhen, mit Früchten sättigen, und dann den Mondschein abwarten, um unsre Reise fortzusetzen.«

Alle waren über seine Verwegenheit in Verwunderung gesetzt, aber Rudolph ging sogleich zu seiner Meinung über. Sternbald und der Pilgrim widersetzten sich am längsten, aber indem sie noch sprachen, war Ludovico, ohne danach hinzuhören, schon in den Garten geklettert und gesprungen, er half Florestan nach, Roderigo rief den Rückbleibenden ebenfalls zu, Sternbald bequemte sich, und der Pilgrim, den auch nach dem Obste gelüstete, fand es bedenklich, ganz ohne Gesellschaft seine Reise fortzusetzen. Er machte nachher noch viele Einwendungen, auf die niemand hörte, denn Ludovico fing an aus allen Kräften die Bäume zu schütteln, die auch reichlich Obst hergaben, das die übrigen mit vieler Emsigkeit aufsammelten.

Dann setzten sie sich in der kühlen Grotte zum Essen nieder und Ludovico sagte: »Wenn uns nun auch jemand antrifft, was ist es denn mehr? Er müßte sehr ungesittet sein, wenn er auf unsre Bitte um Verzeihung nicht hören wollte, und sehr stark, wenn wir ihm nicht vereinigt widerstehen sollten.«

Als der Pilger eine Weile gegessen hatte, fing er an, große Reue zu fühlen, aber Florestan sagte im lustigen Mute: »Seht, Freunde, so leben wir im eigentlichen Stande der Unschuld, im goldenen Zeitalter, das wir so oft zurückwünschen, und das wir uns eigenmächtig, wenigstens auf einige Stunden erschaffen haben. O wahrlich, das freie Leben, das ein Räuber führt, der jeden Tag erobert, ist nicht so gänzlich zu verachten: wir verwöhnen uns in unsrer Sicherheit und Ruhe zu sehr. Was kann es geben, als höchstens einen kleinen Kampf? Wir sind gut bewaffnet, wir fürchten uns nicht, wir sind durch uns selbst gesichert.«

Sie horchten auf, es war, als wenn sie ganz in der Ferne Töne von Waldhörnern vernähmen, aber der Klang verstummte wieder. »Seid unverzagt«, rief Ludovico aus, »und tut, als wenn ihr hier zu Hause wäret, ich stehe euch für alles.«

Der Pilgrim mußte nach dem Springbrunnen, um seine Flasche mit Wasser zu füllen, sie tranken alle nach der Reihe mit großem Wohlbehagen. Der Abend ward immer kühler, die Blumen dufteten süßer, alle Erinnerungen wurden im Herzen geweckt. »Du weißt nicht, mein lieber Roderigo«, fing Ludovico von neuem an, »daß ich jetzt in Italien, in Rom wieder eine Liebe habe, die mir mehr ist, als mir je eine gewesen war. Ich verließ das schöne Land mit einem gewissen Widerstreben, ich sah mit unaussprechlicher Sehnsucht nach der Stadt zurück, weil *Marie* dort zurückblieb. Ich habe sie erst seit kurzem kennengelernt, und ich möchte dir fast vorschlagen, gleich mit mir zurückzureisen, dann blieben wir alle, so wie wir hier sind, in *einer* Gesellschaft. O Roderigo, du hast die Vollendung des Weibes noch nicht gesehn, denn du hast *sie* nicht gesehn! all der süße, geheime Zauber, der die Gestalt umschwebt, das Heilige, das dir aus blauen verklärten Augen entgegenblickt: die Unschuld, der lockende Mutwille, der sich auf Wange, in den liebreizenden Lippen abbildet; – ich kann es dir nicht schildern. In ihrer Gegenwart empfand ich die ersten Jugendgefühle wieder, es war mir wieder, als wenn ich mit dem ersten Mädchen spräche, da mir die andern alle als

933

241

meinesgleichen vorkommen. Es ist ein Zug zwischen den glatten schönen Augenbrauen, der die Phantasie in Ehrfurcht hält, und doch stehn die Braunen, die langen Wimpern wie goldene Netze des Liebesgottes da, um alle Seele, alle Wünsche, alle fremde Augen wegzufangen. Hat man sie einmal gesehn, so sieht man keinem andern Mädchen mehr nach, kein Blick, kein verstohlenes Lächeln lockt dich mehr, sie wohnt mir aller ihrer Holdseligkeit in deiner Brust, dein Herz ist wie eine treibende Feder, die dich ihr, nur ihr durch alle Gassen, durch alle Gärten nachdrängt; und wenn dann ihr himmelsüßer Blick dich nur im Vorübergehn streift, so zittert die Seele in dir, so schwindelt dein Auge von dem Blick in das rote Lächeln der Lippen hinunter, in die Lieblichkeit der Wangen verirrt, gern und ungern auf dem schönsten Busen festgehalten, den du nur erraten darfst. O Himmel, gib mir nur dies Mädchen in meine Arme, und ich will deine ganze übrige Welt, mir allem, allem was sie Köstliches hat, ohne Neid jedem andern überlassen!«

»Du schwärmst«, sagte Roderigo, »in dieser Sprache habe ich dich noch niemals sprechen hören.«

»Ich habe die Sprache noch nicht gekannt«, fuhr Ludovico fort, »ich habe noch nichts gekannt, ich bin bis dahin taub und blind gewesen. Was fehlt uns hier, als daß Rudolph nur noch ein Lied sänge? Eins von jenen leichten, scherzenden Liedern, die die Erde nicht berühren, die mit luftigem Schritt über den goldenen Fußboden des Abendrots gehn, und von dort in die Welt hineingrüßen. Laß einmal alle Liebe, die du je empfandest, in deinem Herzen aufzittern, und dann sprich die Rätselsprache, die nur der Eingeweihte versteht.«

»So gut ich kann, will ich Euch dienen«, sagte Rudolph, »mir fällt soeben ein *Lied von der Sehnsucht* ein, das Euch vielleicht gefallen wird.

Warum die Blume das Köpfchen senkt,
Warum die Rosen so blaß?
Ach! die Träne am Blatt der Lilie hängt,
Vergangen das schön frische Gras.
Die Blumen erbleichen,
Die Farben entweichen,
Denn sie, denn sie ist weit
Die allerholdseligste Maid.

Keine Anmut auf dem Feld,
Keine süße Blüte am Baume mehr,
Die Farben, die Töne durchstreifen die Welt
Und suchen die Schönste weit umher.
Unser Tal ist leer
Bis zur Wiederkehr,
Ach! bringt sie gefesselt in Schöne
Zurücke ihr Farben, ihr Töne.

Regenbogen leuchtet voran
Und Blumen folgen ihm nach,
Nachtgall singt auf der Bahn,
Rieselt der silberne Bach:
Tun als wäre der Frühling vergangen,
Doch bringen sie sie nur gefangen,
Wird Frühling aus dem Herbst alsbald,
Herrscht über uns kein Winter kalt.

Ach! ihr findet sie nicht, ihr findet sie nicht,
Habt kein Auge, die Schönste zu suchen,
Euch mangelt der Liebe Augenlicht,
Ihr ermüdet über dem Suchen.
Treibt wie Blumen die Sache als fröhlichen Scherz,
Ach! nehmet mein Herz,
Damit nach dem holden Engelskinde
Der Frühling den Weg gewißlich finde.

Und habt ihr Kinder entdeckt die Spur,
Oh, so hört, oh, so hört mein ängstlich Flehn,
Müßt nicht zu tief in die Augen ihr sehn,
Ihre Blicke bezaubern, verblenden euch nur.
Kein Wesen vor ihr besteht,
All's in Liebe vergeht,
Mag nichts anders mehr sein
Als ihre Lieb allein.

Bedenkt, daß Frühling und Blumenglanz
Wo ihr Fuß wandelt, immer schon ist,

Kommt zu mir zurück mit leichtem Tanz,
Daß Frühling und Nachtgall doch um mich ist;
Muß dann spät und früh
Mich behelfen ohne sie,
Mit bittersüßen Liebestränen
Mich einsam nach der Schönsten sehnen.

Aber bleibt, aber bleibt nur wo ihr seid,
Mag euch auch ohne sie nicht wiedersehn,
Blumen und Frühlingston wird Herzeleid,
Will indes hier im bittersten Tode vergehn.
Mich selber zu strafen,
Im Grabe tief schlafen,
Fern von Lied, fern von Sonnenschein
Lieber gar ein Toter sein.

936

Ach! es bricht in der Sehnsucht schon
Heimlich mein Herz in der treusten Brust,
Hat die Treu so schwer bittern Lohn?
Bin keiner Sünde mir innig bewußt.
Muß die Liebste alles erfreun,
Mir nur die quälendste Pein?
Treulose Hoffnung, du lächelst mich an:
Nein, ich bin ein verlorner Mann!«

Es war lieblich, wie die Gebüsche umher von diesen Tönen gleichsam erregt wurden, einige verspäteten Vögel erinnerten sich ihrer Frühlingslieder, und wiederholten sie jetzt wie in einer schönen Schläfrigkeit. Roderigo war durch seinen Freund beherzt geworden, er erzählte nun auch sein Abenteuer mit der schönen Gräfin, und seine Freunde hörten ihn die Geschichte gern noch einmal erzählen. »Und nun, was soll ich euch sagen?« so schloß Roderigo, »ich habe sie verlassen, und denke jetzt nichts, als sie; immer sehe ich sie vor meinen Augen schweben, und ich weiß mich in mancher Stunde vor peinigender Angst nicht zu lassen. Ihr edler Anstand, ihr munteres Auge, ihr braunes Haar, alles, alle ihre Züge sah ich in meiner Einbildung. So oft bin ich in den Nächten unter dem hellgestirnten Himmel gewandelt, von meinem Glücke voll, zauberte ich mir dann ihre Gestalt vor meine Augen, und es war mir dann, als wenn die Sterne noch heller funkelten, als wenn das Dach des Himmels nur mit Freude ausgelegt sei. Ich sage dir, Freund Ludovico, alle Sinne werden ihr wie dienstbare Sklaven nachgezogen, wenn das Auge sie nur erblickt hat: jede ihrer sanften, reizenden Bewegungen beschreibt in Linien eine schöne Musik, wenn sie durch den Wald geht, und das leichte Gewand sich dem Fuße, der Lende geschmeidig anlegt, wenn sie zu Pferde steigt und im Galopp die Kleider auf- und niederwogen, oder wenn sie im Tanz wie eine Göttin schwebt, alles ist Wohllaut in ihr, wie man sie sieht, mag man sie nie anders sehn, und doch vergißt man in jeder neuen Bewegung die vorige. Es ist mehr Wollust, sie mit den Augen zu verfolgen, als in den Armen einer andern zu ruhn.«

»Nur Wein fehlt uns«, rief Florestan aus, »die Liebe ist wenigstens im Bilde zugegen.«

»Wenn ich mir denke«, sprach Roderigo erhitzt weiter, »daß sich ein andrer jetzt um ihre Liebe bewirbt, daß sie ihn mit freundlichen Augen anblickt, ich könnte unsinnig werden. Ich bin auf jedermann böse, der ihr nur vorübergeht: ich beneide das Gewand, das ihren zarten Körper berührt und umschließt. Ich bin lauter Eifersucht, und dennoch habe ich sie verlassen können.«

Ludovico sagte: »Du darfst dich darüber nicht verwundern. Ich bin nicht nur bei jedem Mädchen, das ich liebte, eifersüchtig gewesen, sondern auch bei jeder andern, wenn sie nur hübsch war. Hatte ich ein artiges Mädchen bemerkt, das ich weiter gar nicht kannte, das von mir gar nichts wußte, so stand meine Begier vor ihrem Bilde gleichsam Wache, ich war auf jedermann neidisch und böse, der nur durch den Zufall zu ihr ins Haus ging, der sie grüßte und dem sie höflich dankte. – Sprach einer freundlich mit ihr, so konnte ich mir diesen Unbekannten auf mehrere Tage auszeichnen und merken, um ihn zu hassen. Oh, diese Eifersucht ist noch viel unbegreiflicher als unsre Liebe, denn wir können doch nicht alle Weiber und Mädchen zu unserm Eigentum machen; aber das lüsterne Auge läßt sich keine Schranken setzen, unsre Phantasie ist wie das Faß der Danaiden, unser Sehnen umfängt und umarmt jeglichen Busen.«

Indem war es ganz finster geworden, der müde Pilgrim war eingeschlafen, einige Hörnertöne erschallten, aber fast ganz nahe an den Sprechenden, dann sang eine angenehme Stimme:

>Treulieb ist nimmer weit,
Nach Kummer und nach Leid
Kehrt wieder Lieb und Freud,
Dann kehrt der holde Gruß,
Händedrücken,
Zärtlich Blicken,
Liebeskuß.«

>Nun werden die Obstdiebe ertappt werden«, rief Ludovico aus.
»Ich kenne diese Melodie, ich kenne diese Worte«, sagte Sternbald,
»und wenn ich mich recht erinnere – –«
Wieder einige Töne, dann fuhr die Stimme fort zu singen:

>Treulieb ist nimmer weit,
Ihr Gang durch Einsamkeit
Ist dir, nur dir geweiht.
Bald kömmt der Morgen schön,
Ihn begrüßet
Wie er küsset
Freudenträn'.«

938

Jetzt kamen durchs Gebüsch Gestalten, zwei Damen gingen voran,
mehrere Diener folgten. Die fremde Gesellschaft war indes aufgestanden,
Roderigo trat vor, und mit einem Ausruf des Entzückens lag er in den
Armen der Unbekannten. Die Gräfin war es, die vor Freude erst nicht
die Sprache wiederfinden konnte. »Ich habe dich wieder!« rief sie dann
aus, »o gütiges Schicksal, sei gedankt!«
Man konnte sich anfangs wenig erzählen. Sie hatte, um sich zu zer-
streuen, eine Freundin ihrer Jugend besucht, dieser gehörte Schloß und
Garten. Von dem Unerlaubten des Übersteigens war gar die Rede nicht.
Die Abendmahlzeit stand bereit, der Pilgrim ließ sich nach seiner
mühseligen Wanderschaft sehr wohl sein, Franz ward von der Freundin
Adelheids (dies war der Name der Gräfin) sehr vorgezogen, da sie die
Kunst vorzüglich liebte. Auch ihr Gemahl sprach viel über Malerei, und
lobte den Albrecht Dürer vorzüglich, von dem er selbst einige schöne
Stücke besaß.
Alle waren wie berauscht, sie legten sich früh schlafen, nur Roderigo
und die Gräfin blieben länger munter.

Franz konnte nicht bemerken, ob Roderigo und die Gräfin sich so völlig ausgesöhnt hatten, um sich zu vermählen, er wollte nicht länger als noch einen Tag zögern, um seine Reise fortzusetzen, er machte sich Vorwürfe, daß er schon zu lange gesäumt habe. Er hätte gern von Roderigo sich die Erzählung fortsetzen lassen, die beim Eremiten in ihrem Anfange abgebrochen wurde, aber es fand sich keine Gelegenheit dazu. Der Herr des Schlosses nötigte ihn zu bleiben, aber Franz fürchtete, daß das Jahr zu Ende laufen, und er noch immer nicht in Italien sein möchte.

Nach zweien Tagen nahm er von allen Abschied, Ludovico wollte bei seinem Freunde bleiben, auch Florestan blieb bei den beiden zurück. Jetzt fühlte Sternbald erst, wie lieb ihm Rudolph sei, auch ergriff ihn eine unerklärliche Wehmut, als er dem Ludovico die Hand zum Abschiede reichte. Florestan war auf seine Weise recht gerührt, er versprach unserm Freunde, ihm bald nach Italien zu folgen, ihn binnen kurzem gewiß in Rom anzutreffen. Sternbald konnte seine Tränen nicht zurückhalten, als er zur Tür hinausging, den Garten noch einmal mit einem flüchtigen Blicke durchirrte. Der Pilgrim war sein Gefährte.

Draußen in der freien Landschaft, als er nach und nach das Schloß verschwinden sah, fühlte er sich erst recht einsam. Der Morgen war frisch, er ging stumm neben dem Pilger hin, erinnerte sich aller Gespräche, die sie miteinander geführt, aller kleinen Begebenheiten, die er in Rudolphs Gesellschaft erlebt hatte. Sein Kopf wurde wüst, ihm war, als habe er die Freude seines Lebens verloren. Der Pilgrim verrichtete seine Gebete, ohne sich sonderlich um Sternbald zu kümmern.

Nachher gerieten sie in ein Gespräch, worin der Pilger ihm den genauen Zustand seiner Haushaltung erzählte. Sternbald erfuhr alle die Armseligkeiten des gewöhnlichen Lebens, wie jener ein Kaufmann von mittelmäßigen Glücksumständen sei, wie er darnach trachte, mehr zu gewinnen und seine Lage zu verbessern. Franz, dem die Empfindung drückend war, aus seinem leichten poetischen Leben so in das wirkliche zurückgeführt zu werden, antwortete nicht, und gab sich Mühe, gar nicht darnach hinzuhören. Jeder Schritt seines Weges ward ihm sauer, er kam sich ganz einsam vor, es war ihm wieder, als wenn ihn seine Freunde verlassen hätten und sich nicht um ihn kümmerten.

Sie kamen in eine Stadt, wo Franz einen Brief von seinem Sebastian zu finden hoffte, von dem er seit lange nichts gehört hatte. Er trennte sich hier von dem Pilgrim und eilte nach dem bezeichneten Mann. Es war wirklich ein Brief für ihn da, er erbrach ihn begierig, und las:

Liebster Franz!

Wie Du glücklich bist, daß Du in freier, schöner Welt herumwanderst, daß Dir nun das alles in Erfüllung geht, was Du sonst nur in Entfernung dachtest, dieses Dein großes Glück sehe ich nun erst vollkommen ein. Ach, lieber Bruder, es will mir manchmal vorkommen, als sei mein Lebenslauf durchaus verloren: aller Mut entgeht mir, so in der Kunst, als im Leben fortzufahren. Jetzt ist es dahin gekommen, daß Du mich trösten könntest, wie ich Dir sonst wohl oft getan habe.

Unser Meister fängt an, oft zu kränkeln, er kam damals so gesund von seiner Reise zurück, aber diese schöne Zeit hat sich nun schon verloren. Er ist in manchen Stunden recht melancholisch: dann wird er es nicht müde, von Dir zu sprechen, und Dir das beste Schicksal zu wünschen.

Ich bin fleißig, aber meine Arbeit will nicht auf die wahre Art aus der Stelle rücken, mir fehlt der Mut, der die Hand beleben muß, ein wehmütiges Gefühl zieht mich von der Staffelei zurück. – Du schreibst mir von Deiner seltsamen Liebe, von Deiner fröhlichen Gesellschaft: ach, Franz, ich bin hier verlassen, arm, vergessen oder verachtet, ich habe die Kühnheit nicht, Liebe in mein trauriges Leben hineinzuwünschen. Ich spreche zur Freude: was machst du? und zum Lachen: du bist toll! – Ich kann es mir nicht vorstellen, daß mich einst ein Wesen liebte, daß ich es lieben dürfte. Ich gehe oft im trüben Wetter durch die Stadt, und betrachte Gebäude und Türme, die mühselige Arbeit, das künstliche Schnitzwerk, die gemalten Wände, und frage dann: Wozu soll es? Der Anblick eines Armen kann mich so betrübt machen, daß ich die Augen nicht wieder aufheben mag.

Meine Mutter ist gestorben, mein Vater liegt in der Vorstadt krank. Sein Handwerk kann ihn jetzt nicht nähren, ich kann nur wenig für ihn tun. Meister Dürer ist gut, er hilft ihm und auf die beste Art, so daß er mich nichts davon fühlen läßt, ich werde es ihm zeitlebens nicht vergessen. Aber warum kann ich nicht mehr für ihn tun? Warum fiel es mir noch im sechzehnten Jahre ein, ein Maler zu werden? Wenn ich ein ordentliches Handwerk ergriffen hätte, so könnte ich vielleicht jetzt selber meinen Vater ernähren. Es dünkt mir töricht, daß ich an der Ausarbeitung einer Geschichte arbeite, und indessen alles wirkliche Leben um mich her vergesse.

Lebe wohl, bleibe gesund. Sei in allen Dingen glücklich. Liebe immer noch

Deinen Sebastian.

Franz ließ das Blatt sinken und sah den Himmel an. Sein Freund, Dürer, Nürnberg und alle ehemaligen bekannten Gegenstände kamen mit frischer Kraft in sein Gedächtnis. »Ja, ich bin glücklich«, rief er aus, »ich fühle es jetzt, wie glücklich ich bin! Mein Leben spinnt sich wie ein goldener Faden auseinander: ich bin auf der Reise, ich finde Freunde, die sich meiner annehmen, die mich lieben, meine Kunst hat mich wider Erwarten fortgeholfen, was will ich denn mehr? Und vielleicht lebt sie doch noch, vielleicht hat sich die Gräfin geirrt. – Leben nicht Rudolph und Sebastian noch? Wer weiß, wo ich meine Eltern finde. O Sebastian, wärst du zugegen, daß ich dir die Hälfte meines Mutes geben könnte!«

Zweites Kapitel

Als Sternbald durch die Stadt streifte, glaubte er einmal in der Ferne den Bildhauer Bolz zu bemerken, aber die Person, die er dafür hielt, verlor sich wieder aus den Augen. Franz ergötzte sich, wieder in einem Gewühl von unbekannten Menschen herumzuirren. Es war Jahrmarkt, und aus den benachbarten kleinen Städten und Dörfern hatten sich Menschen aller Art versammelt, um hier zu verkaufen und einzukaufen. Sternbald freute sich an der allgemeinen Fröhlichkeit, die alle Gesichter beherrschte, die so viele verworrene Töne laut durcheinander erregte.

Er stellte sich etwas abseits, und sah nun die Ankommenden, oder die schon mit ihren eingekauften Waren zurückgingen. Alle Fenster am Markte waren mit Menschen angefüllt, die auf das verworrene Getümmel heruntersahen. Franz sagte zu sich selbst: »Welch ein schönes Gemälde! und wie wäre es möglich, es darzustellen? Welche angenehme Unordnung, die sich aber auf keinem Bilde nachahmen läßt! Dieser ewige Wechsel der Gestalten, dies mannigfaltige, sich durchkreuzende Interesse, daß diese Figuren nie auch nur auf einen Augenblick in Stillstand geraten, ist es gerade, was es so wunderbar schön macht. Alle Arten von Kleidungen und Farben verirren sich durcheinander, alle Geschlechter und Alter, Menschen, dicht zusammengedrängt, von denen keiner am Nächststehenden Teil nimmt, sondern nur für sich selber sorgt. Jeder sucht und holt das Gut, das er sich wünscht, mit lachendem Mute, als wenn die Götter plötzlich ein großes Füllhorn auf den Boden ausgeschüttet hätten, und emsig nun diese Tausende herausraffen, was ein jeder bedarf.«

Leute zogen mit Bildern umher, die sie erklärten, und zu denen sich eine Menge Volks versammelte. Es waren schlechte, grobe Figuren auf Leinwand gemalt. Das eine war die Geschichte eines Handwerkers, der auf seiner Wanderschaft den Seeräubern in die Hände geraten war, und in Algier schmähliche Sklavendienste hatte tun müssen. Er war dargestellt, wie er mit andern Christen im Garten den Pflug ziehen mußte, und sein Aufseher ihn mit einer fürchterlichen Geißel dazu antrieb. Eine zweite Vorstellung war das Bild eines seltsamlichen Ungeheuers, von dem der Erklärer behauptete, daß es jüngst in der mittelländischen See gefangen sei. Es hatte einen Menschenkopf und einen Panzer auf der Brust, seine Füße waren wie Hände gebildet und große Floßfedern hingen herunter, hinten war es Pferd.

Alles Volk war erstaunt. »Dies ist es«, sagte Franz zu sich, »was die Menge will, was einem jeden gefällt. Ein wunderbares Schicksal, wovon ein jeder glaubt, es hätte auch ihn ergreifen können, weil es einen Menschen trifft, dessen Stand der seinige ist. Oder eine lächerliche Unmöglichkeit. Seht, dies muß der Künstler erfüllen, diese abgeschmackten Neigungen muß er befriedigen, wenn er gefallen will.«

Ein Arzt hatte auf der andern Seite des Marktes sein Gerüst aufgeschlagen, und bot mit kreischender Stimme seine Arzneien aus. Er erzählte die ungeheuersten Wunder, die er vermittelst seiner Medikamente verrichtet hatte. Auch er hatte großen Zulauf, die Leute verwunderten sich und kauften.

Er verließ das Gewühl, und ging vors Tor, um recht lebhaft die ruhige Einsamkeit gegen das lärmende Geräusch zu empfinden. Als er unter den Bäumen auf und ab ging, begegnete ihm wirklich Bolz, der Bildhauer. Jener erkannte ihn sogleich, sie gingen miteinander und erzählten sich ihre Begebenheiten. Franz sagte: »Ich hätte niemals geglaubt, daß Ihr imstande wäret, einen Mann zu verletzen, der Euch für seinen Freund hielt. Wie könnt Ihr die Tat entschuldigen?«

»Oh, junger Mann«, rief Augustin aus, »Ihr seid entweder noch niemals beleidigt, oder habt sehr wenig Galle in Euch. Roderigo ruhte mit seinen Schmähworten nicht eher, bis ich ihm den Stoß versetzt hatte, es war seine eigene Schuld. Er reizte mich so lange, bis ich mich nicht mehr zurückhalten konnte.«

Franz, der keinen Streit anfangen wollte, ließ die Entschuldigung gelten, und Bolz fragte ihn: wie lange er sich in der Stadt aufzuhalten gedächte? »Ich will morgen abreisen«, antwortete Sternbald. »Ich rate Euch, etwas zu bleiben«, sagte der Bildhauer, »und wenn Ihr denn geneigt seid, kann ich Euch eine einträgliche Arbeit nachweisen. Hier vor der Stadt liegt ein Nonnenkloster, in dem Ihr, wenn Ihr wollt, ein Gemälde mit Öl auf der Wand erneuern könnt. Man hat schon nach einem ungeschickten Maler senden wollen, ich will Euch lieber dazu vorschlagen.«

Franz nahm den Antrag an, er hatte schon lange gewünscht, seinen Pinsel einmal an größern Figuren zu üben. Bolz verließ ihn mit dem Versprechen, ihn noch am Abend wiederzusehen.

Bolz kam zurück, als die Sonne schon untergegangen war. Er hatte den Vertrag mit der Äbtissin des Klosters gemacht, Sternbald war damit zufrieden. Sie gingen wieder vor die Stadt hinaus, Bolz schien unruhig, und etwas zu haben, das er dem jungen Maler gern mitteilen möchte; er brach aber immer wieder ab, und Sternbald, der im Geiste schon mit seiner Malerei beschäftigt war, achtete nicht darauf.

Es wurde finster. Sie hatten sich in die benachbarten Berge hineingewendet, ihr Gespräch fiel auf die Kunst. »Ihr habe mich«, sagte Sternbald, »auf die unsterblichen Werke des großen Michael Angelo sehr begierig gemacht, Ihr haltet sie für das Höchste, was die Kunst bisher hervorgebracht hat.«

»Und hervorbringen kann!« rief Bolz aus, »es ist bei ihnen nicht von der oder der Vortrefflichkeit, von dieser oder jener Schönheit die Rede, sondern sie sind durchaus schön, durchaus vortrefflich. Alle übrigen Künstler sind gleichsam als die Vorbereitung, als die Ahndung zu diesem einzig großen Manne anzusehn: vor ihm hat noch keiner die Kunst verstanden, noch gewußt, was er mit ihr ausrichten soll.«

»Aber wie kömmt es denn«, sagte Sternbald, »daß auch noch andere außer ihm verehrt werden, und daß noch niemand nach dieser Vollkommenheit gestrebt hat?«

»Das ist leicht einzusehn«, sagte der Bildhauer. »Die Menge will nicht die Kunst, sie will nicht das Ideal, sie will unterhalten und gereizt sein, und es versteht sich, daß die niedrigern Geister dies weit besser ins

Werk zu richten wissen, weil sie selber mit den Geistesbedürfnissen der Menge, der Liebhaber und Unkenner vertraut sind. Sie erblicken wohl gar beim echten Künstler Mangel, und glauben über seine Fehler und Schwächen urteilen zu können, weil er vorsätzlich das verschmäht hat, was ihnen an ihren Lieblingen gefällt. Warum kein Künstler noch diese Größe erstrebt hat? Wer hat denn richtigen Begriff von seiner Kunst, um das Beste zu wollen? Ja, wer von den Künstlern will denn überhaupt irgendwas? Sie können sich ja nie von ihrem Talente Rechenschaft geben, das sie blindlings ausüben, sie sind ja zufrieden, wenn sie den leichtesten Wohlgefallen erregen, auf welchem Wege es auch sei. Sie wissen ja gar nicht, daß es eine Kunst gibt, woher sollen sie denn erfahren, daß diese Kunst eine höchste, letzte Spitze habe. Mit Michael Angelo ist die Kunst erst geboren worden, und von ihm wird eine Schule ausgehn, die die erste ist und bald die einzige sein wird.«

»Und wie meint Ihr«, fragte Franz, »daß dann die Kunst beschaffen sein wird?«

»Man wird«, sagte Bolz, »die unnützen Bestrebungen, die schlechten Manieren ganz niederlegen, und nur dem allmächtigen Buonarotti folgen. Es ist in jeder ausgeübten Kunst natürlich, daß sie sich vollendet, wenn nur ein erhabener Geist aufgestanden ist, der den Irrenden hat zurufen können: dorthin meine Freunde, geht der Weg! Das hat Buonarotti getan, und man wird nachher nicht mehr zweifeln und fragen, was Kunst sei. In jeglicher Darstellung wird dann ein großer Sinn liegen, und man wird die gewöhnlichen Mittel verschmähen, um zu gefallen. Jetzt nehmen fast alle Künstler die Sinnen in Anspruch, um nur ein Interesse zu erregen, dann wird das Ideal verstanden werden.«

Indem war es ganz dunkel geworden. Der Mond stieg eben unten am Horizont herauf, sie hatten schon fernher Hammerschläge gehört, jetzt standen sie vor einer Eisenhütte, in der gearbeitet wurde. Der Anblick war schön; die Felsen standen schwarz umher, Schlacken lagen aufgehäuft, dazwischen einzelne grüne Gesträuche, fast unkenntlich in der Finsternis. Vom Feuer und dem funkenden Eisen war die offene Hütte erhellt, die hämmernden Arbeiter, ihre Bewegungen, alles glich bewegten Schatten, die von dem hellglühenden Erzklumpen angeschienen wurden. Hinten war der wildbewachsene Berg so eben sichtbar, auf dem alte Ruinen auf der Spitze vom aufgehenden Monde schon beschimmert waren: gegenüber waren noch einige leichte Streifen des Abendrots am Himmel.

944

Bolz rief aus: »Seht den schönen, bezaubernden Anblick!«

Auch Sternbald war überrascht, er stand eine Weile in Gedanken und schwieg, dann rief er aus: »Nun, mein Freund, was könntet Ihr sagen, wenn Euch ein Künstler auf einem Gemälde diese wunderbare Szene darstellte? Hier ist keine Handlung, kein Ideal, nur Schimmer und verworrene Gestalten, die sich wie fast unkenntliche Schatten bewegen. Aber wenn Ihr dies Gemälde sähet, würdet Ihr Euch nicht mit mächtiger Empfindung in den Gegenstand hineinsehen? Würde er die übrige Kunst und Natur nicht auf eine Zeitlang aus Eurem Gedächtnisse hinwegrücken, und was wollt Ihr mehr? Diese Stimmung würde dann so wie jetzt Euer ganzes Inneres durchaus ausfüllen, Euch bliebe nichts zu wünschen übrig, und doch wäre es nichts weiter, als ein künstliches, fast tändelndes Spiel der Farben. Und doch ist es Handlung, Ideal, Vollendung, weil es das im höchsten Sinne ist, was es sein kann, und so kann jeder Künstler an sich der Trefflichste sein, wenn er sich kennt und nichts Fremdartiges in sich hineinnimmt. Wahrlich! es ist, als hätte die alte Welt sich mit ihren Wundern aufgetan, als ständen dort die fabelhaften Zyklopen vor uns, die für Mars oder Achilles die Waffen schmieden. Die ganze Götterwelt kömmt dabei in mein Gedächtnis zurück: ich sehe nicht nur, was vor mir ist, sondern die schönsten Erinnerungen entwickeln sich im Innern meiner Seele, alles wird lebendig und wach, was seit lange schlief. Nein, mein Freund, ich bin innigst überzeugt, die Kunst ist wie die Natur, sie hat mehr als eine Schönheit.«

Bolz war still, beide Künstler ergötzten sich lange an dem Anblick, dann suchten sie den Rückweg nach der Stadt. Der Mond war indes heraufgekommen und glänzte ihnen im vollen Lichte entgegen, durch die Hohlwege, die sie durchkreuzten, über die feuchte Wiese herüber, von den Bergen in zauberischen Widerscheinen. Die ganze Gegend war in *eine* Masse verschmolzen, und doch waren die verschiedenen Gründe leicht gesondert, mehr angedeutet, als ausgezeichnet; keine Wolke war am Himmel, es war, als wenn sich ein Meer mit unendlichen goldenen Glanzwogen sanft über Wiese und Wald ausströmte und herüber nach den Felsen bewegte.

»Könnten wir nur die Natur genau nachahmen«, sagte Sternbald, »oder begleitete uns diese Stimmung nur so lange, als wir an einem Werke arbeiten, um in frischer Kraft, in voller Neuheit das hinzustellen, was wir jetzt empfinden, damit auch andre so davon ergriffen würden, wahrlich, wir könnten oft Handlung und Komposition entbehren, und doch eine große, herrliche Wirkung hervorbringen!«

Bolz wußte nicht recht, was er antworten sollte, er mochte nicht gern nachgeben, und doch konnte er Franz jetzt nicht widerlegen, sie stritten hin und her, und verwunderten sich endlich, daß sie die Stadt nicht erscheinen sahen. Bolz suchte nach dem Wege, und ward endlich inne, daß er sich verirrt habe. Beide Wanderer wurden verdrüßlich, denn sie waren müde und sehnten sich nach dem Abendessen, aber es schoben sich immer mehr Gebüsche zwischen sie, immer neue Hügel, und der blendende Schimmer des Mondes erlaubte ihnen keine Aussicht. Der Streit über die Kunst hörte auf, sie dachten nur darauf, wie sie sich wieder zurechtfinden wollten. Bolz sagte: »Seht, mein Freund, über die Kunst haben wir die Natur vernachlässigt; wollt Ihr Euch noch so in eine Gegend hineinsehen, aus der wir uns so gern wieder herauswickeln möchten? Jetzt gäbt Ihr alle Ideale und Kunstwörter für eine gute Ruhestelle hin.«

»Wie Ihr auch sprecht!« sagte Sternbald, »davon kann ja gar nicht die Rede sein. Wir haben uns durch Eure Schuld verirrt, und es steht Euch nicht zu, nun noch zu spotten.«

946

Sie setzten sich ermüdet auf den Stumpf eines abgehauenen Baumes nieder. Franz sagte: »Wir werden hier wohl übernachten müssen, denn ich sehe noch keinen möglichen Ausweg.«

»Gut denn!« rief Bolz aus, »wenn es die Not so haben will, so wollen wir uns auch in die Not finden. Wir wollen sprechen, Lieder singen, und schlafen, so gut es sich tun läßt. Mit dem Aufgange der Sonne sind wir dann wieder munter, und kehren zur Stadt zurück. Fanget Ihr an zu singen.«

Sternbald sagte: »Da wir nichts Besseres zu tun wissen, will ich Euch ein Lied von der *Einsamkeit* singen, es schickt sich gut zu unserm Zustande.

Über mir das hellgestirnte Himmelsdach,
Alle Menschen dem Schlaf ergeben,
Ruhend von dem mühevollen Leben,
Ich allein, allein im Hause wach.

Trübe brennt das Licht herunter;
Soll ich aus dem Fenster schauen,

'nüber nach den fernen Auen?
Meine Augen bleiben munter.

Soll ich mich im Strahl ergehen
Und des Mondes Aufgang suchen?
Sieh, er flimmert durch die Buchen,
Weiden am Bach im Golde stehen.

Ist es nicht, als käme aus den Weiden
Ach ein Freund, den ich lange nicht gesehn,
Ach, wie viel ist schon seither geschehn,
Seit dem qualenvollen, bittern Scheiden!

An den Busen will ich ihn mächtig drücken,
Sagen, was so ofte mir gebangt,
Wie mich inniglich nach ihm verlangt,
Und ihm in die süßen Augen blicken.

Aber der Schatten bleibt dort unter den Zweigen,
Ist nur Mondenschein,
Kömmt nicht zu mir herein,
Sich als Freund zu zeigen.

Ist auch schon gestorben und begraben,
Und vergeß es jeden Tag,
Weil ich's so übergerne vergessen mag;
wie kann ich mich an seinem Anblick laben?

Geht der Fluß murmelnd durch die Klüfte,
Sucht die Ferne nach eigner Melodie,
Unermüdet sprechend spat und früh:
Wehn vom Berge schon Septemberlüfte.

Töne fallen von oben in die Welt,
Lustge Pfeifen, fröhliche Schalmein,
Ach, sollten es Bekannte sein?
Sie wandern zu mir übers Feld.

Fernab erklingt es, keiner weiß von mir,
Alle meine Freunde mich verlassen,
Die mich liebten, jetzt mich hassen,
Kümmert sich keiner, daß ich wohne hier.

Ziehn mit Netzen oft lustig zum See,
Höre oft das ferne Gelach;
Seufze mein kümmerlich Ach!
Tut mir der Busen so weh.

Ach! wo bist du Bild geblieben,
Engelsbild vom schönsten Kind?
Keine Freuden übrig sind,
Unterstund mich, dich zu lieben.

Hast den Gatten längst gefunden; –
Wie der fernste Schimmerschein,
Fällt mein Name dir wohl ein,
Nie in deinen guten Stunden.

Und das Licht ist ausgegangen,
Sitze in der Dunkelheit,
Denke, was mich sonst erfreut,
Als noch Nachtigallen sangen.

Ach! und warst nicht einsam immer?
Keiner, der dein Herz verstand,
Keiner sich zu dir verband. –
Geh auch unter Mondesschimmer!

948

Lösche, lösche letztes Licht!
Auch wenn Freunde mich umgeben,
Führ ich doch einsames Leben:
Lösche, lösche letztes Licht!

Der Unglückliche braucht dich nicht!«

Indem hörten sie nicht weit von sich eine Stimme singen:

»Wer lustgen Mut zur Arbeit trägt
Und rasch die Arme stets bewegt,
Sich durch die Welt noch immer schlägt.
Der Träge sitzt, weiß nicht wo aus
Und über ihm stürzt ein das Haus,
Mit vollen Segeln munter
Fährt der Frohe das Leben hinunter.«

Der Singende war ein Kohlenbrenner, der jetzt näher kam. Bolz und Sternbald gingen auf ihn zu, sie standen seiner Hütte ganz nahe, ohne daß sie es bemerkt hatten. Er war freundlich und bot ihnen von freien Stücken sein kleines Haus zum Nachtlager an. Die beiden Ermüdeten folgten ihm gern.

Drinnen war ein kleines Abendessen zurechtgemacht, kein Licht brannte, aber einige Späne, die auf dem Herde unterhalten wurden, erleuchteten die Hütte. Eine junge Frau war geschäftig, den Fremden einen Sitz auf einer Bank zu bereiten, die sie an den Tisch schob. Alle setzten sich nieder, und aßen aus derselben Schüssel; Franz saß neben der Frau des Köhlers, die ihn mit lustigen Augen zum Essen nötigte. Er fand sie artig, und bewunderte die Wirkung des Lichtes auf die Figuren.

Der Köhler erzählte viel vom nahen Eisenhammer, für den er die meisten Kohlen lieferte, er hatte noch so spät einen Weiler besucht. Ein kleiner Hund gesellte sich zu ihnen und war äußerst freundlich, die Frau, die lebhaft war, spielte und sprach mit ihm, wie mit einem Kinde. Sternbald fühlte in der Hütte wieder die ruhigen, frommen Empfindungen, die ihn schon so oft beglückt hatten: er prägte sich die Figuren und Erleuchtung seinem Gedächtnisse ein, um einmal ein solches Gemälde darzustellen.

949 Als sie mit dem Essen beinahe fertig waren, klopfte noch jemand an die Tür, und eine klägliche Stimme flehte um nächtliche Herberge. Alle verwunderten sich, der Köhler öffnete die Hütte, und Sternbald erstaunte, als er den Pilgrim hereintreten sah. Der Köhler war gegen den Wallfahrter sehr ehrerbietig, es wurde Speise herbeigeschafft, die Stube heller gemacht. Der Pilgrim erschrak, als er hörte, daß er der Stadt so nahe sei, er hatte sie schon seit zwei Tagen verlassen, sich auf eine unbegreifliche Art verirrt, und bei allen Zurechtweisungen immer den unrechten Weg ergriffen, so daß er jetzt kaum eine halbe Meile von dem Orte entfernt war, von dem er ausging.

Der Wirt erzählte noch allerhand, die junge Frau war geschäftig, der Hund war gegen Sternbald sehr zutunlich. Nach der Mahlzeit wurde für die Fremden eine Streu zubereitet, auf der sich der Wallfahrter und Bolz sogleich ausstreckten. Franz war gegen sein Erwarten munter. Der Köhler und seine Frau gingen nun auch zu Bette, der Hund ward nach seiner Behausung auf den kleinen Hof gebracht, Sternbald blieb bei den Schlafenden allein.

Der Mond sah durch das Fenster, in der Einsamkeit fiel des Bildhauers Gesicht dem Wachenden auf, es war eine Physiognomie, die Heftigkeit und Ungestüm ausdrückte. Franz begriff es nicht, wie er seinen anfänglichen Widerwillen gegen diesen Menschen so habe überwinden können, daß er jetzt mit ihm umgehe, daß er sich ihm sogar vertraue.

Bolz schien unruhig zu schlafen, er warf sich oft umher, ein Traum ängstigte ihn. Franz vergaß beinahe, wo er war, denn alles umher erhielt eine sonderbare Bedeutung. Seine Phantasie ward erhitzt, und es währte nicht lange, so glaubte er sich unter Räubern zu befinden, die es auf sein Leben angesehn hätten, jedes Wort des Kohlenbrenners, dessen er sich nur erinnerte, war ihm verdächtig, er erwartete es ängstlich, wie er mit seinen Spießgesellen wieder aus der Tür herauskommen würde, um sie im Schlafe umzubringen und zu plündern. Über diese Betrachtungen schlief er ein, aber ein fürchterlicher Traum ängstigte ihn noch mehr, er sah die entsetzlichsten Gestalten, die seltsamsten Wunder, er erwachte unter drückenden Beklemmungen.

Am Himmel sammelten sich Wolken, auf die die Strahlen des Mondes fielen, die Bäume vor der Hütte bewegten sich. Um sich zu zerstreuen, schrieb er folgendes in seiner Schreibtafel nieder: 950

Die Phantasie

Wer ist dort der alte Mann,
In einer Ecke festgebunden,
Daß er sich nicht rührt und regt?
Vernunft hält über ihn Wache,
Sieht und erkundet jede Miene.
Der Alte ist verdrüßlich,
Um ihn in tausend Falten
Ein weiter Mantel geschlagen.

Es ist der launige Phantasus,
Ein wunderlicher Alter,
Folgt stets seiner närrischen Laune,
Sie haben ihn jetzt festgebunden,
Daß er nur seine Possen läßt,
Vernunft im Denken nicht stört,
Den armen Menschen nicht irrt,
Daß er sein Tagsgeschäft
In Ruhe vollbringe,
Mit dem Nachbar verständig spreche
Und nicht wie ein Tor erscheine.
Denn der Alte hat nie was Kluges im Sinn,
Immer tändelt er mit dem Spielzeug
Und kramt es aus, und lärmt damit
Sowie nur keiner auf ihn sieht und achtet.

Der alte Mann schweigt und runzelt die Stirn,
Als wenn er die Rede ungern vernähme,
Schilt gern alles langweilig,
Was in seinen Kram nicht taugt.
Der Mensch handelt, denkt, die Pflicht
Wird indes treu von ihm getan;
Fällt in die Augen das Abendrot hinein,
Stehn Schlummer und Schlaf aus ihrem Winkel auf
Da sie den Schimmer merken.
Vernunft muß ruhn und wird zu Bett gebracht,
Schlummer singt ihr ein Wiegenlied:
Schlaf ruhig, mein Kind, morgen ist auch noch ein
Tag!
Mußt nicht alles auf einmal denken,
Bist unermüdet und das ist schön,
Wirst auch immer weiter kommen,
Wirst deinem lieben Menschen Ehre bringen,
Er schätzt dich auch über alles,
Schlaf ruhig, schlaf ein. –
»Wo ist meine Vernunft geblieben?« sagt der Mensch,
»Geh Erinnrung, und such sie auf.«
Erinnrung geht und trifft sie schlafend,

Gefällt ihr die Ruhe auch,
Nicht über der Gefährtin ein.
»Nun werden sie gewiß dem Alten die Hände frei machen«,
Denkt der Mensch, und fürchtet sich schon.
Da kömmt der Schlaf zum Alten geschlichen,
Und sagt: »Mein Bester, du mußt erlahmen,
Wenn dir die Glieder nicht aufgelöset werden,
Pflicht, Vernunft und Verstand bringen dich ganz herunter,
Und du bist gutwillig, wie ein Kind.« –
Indem macht der Schlaf ihm schon die Hände los,
Und der Alte schmunzelt: »Sie haben mir viel zu danken,
Mühsam hab ich sie erzogen,
Aber nun verachten sie mich alten Mann,
Meinen ich würde kindisch,
Sei zu gar nichts zu gebrauchen.
Du, mein Liebster, nimmst dich mein noch an,
Wir beide bleiben immer gute Kameraden.«
Der Alte steht auf und ist der Banden frei,
Er schüttelt sich vor Freude:
Er breitet den weiten Mantel aus,
Und aus allen Falten stürzen wunderbare Sachen
Die er mit Wohlgefallen ansieht.
Er kehrt den Mantel um und spreitet ihn weit umher,
Eine bunte Tapete ist die untre Seite.
Nun hantiert Phantasus in seinem Zelte
Und weiß sich vor Freuden nicht zu lassen.
Aus Glas und Kristallen baut er Schlösser,
Läßt oben aus den Zinnen Zwerge kucken,
Die mit dem großen Kopfe wackeln.
Unten gehn Fontänen im Garten spazieren,
Aus Röhren sprudeln Blumen in die Luft,
Dazu singt der Alte ein seltsam Lied
Und klimpert mit aller Gewalt auf der Harfe.
Der Mensch sieht seinen Spielen zu
Und freut sich, vergißt, daß Vernunft
Ihn vor allen Wesen herrlich macht.
Spricht: »Fahre fort, mein lieber Alter.«
Und der Alte läßt sich nicht lange bitten,

952

Schreiten Geistergestalten heran,
Zieht die kleinen Marionetten an Fäden
Und läßt sie aus der Ferne größer scheinen.
Tummeln sich Reiter und Fußvolk,
Hängen Engel in Wolken oben,
Abendröten und Mondschein gehn durcheinander.
Verschämte Schönen sitzen in Lauben,
Die Wangen rot, der Busen weiß,
Das Gewand aus blinkenden Strahlen gewebt.
Ein Heer von Kobolden lärmt und tanzt,
Alte Helden kommen von Troja wieder,
Achilles, der weise Nestor, versammeln sich zum Spiel
Und entzweien sich wie die Knaben. –
Ja, der Alte hat daran noch nicht genug,
Er spricht und singt: »Laß deine Taten fahren,
Dein Streben, Mensch, deine Grübelein,
Sieh, ich will dir goldne Kegel schenken,
Ein ganzes Spiel, und silberne Kugeln dazu,
Männerchen, die von selbst immer auf den Beinen stehn,
Warum willst du dich des Lebens nicht freun?
Dann bleiben wir beisammen,
Vertreiben mit Gespräch die Zeit,
Ich lehre dich tausend Dinge,
Von denen du noch nichts weißt.« –
Das blinkende Spielwerk sticht dem Menschen in die Augen,
Er reckt die Hände gierig aus!
Indem erwacht mit dem Morgen die Vernunft,
Reibt die Augen und gähnt und dehnt sich:
»Wo ist mein lieber Mensch?
Ist er zu neuen Taten gestärkt?« so ruft sie.
Der Alte hört die Stimme und fängt an zu zittern,
Der Mensch schämt sich, läßt Kegel und Kugel fallen,
Vernunft tritt ins Gemach.
»Ist der alte Wirrwarr schon wieder los geworden?«
Ruft Vernunft aus, »lässest du dich immer wieder locken
Von dem kindschen Greise, der selber nicht weiß
Was er beginnt?« –
Der Alte fängt an zu weinen,

Der Mantel wieder umgekehrt
Ihm um die Schultern gehängt,
Arm' und Beine festgebunden,
Sitzt wieder grämlich da.
Sein Spielzeug eingepackt,
Ihm alles wieder ins Kleid gesteckt
Und Vernunft macht 'ne drohende Miene.
Der Mensch muß an die Geschäfte gehn,
Sieht den Alten nur von der Seite an
Und zuckt die Schultern über ihn.
»Warum verführt ihr mir den lieben Menschen!«
Grämelt der alte Phantasus,
»Ihr werdet ihn matt und tot noch machen,
Wird vor der Zeit kindisch werden,
Sein Leben nicht genießen.
Sein bester Freund sitzt hier gebunden,
Der es gut mit ihm meint.
Er verzehrt sich und möcht es gern mit mir halten,
Aber ihr Überklugen
Habt ihm meinen Umgang verleidet
Und wißt nicht, was ihr mit ihm wollt.
Schlaf ist weg und keiner steht mir bei.«

Der Morgen brach indessen an, die übrigen im Hause wurden munter, und Franz las dem Bildhauer seine Verse vor, der darüber lachte und sagte: »Auch dies Gedicht, mein Freund, rührt vom Phantasus her, man sieht es ihm wohl an, daß es in der Nacht geschrieben ist; dieser Mann hat, wie es scheint, Spott und Ernst gleich lieb.«

Das dunkle Gemach wurde erhellt, der Köhler trat mit seiner Frau herein. Franz lächelte über seine nächtliche Einbildung, er sah nun die Tür, die er immer gefürchtet hatte, deutlich vor sich stehn, nichts Furchtbares war an ihr sichtbar. Die Gesellschaft frühstückte, wobei der muntere Köhler noch allerhand erzählte. Er sagte, daß in einigen Tagen eine Nonne im benachbarten Kloster ihr Gelübde ablegen würde, und daß sich dann zu dieser Feierlichkeit alle Leute aus der umliegenden Gegend versammelten. Er beschrieb die Zeremonien, die dabei vorfielen, er freute sich auf das Fest, Sternbald schied von ihm und dem Pilgrim, und ging mit dem Bildhauer zur Stadt zurück.

Sternbald ließ sich im Kloster melden, er ward der Äbtissin vorgestellt, er betrachtete das alte Gemälde, das er auffrischen sollte. Es war die Geschichte der heiligen Genoveva, wie sie mit ihrem Sohne unter einsamen Felsen in der Wildnis sitzt, und von freundlichen, liebkosenden Tieren umgeben ist. Das Bild schien alt, er konnte nicht das Zeichen eines ihm bekannten Künstlers entdecken. Denksprüche gingen aus dem Munde der Heiligen, ihres Sohnes und der Tiere, die Komposition war einfach und ohne Künstlichkeit, das Gemälde sollte nichts als den Gegenstand auf die einfältigste Weise ausdrücken. Sternbald war willens, die Buchstaben zu verlöschen und den Ausdruck der Figur zu erhöhen, aber die Äbtissin sagte: »Nein, Herr Maler, Ihr müßt das Bild im ganzen so lassen, wie es ist, und um alles ja die Worte stehenlassen. Ich mag es durchaus nicht, wenn ein Gemälde zu zierlich ist.«

Franz machte ihr deutlich, wie diese weißen Zettel alle Täuschung aufhöben und unnatürlich wären, ja wie sie gewissermaßen das ganze Gemälde vernichteten, aber die Äbtissin antwortete: »Dies alles ist mir sehr gleich, aber eine geistliche, bewegliche Historie muß durchaus nicht auf eine ganz weltliche Art ausgedrückt werden, Reiz, und was ihr Maler Schönheit nennt, gehört gar nicht in ein Bild, das zur Erbauung dienen und heilige Gedanken erwecken soll. Mir ist hier das Steife, Altfränkische viel erwünschter, dies schon trägt zu einer gewissen Erhebung bei. Die Worte sind aber eigentlich die Erklärung des Gemäldes, und diese gottseligen Betrachtungen könnt Ihr nimmermehr durch den Ausdruck der Mienen ersetzen. An der sogenannten Wahrheit und Täuschung liegt mir sehr wenig: wenn ich mich einmal davon überzeugen kann, daß ich hier in der Kirche diese Wildnis mit Tieren und Felsen antreffe, so ist es mir ein kleines, auch anzunehmen, daß diese Tiere sprechen, und daß ihre Worte hingeschrieben sind, wie sie selbst nur gemalt sind. Es entsteht dadurch etwas Geheimnisvolles, wovon ich nicht gut sagen kann, worin es liegt. Die übertriebenen Mienen und Gebärden aber sind mir zuwider. Wenn die Maler immer bei dieser alten Methode bleiben, so werden sie sich auch stets in den Schranken der guten Sitten halten, denn dieser Ausdruck mit Worten führt gleichsam eine Aufsicht über ihr Werk. Ein Gemälde ist und bleibt eine gutgemeinte Spielerei, und darum muß man sie auch niemals zu ernsthaft treiben.«

Franz ging betrübt hinweg, er wollte am folgenden Morgen anfangen. Das Gerüst wurde eingerichtet, die Farben waren zubereitet; als er in der Kirche oben allein stand, und in die trüben Gitter hineinsah, fühlte er sich unbeschreiblich einsam, er lächelte über sich selber, daß er den Pinsel in der Hand führe. Er fühlte, daß er nur als Handwerker gedungen sei, etwas zu machen, wobei ihm seine Kunstliebe, ja sein Talent völlig überflüssig war. »Was ist bis jetzt von mir geschehen?« sagte er zu sich selber, »in Antwerpen habe ich einige Konterfeie ohne sonderliche Liebe gemacht, die Gräfin und Roderigo nachher gemalt, weil sie in ihn verliebt war, und nun stehe ich hier, um Denksprüche, schlecht geworfene Gewänder, Hirsche und Wölfe neu anzustreichen.«

Indem hatten sich die Nonnen zur Hora versammelt, und ihr feiner, wohlklingender Gesang schwung sich wundersam hinüber, die erloschene Genoveva schien darnach hinzuhören, die gemalten Kirchenfenster ertönten. Eine neue Lust erwachte in Franz, er nahm Palette und Pinsel mit frischem Mut und färbte Genovevens dunkles Gewand. »Warum sollte ein Maler«, sagte er zu sich, »nicht allenthalben, auch am unwürdigen Orte, Spuren seines Daseins lassen? Er kann allenthalben ein Monument seiner schönen Existenz schaffen, vielleicht daß doch ein seltener zarter Geist ergriffen und gerührt wird, ihm dankt, und aus den Trübseligkeiten sich eine schöne Stunde hervorsucht.« Er nahm sich nämlich vor, in dem Gesichte der Genoveva das Bildnis seiner teuren Unbekannten abzuschildern, so viel es ihm möglich war. Die Figuren wurden ihm durch diesen Gedanken teurer, die Arbeit lieber.

Er suchte in seiner Wohnung das Bildnis hervor, das ihm der alte Maler gegeben hatte, er sah es an, und Emma stand unwillkürlich vor seinen Augen. Sein Gemüt war wunderbar beängstigt, er wußte nicht, wofür er sich entscheiden solle. Dieser Liebreiz, diese Heiterkeit seiner Phantasie bei Emmas Angedenken, die lüsternen Bilder und Erinnerungen, die sich ihm offenbarten, und dann das Zauberlicht, das ihm aus dem Bildnisse des teuren Angesichts aus herrlicher Ferne entgegenleuchtete, die Gesänge von Engeln, die ihn dorthin riefen, die schuldlose Kindheit, die wehmütige Sehnsucht, das Goldenste, Fernste und Schönste, was er erwünschen und erlangen konnte, daneben Sebastians Freude und Erstaunen, dazwischen das Grab.

Die Verworrenheit aller dieser Vorstellungen bemächtigte sich seiner so sehr, daß er zu weinen anfing, und keinen Gedanken erhaschte, der ihn trösten konnte. Ihm war, als wenn seine innerste Seele in den brennenden Tränen sich aus seinen Augen hinausweinte, als wenn er nachher nichts wünschen und hoffen dürfte, und nur ungewisse, irrende Reue ihn verfolgen könne. Seine Kunst, sein Streben, ein edler Künstler zu werden, sein Wirken und Werden auf der Erde erschien ihm als etwas Armseliges, Kaltes und jämmerlich Dürftiges. In Dämmerung gingen die Gestalten der großen Meister an ihm vorüber, er mochte nach keinem mehr die Arme ausstrecken; alles war schon vorüber und geendigt, wovon er noch erst den Anfang erwartete.

Er schweifte durch die Stadt, und die bunten Häuser, die Brücken, die Kirchen mit ihrer künstlichen Steinarbeit, nichts reizte ihn, es genau zu betrachten, es sich einzuprägen, wie er sonst so gern tat, in jedem Werke schaute ihn Vergänglichkeit und zweckloses Spiel mit trüben Augen, mit spöttischer Miene an. Die Mühseligkeit des Handwerkers, die Emsigkeit des Kaufmanns, das trostlose Leben des Bettlers daneben schien ihm nun nicht mehr, wie immer, durch große Klüfte getrennt: sie waren Figuren und Verzierungen von einem großen Gemälde, Wald, Bergstrom, Gebirge, Sonnenaufgang waren Anhang zur trüben, dunkeln Historie, die Dichtkunst, die Musik machten die Worte und Denksprüche, die mit ungeschickter Hand hineingeschrieben wurden. »Jetzt weiß ich«, rief er im Unmute aus, »wie dir zumute ist, mein vielgeliebter Sebastian, erst jetzt lese ich aus mir selber deinen Brief, erst jetzt entsetze ich mich darüber, daß du recht hast. So kann keiner dem andern sagen und sprechen, was er denkt; wenn wir selbst wie tote Instrumente, die sich nicht beherrschen können, so angeschlagen werden, daß wir dieselben Töne angeben, dann glauben wir den andern zu vernehmen.«

Die Melodie des Liedes von der Einsamkeit kam ihm ins Gedächtnis, er konnte es nicht unterlassen, das Gedicht leise vor sich hinzusingen, wobei er immer durch die Straßen lief, und sich endlich in das Getümmel des Marktes verlor.

Er stand im Gedränge still, und ihm fiel bei, daß vielleicht keiner von den hier bewegten unzähligen Menschen seine Gedanken und seine Empfindungen kenne, daß er schon oft selbst ohne Arg herumgewandert sei, daß er auch vielleicht in wenigen Tagen alles vergessen habe, was ihn jetzt erschüttre, und er sich dann wohl wieder klüger und besser als jetzt vorkomme. Wenn er so in sein bewegtes Gemüt sah, so war es, als wenn er in einen unergründlichen Strudel hinabschaute, wo Woge Woge drängt und schäumt, und man doch keine Welle sondern kann, wo alle Fluten sich verwirren und trennen, und immer wieder durcheinanderwirbeln, ohne Stillstand, ohne Ruhe, wo dieselbe Melodie sich immer wiederholt, und doch immer neue Abwechselung ertönt: kein

Stillstand, keine Bewegung, ein rauschendes, tosendes Rätsel, eine endlose, endlose Wut des erzürnten, stürzenden Elements.

Käufer und Verkäufer schrien und lärmten durcheinander, Fremde,
die sich zurechtfragten, Wagen, die sich gewaltsam Platz machten. Alle
Arten von Eßwaren umher gelagert, Kinder und Greise im Gewühl, alle
Stimmen und Zungen zum verwirrten Unisono vereinigt. Nach der andern Seite drängte sich das Volk voll Neugier, und Franz ward von dem
ungestümen Strome mit ergriffen und fortgezogen, er bemerkte es kaum,
daß er von der Stelle kam.

Als er näher stand, hörte er durch das Geräusch der Stimmen, durch
die öftere Unterbrechung, Fragen, Antworten und Verwunderung folgendes Lied singen:

»Wie über Matten
Die Wolke zieht,
So auch der Schatten
Vom Leben flieht.

Die Jahre eilen
Kein Stillestand,
Und kein Verweilen,
Sie hält kein Band.

Nur Freude kettet
Das Leben hier,
Der Frohe rettet
Die Zeiten schier.

Ihm sind die Stunden
Was Jahre sind,
Sind nicht verschwunden
Wer so gesinnt.

Ihm sind die Küsse
Der goldne Wein
Noch mal so süße
Im Sonnenschein.

Ihm naht kein Schatten
Vergänglichkeit,
Für ihn begatten
Sich Freud und Zeit.

Drum nehmt die Freude
Und sperrt sie ein,
Dann müßt ihr beide
Unsterblich sein.«

958

Es war ein Mädchen, die dieses Lied absang, indem kam Franz durch eine unvermutete Wendung dicht an die Sängerin zu stehn, das Gedränge preßte ihn an sie, und indem er sie genau betrachtete, glaubte er Ludovico zu erkennen. Jetzt hatte ihn der Strom von Menschen wieder entfernt, und er konnte daher seiner Sache nicht gewiß sein, ein Leierkasten fiel ihm mit seinen schwerfälligen Tönen in die Ohren, und eine andre Stimme sang:

»Aus Wolken kommt die frohe Stunde,
O Mensch gesunde,
Laß Leiden sein und Bangigkeit
Wenn Liebchens Kuß dein Herz erfreut.

In Küssen webt ein Zaubersegen,
Drum sei verwegen,
Was schadet's, wenn der Donner rollt,
Wenn nur der rote Mund nicht schmollt.«

Franz war erstaunt, denn er glaubte in diesem begleitenden Sänger Florestan zu erkennen. Er war wie ein alter Mann gestaltet, und verstellte, wie Sternbald glaubte, auch seine Stimme; doch war er noch zweifelhaft. – In kurzer Zeit hatte er beide aus den Augen verloren, sosehr er sich auch bemühte, sich durch die Menschen hindurchzudrängen.

Die beiden Gestalten lagen ihm immer im Sinne, er ging zum Kloster zurück, aber er konnte sie nicht vergessen, er wollte sie wieder aufsuchen, aber es war vergebens. Indem er malte, kam die Äbtissin mit einigen Nonnen hinzu, um ihm bei der Arbeit zuzusehn, die größte von ihnen schlug den Schleier zurück, und Franz erschrak über die Schönheit, über die Majestät eines Angesichts, die ihm plötzlich in die Augen fielen. Diese reine Stirn, diese großen dunkeln Augen, das schwermütige, unaussprechlich süße Lächeln der Lippen nahm sein Auge gleichsam mit Gewalt gefangen, sein Gemälde, jede andre Gestalt kam ihm gegen diese Herrlichkeit trübe und unscheinbar vor. Er glaubte auch noch nie einen so schlanken Wuchs gesehen zu haben, ihm fielen ein paar Stellen aus 959 alten Gedichten ein, wo der Dichter von der siegenden Gewalt der Allerholdseligsten sprach, von der unüberwindlichen Waffenrüstung ihrer Schöne. – Ein altes Lied sagte:

Laß mich los, um Gottes willen
Gib mich armen Sklaven frei,
Laß die Augen dir verhüllen,
Daß ihr Glanz nicht tödlich sei.

Mußt du mich in Ketten schleifen
Stärker als von Demantstein?
Muß das Schicksal mich ergreifen,
Ich ihr Kriegsgefangner sein? –

»Wie«, dachte Sternbald, »muß dem Manne sein, dem sich diese Arme freundlich öffnen? dem dieser heilige Mund den Kuß entgegenbringt? Die Grazie dieser übermenschlichen Engelsgestalt ganz sein Eigentum!«

Die Nonne betrachtete das Gemälde und den Maler in einer nachdenklichen Stellung, keine ihrer Bewegungen war lebhaft, aber wider Willen ward das Auge nachgezogen, wenn sie ging, wenn sie die Hand erhob, das Auge war entzückt, in den Linien mitzugehn, die sie beschrieb. Franz gedachte an Roderigos Worte, der von der Gräfin gesagt hatte, daß sie in Bewegungen Musik schriebe, daß jede Biegung der Gelenke ein Wohllaut sei.

Sie gingen fort, der Gesang der Nonnen erklang wieder. Franz fühlte sich verlassen, daß er nicht neben der schönen Heiligen knien konnte, ganz in Andacht hingegossen, die Augen dahin gerichtet, wohin die ihrigen blickten, er glaubte, daß das allein schon ein höchst seliges Gefühl sein müsse, nur mit ihr dieselbe Worte zu singen, zu denken. Wie widerlich waren ihm die Farben, die er auftragen, die Figuren, die er neu beleben sollte!

Auf den Abend sprach er den Bildhauer. Er schilderte ihm die Schönheit, die er gesehn hatte, Augustin schien beinahe eifersüchtig. Er erzählte, wie es dasselbe Mädchen sei, das in kurzem das Gelübde ablegen werde, von der der Köhler gesprochen habe, sie sei mit ihrem Stande unzufrieden, müsse sich aber dem Willen der Eltern fügen. »Ihr habt recht«, fuhr er gegen Franz fort, »wenn Ihr sie eine Heilige nennt, ich habe noch nie eine Gestalt gesehn, die etwas so Hohes, so Überirdisches ausgedrückt hätte. Und nun denkt Euch diesen züchtigen Busen entfesselt, diese Wangen mit Scham und Liebe kämpfend, diese Lippen in Küssen entbrannt, das große Auge der Trunkenheit dahingegeben, dies Himmlische des Weibes im Widerspruch mit sich selbst und doch ihre schönste Bestimmung erfüllend – oh, wer auf weiter Erde ist denn glückseliger und gebenedeiter, als dieser ihr Geliebter? Höhere Wonne wird auf dieser magern Erde nicht reif, und wem diese bescheret ist, vergißt die Erde und sich, und alles!«

Er schien noch weitersprechen zu wollen, aber plötzlich brach er ab, und verließ Sternbald, der im unnützen Nachsinnen verloren war.

Franz hatte noch keine seiner Arbeiten mit dieser Unentschlossenheit und Beklemmung gemacht, er schämte sich eigentlich seines Malens an diesem Orte, besonders in Gegenwart der majestätischen Gestalt. Sie besuchte ihn regelmäßig und betrachtete ihn genau. Ihre Gestalt prägte sich jedesmal tiefer in seine Phantasie, er schied immer weniger gern.

Die Malerei ging rascher fort, als er sich gedacht hatte. Die Genoveva machte er seiner teuren Unbekannten ähnlich, er suchte den Ausdruck ihrer Physiognomie zu erhöhen, und den geistreichen Schmerz gut gegen die unschuldigen Gesichter der Tiergestalten abstechen zu lassen. Wenn die Orgel zuweilen ertönte, fühlte er sich wohl selbst in schauerliche Einsamkeit entrückt, dann fühlte er Mitleid mit der Geschichte, die er darstellte, ihn erschreckte dann der wehmütige Blick, den die Unbekannte von der Wand herab auf ihn warf, die Tiere mit ihren Denksprüchen rührten ihn innerlich. Aber fast immer sehnte er sich zu einer andern Arbeit hin.

Manchmal glaubte er, daß die schöne Nonne ihn mit Teilnahme und Rührung betrachte, denn es schien zuweilen, als wenn sie jeden seiner Blicke aufzuhaschen suchte, sooft er die Augen auf sie wandte, begegnete er ihrem bedeutenden Blicke. Er wurde rot, der Glanz ihrer Augen traf ihn wie ein Blitz. Die Äbtissin hatte sich an einem Morgen auf eine Weile entfernt, die übrigen Nonnen waren nicht zugegen, und Sternbald war gerade unten am Gemälde beschäftigt, als das schöne Mädchen ihm plötzlich ein Papier in die Hand drückte. Er wußte nicht, wie ihm geschah, er verbarg es schnell. Die wunderbarste Zeit des Altertums mit allen ihren ungeheuren Märchen, dünkte ihm, wäre ihm nahegetreten, hätte ihn berührt, und sein gewöhnliches Leben sei auf ewig völlig entschwunden. Seine Hand zitterte, sein Gesicht glühte, seine Augen irrten umher, und scheuten sich, den ihrigen zu begegnen. Er schwur ihr im Herzen Treue und feste Kühnheit, er unternahm jegliche Gefahr, ihm schien es Kleinigkeit, das Gräßlichste um ihrentwillen zu unternehmen. Er sah im Geiste Entführung und Verfolgung vor sich, er flüchtete sich schon in Gedanken zu seiner Genoveva in die unzugängliche Wüste.

»Wer hätte das gedacht«, sagte er zu sich, »als ich zuerst den steinernen Fußboden dieses Klosters betrat, daß hier mein Leben einen neuen Anfang nehmen würde? daß mir das gelingen könne, was ich für das Unmöglichste hielt?«

Indem versammelten sich die Nonnen auf dem Chor, die Glocke schlug ihre Töne, die ihm ins Herz redeten, man ließ ihn allein, und der herzdurchdringende, einfache Gesang hob wieder an. Er konnte kaum atmen, so schienen ihn die Töne wie mit mächtigen Armen zu umfassen und sich dicht an seine entzückte Brust zu drücken.

Als alles wieder ruhig war, als er sich allein befand, nahm er den Brief wieder hervor, seine Hand zitterte, als er ihn erbrechen wollte, aber wie erstaunte er, als er die Aufschrift: *An Ludovico,* las! – Er schämte sich vor sich selber, er stand eine Weile tief nachsinnend, dann arbeitete er mit neuer Inbrunst am Antlitz seiner Heiligen weiter, er konnte den Zusammenhang nicht begreifen, alle seine Sinne verwirrten sich. Das Gemälde schien ihn mit seinen alten Versen anzureden, Genoveva ihm seine Untreue, seinen Wankelmut vorzuwerfen.

Es war Abend geworden, als er das Kloster verließ. Er ging über den Kirchhof nach dem Felde zu, als ihm wieder die dumpfen Leiertöne auffielen. Der Alte kam auf ihn zu und nannte ihn bei Namen. Es war niemand anders als Florestan.

Sternbald konnte sich vor Erstaunen nicht finden, aber jener sagte: »Sieh, mein Freund, dies ist das menschliche Leben, wir nahmen vor kurzem so wehmütig Abschied voneinander, und nun triffst du mich so unerwartet und bald wieder, und zwar als alten Mann. Sei künftig niemals traurig, wenn du einen Freund verlässest. Aber hast du nichts an Ludovico abzugeben?«

Sternbald ahndete nun den Zusammenhang, mit zitternder Hand gab er ihm den Brief, den er von der Nonne empfangen hatte. Florestan empfing ihn freudig. Als Franz ihn weiter befragte, antwortete er lustig: »Sieh, mein Freund, wir sind jetzt auf Abenteuer, Ludovico liebt sie, sie ihn, in wenigen Tagen will er sie entführen, alle Anstalten dazu sind getroffen, ich führe bei ihm ein Leben wie im Himmel, alle Tage neue Gefahren, die wir glücklich überstehn, neue Gegenden, neue Lieder und neue Gesinnungen.«

Franz wurde empfindlich. »Wie?« sagte er im Eifer, »soll auch sie ein Schlachtopfer seiner Verführungskunst, seiner Treulosigkeit werden? Nimmermehr!«

Rudolph hörte darauf nicht, sondern bat ihn, nur einen Augenblick zu verweilen, er müsse Ludovico sprechen, würde aber sogleich zurückkommen. Vor allen Dingen aber solle er dem Bildhauer Bolz nicht ein Wort davon entdecken.

Franz blieb allein und konnte sich über sich selbst nicht zufriedengeben, er wußte nicht, was er zu allem sagen solle. Er setzte sich unter einem Baume nieder, und Rudolph kam nach kurzer Zeit zurück. »Hier, mein liebster Freund«, sagte dieser, »diesen Zettel mußt du morgen deiner schönen Heiligen übergeben, er entscheidet ihr Schicksal.«

»Wie?« rief Franz bewegt aus, »soll ich mich dazu erniedrigen, das herrlichste Geschöpf vernichten zu helfen? Und du Rudolph kannst mit diesem Gleichmute ein solches Unternehmen beginnen? Nein, mein Freund, ich werde sie vor dem Verführer warnen, ich werde ihr raten, ihn zu vergessen wenn sie ihn liebt, ich werde ihr erzählen, wie er gesinnt ist.«

»Sei nicht unbesonnen«, sagte Florestan, »denn du schadest dadurch dir und allen. Sie liebt ihn, sie zittert vor dem Tage ihrer Einkleidung, die Flucht ist ihr freier Entschluß, was geht dich das übrige an? Und Ludovico wird und kann ihr nicht niedrig begegnen. – Seit er sie kennt, ist er, möchte ich sagen, durchaus verändert. Er betet sie an, wie ein himmlisches, überirdisches Wesen, er will sie zu seiner Gattin machen, und ihr die Treue seines Lebens widmen. Aber lebe wohl, ich habe keine Zeit zu verlieren, sprich zum Bildhauer kein Wort, ich lasse dir den Brief, denn du bist mein und Ludovicos Freund, und wir trauen dir beide keine Schändlichkeit zu.«

Mit diesen Worten eilte Florestan fort, und Sternbald ging zur Stadt zurück. Er wich dem Bildhauer aus, um sich nicht zu verraten. Am folgenden Morgen erwartete er mit Herzklopfen die Gelegenheit, mit der er der schönen Nonne das Billet zustecken könne. Sie nahm es mit Erröten, und verbarg es im Busen. Über ihr lilienweißes Gesicht legte sich ein so holdes Schamrot, ihre gesenkten Augen glänzten so hell, daß Franz ein vom Himmel verklärtes Wesen vor sich zu sehen glaubte. Sie schien nun ein Vertrauen zu Franz zu haben und doch seine Augen zu fürchten, ihre Majestät war sanfter und um so lieblicher. Franz war im innersten Herzen bewegt.

Die Zeit verging, die Arbeit am Gemälde nahte sich ihrer Vollendung. Bolz schien mit einem großen Unternehmen schwanger zu gehen, seinem Freunde Sternbald sich aber nicht ganz vertrauen zu wollen. An einem Morgen, als er wieder zum Malen ging, es war der letzte Tag seiner Arbeit, fand er das ganze Kloster in der größten Bewegung. Alle liefen unruhig durcheinander, man suchte, man fragte, man erkundigte sich, die schöne Novize ward vermißt, der Tag ihrer Einkleidung war ganz nahe. Sternbald ging schnell an seine Arbeit, sein Herz war unruhig, er war ungewiß, ob er sich etwas vorzuwerfen habe.

Wie freute er sich, als er nun das Gemälde vollendet hatte, als er wußte, daß er das Kloster nicht mehr zu besuchen brauche, in welchem die Schönheit nicht mehr war, die seine Augen nur zu gern aufgesucht hatten. Er erhielt von der Äbtissin seine Bezahlung, betrachtete das Gemälde noch einmal, und ging dann übers Feld nach der Stadt zurück.

Er zitterte für seine Freunde, für die schöne Nonne; er suchte den Bildhauer auf, der aber nirgends anzutreffen war. Er verließ schon am folgenden Morgen die Stadt, um sich endlich Italien zu nähern, und Rom den erwünschten Ort zu sehn.

Gegen Mittag fand er am Wege den Bildhauer Bolz liegen, der ganz entkräftet war. Franz erstaunte nicht wenig, ihn dort zu finden. Mit Hülfe einiger Vorüberwandernden brachte er ihn ins nahe Städtchen, er war verwundet, entkräftet und verblutet, aber ohne Gefahr.

Franz sorgte für ihn, und als sie allein waren, sagte Augustin: »Ihr trefft mich hier, mein Freund, gewiß gegen Eure Erwartung an, ich hätte Euch mehr vertrauen, und mich früher Eurer Hülfe bedienen sollen, so wäre mir dies Unglück nicht begegnet. Ich wollte die Nonne, die man in wenigen Tagen einkleiden wollte, entführen, ich beredete Euch deshalb, Euch im Kloster dort zu verdingen. Aber man ist mir zuvorgekommen. In der verwichenen Nacht traf ich sie in Gesellschaft von zwei unbekannten Männern, ich fiel sie an und ward überwältigt. Ich zweifle nicht, daß es ein Streich von Roderigo ist, der sie kannte, und sie schon vor einiger Zeit rauben wollte.«

Franz blieb einige Tage bei ihm, bis er sich gebessert hatte, dann nahm er Abschied, und ließ ihm einen Teil seines Geldes zur Pflege des Bildhauers zurück.

Drittes Kapitel

Aus Florenz antwortete Franz seinem Freunde Sebastian folgendermaßen:

Liebster Sebastian!

Ich möchte zu Dir sagen: sei gutes Muts! wenn Du jetzt imstande wärest, auf meine Worte zu hören. Aber leider ist es so beschaffen, daß wenn der andre uns zu trösten vermöchte, wir uns auch selber ohne weiteres trösten könnten. Darum will ich lieber schweigen, liebster Freund, weil überdies wohl bei Dir die trüben Tage vorübergegangen sein mögen.

In jedem Falle, lieber Bruder, verliere nicht den Mut zum Leben, bedenke, daß die traurigen Tage ebenso gewiß als die fröhlichen vorübergehen, daß auf dieser veränderlichen Welt nichts eine dauernde Stelle hat. Das sollte uns im Unglück trösten und unsre übermütige Fröhlichkeit dämpfen.

Wenn ich Dich doch, mein Liebster, auf meiner Reise bei mir hätte! Wie ich da alles mehr und inniger genießen würde! Wenn ich Dir nur alles sagen könnte, was ich lerne und erfahre, und wie viel Neues ich sehe und schon gesehen habe! Es überschüttet und überwältigt mich oft so, daß ich mich ängstige, wie ich alles im Gedächtnis, in meinen Sinnen aufbewahren will. Die Welt und die Kunst ist viel reicher, als ich vorher glauben konnte. Fahre nur eifrig fort zu malen, Sebastian, damit Dein Name auch einmal unter den würdigen Künstlern genannt werde, Dir gelingt es gewiß eher und besser als mir. Mein Geist ist zu unstet, zu wankelmütig, zu schnell von jeder Neuheit ergriffen; ich möchte gern alles leisten, und darüber werde ich am Ende gar nichts tun können.

So ist mein Gemüt aufs heftigste von zwei neuen großen Meistern bewegt, vom venezianischen Tizian und von dem allerlieblichsten Antonio Allegri von Correggio. Ich habe, möcht ich sagen, alle übrige Kunst vergessen, indem diese edlen Künstler mein Gemüt erfüllen, doch hat der letztere auch beinahe den erstern verdrängt. Ich weiß mir in meinen Gedanken nichts Holdseligers vorzustellen, als er uns vor die Augen bringt, die Welt hat keine so liebliche, so vollreizende Gestalten, als er zu malen versteht. Es ist, als hätte der Gott der Liebe selber in seiner Behausung gearbeitet und ihm die Hand geführt. Wenigstens sollte sich nach ihm keiner unterfangen, Liebe und Wollust darzustellen, denn keinem andern Geiste hat sich so das Glorreiche der Sinnenwelt offenbart.

Es ist etwas Köstliches, Unbezahlbares, Göttliches, daß ein Maler, was er in der Natur nur Reizendes findet, was seine Imagination nur veredeln und vollen den kann, uns nicht in Gleichnissen, in Tönen, in Erinnerungen oder Nachahmungen aufbewahrt, sondern es auf die kräftigste und fertigste Weise selber hinstellt und gibt. Darum ist auch in dieser Hinsicht die Malerei die erste und vollendeteste Kunst, das Geheimnis der Farben ist anbetungswürdig. Der Reiche, der Correggios Gemälde, seine Leda, seine badenden schönsten Nymphen besitzt, hat sie wirklich, sie blühen in seinem Palaste in ewiger Jugend, der allerhöchste Reiz ist bei ihm einheimisch, wonach andre mit glühender Phantasie suchen, was Stumpfere mit ihren Sinnen sich nicht vorstellen können, lebt und webt bei ihm wirklich, ist seine Göttin, seine Geliebte, sie lächelt ihn an, sie ist gern in seiner Gegenwart.

Wie ist es möglich, wenn man diese Bilder gesehen hat, daß man noch vom Kolorit geringschätzend sprechen kann? Wer würde nicht von der Allmacht der Schönheit besiegt werden, wenn sie sich ihm nackt und unverhüllt, ganz in Liebe hingegeben, zu zeigen wagte? – Das Studium dieser himmlischen Jugendgeister hat die große Zauberei erfunden, dies und noch mehr unsern Augen möglich zu machen.

Was die Gesänge des liebenden Petrarka wie aus der Ferne herüberwehen, Schattenbilder im Wasser, die mit den Wogen wieder wegfließen, was Ariosts feuriger Genius nur lüstern und in der Ferne zeigen kann, wonach wir sehen und es doch nicht entdecken können, im Walde fernab die ungewissesten Spuren, die dunkeln Gebüsche verhüllen es, sosehr wir darnach irren und suchen; alles das steht in der allerholdseligsten Gegenwart dicht vor uns. Es ist mehr, als wenn Venus uns mit ihrem Knaben selber besuchte, der Genuß an diesen Bildern ist die hohe Schule der Liebe, die Einweihung in die höchsten Mysterien, wer diese Gemälde nicht verehrt, versteht und sich an ihnen ergötzt, der kann auch nicht lieben, der muß nur gleich sein Leben an irgendeine unnütze,

965

mühselige Beschäftigung wegwerfen, denn ihm ist es verborgen, was er damit anfangen kann.

Eine Zeichnung mag noch so edel sein, die Farbe bringe erst die Lebenswärme, und ist mehr und inniger, als der körperliche Umfang der Bildsäule.

Auch in seinen geistlichen Kompositionen spiegelt sich eine liebende Seele, der Gürtel der Venus ist auch hier verborgen, und man weiß immer nicht, welche seiner Figuren ihn heimlich trägt. Auge und Herz bleiben gern verweilend zurückgezogen; der Mensch fühlt sich bei ihm in der Heimat der glücklichsten Poesie, er denkt: ja, das war es, was ich suchte, was ich wollte und es immer zu finden verzweifelte. Vulkans künstliches Netz zieht sich unzerreißbar um uns her, und schließt uns eng und enger an Venus, die vollendete Schönheit an.

Es herrscht in seinen Bildern nicht halbe Lüsternheit, die sich verstohlen und ungern zu erkennen gibt, die der Maler erraten läßt, der sich gleich darauf gern wieder zurückzöge, um viel zu verantworten zu haben, sich aber auch wirklich zu verantworten; es ist auch nicht gemeine Sinnlichkeit, die sich gegen den edlern Geist empört, um sich nur bloßzustellen, um in frecher Schande zu triumphieren, sondern die reinste und hellste Menschheit, die sich nicht schämt, weil sie sich nicht zu schämen braucht, die in sich selbst durchaus glückselig ist. Es ist, so möcht ich sagen, der Frühling, die Blüte der Menschheit: alles im vollen, schwelgenden Genuß, alle Schönheit emporgehoben in vollster Herrlichkeit, alle Kräfte spielend und sich übend im neuen Leben, im frischen Dasein. Herbst ist weitab, Winter ist vergessen, und unter den Blumen, unter den Düften und grünglänzenden Blättern wie ein Märchen, von Kindern erfunden.

Es ist, als wenn ich mit der weichen, ermattenden und doch erfrischenden Luft Italiens eine andere Seele einzöge, als wenn mein inneres Gemüt auch einen ewigen Frühling hervortriebe, wie er von außen um mich glänzt und schwillt und sich treibend blüht. Der Himmel hier ist fast immer heiter, alle Wolken ziehen nach Norden, so auch die Sorgen, die Unzufriedenheit. Oh, liebster Bruder, Du solltest hiersein, die Harfenstimmen der Geister, die Blumenhände der unsichtbaren Engel würden auch Dich berühren und heilen.

In wenigen Tagen reise ich nach Rom. Ein verständiger Mann, der die Kunst über alles liebt, ist mein Begleiter, er und seine junge schöne Frau reisen ebenfalls nach Rom. Er heißt Castellani.

Ich habe mancherlei unterdessen gearbeitet, womit ich aber nicht sonderlich zufrieden bin: doch erleichtert mir mein Verdienst die Reise. Laß es mir doch niemals an Nachrichten von Dir mangeln. Lebe wohl, liebe immer wie sonst

Deinen Franz Sternbald.

967

Viertes Kapitel

Franz blieb länger in Florenz, als er sich vorgenommen hatte, sein neuer Freund Castellani ward krank, und Sternbald war gutherzig genug, ihm Gesellschaft zu leisten, da jener zu Florenz fast ganz fremde war. Er konnte den Bitten seiner jungen Frau, der freundlichen Lenore, sich nicht widersetzen, und da er in Florenz für seine Kunst noch genug zu lernen fand, so gereute ihn auch dieser Abschub nicht.

Es ereignete sich außerdem noch ein sonderbarer Vorfall. Es fügte sich oft, daß er bei seinen Besuchen seinen Freund nicht sprechen konnte, Lenore war dann allein, und noch ehe er es bemerken konnte, war er an sie gefesselt. Er kam bald nur, um sie zu sehen. Lenore schien gegen Franz sehr gefällig, ihre schalkhaften Augen sahen ihn immer lustig an, ihr mutwilliges Gespräch war immer belebt. An einem Morgen entdeckte sie ihm unverhohlen, daß Castellani nicht mit ihr verheiratet sei, sie reise, sie lebe nur mit ihm, in Turin habe sie ihn kennengelernt, und er sei ihr damals liebenswürdig vorgekommen. Franz war sehr verlegen, was er antworten solle; ihn entzückte der leichte, flatterhafte Sinn dieses Weibes, obgleich er ihn verdammen mußte, ihre Gestalt, ihre Freundlichkeit gegen ihn. Sie sahen sich öfter und waren bald einverstanden; Franz machte sich Vorwürfe, aber er war zu schwach, dies Band wieder zu zerreißen.

Es gelang ihm, mit einem Maler in Florenz in Bekanntschaft zu geraten, der niemand anders war, als Franz Rustici, der damals in dieser Stadt und Italien in großem Ansehn stand. Dieser verschaffte ihm ein Bild zu malen, und schien an Sternbald Anteil zu nehmen. Sie sahen sich öfter, und Franz ward in Rusticis Freundschaft aufgenommen.

Dieser Maler war ein lustiger, offener Mann, der ernst sein konnte, wenn er wollte, aber immer für leichten Scherz Zeit genug übrigbehielt. Franz besuchte ihn oft, um von ihm zu lernen und sich an seinen sinnreichen Gesprächen zu ergötzen. Rustici war ein angesehener Mann in Florenz, aus einer guten Familie, der bei Andrea Verocchio und dem berühmten Leonard da Vinci seine Kunst erlernt hatte. Franz bewunderte den großen Ausdruck an seinen Bildern, die wohlüberdachte Komposition.

Nachdem sich beide oft gesehen hatten, sagte Rustici an einem Tage zu Sternbald: »Mein lieber deutscher Freund, besucht mich am künftigen Sonnabend in meinem Garten vor dem Tore, wir wollen dort lustig miteinander sein, wie es sich für Künstler ziemt. Wir machen oft eine fröhliche Gesellschaft zusammen, zu der der Maler Andrea gehört, den Ihr kennt, und den man immer del Sarto von seinem Vater her zu nennen pflegt; dieser wird auch dort sein. Die Reihe, einen Schmaus zu geben, ist nun an mich gekommen, Ihr mögt auch Eure Geliebte mitbringen, denn wir wollen tanzen, lachen und scherzen.«

»Wenn ich nun keine habe, die ich mitbringen kann«, antwortete Franz.

»Oh, mein Freund«, sagte der Florentiner, »ich würde Euch für keinen guten Künstler halten, wenn es Euch daran fehlen sollte. Die Liebe ist die halbe Malerei, sie gehört mit zu den Lehrmeistern in der Kunst. Vergeßt mich nicht, und seid in meiner Gesellschaft recht fröhlich.«

Franz verließ ihn. Castellani war nach Genua gereist, um dort einen Arzt, seinen Freund, zu sehen, seine Geliebte war in Florenz zurückgeblieben. Franz bat um ihre Gesellschaft auf den kommenden Schmaus, die sie ihm auch zusagte, da sie sich wenig um die Reden der Leute kümmerte.

Der Tag des Festes war gekommen. Lenore hatte ihren schönsten Putz angelegt, und war liebenswürdiger, als gewöhnlich. Franz war zufrieden, daß sie Aufmerksamkeit und Flüstern erregte, als er sie durch die Straßen der Stadt führte. Sie schien sich auch an seiner Seite zu gefallen, denn Franz war jetzt in der blühendsten Periode seines Lebens, sein Ansehn war munter, sein Auge feurig, seine Wangen rot, sein Schritt und Gang edel, beinahe stolz. Er hatte die Demut und Schüchternheit fast ganz abgelegt, die ihn bis dahin immer noch als einen Fremden kennbar machte. Er geriet nun nicht mehr so, wie sonst, in Verlegenheit, wenn ein Maler seine Arbeiten lobte, weil er sich auch daran mehr gewöhnt hatte.

Sternbald fand schon einen Teil der Gesellschaft versammelt, die ganz aus jungen Männern und Mädchen oder schönen Weibern bestand. Er grüßte den Meister Andrea freundlich, der ihn schon kannte, und der ihm mit seiner gewöhnlichen leichtsinnigen und doch blöden Art dankte. Man erwartete den Wirt, von dem sein Schüler Bandinelli erzählte, daß er nur noch ein fertiges Gemälde in der Stadt nach dem Eigentümer gebracht habe, und eine ansehnliche Summe dafür empfangen werde.

Der Garten war anmutig mit Blumengängen geschmückt, mit schönen grünen Rasenplätzen dazwischen und dunkeln, schattigen Gängen. Das Wetter war schön, ein erfrischender Wind spielte durch die laue Luft, und erregte ein stetes Flüstern in den bewegten Bäumen. Die großen Blumen dufteten, alle Gesichter waren fröhlich.

Francesco Rustici kam endlich, nachdem man ihn lange erwartet hatte, er näherte sich der Gesellschaft freundlich, und hatte das kleine Körbchen in der Hand, in dem er immer seine Barschaft zu tragen pflegte. Er grüßte alle höflich, und bewillkommte Franz vorzüglich freundschaftlich. Andrea ging aufgeräumt auf ihn zu, und sagte: »Nun, Freund, du hast noch vorher ein ansehnliches Geschäft abgemacht, lege deinen Schatz ab, der dir zur Last fällt, vergiß deine Malereien, und sei nun ganz mit uns fröhlich.«

Francesco warf lachend den leeren Korb ins Gebüsch, und rief aus: »Oh, mein Freund, heute fallen mir keine Geldsummen zur Last, ich habe nichts mehr.«

»Du bist nicht bezahlt worden?« rief Andrea aus, »ja, ich kenne die vornehmen und reichen Leute, die es gar nicht wissen und nicht zu begreifen scheinen, in welche Not ein armer Künstler geraten kann, der ihnen nun endlich seine fertige Arbeit bringt, und doch mit leeren Händen wieder zurückgehen muß. Ich bin manchmal schon so böse geworden, daß ich Pinsel und Palette nachher in den Winkel warf und die ganze Malereikunst verfluchte. Sei nicht böse darüber, Francesco, du mußt dich ein paar unnütze Gänge nicht verdrießen lassen.«

»Er ist bezahlt«, sagte ein junger Mann, der mit dem Maler gekommen war.

»Und wo hat er denn sein Geld gelassen?« fragte Andrea verwundert.

»Ihr kennt ja seine Art«, fuhr jener fort, »wie er keinen Armen vor sich sehen kann, ohne ihn zu beschenken, wenn er Geld bei sich hat. Kaum sahen sie ihn daher heute aus dem Palast kommen und seinen bekannten Korb an seinem Arm, als ihm auch alle Bettler folgen, die mit seiner Gutherzigkeit bekannt sind. Er gab jedem reichlich, und nahm es nicht übel, daß einige darunter waren, denen er erst gestern gegeben hatte; als ich es ihm heimlich sagte, antwortete er lachend: ›Mein Freund, sie wollen aber heute wieder essen.‹ Ein alter Mann stand von der Seite und sah dem Austeilen zu, er heftete die Augen aufmerksam auf den Korb, und seufzte für sich: ›Ach Gott, wenn ich doch nur das Geld hätte, das in diesem Korbe ist!‹ Francesco hatte es unvermuteterweise gehört. Er geht auf den Alten zu, und frägt, ob es ihn glücklich machen würde? ›Oh, mich und meine Familie‹, ruft jener, ›aber seid nicht böse, ich dachte nicht, daß Ihr es hören würdet.‹ – Sogleich kehrt mein launiger Francesco den ganzen Korb um, und schüttet ihn dem alten Bettler in seine lederne Mütze, geht davon, ohne auch nur den Dank abzuwarten.«

»Ihr seid ein edler Mann!« rief Sternbald aus.

»Oh, Ihr irrt«, sagte der Maler, »es ist gar nichts Besonderes, ich kann den Armen nicht sehen, es jammert mich, und so gebe ich ihm wenigstens, da ich nicht mehr tun kann. Bei diesem Alten fiel mir ein, wie manche unnütze Ausgaben ich in meinem Leben schon gemacht hätte, wie wenig ich aufopfre, wenn ich mir eine Tapete oder ein kostbares Hausgerät versage. Ich dachte: ›Wenn du nun kein Geld bekommen, wenn du das Gemälde gar nicht gemalt hättest?‹ Ich sah Kinder und seine alte zerlumpte Gattin in Gedanken vor mir, die mit so heißer Sehnsucht seine Rückkehr erwarteten.«

»Aber wenn du so handeln willst«, sagte Andrea, »so kannst du deinem Geben gar keinen Einhalt tun.«

»Das ist es eben, was mich betrübt«, fuhr Rustici fort, »daß ich meine Gutherzigkeit einschränken muß, daß alles, was wir an Wohltaten tun können, nichts ist, weil wir nicht immer, weil wir nicht alles geben können. Es ist eine sonderbare Fügung des Schicksals, daß Überfluß und Pracht und drückender Mangel dicht nebeneinander bestehen müssen, die Armut auf Erden kann niemals aufgehoben werden, und wenn alle Menschen gleich wären, müßten sie alle betteln, und keiner könnte geben. Das allein tröstet mich auch oft darüber, wenn mir einfällt, daß ich mich bei meiner Kunst wohl befinde, indessen andre, die weit härtere Arbeiten tun, die weit fleißiger sind, Mangel leiden müssen. Hier ist auf Erden See und Weltmeer, hier strömen große Flüsse, dort leiden die heißen Ebenen, die wenigen Pflanzen ersterben aus Mangel am nötigen Wasser. Einer soll gar nicht dem andern nützen, jedes Wesen in der Natur ist um sein selbst willen da. – Doch, wir müssen über das Gespräch nicht unsers Gastmahls vergessen.«

Er versammelte hierauf die Gesellschaft. Ein schöner Knabe ging mit einem Korbe voll großer Blumenkränze herum, jeder mußte einen davon nehmen und ihn sich auf die Stirn drücken. Nun setzte man sich um einen runden Tisch, der auf einem schattigen kühlen Platze im Garten gedeckt war, an allen Orten standen schöne Blumen, die Speisen wurden aufgetragen. Die Gesellschaft nahm sich sehr malerisch aus, mit den großen, vollen, bunten Kränzen, jeder saß bei seiner Geliebten, Wein ward herumgegeben, aus den Gebüschen erschallten Instrumente von unsichtbaren Musikanten.

Rustici stand auf, und nahm ein volles Glas: »Nun zuerst«, rief er aus, »dem Stolze von Toskana, dem größten Manne, den das florentinische Vaterland hervorgebracht hat, dem großen Michael Agnolo Buonarotti!« – Alle stießen an, alle ließen ihr »Er lebe!« ertönen.

»Schade«, sagte Andrea, »daß unser wahnsinniger Camillo uns verlassen hat, und jetzt in Rom herumwandert, er würde uns eine Rede halten, die sich gut zu dieser Gelegenheit schickt.«

Muntere Trompeten ertönten zu den Gesundheiten, und Flöten mit Waldhörnern gemischt klangen, wenn sie schwiegen, vom entfernten Ende des Gartens. Die Schönen wurden erheitert, sie legten nun auch den Schleier ab, sie lösten die Locken aus ihren Fesseln, der Busen war bloß. Franz sagte: »Nur ein Künstler kann die Welt und ihre Freuden auf die wahre und edelste Art genießen, er hat das große Geheimnis erfunden, alles in Gold zu verwandeln. In Italien ist es, wo die Wollust die Vögel zum Singen antreibt, wo jeder kühle Baumschatten Liebe duftet, wo es dem Bache in den Mund gelegt ist, von Wonne zu rieseln und zu scherzen. In der Fremde, im Norden ist die Freude selbst eine Klage, man wagt dort nicht, den vorüberschwebenden Engel bei seinem großen goldenen Flügel herunterzuziehen.«

Ein Mädchen gegenüber nahm den Blumenstrauß von der weißen Brust, und warf ihn Franzen nach den Augen, indem sie ausrief: »Ihr solltet ein Dichter sein, Freund, und kein Maler, dann solltet Ihr lieben, und Euch täglich in einem neuen Sonette hören lassen.«

»Nehmt mich zu Eurem Geliebten an«, rief Sternbald aus, »so mögt Ihr mich vielleicht begeistern. Diese Blumen will ich als ein Andenken an Eure Schönheit aufbewahren.«

»Sie welken«, sagte jene, »der liebliche Brunnquell, aus dem ihr Duft emporsteigt, versiegt, sie fallen zusammen, sie lassen die Häupter sinken, und freilich vergeht alles so, was schön genannt wird.«

Franz war von der wundervollen Versammlung, von den Blumen, den schönen Mädchen, Musik und Wein begeistert, er stand auf und sang:

>>Warum Klagen, daß die Blume sinkt
Und in Asche bald zerfällt:
Daß mir heut ein lüstern Auge winkt
Und das Alter diesen Glanz entstellt.

Ihm mit allen Kräften nachzuringen,
Fest zu halten unsrer Schönen Hand –
Ja, die Liebe leiht die mächtgen Schwingen
Von Vergänglichkeit, sie knüpft das Band.

Sagt, was wäre Glück, was Liebe?
Keiner betete zu ihr
Wenn sie ewig bei uns bliebe,
Schönheit angefesselt hier.

Aber wenn auch keine Trennung droht,
Eifersucht und Ungetreue schweigen,
Alle sich der Liebe neigen,
Fürchten gleich Geliebte keinen Tod –

Ach! Vergänglichkeit knüpft schon die Ketten,
Denen kein Entrinnen möglich bleibt,
Lieb und Treue können hier nicht retten,
Wenn die harte Zeit Gesetze schreibt.

Darum geizen wir nach Küssen,
Beugen Schönen unser Knie,
Winke, Lippen, Lächeln grüßen
Allzuoft zur Freude nie.<<

Als er geendigt hatte, schämte er sich seines Rausches, und Rustici rief aus: >>Seht, meine Landsleute, da einen Deutschen, der uns Italiener beschämt! Er wird uns alle unsre Schönen abtrünnig machen.<<

Andrea sagte: »Ein Glück, daß ich noch Bräutigam bin, für meine Frau würd ich sehr besorgt sein. Aber seht ihn nur an, jetzt sitzt er so ernsthaft da, als wenn er auf eine Leichenrede dächte. Mir fällt dabei mein Lehrer Piero di Cosimo ein, der immer von so vielen recht trübseligen Gedanken beunruhigt wurde, der sich vor dem Tode über alle Maßen fürchtete, der sich unter sonderbaren Phantomen abängstigte, und sich doch wieder an recht reizenden, ja ich möchte beinahe sagen, leichtfertigen Phantasieen ergötzte.«

Rustici sagte: »Er war gewiß eins der seltsamsten Gemüter, die noch auf Erden gelebt haben, seine Bilder sind zart und vom Geiste der Wollust und Lieblichkeit beseelt, und er saß, gleich einem Gefangenen, in sich selber eingeschlossen, seine Hand nur ragte aus dem Kerker 973 hervor, und hatte keinen Teil an seinem übrigen Menschen. Seine Kunst lustwandelte auf grüner Wiese, indem seine Phantasie den Tod herbeirief, und tolle, schwermütige Maskeraden erfand.«

Das Gespräch der Maler ward hier unterbrochen, denn die Mädchen und jungen Leute sprachen von allerhand lustigen Neuigkeiten aus der Stadt, wodurch die Sprechenden überstimmt wurden. Das lebhafte Mädchen, das Laura hieß, erzählte von einigen Nachbarinnen aus der Stadt überaus fröhliche Geschichten, die keiner als Franz anstößig fand. Er saß ihren schwarzen Augen gegenüber, die ihn unablässig verfolgten, bei jeder lebhaften Bewegung, wenn sie sich vorüberbog, machte sie den schönsten Busen sichtbarer, ihre Arme wurden ganz frei, und zeigten die weißeste Rundung. – Lenore ward etwas eifersüchtig, und entblößte ihre Arme, um sie mit denen ihrer Gegnerin zu vergleichen, die übrigen Mädchen lachten.

Andrea und Francesco hatten sich abseits unter einen Baum gesetzt, und führten ein ernsthaftes Gespräch; beide waren von Wein begeistert. »Du verstehst mich nicht«, sagte Rustici mit vielem Eifer, »der Sinn dafür ist dir verschlossen, ich gebe aber darum doch meine Bemühungen nicht auf. Glaube nur, mein Bester, daß zu allen großen Dingen eine Offenbarung gehört, wenn sie sich unsern Sinnen mitteilen sollen, ein Gast muß plötzlich herabsteigen, der unsern Geist mit seinem fremden Einfluß durchdringt. So ist es auch mit der erhabenen Kunst der Alchimie beschaffen.«

»Es ist und bleibt immer unbegreiflich«, sagte der langsamere Andrea, »daß du durch Zeichen und wunderbare, unverständliche Verbindungen so viel ausrichten willst.«

»Laß mich nur erst zum Ende kommen«, eiferte Francesco, »so sind diese Verbindungen nicht mehr wunderbar, so erscheint alles einfach und klar vor unsern Augen. Die anscheinende Verwirrung muß uns nur nicht abschrecken, es ist die Ordnung selbst, die in diesen Buchstaben, in diesen unverständlichen Hieroglyphen uns gleichsam stammelnd oder wie aus der Ferne anredet. Treten wir nur dreist näher hinzu, so wird jede Silbe deutlicher, und wir verwundern uns denn nur darüber, daß wir uns vorher verwundern konnten. Ein guter Geist hat dem Sternbald eingegeben, zu sagen, daß sich alles unter der Hand des Künstlers in Gold verwandle. Wie schwierig ist der Anfang zu jeglicher Kunst! Und wird nicht alles in dieser Welt verwandelt und aus unkenntlichen Massen zu fremdartigen Massen erzogen? Warum soll es mit den Metallen anders sein? Schweben nicht über die ganze Natur wohltätige Geister, die nur Seltsamkeiten aushauchen, nur in einer Atmosphäre von Unbegreiflichkeiten leben, und so wie der Mensch alles sich gleich oder ähnlich macht, sie ebenso alle Elemente umher, wenn sie noch so feindselig sind, noch so träge in der Alltäglichkeit sich herumbewegen, anrühren und in Wunder umschaffen. An diese Geister müssen wir glauben, um auf sie zu wirken; du mußt der Begeisterung beim Malen vertrauen, und du weißt nicht, was sie ist, woher sie kömmt, die Geisteratmosphäre umweht dich und es geschieht: – mit unserm innerlichen Seelenothem müssen wir jene Geisterwelt herbeisaugen, unser Herz muß sie magnetisch an sich reißen, und siehe, sie muß ihrer Natur nach, durch ihre bloße Gegenwart das unbegreifliche Wunder wirken.«

Andrea wollte etwas antworten, als die Trompeten laut ertönten, und ihr sonderbares Gespräch unterbrachen. »Ihr seid«, sagte die schalkhafte Laura, »sehr ernsthaft geworden.«

»Verzeiht«, antwortete der freundliche Rustici, »ich kann meine Natur nicht immer ganz beherrschen, und alle süßen Töne der Instrumente und der Sängerin ziehen sie zur Melancholie. Ich habe mich oft gefragt: woher? warum? aber ich kann mir selber keine Rechenschaft geben.«

»Ihr werdet vielleicht dadurch an trübselige Gegenstände erinnert«, sagte Laura.

»Nein, das ist es nicht«, fuhr der Maler fort, »sondern mir ist im Gegenteil innerlich dann sehr wohl, meine Freude, die wie ein gefangener Adler in Ketten gesessen hat, schlägt nun mit einem Male die muntern, tapfern Schwingen auseinander. Ich fühle, wie die Kette zerreißt, die mich noch an der Erde hielt, über die Wolken hinaus, über die Bergspitzen hinüber, der Sonne entgegen mein Flug gewendet. Aber nun verlieren sich unter mir die Farben, und die Abwechselungen und Absonderungen der bunten Welt. Ich bin frei, aber die Freiheit genügt mir nicht, ich kehre zurück und reiße mich von neuem empor. Es ist, als wenn Stimmen mich erinnerten, daß ich schon einst viel glücklicher gewesen sei, und daß ich auf dieses Glück von neuem hoffen müsse. Die Musik ist es nicht selbst, die so zu mir spricht, aber ich höre sie wie abgebrochene Laute aus einer ehemaligen verlornen Welt, die ganz und durchaus nur Musik war, die nicht Teile, Abgesonderheit hatte, sondern wie ein einziger Wohllaut, lauter Biegsamkeit und Glück dahinschwebte, und meinen Geist auf ihren weichen Schwanenfedern trug, statt daß er auch jetzt noch auf den süßesten Tönen wie auf Steinen liegt, und sein Unglück fühlt und beklagt.«

»So ist Euch nicht zu helfen, phantastischer lieber Maler und Freund«, sagte Laura lachend, indem sie ihm die weiße Hand reichte, die er ehrerbietig küßte. Dann drehte sie sich von ihm, und sprach im Getümmel der übrigen Mädchen umher, sie hatten beschlossen, daß sie nun, da es kühl geworden war, einen muntern Tanz aufführen wollten, wie ihn die fröhlichen Landleute in Italien zu tanzen pflegen.

Der Tanz ging vor sich, aber Sternbald und Lenore blieben zurück, weil er es nicht wagen mochte, diese leichten, schnellen und ihm ungewöhnlichen Bewegungen mitzumachen, um die übrigen nicht durch seine Ungeschicklichkeit zu verwirren. Laura tanzte von allen am zierlichsten, ohne alle Bemühung gelangen ihr die schwierigsten Stellungen und die schnellsten Veränderungen. Franz ergötzte sich an den leichten, flatternden Gewändern, an den schön verschlungenen Figuren. Die zierlichsten Füße schwebten, trippelten und sprangen auf und ab, im Schwunge des Rocks ward das leichte, wohlgeformte Bein sichtbar, weiße Arme und Busen, üppige Hüften, die das Gewand deckte und verriet, zogen das Auge nach sich, und verwirrten es in dem fröhlichen Tumult. Laura und einige andre junge Mädchen waren ausgelassen, wenn sie im Sprunge in den Arm ihres Tänzers flogen, hob dieser sie im Schwunge hoch, und in der Luft schwebend sangen sie Stellen aus Liebesliedern in die Musik hinein.

Der wilde, bacchantische Taumel war beschlossen, ein andrer Tanz, der Zärtlichkeit ausdrückte, wurde angeordnet, auch Lenore und Sternbald schlossen sich dem Reihen an. – Eine sanfte Musik erklang, die Paare umschlangen sich und schwebten hinauf und hinab, die Hände und Arme begegneten sich wieder, und Busen an Busen geschmiegt, begann eine neue Wendung. Da sah man die verführerischsten Stellungen knüpfen, alle Gelenke wurden biegsamer, Franz war wie in Trunkenheit verloren. Die Luft duftete ihnen Wonne und Freude entgegen, wie auf den Wellen der Musik schwebte er an Lauras oder Lenorens Arm einher, in jedem tanzenden Gesicht kam ihm ein schalkhafter Engel entgegen, der ihm Entzücken predigte. Er drückte Lauras Hand, die seine Zärtlichkeit erwiderte.

Man ruhte im Schatten der Bäume aus. Knaben gaben kühlende, wohlschmeckende Früchte herum, die Schönen lagerten sich im Grase. Andrea war vom Tanz erhitzt und sagte: »Seht, mein Freund Sternbald, so müßt ihr Deutsche erst nach Italien kommen, um zu lernen, was schön sei, hier erst offenbart sich euch Natur und Kunst. In eurem trüben Norden ist es der Imagination unmöglich, ihre Flügel auszudehnen und das Edle zu empfinden.«

»Mein Lehrmeister, Albrecht Dürer«, sagte Franz, »den Ihr doch für einen großen Mann erkennen müßt, ist nicht hier gewesen.«

Andrea sagte: »Wie sehr wünschen aber auch alle Kunstfreunde, daß er sich möchte hierherbemüht haben, um erst einzusehn, wie viel er ist, und dann zu lernen, was er mit seinem großen Talente ausrichten könne. So aber, wie er ist, ist er merkwürdig genug, doch ohne Bedeutung für die Kunst, der Italiener mit weit geringerem Talente wird doch immer den Sieg über ihn davontragen.«

»Ihr seid unbillig«, fuhr Sternbald auf, »ja undankbar, denn ohne ihn, ohne seine Erfindungen würden sich manche Eurer Gemälde ohne Figuren behelfen müssen.«

»Ihr müßt nicht heftig werden«, sagte der lindernde Francesco, »wahr ist es, Dürer ist Andreas hülfreicher Freund, und vielleicht verlästert er ihn eben darum, weil er sich der Dienste zu gut bewußt ist, die jener ihm geleistet hat. Aber wir wollen lieber ein Gespräch abbrechen, das Euch nur erhitzt.«

Die Musik lärmte dazwischen, Andrea, der wenig streitsüchtig war, gab seine Meinung auf, die Tänze fingen von neuem an. Es wurde Abend: manche von der Gesellschaft gingen nach Hause, einigen wurden von ihren Dienern Pferde gebracht. Rustici ließ eins der schönsten Pferde in den Garten kommen, und setzte sich hinauf, indem er durch die Baumgänge ritt, die mutwillige Laura ließ sich zu ihm hinaufheben, und in einem leichten Galopp ritt sie hin und her, indem sie vor dem

Maler saß, der sie mit seinen Armen festhielt. Franz bewunderte das schöne Gemälde, er glaubte den Raub der Dejanire vor sich zu sehn, der Kranz in ihren Haaren schwankte und drohte herabzufallen, leicht saß sie oben, und doch von einer kleinen Ängstlichkeit beunruhigt, die sie noch schöner machte: das Pferd hob sich majestätisch, auf seine Beute stolz. Zwei Trompeten bliesen einen mutigen Marsch, die prächtigen Töne begleiteten die Bewegungen des Rosses; und der gewandte und starke Rustici saß wie ein Gott oben.

Die zurückgebliebenen Freunde führte Francesco nun nach einem andern Teile seines Gartens. Hier war ein runder Zirkel von Bäumen, und Festons und Girlanden von allerhand Blumen hingen in den 977 Zweigen und schaukelten im Abendwinde, farbige Lampen brannten dazwischen, dämmernde Lauben waren in den Baumnischen angelegt. Wein und Früchte wurden genossen: die zärtlichen Paare saßen nebeneinander, Musik ermunterte sie, ihr Liebesgespräch zu führen.

Fünftes Kapitel

Castellani war zurückgekommen, Franz hatte in seiner und Lenorens Gesellschaft Florenz verlassen. Jetzt waren sie vor Rom, die Sonne ging unter, alle stiegen aus dem Wagen, um den erhabenen Anblick zu genießen. Eine mächtige Glut hing über der Stadt, das Riesengebäude, die Peterskirche, ragte über allen Häusern hervor, alle Gebäude sahen dagegen nur wie Hütten aus. – Sternbalds Herz klopfte, er hatte nun das, was er von Jugend auf immer mit so vieler Inbrunst gewünscht hatte, er stand nun an der Stelle, die ihm so oft ahndungsvoll vorgeschwebt war, die er schon in seinen Träumen gesehn hatte.

Sie fuhren durchs Tor, sie stiegen in ihrem Quartiere ab. Sternbald fühlte sich immer begeistert, die Straßen, die Häuser, alles redete ihn an.

Castellani war ein großer Freund der Kunst, er studierte sie unablässig, und schrieb darüber, sprach auch viel mit seinen Freunden. Sternbald war sein Liebling, dem er gern alle seine Gedanken mitteilte, dem er nichts verbarg. Er hatte in Rom viele Bekannte, meistens junge Leute, die sich an ihn schlossen, ihn oft besuchten und gewissermaßen eine Schule oder Akademie um ihn bildeten. Auch ein gewisser Camillo, dessen Andrea del Sarto schon erwähnt hatte, besuchte ihn. Dieser Camillo war ein Greis, lang und stark, der Ausdruck seiner Mienen hatte etwas Seltsames, seine großen feurigen Augen konnten erschrecken, wenn er sie plötzlich herumrollte. Seine Art zu sprechen war ebenso auffallend, er galt bei allen seinen Bekannten für wahnsinnig, sie behandelten ihn als einen Unverständigen, den man schonen müsse, weil er der Schwächere sei. Er sprach wenig, und hörte nur zu, Castellani war freundlich gegen ihn, nahm aber sonst mit ihm wenige Rücksicht.

Sternbald besuchte die Kirchen, die Gemäldesammlungen, die Maler. Er konnte nicht zur Ruhe kommen, er sah und erfuhr so viel, daß er nicht Zeit hatte, seine Vorstellungen zu ordnen. Dabei gab er sich Mühe, mit jedem Tage in seinen Begriffen weiterzukommen, und in das eigentliche Wesen und die Natur der Kunst einzudringen. Er fühlte sich zu Castellani freundschaftlich hingezogen, weil er durch diesen am meisten in seiner Ausbildung, in der Erkenntnis gewann; er besuchte die Gesellschaften fleißig, und bestrebte sich, kein Wort, nichts, was er dort lernte, wieder zu verlieren.

Castellanis Begriffe von der Kunst waren so erhaben, daß er keinen der lebenden oder gestorbenen Künstler für ein Musterbild, für vollendet wollte gelten lassen. Er belächelte oft Sternbalds Heftigkeit, der ihm Raffael, Buonarotti, oder gar Albrecht Dürer nannte, der sich ungern in Vergleichungen einließ, und meinte, jeder sei für sich der Höchste und Trefflichste. »Ihr seid noch jung«, sagte dann sein älterer Freund, »wenn Ihr weiterkommt, werdet Ihr statt der Künstler die Kunst verehren, und einsehn, wie viel noch einem jeden gebricht.«

Sternbald gewöhnte sich mit einiger Überwindung an seine Art zu denken, er zwang sich, nicht heftig zu sein, nicht seine Gefühle sprechen zu lassen, wenn sein Verstand und Urteil in Anspruch genommen wurden. Er sah jetzt mehr als jemals ein, wie weit er in der Kunst zurück sei, ja wie wenig die Künstler selbst von ihrer Beschäftigung Rechenschaft geben könnten.

Es ward so eingerichtet, daß sich die Gesellschaft zweimal in der Woche versammelte, und jedesmal wurde über die Kunst disputiert, wobei sich Castellani besonders mit seinen Reden hervortat. Sie waren an einem Nachmittage wieder versammelt, auch Camillo war zugegen, der abseits in einer Ecke stand und kaum hinzuhören schien.

»Wenn man«, sprach Castellani, »erst mehr die Frage untersuchen wird: Was soll Kunst sein? was kann sie sein? so werden wir auf diesem Wege weiterkommen. Ich bin gar nicht in Abrede, und es wäre töricht von mir, dergleichen zu leugnen, daß Michael Angelo ein ausgezeichneter Geist ist, nur ist es wohl Übereilung des Zeitalters, ihn und Raffael über alle übrigen Sterblichen hinüberzuheben, und zu sagen: seht, sie haben die Kunst erfüllt!

Jegliche Kunst hat ihr eigentümliches Gebiet, ihre Grenzen, über die sie nicht hinausschreiten darf, ohne sich zu versündigen. So die Poesie, Musik, Skulptur und Malerei. Keiner muß in das Gebiet des andern streifen, jeder Künstler muß seine Heimat kennen. Dann muß jeglicher die Frage genau untersuchen: was er mit seinen Mitteln für vernünftige Menschen zu leisten imstande ist. Er wird seine Historie wählen, er wird den Gegenstand überdenken, um sich keine Unwahrscheinlichkeiten 979 zuschulden kommen zu lassen, um nicht durch Einwürfe des kalten, richtenden Verstandes seinen Zauber der Komposition wieder zu zerstören. Den Gegenstand gut zu wählen ist aber nicht genug, auch den Augenblick seiner Handlung muß er fleißig überdenken, damit er den größten, interessantesten heraushebe, und nicht am Ende male, was sich nicht darstellen läßt. Dazu muß er die Menschen kennen, er muß sein Gemüt und fremde Gesinnungen beobachtet haben, um den Eindruck hervorzubringen, dann wird er mit gereinigtem Geschmacke das Bizarre vermeiden, er wird nur täuschen und hinreißen, rühren aber nicht erstaunen wollen. Nach meinem wohlüberdachten Urteil hat noch keiner unsrer Maler alle diese Forderungen erfüllt, und wie könnte es irgendeiner, da sich noch keiner der erstgenannten Studien beflissen hat? Diese müssen erst in einem hohen Grade ausgebildet sein, ehe die Künstler nur diese Forderungen anerkennen werden.

Um namentlich von Buonarotti zu sprechen, so glaube ich, daß er durch sein Beispiel die Kunst um viele wichtige Schritte wieder zurückgebracht hat, statt ihr weiterzuhelfen, denn er hat gegen alle Erfordernisse eines guten Kunstwerks gesündigt. Was will die richtige Zeichnung seiner einzelnen Figuren, seine Gelehrsamkeit im Bau des menschlichen Körpers, wenn seine Gemälde selbst so gar nichts sind? Was soll ich aber genießen und fühlen, wenn die Ausführung auch gar keinen Tadel verdiente?«

»Nichts!« rief Camillo aus, indem er mit dem höchsten Unwillen hervortrat. »Glaubt Ihr, daß der große, der übergroße Buonarotti daran gedacht hat, Euch zu entzücken, als er seine mächtigen Werke entwarf? Oh, ihr Kurzsichtigen, die ihr das Meer in Bechern erschöpfen wollt, die ihr dem Strome der Herrlichkeit seine Ufer macht, welcher unselige

Geist ist über euch gekommen, daß ihr also verwegen sein dürft? Ihr glaubt die Kunst zu ergründen, und ergründet nur eure Engherzigkeit, nach dieser soll sich der Geist Gottes richten, der jene erhabene Ebenbilder des Schöpfers beseelt. Ihr lästert die Kunst, wenn ihr sie erhebt, sie ist nur ein Spiel eurer nichtigen Eitelkeit. Wie der Allmächtige den Sünder duldet, so erlaubt auch Angelos Größe, seine unsterblichen Werke, seine Riesengestalten dulden es, daß ihr so von ihnen sprechen dürft, und beides ist wunderbar.«

Er verließ im Zorne den Saal, und alle erhuben ein lautes Lachen. »Was er nicht versteht«, sagte Sternbalds Nachbar, »hält er für Unsinn.« Sternbald aber war von den Worten und den Gebärden des Greises tief ergriffen, dieser enthusiastische Unwille hatte ihn mit angefaßt, er verließ schnell die Gesellschaft, ohne sich zu entschuldigen, ohne Abschied zu nehmen.

Er ging dem Alten durch die Straßen nach, und traf ihn in der Nähe des Vatikans. »Verzeiht«, sagte Sternbald, »daß ich Euch anrede, ich gehöre nicht zu jenen, meine Meinung ist nicht die ihrige, immer hat sich mein Herz dagegen empört, so mit dem Ehrwürdigsten der Welt umzugehn.«

»Ich war ein Tor«, sagte der Greis, »daß ich mich wieder, wie mir oft geschieht, von meiner Hitze übereilen ließ. Wozu Worte? Wer versteht die Rede des andern?«

Er nahm Franz bei der Hand, sie gingen durch das große Vatikan, der Alte eilte nach der Kapelle des Sixtus. Schon fiel der Abend und seine Dämmerung herein, die großen Säle waren nur ungewiß erleuchtet. Er stellte ihn vor die Propheten und Sibyllen, und ging schweigend wieder fort.

In der ruhigen Einsamkeit schaute Sternbald das erhabene Gedicht mit demütigen Augen an. Die großen Gestalten schienen sich von oben herabzubewegen. Er stand da, und bat den Figuren, dem Geiste Michael Angelos seine Verirrung ab.

Die großen Apostel an der Decke sahen ihn ernst mit ihren ewigen Zügen und Mienen an, die Schöpfungsgeschichte lag wunderbar da, der Allmächtige auf dem Sturmwinde herfahrend. Er fühlte sich innerlich neu verändert, neu geschaffen, noch nie war die Kunst so mit Heeresmacht auf ihn zugekommen.

»Hier hast du dich verklärt, Buonarotti, großer Eingeweihter«, sagte Franz, »hier schweben deine furchtbaren Rätsel, du kümmerst dich nicht darum, wer sie versteht.«

Sechstes Kapitel

Franz fand den bisherigen Leichtsinn seiner Lebensweise nüchtern und ungenügend, er bereute manche Stunde, er nahm sich vor, sich inniger der Kunst zu widmen. Er brach den Umgang mit der schönen Lenore ab, er fühlte es innig, daß er sie nicht liebe. Sein Freund Castellani verspottete ihn, und bedauerte seine Anlagen, die nun notwendig verderben müßten, aber Franz empfand die Leerheit dieses Menschen, und achtete jetzt nicht darauf.

Eine neue Liebe zur Kunst erwachte in ihm, sein Jugendleben in Nürnberg, sein Freund Sebastian traten mit frischer Lieblichkeit vor seine Seele. Er machte sich Vorwürfe, daß er bisher so oft Dürer und Sebastian aus seinem Gedächtnisse verloren. Er nahm seine geliebte Schreibtafel hervor, und küßte sie, die verwelkten Blumen rührten ihn zu Tränen: »Ach, du bist nun auch verwelkt und dahin!« seufzte er. Auch das Bildnis, das er vom Berge mitgenommen hatte, stellte er vor sich. – Ihm fiel der Brief der Gräfin in die Hände, den er bis dahin ganz vergessen hatte.

Er beschloß, die Familie noch an diesem Tage aufzusuchen, er fühlte ein Bedürfnis nach neuen Freunden. Franz nahm den Brief und erkundigte sich nach der Wohnung, sie ward ihm bezeichnet. Die Leute, die er suchte, lebten vor der Stadt in einem Garten. Ein Diener empfing ihn, und leitete ihn durch angenehme Baumgänge, der Garten war nicht groß, aber voller Obst und Gemüse. In einem kleinen niedlichen Gartenhause, sagte der Diener, würde er die Tochter finden, die Mutter sei ausgegangen, der Vater schon seit sechszehn Jahren tot. Franz bemerkte durch das Fenster einen weißen runden Arm, eine schöne Hand, die auf einer Zither spielte. Indem begegnete ihm ein alter Mann, der fast achtzig Jahre alt zu sein schien, er verließ das Gartenhaus, und ging durch den Garten nach dem Wohnhause zurück. Franz trat in das Zimmer. Das Mädchen legte die Zither weg, als sie ihn bemerkte, sie ging ihm entgegen.

Beide standen sich gegenüber und erstaunen, beide erkannten sich im Augenblicke. Franz zitterte, er konnte die Sprache nicht wiederfinden, die Stunde, die er so oft als die seligste seines Lebens herbeigewünscht hatte, überraschte ihn zu unerwartet. Es war das Wesen, dem er nachgeeilt war, die er in seinem Geburtsdorfe gesprochen, die er mit aller Seele liebte, die er verloren glaubte. Sie schien fast ebenso bewegt, er gab ihr den Brief der Gräfin, sie durchflog ihn schnell, sie sprach nur von dem Orte, wo sie ihn vor anderthalb Jahren gesehn und gesprochen. Er nahm die teure Brieftasche, er reichte sie ihr hin, und indem hörte man durch den Garten ein Waldhorn spielen. Nun konnte sich Franz nicht länger aufrecht halten, er sank vor der schönen bewegten Gestalt in die Knie, weinend küßte er ihre Hände. Die wunderbare Stimmung hatte auch sie ergriffen, sie hielt die vertrockneten Blumen schweigend und staunend in Händen, sie beugte sich zu ihm hinab. – »Oh, daß ich Euch wiedersehe!« sagte sie stammelnd; »allenthalben ist mir Euer Bild gefolgt.« – »Und diese Blumen«, rief Sternbald aus, »erinnert Ihr Euch des Knaben, der sie Euch gab? Ich war es; ich weiß mich nicht zu fassen.« – Er sank mit dem Kopfe in ihren Schoß, ihr holdes Gesicht war auf ihn herabgebeugt, das Waldhorn phantasierte mit herzdurchdringenden Tönen, er drückte sie an sich und küßte sie, sie schloß sich fester an ihn, beide verloren sich im staunenden Entzücken.

Franz wußte immer noch nicht, ob er träume, ob alles nicht Einbildung sei. Das Waldhorn verstummte, er sammelte sich wieder. Ohne daß sie es gewollt hatten, fast ohne daß sie es wußten, hatten beide sich ihre Liebe gestanden. – »Was denkt Ihr von mir?« sagte Marie mit einem holdseligen Erröten. »Ich begreife es ewig nicht, aber Ihr seid mir wie ein längstgekannter Freund, Ihr seid mir nicht fremde.«

»Ist unsre eigne Seele, ist unser Herz uns fremd?« rief Sternbald aus. »Nein, von diesem Augenblicke an erst beginnt mein Leben, oh, es ist so wunderbar und doch so wahr. Warum wollen wir's begreifen? – Seid Ihr glücklich? – Bist du meine süße Geliebte? Bin ich der, den du suchtest? Findest du mich gern wieder?«

Sie gab ihm beschämt die Hand und drückte sie. Der alte Mann kam zurück, und meldete, daß er ausgehn müsse, Franz betrachtete ihn mit Erstaunen, er erriet, daß es derselbe sein müsse, der musiziert habe, den er schon in der Kindheit auf dem grünen Rasenplatze gesehn. Die Bäume rauschten draußen so wunderbar, er hörte aus der Ferne das

Geräusch auf der Landstraße, jedes andre Leben erschien ihm traurig, nur sein Dasein war das freudigste und glorreichste.

Er ging, weil er die Rückkehr der Mutter nicht erwarten wollte, er versprach, seine Geliebte am folgenden Tage zu besuchen.

Durchs Feld schweifte er umher, er sah noch immer sie, den Garten, ihr Zimmer vor sich. Er war in der Stadt, und konnte sich nicht besinnen, welchen Weg er gekommen war. In seiner Stube nahm er seine Zither und küßte sie, er griff in die Töne hinein, und Liebe und Entzücken antwortete ihm in der Sprache der Musik. In der ganzen Natur vernahm er Gruß und Glückwunsch. Er wollte seinem Sebastian schreiben, aber er konnte nicht zur Ruhe kommen. Er fing an, aber seine Gedanken verließen ihn, er schrieb folgendes nieder:

Sanft umfangen
Vom Verlangen,
Abendwolken ziehn,
Oh, gegrüßt sei holdes Glücke,
Endlich, endlich meinem Blicke,
Längst gepflanzte Blumen blühn.

Abendröte winkt herunter:
Hoffe auf den Morgen munter;
Winde eilen, verkünden's der Ferne,
Blicken auf mich nieder die freundlichen Sterne.

Keiner, der nicht grüßend niederschaute:
Ist es, singen sie, dir gelungen?
Welche Töne rühren sich in der Laute,
Von unsichtbarer Geisterhand durchklungen?

Von selbst erregt sie sich zum Spiele,
Will ihre Worte gern verkünden,
Kennst du, Vertraute, die Gefühle,
Die quälend, beglückend mein Herz entzünden?
O töne, ich kann das Lied nicht finden,
Das Leid, das Glück, das mich bewegt,
Und Klang und Lust in mir erregt.

983

Will ich von Glück, von Freude singen,
Von alten, wonnevollen Stunden?
Es ist nicht da und fern verschwunden,
Mein Geist von Entzücken festgebunden,
Beengt, beschränkt die goldnen Schwingen.

Geht die Liebe wohl auf deinem Klange
Ist sie's, die deine Töne rührt?
Und dieses Herz mit strebendem Drange
Auf deinen Melodien entführt?

Mit Zitherklang kam sie mir entgegen,
Mein Geist in Netzen von Tönen gefangen,
Ich fühlte schon dies Beben, dies Bangen,
Entzücken überströmte, ein goldner Regen.

Sie saß im Zimmer, wartete mein,
Die Liebe führte mich hinein,
Erklang das alte Waldhorn drein.
Dein voller Klang
Mein Herz schon oft durchdrang,
Meiner Liebe vertraut,
Von deinem Ton mein Herz durchschaut.
Nun verstummen nie die Töne,
Lautenklang mein ganzes Leben,
Herz verklärt in schönster Schöne,
Wundervollem Glanz und Weben
Hingegeben.

Nachrede

So weit hatte ich vor sechsundvierzig Jahren dies Jugendwerk geführt. Es sollte nun nach einigen Monden die Bestürmung und Eroberung von Rom erfolgen. Der Bildhauer Bolz, der auch nach Rom gekommen, sollte beim Sturm die Geliebte des Sternbald entführen, dieser aber trifft sie im Gebirge, und entreißt sie dem Bildhauer nach einem hartnäckigen Kampfe. Sie retten sich in die Einsamkeit von Olevani.

Nachher, auf einer Reise durch das florentinische Gebiet trifft in Bergen, auf einem reichen Landhause Franz seinen Vater: Ludovico ist sein Bruder, den er als Gemahl der schönen Nonne wiederfindet. Alle sind glücklich: in Nürnberg, auf dem Kirchhofe, wo Dürer begraben liegt, sollte in Gesellschaft Sebastians die Geschichte endigen.

Oft hatte ich, in dieser langen Reihe von Jahren, die Feder wieder angesetzt, um das Buch fortzusetzen und zu beendigen, ich konnte aber immer jene Stimmung, die notwendig war, nicht wiederfinden.

Aus der kurzen Nachrede, die ich in meiner Jugend dem ersten Teile des Buchs hinzufügte, haben viele Leser entnehmen wollen, als wenn mein Freund Wackenroder wirklich teilweise daran geschrieben hätte. Dem ist aber nicht also. Es rührt ganz, wie es da ist, von mir her, obgleich der Klosterbruder hie und da anklingt. Mein Freund ward schon tödlich krank, als ich daran arbeitete.

Berlin, im Julius 1843.

L. Tieck.

Biographie

1773 *31. Mai:* Johann Ludwig Tieck wird in Berlin als Sohn des Seilermeisters Johann Ludwig Tieck und seiner Frau Anna Sopie, geb. Berukin, geboren.

1776 *August:* Geburt des Bruders Christian Friedrich.

1782 Eintritt in das humanistische Friedrich-Gymnasium.
Freundschaft mit dem Mitschüler Wilhelm Heinrich Wackenroder.

1788 Umgang mit dem Komponisten Johann Friedrich Reichardt.
Zusammentreffen mit Karl Philipp Moritz.
Bekanntschaft mit Amalie Alberti.
Beginn einer umfangreichen literarischen Produktion. Die Arbeiten der ersten Jahre sind zumeist unveröffentlicht.

1789 Begegnung mit Mozart.

1792 Sommer: Tieck immatrikuliert sich an der Universität Halle zum Studium der Theologie. Nebenbei hört er Vorlesungen in Philosophie und Literatur.
Sommerreise in den Harz.
Herbst: Studienortwechsel nach Göttingen, wo der Ästhetikprofessor und Redakteur des »Deutschen Musenalmanachs« Gottfried August Bürger und der Professor der Naturwissenschaften Georg Christoph Lichtenberg zu seinen Lehrern gehören.

1793 *Sommer:* Wechsel an die Universität Erlangen zusammen mit dem Schulfreund Wackenroder.
Reisen nach Bamberg, Nürnberg, Pommersfelden und Bayreuth.

1794 Tieck bricht sein Studium ab.
Mai: Reise nach Hamburg, wo er u.a. Klopstock trifft, und Braunschweig.
Kontakte zu dem Verleger und Schriftsteller Friedrich Nicolai.
Aufenthalt in Berlin, wo er in den literarischen Salons von Dorothea Veit, Rahel Levin und Henriette Herz verkehrt.
Bekanntschaft mit Schleiermacher.

1795 »Abdallah« (Erzählung).
»Peter Lebrecht« (Erzählung, 2 Bände, 1795–96).

»Geschichte des Herrn William Lovell« (Roman, 3 Bände, 1795–96).

1796   Tieck verlobt sich mit Amalie Alberti.

Sommeraufenthalt in Dresden.

1797   Bekanntschaft mit August Wilhelm und Friedrich Schlegel.

»Ritter Blaubart« (Märchenspiel).

»Der gestiefelte Kater« (Märchenspiel).

»Volksmährchen« (3 Bände).

»Die sieben Weiber des Blaubart« (Erzählungen).

1798   *Februar:* Tod des Freundes Wackenroder.

Heirat mit Amalie Alberti.

»Der Abschied« (Trauerspiel).

»Franz Sternbalds Wanderungen« (Roman, 2 Bände, Berlin).

1799   *März:* Geburt der Tochter Dorothea.

Sommer: Reise nach Weimar und Treffen mit Novalis und Schelling.

Oktober: Tieck siedelt nach Jena über.

Umgang mit Fichte und den Schlegels.

Bekanntschaft mit Clemens Brentano, Schiller, Herder und Goethe.

November: Erstes Treffen mit Jean Paul und Novalis.

»Sämmtliche Schriften« (12 Bände, Raubdruck).

»Romantische Dichtungen« (2 Bände, 1799–1800).

Tiecks klassisch gewordene Übersetzung von Cervantes' »Leben und Taten des scharfsinnigen Edlen Don Quixote von La Mancha« (4 Bände, 1799–1801) beginnt zu erscheinen.

1800   *Sommer und Herbst:* Aufenthalt in Hamburg.

»Das Ungeheuer und der verzauberte Wald« (Opernlibretto).

Tieck gibt die Zeitschrift »Poetisches Journal« (2 Bände) heraus, deren Beiträge er vorwiegend selber verfaßt.

1801   *Frühjahr:* Tod der Eltern.

April: Tieck siedelt nach Dresden über.

Zusammentreffen mit den Malern Caspar David Friedrich und Philipp Otto Runge.

Tieck gibt mit August Wilhelm Schlegel den »Musen-Almanach für das Jahr 1802« heraus.

1802   *Oktober:* Übersiedlung nach Ziebingen.

Gemeinsam mit Friedrich Schlegel gibt Tieck die »Schriften«

des im Vorjahr verstorbenen Novalis heraus (2 Bände, 1802–05; 3. Band zusammen mit E. von Bülow 1846).

1803 Beginn der Liebesbeziehung zu Henriette von Finckenstein. Sommerreise nach Süddeutschland.
Winter: Besuch in Dresden.
Tieck gibt die »Minnelieder aus dem Schwäbischen Zeitalter« heraus.

1804 *Sommer:* Reise nach München.
Schwere Erkrankung.
Oktober: Brentano und Arnim zu Besuch in Ziebingen.
»Kaiser Octavianus« (Lustspiel).

1805 *Sommer:* Reise nach Rom (bis August 1806).
Bekanntschaft mit Maler Müller.

1806 *August:* Rückreise nach Ziebingen mit Aufenthalten in Frankfurt am Main, wo Tieck Bettina Brentano besucht, und Weimar, wo er Goethe trifft.

1807 *Spätherbst:* Reise nach Berlin.

1808 *Sommer:* Aufenthalte in Berlin und Dresden.
Herbst: Reise nach Wien, anschließend nach München, wo er bis Mitte 1810 bleibt.
Umgang mit Friedrich Karl von Savigny, Friedrich Heinrich Jacobi und Verkehr im Hause der Schellings.

1809 Schwere Erkrankung.

1810 *Sommer:* Kuraufenthalt in Baden-Baden.
Herbst: Heimreise nach Ziebingen.

1811 *Sommer:* Kur in Bad Warmbrunn.
»Alt-Englisches Theater« (Übersetzungen, 2 Bände).

1812 »Phantasus« (Märchen, Erzählungen, Dramen und Novellen, 3 Bände, 1812–16).

1813 *Sommer:* Reise nach Prag.
Umgang mit Brentano, Beethoven und Rahel Varnhagen.

1814 *Sommer:* Reise nach Berlin.
Bekanntschaft mit E. T. A. Hoffmann.

1816 Die Universität Breslau ernennt Tieck zum Ehrendoktor.

1817 *Frühjahr/Sommer:* Reise nach England mit Besuch in London.
Juli-Dezember: Rückreise, bei der er eine Reihe von Besuchen abstattet: in Paris trifft er Alexander von Humboldt, in Heidelberg Jean Paul, in Frankfurt am Main Görres und Friedrich

Schlegel, in Weimar sieht er Goethe wieder und trifft Brentano in Berlin.

»Deutsches Theater« (2 Bände).

1819	*Sommer:* Übersiedlung nach Dresden mit Henriette von Finckenstein.
1821	*Sommer:* Kur in Teplitz.

»Gedichte« (3 Bände, 1821–23).

Tieck gibt die »Hinterlassenen Schriften« von Heinrich von Kleist heraus; 1826 folgt die Ausgabe von Kleists »Gesammelte Schriften« (3 Bände).

1823	*Sommer:* Kuraufenthalt in Teplitz.

»Novellen« (7 Bände, 1823–28).

1825	*Januar:* Tieck wird zum Hofrat und zum Dramaturgen am Hoftheater in Dresden ernannt.

Frühsommer: Theaterreise durch Deutschland und Österreich.

»Märchen und Zaubergeschichten«.

»Dramaturgische Blätter« (3 Bände, 1825–52).

Gemeinsam mit August Wilhelm Schlegel gibt Tieck die Dramen Shakespeares in der Übersetzung von A. W. Schlegel, Tiecks Tochter Dorothea und Wolf Graf von Baudissin heraus (9 Bände, 1825–33), die klassische sogenannte Schlegel-Tiecksche Übersetzung.

1826	*Sommer:* Tieck fährt zur Kur nach Teplitz.

Zusammentreffen mit Wilhelm Hauff.

»Der Aufruhr in den Cevennen« (Novelle).

1827	Verlagsvertrag mit Georg Andreas Reimer in Berlin für die Herausgabe seiner gesammelten »Schriften«.
1828	Kur in Baden-Baden. Rückreise mit Besuchen bei August Wilhelm Schlegel in Bonn und Goethe in Weimar.

Die »Schriften« beginnen zu erscheinen (28 Bände, 1828–54).

Tieck gibt »Die Insel Felsenburg« (6 Bände) von Johann Gottfried Schnabel in einer Neubearbeitung heraus.

Tieck veröffentlicht die »Gesammelten Schriften« (3 Bände) von Jakob Michael Reinhold Lenz.

1829	Bekanntschaft mit Karl Leberecht Immermann.
1830	*Sommer:* Tieck fährt zur Kur nach Baden-Baden.

Herbst: Aufenthalt in München.

1832	Anläßlich des Todes von Goethe schreibt Tieck einen »Epilog

zum Andenken Goethes«.

1834 *Sommer:* Kur in Baden-Baden.

1835 »Gesammelte Novellen« (14 Bände, 1835–42).

1836 *Sommer:* Kurreise nach Baden-Baden.
Aufenthalt in Heidelberg.
Tieck gibt »Vier Schauspiele von Shakespeare« heraus.
»Der junge Tischlermeister« (Novelle, 2 Bände).

1837 *Februar:* Tod Amalie Tiecks.

1840 »Vittorio Accorombona« (Roman, 2 Bände).

1841 *Sommer:* Tieck fährt zur Kur nach Baden-Baden.
Herbst: Von Friedrich Wilhelm IV. wird Tieck als Vorleser des Königs und Berater der Königlichen Schauspiele nach Berlin berufen, wo er im Oktober die »Antigone« von Sophokles inszeniert.

1842 *Frühjahr:* Reise nach Berlin.
Sommer: Aufenthalt in Dresden.
Herbst: Tieck siedelt nach Berlin über, wo er bis zu seinem Lebensende wohnen wird. Die Sommer verbringt er in Potsdam.
Auf der Reise erleidet er einen schweren Schlaganfall.

1843 *Sommer/Herbst:* Inszenierung der »Medea« von Euripides und von Shakespeares »Sommernachtstraum«.

1844 *April:* Tieck inszeniert den »Gestiefelten Kater«.

1845 Inszenierung von »Blaubart« und »Ödipus auf Kolonos« von Sophokles.
Tieck erleidet zum zweiten Mal einen schweren Schlaganfall.

1846 Verlagsvertrag mit Brockhaus in Leipzig über die Herausgabe der »Kritischen Schriften«.

1847 Tod Henriette von Finckensteins.

1848 »Kritische Schriften« (4 Bände, 1848–52).

1849 Tieck läßt einen Teil seiner Bibliothek auf einer Auktion verkaufen.

1851 Schwere Erkrankung Tiecks, von der er sich nicht wieder erholt.

1853 *28. April:* Tod Tiecks in Berlin.

Erzählungen der Frühromantik

1799 schreibt Novalis seinen Heinrich von Ofterdingen und schafft mit der blauen Blume, nach der der Jüngling sich sehnt, das Symbol einer der wirkungsmächtigsten Epochen unseres Kulturkreises. Ricarda Huch wird dazu viel später bemerken: »Die blaue Blume ist aber das, was jeder sucht, ohne es selbst zu wissen, nenne man es nun Gott, Ewigkeit oder Liebe.«

Tieck Peter Lebrecht **Günderrode** Geschichte eines Braminen **Novalis** Heinrich von Ofterdingen **Schlegel** Lucinde **Jean Paul** Des Luftschiffers Giannozzo Seebuch **Novalis** Die Lehrlinge zu Sais
ISBN 978-3-8430-1878-4, 416 Seiten, 29,80 €

Erzählungen der Hochromantik

Zwischen 1804 und 1815 ist Heidelberg das intellektuelle Zentrum einer Bewegung, die sich von dort aus in der Welt verbreitet. Individuelles Erleben von Idylle und Harmonie, die Innerlichkeit der Seele sind die zentralen Themen der Hochromantik als Gegenbewegung zur von der Antike inspirierten Klassik und der vernunftgetriebenen Aufklärung.

Chamisso Adelberts Fabel **Jean Paul** Des Feldpredigers Schmelzle Reise nach Flätz **Brentano** Aus der Chronika eines fahrenden Schülers **Motte Fouqué** Undine **Arnim** Isabella von Ägypten **Chamisso** Peter Schlemihls wundersame Geschichte **Hoffmann** Der Sandmann **Hoffmann** Der goldne Topf
ISBN 978-3-8430-1879-1, 408 Seiten, 29,80 €

Erzählungen der Spätromantik

Im nach dem Wiener Kongress neugeordneten Europa entsteht seit 1815 große Literatur der Sehnsucht und der Melancholie. Die Schattenseiten der menschlichen Seele, Leidenschaft und die Hinwendung zum Religiösen sind die Themen der Spätromantik.

Brentano Die drei Nüsse **Brentano** Geschichte vom braven Kasperl und dem schönen Annerl **Hoffmann** Das steinerne Herz **Eichendorff** Das Marmorbild **Arnim** Die Majoratsherren **Hoffmann** Das Fräulein von Scuderi **Tieck** Die Gemälde **Hauff** Phantasien im Bremer Ratskeller **Hauff** Jud Süss **Eichendorff** Viel Lärmen um Nichts **Eichendorff** Die Glücksritter
ISBN 978-3-8430-1880-7, 440 Seiten, 29,80 €